KB233338

강박증(강박장애)의 이해와 치료

도서
출판 **청연**

강박증(강박장애)의 이해와 치료

초판 1쇄 인쇄 | 2012년 4월 13일

초판 1쇄 발행 | 2012년 4월 18일

지 은 이 | 조홍건

기   획 | 두레미디어

펴 낸 곳 | 도서출판 청연

출판등록 | 제 18-75호

주   소 | 서울시 금천구 독산동 967번지 2층

전   화 | (02)851-8643

팩   스 | (02)851-8644

가격과 바코드는 뒤표지에 있습니다.

잘못된 책은 바꿔드립니다.

지은이와의 협약에 의해 인지는 생략합니다.

이메일 | chungyoun@naver.com

강박증(강박장애)의 이해와 치료

한의학박사 조홍건

도서출판 청연

머 리 말

사실 현대인은 스트레스의 홍수 속에서 살고 있다고 해도 과언이
아니다. 고도로 발달된 산업사회의 분업화·전문화 현상에서 파생되
는 인간관계의 단절, 날로 가중되는 생존경쟁, 입시경쟁, 취업경쟁
등이 끊임없이 우리를 괴롭히고 있는 것이다.

이런 자극적인 상황에 오랫동안 또는 반복적으로 노출되면 스트
레스가 만성화되어 情緒的으로 불안(不安)과 갈등(葛藤)이 일어나
고 자율신경계의 지속적인 긴장이 초래되어 결국은 몸과 마음에
병이 나게 된다. 여기에 해당되는 대표적인 노이로제가 바로 불안장
애(anxiety disorder)인 것이다.

흔히 21세기를 불안의 시대라고 한다. 이 말은 현대인이 끊임없는
개인적 문제와 사회적 문제에 직면하여 정신적인 측면에서 많은
욕구불만과 갈등 속에 생활하지 않으면 안 되는 것을 의미하는 것이
다. 불안(anxiety)이란 앞으로 임박한 또는 예상되는 불행에 대해
광범위하게 느끼는 불쾌하고 막연한 두려움을 뜻한다. 불안한 감정
은 공포(恐怖)의 정서와 밀접하게 관련되어 있다.

사실상 두 정서를 명확히 구분하기란 매우 어렵다. 유일한 차이점은 통상 공포란 것은 외부에 두려움을 야기하는 대상이 있을 경우를 말한다. 현재 아무런 물건이나 사람이 없는데도 불구하고 만약에 전쟁이 일어나지 않을까 하는 두려움은 불안이다.

심리학자 롤로 메이(Rollo May)도 불안을 '이 시대의 가장 절박한 문제들 중의 하나'로 손꼽았다. 불안의 역사는 인간 존재의 역사만큼 오래되었지만 현대생활이 복잡해지고 급속도로 변화함에 따라 불안의 존재는 우리에게 더 부각되었으며 또 그 영향력이 증가되어 왔다.

특히 현대인이 많이 겪는 불안장애 중 가장 고통스럽고도 극심한 불안장애라고 할 수 있는 것이 강박장애(強迫障碍)라는 병이다. 강박증은 스스로 원치 않음에도 불구하고 고통스러운 생각과 행동에 집착하게 되는 것이다.

정신과 외래환자 중 약 10%가 강박장애의 환자라는 일부의 연구 보고가 있는데, 미국에서는 공포증, 물질관련장애, 주요우울증 다음으로 많은 비율을 차지한다. 현재 우리나라의 경우 강박증 환자가 대략 100만 명 정도로 추정되는데, 이 수치는 한 해 수능 시험에 응시하는 수인 60만 여 명보다도 훨씬 많은 숫자이다.

강박증은 누구나 조금씩은 갖고 있으며 스트레스가 극심한 현대인 누구에게나 발생할 수 있는 마음의 병인 노이로제의 일종으로 점점 증가하고 있는 추세이다. 한의학에서는 '다사선의증(多思善疑證)'이 있었는데, 이를 강박증과 같은 개념으로 이해하면 된다. 다사선의증은 다사증(多思症)과 선의증(善疑症)이 극도로 심한 상태를 말한다.

진료실을 찾는 神經症(노이로제)이나 강박장애 환자들의 대부분이 양방치료에 의존하였다가 한방으로 방향을 바꾼 환자들을 많이 보는데, 그것은 신경안정제에 의한 일시적인 효과는 있으나 근본치료는 어려우며, 또한 장기복용에서 오는 바람직하지 못한 부작용이 나타나기 때문이라고 생각된다.

　강박장애란 용어를 임상에서 적지 않게 쓰면서도 한의계에서는 이에 대한 연구가 거의 없어 왔다. 그래서 한의계 최초로 강박장애에 대한 다양한 이론과 최신지식을 핵심적으로 간명하면서도 포괄적으로 제시하도록 노력하였다.

　강박증의 치료를 위하여 사회과학적인 해결방안도 많겠으나 여기서는 주로 한의학적인 사고와 근원적인 치료방법을 시도하였다. 이들 질환의 치료를 위해 그간 서양의학 약물에만 의존해 오던 현대인들에게 우리 민족 고유의 전통의학인 한방처방으로 그 고통에서 해방될 수 있도록 하였다. 이 방법은 인체에 전혀 자극과 피해를 주지 않고 자연스럽게 치유되는 천연약물을 폭넓게 응용한 것이다. 또한 이 방법은 치료뿐 아니라 생리적 기능을 더욱 활성화시키므로 삶에 용기와 의욕을 가지고 살도록 유도해 줄 것이다.

2012년 새아침에
한의학박사 조 홍 건 (옛날한의원 원장)

목 차

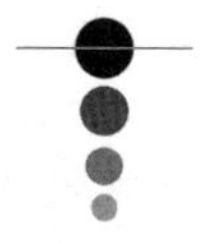

제1부 총 론

제1장 한방정신의학의 이론체계··12
제2장 정신생리··26
제3장 정신병리··36

제2부 각 론

제1장 강박증에 들어가며··58
제2장 강박증이란··62
제3장 강박증의 한의학적 개념··66
제4장 강박증과 다사선의증··69
제5장 강박증의 역학··72
제6장 강박증의 원인··74
제7장 강박증의 원인 [양방]··80
제8장 思恐憂로 인한 병증과 병리··84

목 차

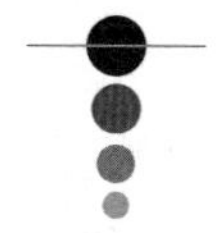

제9장 강박증의 증상··96
제10장 강박증의 임상양상··99
제11장 강박증의 한의학적인 변증··119
제12장 강박증의 임상유형··122
제13장 강박증의 치료경험 사례··127
제14장 강박증의 상담사례··131
제15장 강박증의 사례분석··146
제16장 강박증 치료가 더딘 성격··154
제17장 강박증의 진단··157
제18장 강박증의 진단[양방]··159
제19장 강박증의 감별진단[양방]··162
제20장 강박증의 경과 및 예후··168
제21장 강박증의 예방 및 극복··169
제22장 강박을 이기는 養生의 道··185
제23장 강박증의 치료··198
제24장 심리 치료법의 실제··228
제25장 강박증의 치료후기··320

제 1 부

총 론

제1장　한방정신의학의 이론체계
제2장　정신생리
제3장　정신병리

제1장 한방정신의학의 이론체계

한방정신의학의 이론체계는 사물을 관찰하고 분석하는 데 대부분 "취상비류(取象比類)"의 정체론적(整體論的) 관점에서 생리·심리학적 현상을 논하고 있으며, 그러한 방법을 통하여 인체 구조의 기능을 생리·심리학적 원리 속에서 분석한다. 이와 같은 이론체계에는 한방특유의 기본 특성이 있는데, 하나는 정체론(整體論)적 관점이고, 둘은 신형일체론(神形一體論)이며, 셋은 심주신명설(心主神明說)이고, 넷은 변증논치론(辨證論治論)이다. 이를 간략히 살펴보기로 한다.

1. 정체론(整體論)

한의학에서 인체를 하나의 유기적인 정체(整體)로의 관점은 氣·血·水·臟腑·經絡 등 인체를 구성하는 각 조직기관과 요소들이 구조상 불가분의 관계에 있다는 사실을 전제로 한다. 즉, 이들 각 조직기관과 요소들은 생리·심리학적 기능상 상호 견제하고 협조하는 작용 관계에 있다는 것이다. 이에 그 정체관에 대한 개념을 살펴보면 다음과 같다.

① 정신 신체적인 여러 부분의 필연적인 상관관계, 즉 오장육부·기혈(氣血)·진액(津液)·경락(經絡) 등이 유기적으로 결합하여 상호 필요한 기능을 다함으로써 하나의 완전한 기틀을 이룬 것이 곧 정체(整體)이다.

② 질병을 진단·치료하는 방법으로 인체의 내장(內臟)과 체표(體表)의 조직기관을 하나의 유기체로 보고, 기후·풍토·환경 등

의 변화가 인체의 생리·심리에 영향을 미친다고 보아 이에 대한 체내의 완전한 기틀을 중시하므로 "정체관(整體觀)"이라고 한다.

이러한 정체관은 인체와 자연에 대한 관점에서 살펴볼 수 있다.

첫째로, 정체론적 인체관은 인체의 각 장기·기관·조직은 각기 다른 생리·심리적 기능을 가지고 있으면서 상호 협조·조정하는 조화를 이룬다고 보는 관점이다. 인체를 유기적 정체라 하는 것은 바로 이와 같이 상이한 생리심리적 기능 사이의 협조와 평형을 가리킨다.

둘째로, 정체론적 자연관은 ≪영추·사객편(靈樞·邪客篇)≫을 보면 "사람은 天地자연에 상응한다(人與天地相應也)"고 한 바와 같이, 인간은 정상적인 생리·심리학적 활동을 유지하기 위해서는 자연계의 변화 규율에 순응해야 하는 것이다.

2. 신형일체론(神形一體論)

한방정신의학은 "신형합일론(神形合一論)"을 기초이론으로 한다. 形과 神 즉 心身의 개념을 분석해 보면, 神은 形을 바탕으로 하여 생성되고, 形에 의존하여 생명활동을 전개하므로, 形과 神이 함께 갖추어져야 비로소 인간이 된다고 본다. 그리고 心神은 臟腑의 기능활동을 주도하고 의식과 사유(思惟) 활동을 주재한다.

또한 한방정신의학에서는 神이 모든 생명활동을 통솔하는 것임을 강조하고 있다. 神은 각 臟腑 조직의 생리활동을 조절하여 유기적으로 조화시킬 뿐만 아니라, 자연과 사회환경의 자극에 대응하여 안팎의 陰陽을 조화시키기 때문에 "神爲身之主", 즉 神은 몸의 주인이 된다고 보는 것이다.

形과 神의 관계를 논한 전통적인 思惟에 대한 연구와 현대적인 연구 사례를 각기 하나씩 들어보겠다. 傳統思惟에 대하여 논한 사람 중의 한 사람으로 이총보(李聰甫)가 있는데, 그는 "神形學說"이 고대의학의 사상체계에 속하고, 생명활동의 규율성을 반영한다고 보았다. 인간은 神의 활동으로부터 자연에 동화되고, 精血과 氣가 결합하여 神의 활동에 반영된다. "정신내수(精神內守)"는 정신이 유기체의 내재적인 근거로서, 지키느냐 못 지키느냐에 따라 유기체의 방어능력이 결정되는 것임을 뜻하는 것이고, "積精全神(적정전신, 精이 쌓여야 神이 온전하다)"이란, "形神"이 상대적으로 균형을 유지해야만 생명이 연장될 수 있다는 것을 말하는 것이다.

인체과학의 입장에서, 인체 본질에서의 形神과 한방정신의학에서의 形神에 대한 인식문제를 생각해 보건대, 현대에는 인간을 본질적으로 "物質 · 精氣(信息) · 精神"의 유기적인 통일체로 보는데, 이러한 인식은 인간을 "形 · 氣 · 神"의 통일체로 보는 한방정신의학의 관점과 완전히 일치되는 것이다. 인체 중의 物質 · 信息(精氣) · 精神의 작용기전과 그 상호관계 및 한방정신의학의 "精 · 血 · 氣 · 神"에 대한 인식을 비교해 보면, 그들 간에는 서로 일치하는 기전(機轉)이 있음을 알 수 있다.

3. 심주신명설(心主神明說)과 뇌주신명설(腦主神明說)

심주신명설(心主神明說)은 "형체가 갖추어지고 神이 생겼다(形具神生)"고 하는 관점에서 "心이 神明을 주관한다"고 볼 수 있다. 이러한 문제에 대해 우홍령(于鴻玲)의 "심주신명론"에 관한 분석적 연구는 이를 주장하는 사람들의 기본적인 관점을 보여주는 대표적인 예라 볼 수 있다. 그는 心이 神明을 주관함은 "대뇌의 외계 및 객관에 대한 반응"에만 국한지을 수 없는 모든 생명활동을 주관하는 기능으로 心이 주관하는 정신 · 의식 · 사유 활동은 동시에 모든 생명활동의 표현을 포괄하기도 한다고 논하고 있다. 心의 神明을 주관하는 기능을 절대로 해부학적인 관점으로 부정할 수는 없다고 보는 것이다.

또 心은 神志를 주관한다고 보는 "심주신지론"에 따르면, 心은 안색·태도·언어 등의 모든 생명활동을 주재한다고 본다. 心이 神志를 주관한다고 하는 사실은 임상심리상으로도 나타나는 것으로, 즉 神志病症이나 血 혹은 心의 병증에서 두드러지게 드러난다. 예컨대 心血이 부족한 환자는 언제나 불면(不眠)·다몽(多夢)·건망(健忘)·신지불안(神志不安) 등의 증상이 나타나는데, 이는 치료를 할 때도 神志病症은 결코 뇌만을 다스리면 안되고, 주로 장부(臟腑)를 근거로 論治하지 않으면 안된다고 보는 것이다.

한편 "뇌주신명설(腦主神明說)"을 주장하는 사람들은 서양의학과 일반심리학에 근거하고 있는데, 이들은 적어도 뇌가 심장에 비하여 훨씬 중요한 심리학적 기능을 하는 인체의 기관이라는 관점에 근거하고 있다. 왜냐하면 대뇌가 사유·의식·정신활동·기억력·지혜·지각을 주관하는 기능을 구체적으로 보이면서 인체의 모든 생명활동을 유지·조절·지휘하는 최고의 심리학적 지도부라고 보기 때문이다.

그러므로 심주신명설을 주장하는 사람들은 "뇌주신명, 심주혈맥설(心主血脉說)"로써 근본적인 오류를 바로 잡아야 한다고 하는데, 이는 서양의학의 논점을 강조하는 것이 아니라 "뇌주신명"에 대한 극히 치밀하고 체계적인 선철(先哲)의 논술을 밝힌 것에 불과하다고 보고 있는 것이다.

위에서 살펴본 상반되는 두 관점 이외에도, "심주신명설"과 "뇌주신명설"을 절충하는 관점이 있다. 예컨대, 한의학에서는 神志가 心에 저장되고, 心으로부터 주관된다고 보고 있지만, 현대의학에서는 대뇌가 神志 활동과 더욱 밀접하게 관련된다고 본다고 말한다. "心藏神"이란 인간의 정신의식과 사유 활동이 心에서 비롯되어 心으로부터 주재된다는 것이고, "血養神"이란 정신의식과 사유 활동이 혈액으로부터 배양된다는 말이다.

서양의학적 소견에 따르면 심장은 일종의 동력펌프로서 혈액의 순환을 추진하는 기능을 하고 있다. 대뇌가 심장, 혈, 맥에 의존할 뿐 아니라, 심장, 혈, 맥 역시 마찬가지로 뇌에 의존하여 조절된다고 본다. 그러므로 心과 대뇌는 서로 영향을 미치고 의존하는 상보적인 관계에 있는 것이다.

이러한 관계에 대해 가신교(柯新橋)는 "심주신명론"을 더욱 분명하게 분석하여 한방정신의학의 기초이론으로 삼고 있다. 그의 논설에 따르면, 심주신명론은 "대뇌피질이 정신, 의식, 사유 활동을 일으킨다"는 현대의학의 논점과 원칙적으로 구별된다. 왜냐하면 심주신명론은 첫째, 형성과정에서 고대 철학사상의 영향을 많이 받았고, 둘째, 인체의 생리기능에 대한 동양의학의 독특한 인식 속에서 형성되었으며, 셋째, 풍부한 임상경험을 토대로 하고 있기 때문이다.

이러한 사실은 오랫동안 임상에서 검증되어 왔을 뿐만 아니라, 오장을 중심으로 하는 인체의 특징이 두드러지게 표출되었기 때문에, 이러한 인식은 한방정신의학에서는 매우 정확한 것이다. 따라서 "정신, 의식, 사유 활동이 객관과 외계의 사물에 대한 대뇌의 반응"이라는 현대의학의 인식 역시 마찬가지로 정확한 것이다.

이상과 같은 두 가지 관점이 모두 "정확"한 이유는 동양의학과 서양의학이 완전히 다른 이론체계에 있기 때문이다. 이들은 서로 다른 역사적인 조건 아래에서 발생하여 발전되었을 뿐 아니라, 인체의 생리기능에 대한 인식방법이 다르고, 병증을 치료하는 방법 역시 상당한 차이가 있으므로 이론적인 견해가 필연적으로 다를 수밖에 없다고 보는 것이다.

생물정보학적 입장에서 보면, 유기체의 상대적으로 독립된 모든 부분들은 특정한 整體와 끊임없이 정보를 교환하고 있는데, 이는 心과 腦 역시 마찬가지이다. 예컨대, 특정한 실험을 통해서 심과 뇌가 공동으로 사유 활동을 한다는 단서를 밝히는 왕덕망(王德望)의 연구보고가 있다. 그는 오랫동안 腦電圖를 연구하던 중, 인체내부에는 최적화결합계수가 존재하며, 뇌라고 하는 다층적인 체계 속의 각 부분이 양적인 변화를 할 때 최적화 비율이 존재함을 발견하게 되었다.

이로써 심장이 확실히 뇌의 사유 활동에 참가할 뿐만 아니라, 심과 뇌는 가장 우수한 비율로 결합하여 사유 활동을 한다는 사실을 알 수가 있게 된 것이다. 이처럼 객관적으로 논증된 뇌와 심의 結合機制(결합기제, coupling mechanism)는 최적의 의식활동에 필요하고도 중요한 조건이 되며, 심의 기능에 대한 종전 인식에 새로운 과학적 근거와 연구 방향을 보여주고 있다.

(1) 두 가지 뇌 : 감정뇌와 인지뇌

포르투갈 출신의 유명한 미국의사인 안토니오 다마시오는 '정신적인 삶이 가능한 것은 이성과 감정이 공존하고자 하는 끊임없는 노력 덕분'이라고 하였다. 인지능력이 있고, 의식적이고 합리적인 능력이 있는 뇌는 신체 밖의 세상을 향하고 있다. 그 반대로 감정과 무의식, 생존본능을 지배하는 뇌는 몸과 깊은 연관을 맺고 있다. 이 두 개의 뇌가 각각 매우 다른 방법으로 우리 삶의 경험과 행동을 지배한다.

다윈이 예견했던 것처럼 인간의 뇌는 두 개의 커다란 부분으로 이루어져 있다. 뇌의 중심에는 다른 포유류들과 같은 뇌가, 그리고 일부는 파충류와 비슷한 형태를 가진 뇌가 자리잡고 있다. 이 부위가 처음 진화과정을 통해 자리 잡은 뇌의 부분이다. 19세기의 프랑스 신경학지인 폴 브로가가 처음으로 이 부분에 내해 언급하면서 뇌에 <변연>이라는 이름을 붙였다. 수백만 년의 진화과정을 거쳐 오면서 변연계 주위로 새로운 뇌, 다시 말해 <신피질>이 최근에 이르러 나타나기 시작하였다. 라틴어로 이 말은 <새로운 껍질> 또는 <새로운 포장>이라는 뜻이다.

1) 감정과 신체의 생리현상을 조절하는 변연계

변연계는 대뇌의 가장 중심부에 위치해 있다. <뇌 안의 뇌>라고 부르는 이유도 이 때문이다. 피츠버그 대학의 신경 인지학 실험실의 연구결과에 따르면, 실험 참가자에게 뇌의 가장 중심부에 있는, 두려움을 조절하는 부위를 자극하는 약물을 투입하면 감정뇌가 마치 전구가 켜지듯이 반응하기 시작한다. 반면 그 주위의 신피질 부위는 아무런 반응도 보이지 않는다.

감정뇌의 조직은 신피질의 조직보다 훨씬 더 단순하다. 신피질에서 일어나는 반응과는 달리 대부분의 변연계 부위는 정보를 처리할 수 있는 신경들이 일정한 형태를 가진 막에 싸여 있지 않다. 변연계의 신경들은 서로 뒤엉켜 있다. 신피질에 비해 덜 발달된 구조 때문에 감정뇌에 따른 정보처리는 신피질의 능력보다 훨씬 더 원시적인 면이 있다. 하지만 속도는 더 빠르고 좀더 생존의 본능에 가깝게 작용한다. 그렇기 때문에 어두컴컴한 숲에서 뱀을 닮은 나뭇가지를 보면 두려운 감정을 일으킬 수 있다. 뇌의 다른 기관들이 그것이 해롭지 않다는 분석을 마치기도 전에 감정뇌는 아주 부분적이고 정확하지 못한 정보만으로도 반응을 하는데, 이는 본능적으로 생존하려는 욕구 때문이다.

감정뇌의 조직 자체도 신피질과는 많이 다르다. 수포진이나 광견병과 같은 바이러스가 뇌에 침투해 들어오면 중심부의 뇌는 감염되지만 신피질은 감염되지 않는다. 처음 광견병이 발작할 때 비정상적일 정도의 격한 감정이 폭발하는 반응을 보이는 이유도 그 때문이다.

변연계는 몸의 여러 부분에서 끊임없이 정보를 받아 생리적 균형을 유지하기 위해 적절한 반응을 하도록 명령하는 조정실이다. 호흡, 심장박동, 혈압, 식욕, 수면, 성욕, 호르몬 분비, 심지어 면역기능도 변연계의 명령체계에 따른다.

변연계는 이렇듯 몸의 여러 기능들이 서로 균형 있게 활동할 수 있도록 하는 역할을 맡고 있다. 여기서 균형상태란 19세기의 프랑스 학자이며 근대 생리학의 아버지인 클로드 베르나르가 <호메오스타시스>(생명체가 환경변화에 대하여 자기 자신을 변화시켜 균형을 유지하려는 작용, 항상성이라고도 한다)라고 부르던 상태를 말한다. 생명 유지를 위해서는 이와 같은 적극적인 균형상태가 지속되어야 한다.

이런 관점에서 인간의 감정이라는 것은 우리 신체에 대한 생리적 반응으로서, 어떤 의식적 현상의 총체이다. 이 반응은 내적, 외적 환경의 요청에 대해 생리적 시스템으로서의 인간 육체의 활동을 끊임없이 감시하고 조절하는 역할을 한다. 다시 말해 감정뇌는 인지뇌보다 신체와 더 긴밀한 관계를 갖고 있다. 그렇기 때문에 인간 감정에 가까이 다가가기 위해서는 언어보다는 육체를 통하는 것이 더 쉽다.

2) 인지능력과 언어, 이성의 능력을 조절하는 대뇌피질

<새로운 껍질>이라고 불리는 신피질은 뇌의 특징인 주름진 표면을 이루는 부위를 일컫는다. 다시 말해 감정뇌를 감싸고 있는 덮개이다. 신피질은 진화 단계에서 가장 최근에 형성된 층으로 대뇌 표면에 위치해 있다. 각기 다른 6개의 신경단층으로 이루어진 신피질은 마이크로프로세서처럼 가장 효과적으로 정보처리를 할 수

있도록 완벽한 조직을 갖추고 있다.

바로 이 조직체가 뇌에서 정보처리 역할을 담당하고 있다. 오늘날 사람의 얼굴을 조명이나 방향에 따라 다르게 인식할 수 있는 컴퓨터 프로그램을 개발하는 데는 아직도 어려움이 많다. 반면 신피질은 몇 천분의 일초라는 찰나적인 순간에도 아주 쉽게 사람의 얼굴을 식별해 내는 능력이 있다. 청각의 경우, 태어나기도 전에 모국어와 외국어의 차이를 식별해내는 등, 소리에 관한 정보처리 능력도 매우 뛰어나다.

인간의 경우, 이마 뒤쪽, 눈의 윗부분에 자리잡고 있는 소위 '전두엽피질'이라고 불리는 신피질이 가장 많이 발달되어 있다. 감정뇌의 크기는 종마다 거의 비슷하지만(물론 뇌의 크기에 따라 조금씩 다르긴 하지만) 인간뇌의 전두엽피질은 다른 동물에 비해 전체뇌에서 많은 부분을 차지하고 있다.

신피질은 전두엽피질을 매개로 주의력이나 집중력을 조절하고, 충동이나 본능을 억제하며 사회적 관계와, 다마시오가 증명한 바 있는 인간의 도덕적 행동을 조절한다. 특히 신피질 덕분에 인간은 생각으로만 존재하는, 다시 말해 눈에 보이지 않고 손으로 만질 수도 없는 '상징'을 바탕으로 미래의 계획을 세울 수 있다. 신피질(인간의 인지능력을 담당하는 뇌)이야말로 집중력, 사고력, 예지력, 도덕적 행동들과 같은 인간존립의 가장 근본적인 요소들을 관장하는 곳이다.

(2) 심장과 뇌의 밀접한 관계

누구나 한 번쯤은 그 부인이나 남편이 사망하자 곧 몇 달 만에 돌아가셨다는 할아버지나 할머니의 이야기를 들어보았을 것이다. 아들을 잃고 따라 죽었다는 어머니의 이야기도 있다. 사람들은 그들이 "마음의 충격을 받았다"고들 말한다. 하지만 의학계에서는 오랫동안 이와 같은 현상을 우연의 일치라고 가볍게 다루었다. 심장전문의와 정신과 전문의들이 이런 일화에 관심을 갖기 시작한 것은 불과 20년 전의 일이다.

연구 결과 스트레스가 흡연보다 심장에 더 위험하다는 사실이 밝혀졌다. 게다가 심근경색의 결과로 우울증이 나타나는 경우, 다른 어떤 심장질환의 예후보다 더 나빠서 6개월 이내에 사망하게 될 확률이 높아진다. 감정뇌가 정상적인 활동을 하지 못하면 심장이 고통을 받고, 결국 지쳐버리게 된다. 무엇보다 가장 놀라운 사실은 이런 관계가 상호적이라는 것이다. 매순간, 심장의 균형이 뇌에 영향을 미친다. 일부 심장전문의와 신경과 전문의들은 심지어 <심장-대뇌계>가 서로 떼어놓을 수 없는 관계라고 단언한다.

심장과 뇌의 관계를 조화롭게 할 수 있는 약이 있다면 모든 신체조직에 좋은 효과가 있을 것이다. 노화현상을 지연시키고, 스트레스와 피로를 줄이고, 불안증을 없애고 우울증에 빠지지 않게 해줄 것이다. 편안하게 잘 수 있을 것이고, 낮에는 집중력이 높아지고 정확성이 길러질 것이다. 특히 뇌와 몸의 관계가 균형이 잡히면서 <흐름(flow)>의 상태를 유지할 수 있을 것이다. 감정뇌와 인지뇌 사이의 완벽한 조화가 이루어지는 상태를 '평안의 상태'라고 하는데, 이를 헝가리 출신의 유명한 심리학자인 크식스젠트미할리는 <흐름>상태라고 이름지었다. 결국 그 약은 혈압강하제, 안정제 또는 항우울제를 '모두 하나로' 결집한 약이 될 것이다.

만약 이런 약이 존재한다면 의사들 모두 서슴없이 이 약을 처방할 것이다. 어쩌면 정부에서 앞장서 치아를 위해 불소를 식수에 첨가하듯이 이 약품도 식수에 넣으려 할지도 모른다.

하지만 유감스럽게도 이런 기적의 약은 아직 없다. 그러나 얼마 전부터 심장과 뇌를 조화롭게 하는 간단하고 효과 있는 방법들이 알려졌다. 다비드 세르방 슈레베르가 제안한 동양의 감정 치료법인 7가지 정신 치료법이 바로 그것이다. 이는 인간의 뇌와 정신에 이미 존재하고 있는 자가치유 메커니즘을 최대한 활용하는 것이다. 7가지 치료법 ≪치유-우울증 불안 스트레스 화≫(정미애 옮김, 문학세계사)는 모두 엄격한 의학적 평가를 받은 것으로, 그 효율성은 이미 증명된 바 있으며, 세계적으로 권위가 있는 의학회지에도 여러 차례 소개되었다.

그럼에도 불구하고 이 치료법은 서양의료계에서는 정식 치료법으로 인정받지 못하고 있으며 심지어 정신질환이나 심리치료 분야에서조차 주목되지 못하고 있다. 그 이유는 서양의학이 이 치료법의 효능에 대한 정확한 메커니즘을 오직 서양의학적인 관점으로만 바라보고 있기 때문일 것이다. 또한 동양의학에 대한 선입견을 갖고 있는데다 동양의 감정 치료법을 동양의학적인 이론체계로 이해를 하지 못하고 있기 때문일 것이다.

(3) 심장은 감정을 읽고 느낀다

우리는 여러 감정들을 머리가 아니라 가슴으로 느낀다. 그리고 이것을 당연한 일로 받아들인다. 일찍이 1890년에 하버드 대학의 교수이며 미국심리학의 아버지인 윌리엄 제임스는, 감정은 무엇보다 몸의 상태를 나타내고, 그에 뒤이어 머리에 감지되는 것이라고 발표한 바 있다. 그는 이런 결론을 감정에 따른 일반적인 경험을 통해 얻어냈다.

일상생활에서 흔히 쓰는 말에 "장이 끊어지는 느낌이다" "손에 땀을 쥐게 한다" "간담이 서늘하다" "얼굴이 화끈 달아오른다" "속이 상한다" "간장이 녹는다"는 등의 표현이 있는데, 이는 마음이 상하면 몸이 상한다는 뜻으로 감정이 신체에 미치는 영향을 나타낸 것이다. 다시 말해 우리가 일련의 감정상태에 놓여 있을 때 우리 몸이 느끼는 정확한 상태를 표현한 것이다.

이러한 마음과 몸의 관계를 심신상관이라고 하며 禪에서 쓰는 말로는 心身一如라고 부른다. 이같이 인간은 심신일체로 반응을 일으키고 마음은 몸에, 몸은 마음에 커다란 영향을 끼쳐 병이 생긴다는 것은 예로부터 잘 알려져 있는 사실이다. 고대 그리스의 철학자 플라톤이 "마음을 도외시하고 신체를 치료할 수 없다"라고 한 것은 마음과 몸의 결합이 얼마나 중요한 것인가에 대해 단적으로 표현한 말이다.

최근에는 내장과 심장이 몸의 <작은 뇌>처럼 수십만 개의 신경단위로 이루어져 있다는 사실이 밝혀졌다. 이렇듯 몸의 한 부위에 자리잡고 있는 작은 뇌들은 자기 스스로의 감지시스템을 가지고, 그 기능에 따라 활동을 조절한다. 그리고 경험을 바탕으로 변형하기도 하는데, 어떤 면에서 보면 모두가 고유의 기억을 형성해 나간다고 할 수 있다.

심장은 반자동적인 신경묶음을 지니고 있으면서, 동시에 호르몬을 생성하는 공장이다. 고유의 아드레날린을 보유하고 있다가 가장 필요로 할 때 배출한다. 그와 동시에 혈압을 조절하는 ANF 호르몬을 분비하고 통제한다. 또한 사랑의 호르몬이라고 불리는 옥시토신(자궁수축호르몬)을 분비한다. 예를 들어 수유할 때, 사랑하는 연인을 만날 때, 그리고 오르가슴을 느낄 때, 옥시토신이 핏속으로 흘러들어간다. 심장에서 분비되는 모든 호르몬은 뇌에 직접적으로 작용한다.

마지막으로 심장은 몸의 여러 곳에서 감지되는 방대한 전자기장의 변화 조직체에도 참여한다. 이렇듯 우리는 감정을 나타내는 언어에 심장이란 말이 많이 사용되는 이유가 괜한 것이 아니었음을 알 수 있다. 심장은 감지하고, 느낀다. 그리고 심장의 활동은 뇌를 비롯해 모든 생리현상에 영향을 미친다.

4. 변증논치론(辨證論治論)

변증논치란 질병을 진단하고 치료함에 證에 따라 치료를 논하는 것을 말한다.

변증이란 望·聞·問·切의 四診에 따른 각종 현상과 신체적 징후에 근거하여, 질병의 원인·성질·부위 및 邪氣와 正氣의 관계 등을 종합·분석하여 證을 알아내는 것이고, 論治는 변증의 결론을 근거로 이에 상응하는 치료방법을 확정하는 것이다.

즉 변증은 치료원칙과 방법을 결정하기 위한 전제로 근거를 탐구하는 것이고, 논치는 질병을 치료하기 위한 수단과 방법을 말하는 것이다. 그러면 변증논치의 구체적인 방법론을 간략히 살펴보기로 하겠다.

(1) 표본완급(標本緩急)

질병의 標와 本은 질병의 본질(病人病機)과 현상, 正氣와 邪氣, 原發(舊病)과 派生(新病) 등의 각종 主次 관계를 나타내는 개념이다. "本"은 질병의 주된 원인이고, "標"는 주요 증상을 가리키는 것이다. 질병을 치료함에서는 반드시 그 주요 원인을 파악해야만 하는데, 이를 "治病必求其本"이라 한다. 그러나 질병의 전 과정에서 "本"과"標"의 主次는 질병에 標와 本의 완급을 근거로 해서 치료의 선후를 확정해야 하는데, 이것을 표본완급의 원칙이라고 한다.

(2) 정치(正治) 반치(反治)

질병의 標本主次를 구별하여 치료의 선후를 확정한 후에는 인체의 음양이 평형을 회복하도록 치료해야 한다. 이 때에 증후로 나타나는 음양 失調의 상태에 맞추어 치료방법을 강구해야 하는데, 예를 들면 "虛則補之" "實則瀉之"의 방법으로 인체의 음양을 조화시켜 평형상태를 회복시키는 것이 "正治法"이다. 이는 통상적인 치료방법으로 질병의 성질과 상반되는 방법과 약물을 써서 치료하는 것을 말한다. 그러나 때로는 질병의 성질과 일치하지 않는 증상이 나타나기도 하는데, 이 때에는 "가상(假象)"에 현혹되지 말고 증후의 성질을 파악하여 음양 실조에 따른 병리상태를 바로 잡는 것이 "反治法"이다. 다시 말해 질병에 가상이 나타나는 경우, 正治法을 써서 저항현상이 발생할 때 치료하는 것을 말한다.

(3) 이법방의(異法方宜)

동일한 질병이라도 환자의 체질·생활습관·거처환경 등이 다르기 때문에, 병을 치료함에 있어서도 환자의 특수성을 인식하여 구체적으로 파악해야 할 것임을 일컫는 것이다. 그러므로 "이법방의(異法方宜)"의 치료원칙은 일반성과 특수성이 결합된 변증사상이라 할 수 있다.

(4) 동병이치(同病異治)와 이병동치(異病同治)

같은 질병이라도 환자 개개인의 특성·계절·지역 혹은 병상의 발전과 질병의 전개과정의 변화에 따른 치료방법을 쓰는 것을 "同病異治"라고 하고, 반대로 다른 병증이라도 동일한 질병의 전개과정을 보이는 경우에는 동일한 방법으로 치료하는 것을 "異病同治"라고 한다.

제2장 정신생리

인간의 정신작용은 곧 생명력의 한 발현현상이므로 그 에너지의 근원은 역시 육체에 기반을 두고 있다. 그러므로 육신의 성장발육과 활동의 기본 장기가 되는 오장과, 물질적 기초를 이루는 精·氣·血·津液·營·衛 등은, 각기 정신기능과 밀접한 관계를 가지고 있다. 여기에서는 공황장애를 이해하기 위한 가장 기본이 되는 心과 神에 대해서만 간략히 설명하고자 한다.

1. 心의 개념

(1) 心의 개념

일찍이 동양에서는 동양적인 종교관과 우주관의 테두리 속에서 마음의 위치가 생각되었다. 즉 서양의학적인 뇌의 존재는 거의 무시되고, 심장을 비롯한 그 밖의 여러 장기에 정신이 자리 잡고 있는 것으로 생각하였다.

心은 오장육부 중에서 가장 중요한 자리를 차지하고 있는, 생명의 중심으로서 흉중에 위치해 있는데, 심포락(心包絡)에 싸여 외부로부터 보호받고 있다. 心의 주요 기능은 主神明, 主血脈, 主汗, 開竅於舌, 其華在面이다.

心을 ≪의학입문≫에서는 혈맥을 주관하는 유형의 心[血肉之心]과 藏神의 기능을 가진 무형의 心[神明之心]으로 구별하였다. 神明之心에 대하여 ≪소문·육절장상론(素問·六節藏象論)≫에는 "心者生之本, 神之變也"로, ≪소문·영란비전론(素問·靈蘭秘典論≫

에서도 "心者君主之官也, 神明出焉"으로 표현하였다.

≪영추·사객(靈樞·邪客)≫에서는 "心者, 五臟六腑之大主也, 精神之所舍也. 其臟堅固, 邪弗能容也. 容之則心傷, 心傷則神去, 神去則死矣"라 하였고, ≪영추·구문(靈樞·口問)≫에는 "心者, 五臟六腑之主也. …… 故悲哀愁憂則心動, 心動則五臟六腑皆搖"라 하였다. 이밖에 ≪소문·해정미론(素問·解精微論)≫에서는 "夫心者, 五臟之專精也"로, ≪영추·사전(靈樞·師傳)≫과 ≪영추·오륭진액별(靈樞·五癃津液別≫에서는 "五臟六腑, 心爲之主"라 하였다.

이와 같이 心은 오장육부를 다스리는 인체의 군주격인 장기로 그 우위성을 부여하였으며, 또한 인체내 생명활동에서 정신활동을 지배하는 중요한 장기로 설명하였다.

1) 포락(心包絡)의 개념

心包絡은 心包 혹은 전중(膻中)이라고도 하는데, 심장의 바깥을 에워싸고 있는 막으로서, 심장을 보호하는 작용을 한다. 明代의 우단(虞摶)은 ≪의학정전·의학혹문(醫學正傳·醫學或問)≫에서 "心包絡은 실제로 心을 에워싸고 있는 막인데, 心의 외부를 에워싸고 있으므로 心包絡이라고 한다(其心包絡, 實乃裹心之膜, 包於心外, 故曰心包絡)"고 하였으며, 조헌가(趙獻可)는 ≪의관·내경십이관론(醫貫·內經十二官論)≫에서 "心의 아래에는 心包絡이 있으니 膻中이다. 모양이 마치 위로 향한 술잔과 같으며 心이 그 속에 위치한다(心之下有心包絡, 卽膻中也, 象如仰盂, 心卽居於其中)"고 하였다.

≪내경(內經)≫에서는 心包絡을 하나의 독립된 장기로서 삼초(三焦)와 겉과 속을 이룬다고 보았다. 또한 心包絡의 생리기능과 그 경맥의 순행을 논술하였다. 예컨대 ≪素問·靈蘭秘典論≫에서 "膻中은 臣使의 官[君主之官인 心의 부림을 받는 기관]이고, 이곳

에서 기쁨과 즐거움이 나온다(膻中者, 臣使之官, 喜樂出焉)"고 하였는데, 여기서 전중은 心包絡을 말한다. 게다가 心包絡은 임금의 명령(君令)을 대행하므로 '臣使之官'이며 사람의 喜·樂이 여기서부터 나온다고 하였다.

2) 뇌의 개념

뇌는 두개골 안에 있으며 髓[수(髓)는 주로 척수를 가리키는데 골강내의 髓質도 여기에 포함되며, 신(腎)에 저장된 정기가 변화해서 생성된다. 이는 腎이 髓를 생성함을 말해주는 것이다. 척주(脊柱) 중의 髓는 腦와도 통하므로 임상에서 나타나는 髓·腦·骨의 병증은 자주 腎에서 논치한다]가 모여 이루어진 것이다. ≪靈樞·海論≫에서는 "腦는 髓의 海이다(腦爲髓之海)"로, ≪素問·五臟生成論≫에서는 "각종 髓는 腦에서 나온다(諸髓者皆屬於腦)"고 하여 뇌의 생리기능에 대하여 기술하고 있다.

≪素問·脈要精微論≫에서는 "머리는 精明이 모여 있는 집이다(頭者精明之府)"라고 하였다. 또한 ≪靈樞·大惑論≫에서는 "오장육부의 정기는 모두 눈 부분(眼部)으로 흘러들어 사물을 볼 수 있도록 한다. 이들 정기가 모여들어 안정(眼睛)을 형성한다. 그 중 骨의 정기는 동공으로, 근(筋)의 정기는 검은자위로, 血의 정기는 눈 부분의 血絡으로, 氣의 정기는 흰자위로, 기육(肌肉)의 정기는 눈꺼풀로 흘러 들어가는데, 筋·骨·血·氣의 정기와 맥락이 합쳐져 목계(目系)를 이룬다. 目系는 뇌에 속하는데 목 부분(項部)의 중간으로 나온다. 그러므로 만약 나쁜 기운(邪氣)이 목 부분에 들어와 인체가 허약한 틈을 타고 깊숙이 침입하면 眼系를 따라 뇌 부분(腦部)을 손상시킨다. 邪氣가 뇌 부위에 들어가면 어지럽고 눈이 빙빙 도는 증상이 나타난다(五臟六腑之精氣, 皆上注於目而爲之精. 精之窠爲眼, 骨之精爲瞳子, 筋之精爲黑眼, 血之精爲絡, 其

竅氣之精爲白眼, 肌肉之精爲約束, 窠擷筋·骨·血氣之精而與脈幷爲系. 上屬於腦, 後出於項中. 故邪中其項, 因逢其身之虛, 其入深, 則隨眼系以入於腦. 入於腦則腦轉, 腦轉則目系急, 目系急則目眩以轉矣)"고 나왔다. 이것은 ≪內經≫이 시각의 생리·병리를 뇌와 결합시켜 논한 것이다.

≪내경≫에서는 청각의 정상 여부가 뇌와 밀접한 관계가 있다고 보았다. ≪靈樞·海論≫에서는 "髓海가 부족하면 이명 증상이 나타난다(髓海不足, 則腦轉耳鳴)"고 하였고, ≪靈樞·口問≫에서는 "상부의 氣가 부족하면 腦髓가 충만하지 못하여 귀가 울리고 머리가 무거워 지탱하지 못하여 숙여지며 눈앞이 어지럽다(上氣不足, 腦爲之不滿, 耳爲之苦鳴, 頭爲之苦傾, 目爲之眩)"고 하였는데, 뇌·귀·눈은 모두 머리부분에 있으므로 腦髓가 충만하지 않으면 이명·목현(目眩) 증상이 나타나는 것이다. 이로부터 고대 의가들이 시각과 청각 등의 감각기관을 뇌와 관련하여 인식하였음을 알 수 있다.

명나라 이시진(李時珍)은 ≪본초강목≫의 신이조(辛夷條)에서 "뇌는 元神이 거처하는 곳이다"라고 하여 뇌와 정신활동의 관계를 설명하였다.

청나라 왕앙(汪昂)은 ≪본초비요(本草備要)≫에서 "사람의 기억은 모두 뇌 속에 존재한다(人之記性, 皆在腦中)"고 하였으며, 아울러 "사람이 지나간 일을 기억하려 할 때 눈을 감고 생각하는 것은 정신을 뇌에 집중시키려는 것이다(今人每憶往事, 必閉目上瞪而思索之, 此卽凝神於腦之意也)"라고 하였다.

후대에 왕청임(王淸任)은 이러한 선조들의 인식을 토대로 뇌의 기능에 대하여 비교적 상세히 기술하였다. 그는 ≪의림개착(醫林改錯)≫에서 "영묘한 계략과 기억력이 뇌에서 나오는 것은 음식에서 변화해 생성된 기혈이 근육을 자라게 하고 정즙(精汁) 가운데

맑은 것은 뇌수로 전화되기 때문이며, 척수를 통해 뇌로 들어가므로 腦髓라 한다. 양쪽 귀는 뇌와 통하므로 청취한 소리가 뇌로 전달되며, 두 눈은 마치 선처럼 뇌에 연결되어 있어 눈으로 본 사물이 뇌로 전달된다. 코는 뇌와 통해 있어 코로 맡은 향기나 악취를 뇌로 전달한다. 유아가 한 살이 되면 뇌가 점차 생장하므로 한두마디의 말을 하게 되는 것이다(靈機記性在腦者, 因飮食生氣血, 長肌肉, 精汁之淸者, 化而爲腦, 由脊髓上行入腦, 名曰腦髓. 兩耳通腦, 所聽之聲歸腦; 兩目系如線長於腦, 所見之物歸腦; 鼻通於腦, 所聞香臭歸於腦; 小兒周歲腦漸生, 舌能言一二字)"라고 하였다. 王淸任은 기억·언어 및 시각·청각·후각 등의 감각기능을 모두 뇌에 귀속시켰다. 이렇게 한의학에서는 이미 뇌에 대한 인식을 한 단계 높였다. 이는 서양의학의 뇌에 대한 인식과 일치한다.

고대 의가들은 비록 뇌의 생리·병리에 대하여 상당한 인식이 있었으나, 장상학(藏象學)에서는 사람의 정신·의식 및 사유 활동을 오장에 귀속시켰다.

예컨대 ≪靈樞·本藏≫에서는 "五臟은 血·氣·魂·魄을 저장하고 있다"고 하였으며, ≪素問·宣明五氣≫에서는 "오장 중에서 心은 神을, 肺는 魄을, 肝은 魂을, 脾는 意를, 腎은 志를 저장한다(五臟所藏: 心藏神, 肺藏魄, 肝藏魂, 脾藏意, 腎藏志)"고 하였다. 오장 중에서도 心을 가장 중요한 장기로 보아 "心은 오장의 군주이고 정신이 이곳에서 나온다(心者, 君主之官, 神明出焉)"고 하였다.

藏象學에서는 神·魄·魂·意·志는 오장에 소장되어 있으며 心이 이를 주재하는 것으로 보았기 때문에 心을 君主之官이라 하며, 이들이 대뇌의 생리기능이 전신에 작용함을 인식한 것이다. 실제로 오장의 생리기능이 실조되면 반드시 대뇌의 생리기능에 영향을 미쳐 神志의 변화를 일으킨다. 따라서 한의학에서는 뇌의 생리와 병리를 오장과 연결시켜, 오장의 생리활동이 정상이어야 뇌의 생리기능도 정상적으로 이루어지는 것으로 인식하고 있다.

실제로 뇌는 腎과 매우 밀접한 관계를 가지고 있다. 腎은 정기를 저장하고 骨을 주관한다. 腎에 精이 충만해야 髓를 만들므로 뇌에 髓가 가득 차게 해야 한다. 따라서 腦髓가 부족하거나 이와 관련된 병변, 예를 들면 선천적으로 대뇌의 발육이 불완전하거나 뼈가 약하거나 오감이 둔한 것, 혹은 후천적으로 영양이 부족하거나 병으로 오래 동안 누워 있어 정신이 멍하고 보행이 불편하거나 시각·청각에 이상이 오는 등의 증상을 모두 신정부족·뇌수공허(腎精不足·腦髓空虛)에 귀속시켜 '보신익정(補腎益精)' '전정보수(塡精補髓)' 등의 방법으로 치료하였다.

(2) 心의 주요 생리기능

1) 心主血脈

≪소문·위론(素問·痿論)≫에서 "心主身之血脈"이라 하였는데, 心主血脈은 다음의 세 가지 내용을 포함하고 있다.

첫째, 心에는 혈액을 化生하는 중요한 작용이 있다. 수곡의 精微물질이 轉化하여 혈액이 되는데, 이는 비교적 복잡한 生化 과정이다. 心 외에도, 血의 생화는, 기타 臟腑의 생리활동과 유관하다. 그러나 중요한 것은 수곡에서 화생된 정미물질은 반드시 心의 '化赤' 작용 하에서만 혈액을 생성할 수 있다는 점이다. 따라서 한의학에는 "봉심화적(奉心化赤)"의 견해가 있다. ≪靈樞·決氣≫에서 "中焦는 받아들인 음식물에서 정미를 취하며 붉은색의 액체로 변화시키는데 이를 血이라 한다(中焦受氣, 取汁變化而赤, 是謂血)"고 하였고, ≪靈樞·邪客≫에서는 "영기는 진액을 분비하며 혈맥으로 들어가 혈액으로 화생하여 사지를 영양하고 안으로 오장육부를 적셔준다(營氣者, 泌其津液, 注之於脈, 化以爲血, 以榮四末, 內注五臟

六腑)"고 하였다. 이는 脾기 음식물 중의 징미물질을 흡수하여 기와 진액으로 화생한 다음, 상부의 폐로 보내어 폐기의 작용을 통해 심맥 속으로 들어가게 하여 혈액이 되도록 하며, 아울러 전신을 순행하여 사지말단·오장육부와 전신을 영양하도록 한다는 뜻이다.

둘째, 맥은 심이 주관한다. ≪소문·맥요정미론≫에서 "맥이란 혈의 창고이다(夫脈者, 血之府也)"라고 하였는데, 심과 맥은 끊임없이 서로 통하여 관계가 매우 밀접하다. 맥은 혈액이 운행되는 통로로서, 심과 공동으로 하나의 폐쇄적인 管道 계통을 구성한다. 맥은 끊임없는 심혈의 공급과 유양(濡養)을 받아야만 비로소 그 정상적인 기능을 유지하여 혈액이 맥 속을 두루 돌 수 있다.

셋째, 혈액은 심에 있는 것이지만, 맥이라는 하나의 밀폐된 管道 계통 속에서 심기의 추동(推動) 운동에 의지해야만 두루 순행하여 오장육부·사지백해(四肢百骸)·오관구규(五官九竅)에 영양을 공급할 수 있다. 혈액은 경맥 중에서 쉬지 않고 운행하는데 비록 肺·脾·肝 등의 협동작용과 유관하지만, 심기는 혈액을 추동하는 기본 동력이다. 따라서 ≪四言脈訣≫에서 "맥은 혈의 창고이고 기혈의 神이며, 心機의 수축과 이완이 혈액순환을 일으킨다"고 하였다.

상술한 바를 종합하면 심·혈·맥 삼자의 관계는 매우 밀접하지만 心이 삼자 가운데 주된 작용을 하므로 心主血脈이라 한다. 노년의 심장생리에 대해 ≪靈樞·天年≫에서 "60세가 되면 심기가 쇠약해지기 시작한다(六十歲, 心氣始衰)"고 하였다. 그러나 왕성한 활동력과 끊임없는 육체운동, 맑은 정신력으로 60세에 오히려 젊은 이를 놀라게 하는 노익장은 얼마든지 있다.

2) 心主神志

心主神志란 사람의 정신·의식·사유활동을 心이 주관하고 있음을 말하며, 이는 心의 주된 생리기능의 한 부분이다.

心主神志는 ≪소문·선명오기(素問·宣明五氣)≫의 “心藏神”과 ≪소문·영란비전론≫의 “心者, 君主之官, 神明出焉”에서 비롯되었다. 그러므로 心主神志는 心藏神·心主神明이라고도 한다.

神의 의미는 광의와 협의로 나눈다.

광의의 神은 전신에 내재한 생리활동이 겉으로 표현된 것이다. 인체의 형상·안색·눈빛·언어·반응·팔다리의 활동상태 등과 같은 외재적 표현은 모두 ‘神’의 범주에 속한다. ≪소문·이정변기론≫의 “神을 얻으면 昌盛하고 神을 잃으면 죽는다(得神者昌, 失神者亡)”라고 함은 곧 넓은 의미의 神을 뜻하며, 이것이 일반적으로 말하는 ‘神氣’이다.

협의의 神은 心이 주관하는 정신·의식·사유활동을 말한다. 사람의 정신·의식·사유활동은 대뇌의 생리기능이고, 외부사물에 대한 대뇌의 반응이다. 그러나 藏象學에서는 오장을 중심으로 삼기 때문에 사람의 정신·의식·사유활동은 오장에 귀속된다고 본다. 그러므로 ≪靈樞·本藏≫에서는 “오장은 정신·기혈·혼백을 저장한다(五臟者, 所以藏精神血氣魂魄者也)”고 나왔다. 또한 오장 중에서도 心이 주재하므로 “心藏神”이라 하였으며 ‘君主之官’으로 삼았다. ≪靈樞·本神≫에서 “사물을 지배하는 것은 心이다(所以任物者謂之心)”라고 하여, 心이 외부의 자극을 받아들이는 기능과 이에 반응하는 기능을 갖추고 있음을 분명히 하고 있다.

장개빈(張介賓)은 한 걸음 더 나아가 ≪類經≫에서 “心은 장부의 主이고 혼백을 통솔하며, 아울러 의지를 포함하고 있다. 憂는 心에서 움직이고 폐가 반응하며, 思는 心에서 움직이고 脾가 반응하며, 怒는 心에서 움직이고 肝이 반응하며, 恐은 心에서 움직이고 腎이 반응하므로, 五志는 오로지 心이 관할하는 것이다(心爲臟腑之主, 而總統魂魄, 幷該意志. 故憂動於心則肺應, 思動於心則脾應, 怒動於心則肝應, 恐動於心則腎應, 此所以五志唯心所使也)”라고 하였다.

장상(藏象)에서는 사람의 정신·의식·사유활동을 오장 중에서 心이 주재하며, 생리기능 활동의 매우 중요한 구성부분으로 본다. 그러나 일정한 조건에서 사람의 정신·의식·사유활동은 오장의 생리기능에 작용한다. ≪靈樞·邪客≫에서는 "心은 오장육부의 大主(心者, 五臟六腑之大主也)"라고 하였다. 실제로 心은 神明을 주관하기 때문에 사람의 정신·의식·사유활동은 오장육부의 생리기능활동에 대해 작용한다.

장개빈(張介賓)은 한층 더 발전하여 ≪유경(類經)≫에서 "心은 一身의 군주로서 하늘로부터 令을 받아 조화[창조]하는 능력을 갖추어 하나의 이치로써 모든 기능에 응하니, 장부·백해가 오직 心의 令을 받으며, 총명·지혜가 이로부터 비롯되지 않는 것이 없다. 그러므로 神明이 이곳에서 나온다고 한다(心爲一身之君主, 稟虛令而含造化, 具一理以應萬機, 臟腑百骸, 惟所是命, 聰明智慧, 莫不由之, 故曰神明出焉)"고 설명하였다. 이 역시 ≪素問·靈蘭秘典論≫에서 말한 "군주가 현명하면 하부가 안정되고 …… 군주가 현명하지 못하면 十二官이 모두 위태롭다(主明則下安, …… 主不明則十二官危)"는 것과 일맥상통하는 의미이다.

심장박동의 정지는 생명의 종결을, 의식의 상실은 생명이 위험함을 뜻한다. 心主神志와 心主血脈 간에는 밀접한 인과관계가 존재하고 있다. 사람의 정신·의식·사유활동은 기혈의 정상운행에 의존하며 더욱이 수액이 제공하는 충분한 양분을 필요로 한다. 그러므로 ≪素問·八正神明論≫에서 "기혈은 인체의 神氣이다(血氣者, 人之神)"라고 하였고, ≪靈樞·營衛生會≫에서도 "血은 神氣이다(血者神氣也)"라고 하였다. 다시 말해서 기혈은 神을 만들어 내는 물질적 기초이고 기혈 운행의 정상여부는 사람의 정신·의식·사유활동에 영향을 미친다. 만약 어떠한 원인에 따라 血의 흐름이 빨라지고 氣機가 逆亂하면 心悸·煩躁가 나타나고 심하면 정신이 혼미하고 狂亂하는 등 정신이상 증상이 생긴다. 만약 기혈이 부족하여 血의 흐름이 느린 경우에는 정신이 피로하고 생기가 없으며 심하면 정신이 흐리고 반응이 느린 등의 증상이 나타난다. 사람의 정신·의식·사유활동의 이상은 또한 기혈의 운행상태와 장부의 생리기능에 작용할 수 있다. 예컨대 이천(李梴)은 ≪醫學入門·心臟≫에서 "神은 기혈에서 화생하며 생명의 근본이다. 形과 神은 역시 항상 서로 의지하고 있으므로, 무릇 心病은 모두 근심과 사려에 따른 병리가 있은 후에 邪氣가 침입한 것이다(神者 血氣所化 生之本也 萬物由之成長 不著色象 謂有何有 謂無復存 主宰萬事萬物 虛靈不昧者是也 然形神亦恒相因 凡心之病 皆由憂愁思慮而後邪得以入之)"라고 설명하였다.

3) 心開竅於舌 其華在面

心의 별락(別絡)은 혀로 상행하므로 心의 기혈은 상부의 혀로 통한다. ≪素問·陰陽應象大論≫에서 "心은 舌을 주관한다(心主舌)"고 하였고, ≪千金方·心臟脈論≫에서는 "舌은 心의 기관인 까닭에 심기가 혀로 통한다"고 하였으며, ≪靈樞·脈度≫에서는 "심기는 舌로 통하는데, 心이 조화로우면 혀로 五味를 알 수 있다.

제3장 정 신 병 리

1. 心의 병리

(1) 心虛 病理

心虛는 心氣虛·心血虛·心陰虛·心陽虛를 포괄한다. 心氣가 부족하면 血의 운행이 무력해지거나 지체된다. 心陽이 衰竭하면 陰寒의 邪氣가 쉽게 心脈을 가로막아 血의 운행이 순조롭지 못하게 된다. 心血이 虛하면 血이 心을 봉양하지 못하여 心神이 영양 받지 못하고 心·脈의 기능이 정상적인 규율을 잃게 된다. 心陰이 虛하면, 心血虛의 병리뿐 아니라, 陰이 虛하여 陽을 제약할 수 없으므로 心陽虛亢과 虛熱內生의 병리를 형성하게 된다.

1) 心氣虛

心氣虛는 주로 노년기에 심장 자체의 병리성 변화로, 또는 선천적인 허약이나 正氣의 쇠약으로 형성되어, 行血·生血 기능을 저하시킨다. 예를 들면 ≪靈樞·天年≫에서 "60세가 되면 심기가 쇠약해지기 시작하는데 …… 기혈의 운행이 완만해진다(六十歲, 心氣始衰, …… 血氣懈惰)"고 하였다.

상술한 원인뿐 아니라 다른 장기가 병든 후에 그 영향을 받아 발생하기도 한다. 肺氣虛로 宗氣가 쇠약해지면, "貫心脈"하여 기혈을 운행시킬 수 없게 된다. 급작스런 병으로도 심기가 손상되는데, 예를 들어 급성 열병에서 邪氣와 正氣의 싸움이 극렬하면 후기에 心氣虛를 형성한다. 그리고 지나친 근심 걱정으로 심기와 심혈이 암암리에 손상되기도 하고, 血病이 氣에 영향을 미쳐 心血虛가 心氣

虛를 야기하기도 한다.

심기의 허약으로 혈액의 운행이 무력해질 경우, 임상적으로는 주로 심장기능의 감퇴로 표현된다. 심기가 부족하면 혈맥을 힘차게 고동할 수 없기 때문에, 心中이 공허하면서 두근거리고 氣短·氣促이 나타나며 활동을 하면 더욱 심해지고 세약·지완 혹은 결대(結代)한 脈象이 나타난다. 心은 그 상태가 얼굴에 나타나고 혀에 개규하는데, 심기가 허약하면 혈맥을 고동시킬 수 없어 혈액이 위로 머리부분을 영양하지 못하므로 맥락이 충실하지 못하고, 따라서 면색광백(面色胱白), 설담반눈(舌淡胖嫩)의 증상이 보인다. "汗은 心의 液"인 바 심기가 허해지면 진액을 잘 단속하지 못하므로 심액이 외부로 흘러나오는데 이것이 자한(自汗)이다. 심기가 허약하면 혈맥의 운행이 지체되는데, 이것이 오래되면 심맥 어조(瘀阻)를 형성한다. 심기가 허하면 病邪를 방어하는 능력이 부족하므로, 陰邪가 내부로 타고 들어가[乘] 心陽을 손상시키며, 심지어는 심양쇠갈(心陽衰竭)을 야기한다.

2) 心陽虛

心陽虛의 형성 원인은 心氣虛와 기본적으로 같지만, 이외에도 心氣虛가 발전하여 형성될 수 있다. 心陽 또한 혈맥을 온후(溫煦)하여 한사(寒邪)를 방어하는 작용이 있기 때문에, 심양허가 발생하면 심계·기단(氣短)과 활동시 가중되는 것, 脈細細弱·或結代 등의 심기허 증상이 나타나는 것 외에도, 양열(陽熱)의 온후하는 기능이 부족해져 음한의 사기가 심맥을 가로막고 이로써 혈행이 원활하지 못하게 되는 병리성 변화를 일으킨다. 예를 들면 외한지랭(畏寒肢冷), 면색회암(面色晦暗), 심흉별민(心胸憋悶) 혹은 냉통, 설질이 청암(靑暗)하면서 오그라드는[卷縮] 등이다.

≪醫門法律·中寒門≫에서는 "胸痺心痛은 모두 음허에 따른 것

이므로 음이 허를 틈타 침입한 것이다(胸痺心痛, 然總因陰虛, 故陰得乘之)”라고 하였고 ≪유증치재·흉비(類證治裁·胸痺)≫에서는 “흉중의 양기가 미약하여 운행되지 못하고 이것이 오래되면 음이 양의 자리에 침입하여 비결(痞結)이 된다(胸中陽微不運, 久則陰乘陽位而爲痞結也)”고 하였다.

만약 心陽虛脫이 발생하면 대한임리(大汗淋漓)·사지궐랭(四肢厥冷)·구순청자(口脣靑紫)·맥미욕절(脈微欲絶)·신지혼미(神志昏迷) 등의 증상이 나타난다. 心은 君火의 令을 주관하므로 心陽이 허하고 쇠하면 반드시 전신의 양기 역시 영향을 받아 쇠약하게 된다. 따라서 심양허는 노약자에게서 흔히 볼 수 있는 병리라 하겠다.

3) 心血虛

心血虛의 원인은 주로 장기의 정혈이 줄어든 데다, 사려 과다로 심혈이 많이 소모되어 발생한다. 또한 心脾血虛로 심혈을 화생하는 원천이 부족하여도 형성된다. 이밖에도 각종 失血 또한 직접적으로 심혈을 손상시킨다.

심혈이 휴허(虧虛)하면, 대개 혈이 심을 봉양하지 못하고 心神 또한 영양을 받지 못하여 心이 제 기능을 못하는 것으로 표현된다. ≪단계심법≫에서 “怔忡者血虛, 怔忡無時, 血少者多”라고 하였고, ≪경악전서·불매≫에서는 “邪氣가 없는데도 잠을 이루지 못하는 경우는 반드시 營氣가 부족한 것이다. 營은 血을 주관하는데, 血이 虛하면 心을 보양할 수 없어 心이 虛해지고, 이렇게 되면 神이 제 위치를 지키지 못한다(無邪而不寐者, 必營氣之不足也, 營主血, 血虛則無以養心, 心虛則神不守舍)”고 실렸다. 임상에서는 심계·건망·불면·다몽 등의 증상이 가장 많이 보인다.

이밖에도 심혈이 허하면, 위로 頭目·안면에 營血을 공급할 수 없고 혈맥을 충만하게 할 수 없기 때문에, 현훈(眩暈)·면색무화

(面色無華)·맥세약(脈細弱)하게 된다.

4) 心陰虛

심음허와 심혈허는 유기적인 관계로 존재한다. 노약자에게 심음허가 발생하는 病機는 주로 心腎의 陰精이 줄어드는 것에 있다. 급성 열병 후기에 心腎의 陰이 작상(灼傷)되거나, 情志內傷으로 음혈이 암암리에 소모되는 것들도 모두 심음허의 원인이 된다.

음이 허하므로 양을 제약할 수가 없는데, 임상적으로는 흔히 心陽虛亢으로 표현된다. 심혈은 심음의 범위 내에 포함되므로, 심음허는 심계·건망·불면·다몽 등의 심혈허 증상을 모두 갖추고 있을 뿐 아니라, 오심번열(五心煩熱)·도한(盜汗)·인건구조(咽乾口燥)·설홍소진(舌紅少津)·맥세삭(脈細數) 등 음이 양을 제약하지 못하여 습열이 내생하는 임상표현도 있게 된다.

(2) 心實 病理

심실증(心實證)의 병리는, 주로 정기는 허하고 사기는 실하여, 심맥에 어혈이 막히거나[心脈瘀阻], 담이 흉양(胸陽)을 가로막거나[痰遏心陽], 心火가 항성하게 되는 것으로 요약할 수 있다.

心脈瘀阻는 대부분 심기허·심양허의 病情이 진일보하여 형성된 것이다. 心中의 양기는 혈맥의 운행을 추동하는 작용을 하는데, 심기·심양이 휴허하면 혈맥을 고동시킬 수 없게 되어 심혈이 영양을 충분히 공급 받지 못한다. 여기에다 情志 손상에 따른 기기울결(氣機鬱結), 고량후미(膏粱厚味), 과로·과일(過逸), 한사(寒邪)를 감수하는 등의 요인이 겹치면 심맥의 凝滯(응체)가 야기된다.

담이 심양을 가로막는 것은 항상 심양부족에 이어서 발생한다. 심양은, 혈맥을 온후하여, 심맥이 음한의 사기의 침습을 받아서 응취되는 것을 방지하는 작용을 한다. 만약 심양이 허손된 틈을 타고 담탁(痰濁)이 내부를 침범하여 흉양이 산포·신전되지 못하면 기혈의 운행 역시 원활할 수가 없다.

心火의 항성은 심음부족에 연속되어 일어나기도 하고 또는 情志가 조화롭지 못해 五志가 火로 변하고 이로써 심양이 편향되어도 일어난다. 그리고 心腎의 음허로 水가 火를 交濟하지 못하고 위로 心神을 요란(搖亂)시켜도 心火亢盛이 발생할 수 있다.

正氣가 허하거나 노년기가 되면 심기·심혈·심양·심음이 허쇠해지므로, 심맥어조·담알심양(痰遏心陽) 및 심화항성 등의 허실이 협잡한 병리가 형성되기 쉽다.

1) 心脈瘀阻

심맥어조는 심혈어조·어조심락이라고도 한다. 이는 허약자에게 쉽게 형성되는 병리로서, 심장의 혈맥에 어혈이 가로막아 혈행이 원활하게 소통되지 못함으로써 발생한다. 그러므로 ≪소문·비론≫에서 "心痺者, 脈不通"이라고 하였다.

심맥어조는 항상 심기허나 심양허에 잇달아 발생한다. ≪소문·거통론≫에서 "寒邪가 경맥에 침입하여 머물면 기혈의 흐름이 느려지고, …… 이것이 경맥 중에 머물면 기가 통하지 않는다(寒氣入經而稽遲, 泣而不行, …… 客於脈中則氣不通)"고 하였다. 주목할 것은, 임상적으로 심한 감정 변화, 情志內傷, 음식·노권, 한사의 감수 등이 항상 본 병리 발생의 유인이 된다는 점이다. 즉 상술한 유관 요인들은 음양과 기혈의 실조를 일으킬 수 있는 중요한 조건이 된다.

心虛로 심맥이 어조되고 한사가 응체되면, "不通則痛"하게 된다. 이는 대부분 본허표실의 병리에 속한다. 임상에서 주로 표현하는 증상은 심흉별민동통(心胸憋悶疼痛)이다. 심맥이 완전히 막힌 것이 아니라면, 인체에는 이를 스스로 완화하여 조절할 수 있는 기능이 있기 때문에, 그 통증이 있다가 없다가 한다[時作時止]. ≪영추·경맥≫에서 手少陰心經은, "직행하는 경맥은 다시 心系에서 폐로 올라가 겨드랑이로 나온 다음, 팔 안쪽 뒷면을 순행하여 수태음폐경과 수궐음심포경의 뒷면을 지나 팔꿈치 안쪽으로 내려오며, 팔 안쪽 뒷면을 순행하여 손바닥 뒤쪽 高骨의 끝[神門穴]에 도달한다(其直者, 復從心系却上肺, 出腋下, 下循臑內後廉, 行手太陰心主之後, 下肘內, 循臂內後廉, 抵掌後銳骨之端)"고 하였다. 따라서 발작시에는 어깨와 등, 팔 안쪽이 당기면서 아프다. 또 어혈이 가로막으므로 혀 모양은 청자색을 띠면서 간혹 어점·어반이 나타나고, 맥상은 세삽결대(細澀結代)하다.

病情이 발전하여 심기허탈이나 심양폭절(心陽暴絶)에 이르러, 심맥의 기혈이 응체되고 경색되어 통하지 못하면, 한출(汗出)·지궐(肢厥)·혼미하고, 흉통이 극렬하여 저절로 완해되지 않으며, 사지와 입술이 청자색을 띠고, 맥미욕절하는 등의 위중한 증후가 나타난다. ≪영추·궐병(靈樞·厥病)≫에서 "진심통이 발생하여 수족이 차고 관절부위까지 파급되며 심통이 극심한 경우는, 아침에 발작하면 저녁에 죽고 저녁에 발작하면 다음날 아침에 죽는다(眞心痛, 手足淸至節, 心痛甚, 旦發夕死, 夕發旦死)"고 한 바와 같다.

2) 痰遏心陽

담알심양(痰遏心陽)은 담알흉양·담조흉양이라고도 한다. 그 발생기전은, 흉양이 쇠약하거나 하루종일 책상 앞에 앉아 꼼짝하지 않거나 하면 흉양이 신전되지 않고 기혈 운행이 류창하지 못하며 담탁이 陽位에 침입하고 다시 흉중의 양기를 가로막음으로 인해 흉양이 막혀(遏) 분포·도달할 수 없다는 것이다.

≪소문·금궤진언론≫에서 "등은 양인데 양 중의 양은 심이다. 등은 양인데 양 중의 음은 폐이다(背爲陽, 陽中之陽, 心也; 背爲陽,

陽中之陰, 肺也)"라고 하였는데, 흉배는 곧 청양의 구역이며 심폐가 위치한 곳이므로 흉양이 쇠약해진다는 것은 실제로는 심폐의 양기가 허쇠해진 것이다. 痰濁의 형성은 대부분 脾가 허하여 습이 성하기[脾虛濕盛] 때문이다. 비기가 허약하거나 달고 기름진 음식을 마음내키는 대로 먹거나 술을 즐겨 습관이 되거나 하면, 비위의 양기가 손상되어 수습을 운화할 수 없으므로, 水가 뭉쳐 飮이 형성되고 飮이 응결하여 痰이 되며, 따라서 흉양이 가로막히게 된다.

임상에서는 흉통철배(胸痛掣背, 흉통으로 등이 당김)가 주요 특징이다. 이 증상에다, 痰은 陰邪이므로 寒氣를 만나면 통증이 심해지고; 胸陽이 부진하므로 痰濁이 내부에 凝聚되고 氣機가 가로막혀 흉민·기단·심계, 심할 경우 숨이 차서 반듯이 눕지 못하며; 양기가 부족하므로 면색창백·사지궐랭하고; 위기(衛氣)가 외표를 고섭(固攝)하지 못하므로 땀이 나며; 설태백·맥침세(舌苔白·脈沈細)하다. 이런 것들은 다 양기부진의 증후이다.

담알심양과 심맥어조는 모두 '胸痺'를 형성하는 요인이다. 양자는 다 심양허쇠가 전화하여 형성된 것이고, 흉통을 그 주요 증세로 한다. 이를 구별하면 전자는 심양의 허약으로 담탁이 양위에 올라타 흉양이 가로막혔기 때문이며, 후자는 양허로 혈맥을 온후하지 못하여 심맥이 응체되었기 때문이다. 이렇게 같은 점과 다른 점이 있지만 임상에서는 상세히 구별해야 한다.

3) 心火亢盛

심화항성은 흔히 心腎陰虛에다 "將息失宜[섭생을 잘 하지 않음]"하여 발생하는데, 허에 따라 실하게 된 것이다. 心은 火臟이고 腎은 水臟이다. 생리적으로 心火는 항상 下達하여 下元을 따뜻하게 하고 이로써 腎水가 차지 않도록 하며, 腎水 역시 끊임없이 상조(上潮)하여 心主를 자윤(滋潤)하고 이로써 心火가 항성하지 않도록 한다.

대다수의 사람들은 50살이 넘으면, 腎精이 약해져, 陰精이 위로 心을 잘 받들지 못하고 腎水는 아래에서 모자라고, 이렇게 해서 心火가 위에서 기세등등하게 되므로 심화항성이 발생한다.

情志의 火가 안에서 발하는 것 또한 본 병리 발생의 주요 원인이다. 노년기에는 성격이 남들과 잘 어울리지 않게 되는 경우가 많다. 급작스럽게 화가 나고 우울해져 간을 손상하면, 氣機가 울체되고 鬱은 火로 변해 암암리에 腎陰을 소모시키므로, 心腎이 서로를 편하게 하지 못하여 水가 火와 交濟하지 못하고, 이로써 心火가 지나치게 항성하게 된다.

심화편항(心火偏亢)의 병리는 음성양항·본허표실이고, 파급되는 장기는 주로 心과 腎이다. 心火가 내부에서 치성(熾盛)하면 火가 心神을 요란하므로 불면증이 나타난다. 심화편항으로 화열이 진액을 손상시키면 입과 혀에 종기가 생기며, 얼굴이 붉어지고 입이 바짝 마르는(口舌生瘡·面赤口渴) 증상이 발생한다. 心에 있던 열사(熱邪)가 소장으로 옮겨지면 소변이 붉고 화끈화끈한 통증[尿赤灼痛]이 온다. 열사가 혈락을 손상시키면 혈뇨가 나타나기도 한다. 예컨대 ≪제병원후론·혈병제후≫에서 "심은 혈을 주관하며 소장과 표리가 되는데 만약 심에 열이 있으면 소장에 파급되어 소변에 피가 섞여 나온다(心主於血, 與小腸合, 若心家有熱, 結於小腸, 故小便血也"라고 한 바와 같다.

2. 신지(神志)의 병리

한의학은 전체적이고도 종합적인 견지에서 인간의 생명 현상을 현상학적(現象學的)으로 다루는 학문이다. 그러므로 신경정신과 질환이라 해도 단순한 뇌조직의 병으로만 보지 않고 육신의 건강과 관련지어 생각한다. 다시 말해서 인간의 정신 기능이나 정신작용의 구체적인 표현이라 할 수 있는 감정까지도 인체의 생명 활동에 가장 기본 장기라 할 수 있는 오장(五臟 - 肝, 心, 脾, 肺, 腎)과 관련지어 생각하고 있다.

즉 무형(無形)의 정신 작용이라 하더라도 그것은 육신에 기반을 둔 것이므로 오장 기능의 허실(虛實)은 곧 정신면에 반영되며, 정신적인 과로나 충격은 각기 소속된 오장의 기능에까지 영향을 준다는 것이다. 이는 곧 육체가 건강해야 정신 상태도 강해지며, 정신이 화평해야 육신도 건강할 수 있다는 뜻이다.

이와 같이 한방 신경정신과는 심신일여(心身一如), 신형불가분리(神形不可分離)의 대원칙 아래 이루어진 학문이기 때문에, 비록 정신적인 질환이라 하더라도 그 치료에서는 육신(오장의 기능)을 조절하여 치료하는데 그 특징이 있다.

하나의 생명은 무형적인 운동(정신)으로도 형체적인 육체로도 관찰할 수 있는 양면성을 지니고 있다. 즉, 생명 현상을 동적으로 관찰한 것은 정신이고, 정적으로 관찰한 것은 육체이다.

그러므로 어느 한 면만 보는 일은 전체를 파악하는 일이 못 되며, 이를 전일체(全一體)로서의 생명력의 표현이라고 볼 때 비로소 정신 현상과 육체의 기능과는 밀접한 관련성을 지니고 있다는 것을 알 수 있게 된다.

한의학에서 정신이란 신(神)으로 명명되는데, 신(神)은 일체 생명의 활동 현상을 통칭하는 것으로 생명 활동 전체를 통수하는 최고급의 영역이다. 정(精)이란 이러한 신(神)의 물질적 기초가 되는 것이다.

≪동의보감≫에 보면 "선천적으로 형성되는 것이 정(精)이며, 양정(兩精)에 의하여 신(神)이 형성된다(生之來謂之精, 兩精相搏謂

之神)"고 나와있다. 또 "신자 수곡지정기야(神者水穀之精氣也)"라한 것처럼 수곡(水穀)의 정기가 충족하면 오장의 조화가 이루어지고 신(神)의 생성 기전(機轉)이 왕성해진다고 하겠다.

신(神)은 인간이라는 개체를 놓고 볼 때 제일의 위치를 차지하여 신이 충실하면 신체가 강건하고 반대로 신이 쇠약하면 신체 또한 약해진다. 신(神)이 있으면 생리적인 조건을 모두 갖춘 것이 되지만, 신(神)이 없으면 육체적 조건이 완벽하다 할지라도 죽게 된다. 그러므로 신(神)의 존재는 사람의 생명활동 능력을 좌우하는 것이라 하겠다.

따라서 '신(神)'은 혼(魂), 신(神)[心神], 의(意), 백(魄), 지(志), 사(思), 려(慮), 지(智), 정(精) 등의 내용을 포괄적으로 통할하고 있는 것이다. 이들의 개념과 상호 연관 관계는 ≪靈樞・本神≫에서 "생명을 가져오는 것을 精이라 하고, 남녀의 精이 결합하여 생성된 생명력을 神이라 하며, 神을 따라 왕래하는 것을 魂이라 하고, 精과 함께 드나드는 것을 魄이라 하며, 사물을 주재하는 것을 心이라 하고, 마음에 기억하는 바를 意라 하며, 意에 존재하는 바를 志라 하고, 志에 따라 변화가 존재하는 것을 思라 하며, 思에 근거하여 생각하는 것을 慮라 하고, 慮에 근거하여 만사를 처리하는 것을 智라 한다(生之來謂之精, 兩精相搏謂之神, 隨神往來者謂之魂, 幷精而出入者謂之魄, 所以任物者謂之心, 心有所憶謂之意, 意之所存謂之志, 因志而存變謂之思, 因思而遠慕謂之慮, 因慮而處物謂之智)"라고 한 것과 같다.

장개빈은 ≪類經・天年常度≫에서 이렇게 나타냈다. "다만 神의 뜻에는 두 가지가 있어 구분하여 말하면 陽神을 魂이라 하고 陰神을 魄이라 하는데, 이것들과 意・志・思・慮 등은 모두 神이다(惟是神之爲義有二, 分言之, 則陽神曰魂, 陰神曰魄, 以及意志思慮之類, 皆神也)". 이로써 神은 사람의 의식・사유・이성・기억・지각 등을 포괄함을 알 수 있다.

'情'은 情志로서 '七情'과 '五志'의 약칭이며, 사람의 정신·의식·사유 활동을 일컫는다. '七情'이란 喜·怒·憂·思·悲·恐·驚의 일곱 가지 감정을, '五志'란 七情 가운데 悲·驚[悲는 肺에, 驚은 腎에 포함시킴]을 제외한 다섯 가지, 즉 心志喜·肝志怒·肺志憂·脾志思·腎志恐을 가리킨다.

≪類經·情志九氣≫에서도 "세간에서 七情이라 하는 것은 바로 本經에서 말하는 五志이다(世有所謂七情者, 卽本經之五志也)"로 표현하였다. 칠정은 인간의 기본적인 감정과 정서를 개괄한 것으로, 사람이 필요에 따라 객관적인 사물에 대하여 일으키는 반응이다. 만족스러울 경우 대부분 긍정적인 반응, 예컨대 기쁨·즐거움 등이 나타나고, 욕구와 상반될 경우 대부분 부정적인 반응, 예컨대 분노·우수(憂愁)·두려움·우울·슬픔 등이 나타난다.

한의학에서는 神[精神]과 情[情志]을 오장에 수반된 기능으로 본다. 神과 志는 모두 정신활동의 범위에 속하고 양자의 관계는 매우 밀접하여 떼어놓을 수 없으므로 통상 '神'과 '志'를 함께 논한다.

정신과 육체와의 관련성을 더 구체적으로 살펴보면 다음과 같다.

(1) 정신분석과 오장과의 관계

한의학에서는 인간의 정신을 다섯 가지 즉 혼, 신, 의, 백, 지의 기본적인 요소로 분석하고 있는데 이를 오신(五神)이라고 한다.

1) 신(神)

신은 생명 현상의 정화인 정신력의 주체이며, 모든 정신 활동을 주관 조절하는 것이다. 신(神)은 오장 중 심장(心臟)에 소속되며, 심장이란 마음의 장부란 뜻이다.

그래서 오장 중에서도 특히 심장을 군주지관(君主之官)이라 하여 우리 몸의 주인격으로 보고 있다.

심장은 혈액순환의 주체일 뿐 아니라 정신작용의 주체이기도 하다. 심장은 인간이 탄생하면서부터 숨이 끊어지는 순간까지 쉬지 않고 박동을 계속한다.

2) 혼(魂)

혼은 정신이란 관념을 구성하는 데 진취적이고 의욕적인 사고를 발현시키는 원동력이 되며, 오장 중 간(肝)의 기능과 관련된다.

간의 기능이 원활하면 의욕적이고 지나치게 항진하면 사고분일(思考奔逸)·심박행위(心迫行爲)·격노·충동적인 폭행 등이 나타난다. 반대로 기능이 약해지면 무욕·무기력해지며 겁이 많아진다.

3) 백(魄)

백은 혼과는 반대로 억제적이며 억압적인 사고의 원천으로서 오장 중 폐(肺)의 기능과 관련된다.

폐의 기능이 원활하면 체계적인 사고가 가능하지만 지나치게 항진되면 억압적인 사고 경향이 나타난다.

이것이 내부적으로는 자학·비탄(悲嘆)·강박감의 원천이 된다. 외부적으로 나타날 때는 공격적이며 잔인의 원천이 되기도 한다.

4) 의(意)

의란 관념형성(觀念形成)에 하나의 통합·통일성을 이루는 기능을 말하며, 오장 중의 비장(脾臟)의 기능과 관련된다.

비장의 기능이 원활하면 통일된 의사, 즉 통일적 인격(統一的 人格)을 이룬다. 지나치게 항진되면 집착성이 강하고, 저하되면 개성이 뚜렷하지 못하고 자아의식이 불분명해진다.

5) 지(志)

지란 관념의 지속과 파지(把持) 능력을 뜻하는 것으로 이는 신장(腎臟)의 기능과 관련된다. 이 기능이 원활하면 침착하고 자기 의사를 지켜 나가는 의지력이 있다. 그러나 지나치게 항진되면 건망(健忘)을 가져오고, 원활하지 못하면 망상(妄想)을 일으키게 된다.

이상과 같이, 정신 작용은 신(神)· 혼(魂)· 백(魄)· 의(意)· 지(志)의 다섯 가지로 분석한다. 이를 오신(五神)이라 하며 각기 육신(肉身)의 기본 장기인 오장의 기능과 연관되어 있다.

이밖에, 지(智)와 정(精)이 있어서 이를 합하여 칠신(七神)이라고도 한다. 지(智)는 의(意)와 함께 비(脾)에 소속시키고, 정(精)은 지(志)와 같이 신(腎)에 소속시키고 있다.

그러나 이와 같은 분석은 어디까지나 하나의 신(神)의 별칭에 지나지 않는다. 이를 통괄하고 주관하는 것은 심(心)에 소속되어 있는 신(神)이 그 주체가 되는 것이다.

오장과 정신과의 상관관계를 표시하면 다음과 같다.

간 장	심 장	비 장	폐 장	신 장
魂	神	意	魄	志

(2) 감정 스트레스가 오장 기능에 미치는 영향

한의학에서는 질병을 야기시키는 요인(要因)을 사(邪)라고 한다. 질병을 유발시키는 원인은 몸 안밖에 여러 가지가 있다.

≪소문·조경론≫에 "사(邪)는 때로는 陰[인체내부]에서 발생하고

때로는 陽(인체외부)에서 일어난다. 양에서 발생한 경우는 風, 雨, 寒, 暑 등 육음(六淫)의 邪氣가 침입한 것이고 음에서 발생한 경우는 음식 및 기거(起居)가 적절하지 못하거나 방사(房事)가 과도하거나 혹은 지나친 기쁨이나 슬픔 등의 요인 때문"이라고 하였다.

이것은 질병이 이른바 '사기(邪氣)'로부터 일어난다는 것을 지적한 말이다. 그 사기는 풍, 한, 서, 습, 조, 화라는 육음의 기처럼 몸 밖에서 생길 수도 있고 노, 희, 사, 우, 비, 공, 경이라는 칠정이 정도를 지나쳤을 때 몸 안에서 생길 수도 있다. 그밖에 음식이나 피로 등도 사기의 원인이 된다.

한의학을 일명 氣를 조절하는 의학 또는 마음[정신]을 다스리는 의학이라고도 한다. 그래서 질병의 원인이 될 수 있는 心理를 이해하는 데 마음의 움직임에 유의하지 않으면 안 된다.

마음의 움직임은 감정으로 나타나며 한의학에서는 감정을 일곱 가지, 즉 노(怒) 희(喜) 사(思) 우(憂) 비(悲) 공(恐) 경(驚)으로 나누어 칠정이라 하고 이 칠정이 각기 신체적인 변화를 일으킨다고 본다.

사람의 정서가 정상이면 질병에 이르는 일도 없고 오장육부의 기능 활동에도 유익하다고 보는 것이다. 예컨대 기쁨(喜)은 심장에 작용하여 정상적인 경우 혈기를 잘 통하게 하고 영위(營衛)를 강하게 하며 기분을 너그럽게 만든다. 노여움(怒)은 간에 작용하여 어떤 상황 아래서는 기를 발산시키는 역할을 하며 또 폐기가 소통해서 몸의 구석구석까지 가서 닿게 한다.

그러나 만약 정도를 넘은 정서가 격렬하게 또는 길게 계속되면 오장육부는 여러 가지 질병에 걸리기 쉽게 된다. ≪소문:음양응상대론≫에서 "노여움은 간을 손상하고(怒傷肝) 기쁨은 심장을 손상하며(喜傷心), 생각은 비장을 손상하고(思傷脾) 걱정은 폐를 손상하며(憂傷肺) 두려움은 신장을 손상한다(恐傷腎)"고 나와있고, ≪소문:거통론≫에서는 "성을 내면 기가 오르고(怒卽氣上) 기뻐하면 기가 이완되며(喜卽氣緩), 슬퍼하면 기가 소모되고(悲卽氣消) 두려워하면 기가 아래로 내려가며(恐卽氣下), 놀라면 기가 흐트러지고(驚卽氣亂) 생각하면 기사 엉긴다(思卽氣結)"고 하였다. 이것은 정서의 변화가 생리기능에 큰 영향을 미친다는 것을 설명한 것이다.

이제 한의학에서 말하는 정서 변화, 즉 칠정이 각기 신체에 미치는 영향을 한의학 최고의 원전인 ≪황제내경≫에서 찾아보면 다음과 같다.

1) 노즉기상(怒卽氣上: 성내면 기가 오른다), 노상간(怒傷肝)

성을 내면 기가 모두 위로 오른다고 하였다. 성을 낸다는 것은 기와 혈이 모두 역상하는 현상을 나타내는 말이다. 성을 자주 내든가 심한 감정의 흥분은 오장 중 혈을 저장하고 있는 간(肝)을 상한다고도 하였다.

어떤 목적이나 희망이 이루어지지 않은 탓에 긴장상태가 점차 높아지면 마침내 노여움(怒)이 나타난다. 짧은 시간의 가벼운 노기는 억압된 정서 또는 간기(肝氣)의 소설(疏泄)에 유리하지만, 지나치게 성내면 간기의 발산기능이 비정상적으로 높아진다.

간기의 상승, 발산이 지나치면 현기증이나 두통을 일으킨다. 나아가 간이 피를 간직할 수 없게 되며, 기를 따라 피가 역행하면 피를 토한다. 또 기와 혈이 함께 머리로 오르면 눈이나 귓구멍 등이 혼란을 일으켜 기절이나 뇌졸중에 이르기도 한다.

간기가 옆으로 역류하여 비장을 범하면 만성 설사를 일으킨다. 胃를 범하면 위염이나 위궤양을 일으키며 구토 등의 증세가 나타난다.

간이나 담의 기능이 이상 흥분되면 행동이 동적이며 용감해지고,

감정적으로는 성을 잘 내고 흥분되기 쉽다. 간담(肝膽)이 약해지면 겁이 많아져서 불안해하고 결단력이 없어 우유부단해진다.

2) 희즉기완(喜卽氣緩: 기뻐하면 기가 느슨해진다),
   희상심(喜傷心)

즐거우면 기의 순행이 화평해지니 마음이 너그러워지고 피의 순환도 잘 되어 신체 내에 울체되는 것이 없어지므로 이런 상태를 기가 완화된 것이라 하였다. 즉 모든 마음의 불만이나 생리기능의 불균형 상태가 해소된다는 뜻이다.

그러나 희락도 지나치면 신기(神氣)가 소모 분산되어 올바른 신(神)의 기능을 다하지 못하게 되며 오장중 신을 간직한 심(心)의 기능마저 상하게 한다고 하였다.

기쁨(喜)은 목적을 이룩해서 긴장상태가 풀어졌을 때 또는 의외로 무엇인가를 획득했을 때 나타나는 정서이다. 기쁨은 건강에 유익하지만, 갑자기 너무 지나치게 기뻐하면 몸을 해칠 수도 있다. 갑작스러운 기쁨은 심기가 이완된 채 평정상태로 되돌아오지 못하게 하기 때문에 정신이 산산이 흩어져 바보스런 웃음을 일으키기도 한다. 정상적인 조정의 한계를 벗어난 기쁨은 심신을 흩어지게 하므로 심한 경우 죽는 수도 있다. 임상에서 심장병 환자가 갑작스럽게 너무 기뻐하다가 급기야 사망하는 경우가 종종 있다.

3) 사즉기결(思卽氣結: 생각이 과도하면 기가 울결된다),
   사상비(思傷脾)

한 가지 일을 골똘히 생각하게 되면 기가 순행하지 못하고 한 곳에 맺힌다고 하였다. 그리고 오장 중 소화기능을 주관하는 비(脾)를 상한다고 하였다.

생각은 정신을 집중시켜서 사물을 헤아리는 것이다. 사려가 정도를 지나치면 갖가지 질병을 일으킨다.

≪황제내경≫에 "생각하면 마음에 신이 돌아온 채 나가지 않으며 정기(正氣)가 정체하여 움직이지 않는다. 그렇기 때문에 기가 응결한다"고 하였다. 고려(苦慮), 고뇌(苦惱)가 깊으면 의지는 굳어지며 정신은 집중상태가 되지만, 이 상태가 오래 지속되면 몸에 기가 한 곳에 몰려서 풀리지 않는 울결(鬱結)이라는 병리변화가 일어난다. 그밖에 지나치게 사려하면 비위의 운동기능이 손상된다.

≪여씨춘추≫에 다음과 같은 얘기가 있다. 제나라 민왕(閔王)이 고뇌를 한 나머지 비장과 위의 기능이 손상되고, 그것 때문에 소화불량이 되었는데 오랫동안 낫지 않았다. 그런데 문지(文摯)라는 명의가 임금을 격노시켜 기를 발산하게 했더니 구토를 하고 나서 소화불량이 나았다고 한다. 이는 노승사(怒勝思:노여움은 사려를 이기고)의 치법을 응용한 예로, 의사가 교묘하게 언어로써 제왕의 정서에 어긋나게 하고 행위로써 암시하는 방식을 사용하여 병이 갑자기 낫도록 한 것이다.

  4) 우즉기폐색(憂卽氣閉塞: 근심하면 기가 막힌다),
     우상폐(憂傷肺)

근심이나 걱정이 있으면 기의 순행이 막혀 폐색(閉塞)된다고 하였다. 그리고 기가 폐색되면 오장중 폐와 비(脾)를 상한다고 하였으니 근심 걱정 등의 감정적 갈등은 호흡기능과 소화기능을 해친다는 뜻이다.

우수(憂愁)로 폐를 상하면 기(氣)가 소침(消沈)하여 순행이 이루어지지 않아 심흉부가 폐색됨으로써 불안하고 잠을 이루지 못한다. 또 근심 걱정이 해소되지 않으면 의(意)가 손상되고, 意가 손상되면 명치부위가 답답하며 사지를 움직이지 못한다.

5) 비즉기소(悲卽氣消: 슬퍼하면 기가 소진된다),
   비상폐(悲傷肺)

슬픈 감정이 있으면 기가 가슴속에 막혀 흩어지지 못하므로 열기(熱氣)로 변하여 소실되면서 폐와 心의 두 장기를 모두 상하게 한다고 하였다. 또 호흡기나 순환기계의 병이 생기면 감정도 감상적이 되는 경향이 있다고도 하였다.

슬픔은 희망이나 목적을 상실했을 때 생기며, 그 정도는 상실한 것의 가치와 관련된다. 지나치게 슬퍼하면 심장과 폐가 막혀 우울해지고 의기소침해지기도 한다. 심장은 혈을 맡고 있는데 영기(營氣)에 속하며, 폐는 기를 맡고 있는데 위기(衛氣)에 속하므로 심장과 폐의 울혈은 영위의 기를 막기 쉽다. 우울이 오래 계속되면 열이 날 때도 있다.

≪황제내경≫에 "슬퍼하면 심장계가 옥죄어서 폐엽(肺葉)이 열리지 않는다. 그러면 상초(上焦)가 통하지 않게 되고 영위의 기가 발산되지 못하여 열기가 속에 틀어박힌다. 그렇기 때문에 기가 소진된다"고 하였다. 열이 속에 틀어박히면, 음(陰)을 손상하고 기를 소모시키므로 상체의 폐가 허약해지고 하반신에서는 다리와 허리가 말을 듣지 않게 된다. 한의학에서는 과도한 슬픔은 장의 기를 끊어지게 하여 사람을 사망하게 하는 수도 있다고 여긴다.

6) 공즉기하(恐卽氣下: 두려워하면 기가 내려간다),
   공상신(恐傷腎)

두려운 마음이 있으면 기가 아래로 처져 갇히게 되고 위로 오르지 못한다고 하였다. 두려운 감정은 오장 중 생식기와 내분비기능을 주관하는 신(腎)을 상한다고 하였다. 또 두려움은 心을 상한다고 하였으며, 신(神)이 상하면 역시 두려움이 떠나지 않는다고 하였다. 또한 血이 不足하거나 肝이 허약하여도 두려움이 그치지 않는다고 하였다.

공포는 도망갈 수 없는 경우를 빠져나오려고 하는 심리상태이며, 또 정신이 극도로 긴장하여 겁을 내고 있는 상태이기도 하다.

≪황제내경≫에 "공포를 제거하지 않으면 정(精)이 손상된다. 정이 손상되면 뼈가 약해져 자주 유정(遺精)을 한다"고 하였다. 그러므로 지나친 공포는 腎氣를 해쳐 정력을 약하게 만든다. 신장은 뼈를 맡고 있고 精을 간직하므로, 공포로 신장이 손상되면 당연히 뼈가 약해지고 자주 유정을 하게 된다. 이를테면 갑자기 위협을 받아 공포를 느끼게 되면 정신이상(精神異常)이나 유정, 음위, 야뇨증, 설사 등의 증상을 나타내는 사람을 임상에서 흔히 보게 된다.

7) 경즉기란(驚卽氣亂: 놀라면 기가 어지러워진다), 경상신(驚傷腎)

크게 놀라면 기는 흩어져서 순행의 질서가 무너지며 心도 의지할 바를 잃고 산란해져 올바른 판단이나 생각을 못하게 되므로 온몸의 힘이 쑥 빠지며 心神이 모두 혼란해지는 것이다. 놀람의 감정은 오장 중 腎이 주관하므로, 과도하게 놀라거나 하면 역시 신장에 병변을 초래할 수 있다.

놀람은 뜻밖의 비상사태를 만나 정신이 극도로 긴장한 심리상태이다. 예컨대 갑자기 굉음을 들었다든가, 우연히 이상한 물건을 보았다든가, 갑자기 위기에 처했을 경우 등이다.

갑자기 놀라는 경우, 심장은 두근거리고 신경이 정착할 곳이 없으며 의심이나 걱정 또는 불안과 같은 기가 흐트러지는 상태가 된다. 크게 놀랐는데도 그것이 멈춰지지 않으면 정신의 통제가 이루어지지 않아 치매증상을 나타내거나 쓰러질 때도 있다.

비록 情志의 손상은 장부와 일정한 연계가 있으나, 기계적으로 "怒傷肝" "喜傷心" "思傷脾" "憂傷肺" "恐傷腎"이라고 볼 수는 없다. 왜냐하면 情志활동은 복잡다변하며 모두 心에서 총괄하기 때문이다. ≪靈樞·口文≫에서 "心은 오장육부의 중심이다. …… 그러므로 슬퍼하거나 근심하면 心이 動하고, 心이 動하면 오장육부가 모두 요동한다(心者, 五臟六腑之主也.……故悲哀愁憂則心動, 心動則五臟六腑皆搖)"고 하여 각종 情志자극은 모두 心과 유관하며 心神이 손상되면 기타 장부에 영향을 미친다고 하였다.

이상과 같이 칠정은 오장의 기능을 좌우하며 오장은 또한 칠정을 우러나게 하고 있으니 그 상호관계는 긴밀하여 마음과 몸은 하나, 즉 심신일여(心身一如)로써 그 경계가 없는 것이 한의학의 사상인 것이다.

이상의 칠정을 오장과 연결하면 다음의 도표와 같고, 또 이 때의 안색을 살펴보면 역시 다음과 같다. 즉, 화가 나면 얼굴이 파래지고, 기쁘면 얼굴이 붉어지며, 너무 생각이 지나치면 얼굴이 노래지고, 근심이 지나치면 안색이 창백해지며, 놀라면 흑색이 된다.

五 志	怒	喜	思	憂	恐
七 情				悲	驚
五 臟	肝	心	脾	肺	腎
안 색	靑	赤	黃	白	黑

마음의 병, 노이로제의 일종 강박증
강박증 (강박장애)의
이해와 치료
한의학에서 강박장애의 궁극적인 원인은
심장기능의 허약, 즉 心氣에서 비롯되는 것으로
보기 때문에 근본치료도 가능하다.

제 2 부

각   론

제1장 강박증에 들어가며
제2장 강박증이란
제3장 강박증의 한의학적 개념
제4장 강박증과 다사선의증
제5장 강박증의 역학
제6장 강박증의 원인
제7장 강박증의 원인[양방]
제8장 사공우로 인한 병증과 병리
제9장 강박증의 증상
제10장 강박증의 임상양상
제11장 강박증의 한의학적인 변증
제12장 강박증의 임상유형
제13장 강박증의 치료경험 사례
제14장 강박증의 상담사례
제15장 강박증의 사례 분석
제16장 강박증 치료가 더딘 성격
제17장 강박증의 진단
제18장 강박증의 진단[양방]
제19장 강박증의 감별진단[양방]
제20장 강박증의 경과 및 예후
제21장 강박증의 예방 및 극복
제22장 강박을 이기는 양생의 도
제23장 강박증의 치료
제24장 심리치료법의 실제
제25장 강박증의 치료후기

제1장 강박증에 들어가며

21세기를 살아가는 현대인들은 급격한 변화와 치열한 경쟁으로 이뤄진 현대사회에 적응해야 하는 커다란 심리적 부담을 안고 있다. 이러한 부담은 현대인들로 하여금 더욱 많은 정신질환을 일으키는 원인이 되어왔으며 앞으로 더욱 큰 문제로 자리 잡을 것이다. 그러한 많은 문제 중에서도 하나를 꼽으라면 우선 강박증을 들 수 있다. 강박증은 스스로 원치 않음에도 불구하고 고통스러운 생각과 행동에 집착하게 되는 것을 말한다.

잉글랜드의 세계적인 축구선수인 데이비드 베컴은 영국의 한 방송과의 인터뷰에서 자신이 심한 강박증에 시달리고 있다고 고백하였다. 베컴의 강박증 현상은 이렇다. 평소 모든 물건은 짝수를 이루거나 일렬로 세워져야 한다. 또 모든 잡지와 광고 전단 등을 서랍 속에 넣고 정리해야만 안정을 취할 수 있다고 하였다.

실제로 강박증은 영화 <이보다 더 좋을 순 없다>와 <더 팬> 등에서 소개될 정도로, 사람마다 그 정도와 증상만 다를 뿐 우리 주위에서 쉽게 발견할 수 있다. <이보다 더 좋을 순 없다(As good as it gets, 1997)>라는 영화 속의 주인공인 멜빈 유달(잭 니콜슨 분)은 강박증에 걸린 사람이다.

멜빈은 밖에서 집에 오면 외출할 때 꼈던 장갑부터 쓰레기통에 버린다. 그 후 문을 잠글 때 한 번 만에 잠금 장치를 돌려 잠그지 않는다. 그것을 왼쪽, 오른쪽, 왼쪽 이렇게 총 5번 돌린 후 5번째 잠근다. 집안의 전등을 켤 때에도 그 전등 스위치를 한 번 만에 누르지 않는다. 스위치로 전등을 켜기, 끄기를 총 5번 반복한 후 5번 째 불을 켠다. 손 씻을 때에는 욕실에서 새 비누로 두세 번 비누칠하고 버리고 다시 새 비누를 쓰기도 한다. 이런 증상 때문에 욕실엔 비누가 수십 개 이상 쌓여있기도 하다. 길거리를 지나갈 때는 보도 블럭의 틈을 밟지 않으려 하고, 지나가는 사람들과 부딪치지 않으려고 소리를 지르며 애를 쓴다. 횡단보도를 건널 때는 중간에 선이 끊겨져 있으면 심리적 갈등을 느끼다가 다시 원래 자리로 되돌아가기도 한다. 식사 때는 언제나 같은 식당의 같은 테이블에서 식사를 하며, 미리 비닐봉지에 준비해간 1회용 나이프와 포크를 사용한다. 택시를 탈 때에도 문 손잡이를 바로 잡지 못하고 옷 소매를 끌어내려 문 손잡이에 대고 잡기도 한다. 잠을 잔 후 일어나서 슬리퍼를 신을 때에도 바로 신지 않는다. 왼쪽 슬리퍼를 신을 때에는 먼저 슬리퍼 두 짝의 왼쪽, 오른쪽, 왼쪽 순서대로 방바닥을 발로 번갈아 한 번씩 닿게 한 후 왼쪽 슬리퍼를 신는다. 오른쪽 슬리퍼를 신을 때에도 그렇게 오른쪽, 왼쪽, 오른쪽 방바닥을 발로 한 번씩 닿게 한 후 슬리퍼를 신는다.

일반적인 강박증 환자에서 보이는 증상을 잘 보여주고 있다.

생각의 종류에는 2가지가 있다. 하나는 판단이나 이해처럼 우리 스스로 조절할 수 있는 생각이 있고, 다른 하나는 연상과 같이 우리 마음대로 조절되지 않고 떠오르는 생각이다. 강박증은 이런 원치 않는 생각이 자신의 의지(意志)와 무관하게 자꾸 떠올라 손 씻기, 문 잠그기, 물건 똑바로 정렬하기 등을 수십 번 반복하게 되는 것이다. 그런 행동들이 모두 비합리적이라는 것을 알면서도 충동을 억제 할 수 없어 괴로워하는 것이 이 병의 특징 중의 하나이다. 뚱뚱한 사람이 다이어트를 하는 것에 집착한다면 '다이어트 강박증', 경쟁 사회에서 승리하기 위해 지나치게 일하면서 경쟁을 의식하는 사람에게는 '경쟁 강박증'이 있다고 말할 수 있다.

강박증은 누구나 조금씩은 갖고 있다. 급속한 속도로 변화하는 현대사회를 헤치고 살아가려면 가벼운 정도의 강박 증세는 의욕의 증거가 되기도 하고 또 일을 성취하는데 어느 정도는 긍정적인 영향을 발휘하기도 한다. 인류가 일찍이 겪어 본 적이 없는 엄청난 변화 속에 살고 있는 현대인은 급변하는 환경 적응에 실패하여 경쟁사회에서 탈락하지는 않을까 하는 생각에 초조하고 불안한 생활을 하고 있다. 그래서 현대인들은 어느 정도는 불안한 심리를 가지고 있으며 그 불안을 최소화하기 위해 특정한 행동을 하는 경우가 있다.

이러한 현대 사회에서 강박증에 대한 치료는 개인의 건강뿐 아니라 사회의 건강을 위해서도 반드시 행해져야 한다. 1980년대 초까지만 해도 강박증은 고치기도 힘들고 환자도 별로 없는 병으로 인식되어졌다. 그런데 1984년 미국의 조사 결과 6개월 동안 병을 가지고 있는 비율이 1.6%, 평생 동안 병을 가지고 있는 비율이 2.5%로 흔한 정신과 질환으로 나타났다. 조사를 해 보니 인구 100명당 2~3명 정도 발병하는 것으로 정신과 질환 중에 4번째로 흔한 병이었다. 현재 우리나라의 경우 강박증 환자가 대략 100만 명 정도로 추정되는데, 이 수치는 한 해 수능 시험에 응시하는 수인 60만 여 명보다도 훨씬 많은 숫자이다.

강박증은 치료가 쉽지 않은 것으로 널리 알려져 있다. 특히 강박증 환자들은 바로 그 뿌리 깊은 완벽주의자적인 성향 때문에 강박증이 완전히 없어진 다음에야 사회에 복귀하려고 해서 치료하기가 더욱 힘들다. 강박증은 항상 더불어 가야 하는 것으로, 아무리 괴로워도 공부하고 일을 하다 보면 자연스레 흩어지는데, 일단 피하려고만 하기 때문에 치료가 더 어려워지는 것이다. 강박증에서 벗어나려면 완벽하게 일을 처리하기 보다는 완벽하지 않은 환경에 적응하려는 자세가 필요하다.

강박증은 스트레스가 극심한 현대인들에게 누구에게나 발생할 수 있는 마음의 병인 노이로제의 일종으로 점점 증가하고 있는 추세이다.

한의학에서는 心身醫學이라 하여 마음과 신체를 분리해서 생각하지 않는다. 마음, 감정의 상태가 신체에 영향을 주기도 하고 신체의 상태가 감정에 영향을 주기도 한다. 과연 漢醫學에서는 강박증을 어떻게 바라보고 어떻게 치료해야 할 것인가? 를 설명하도록 하겠다.

앞으로 강박증의 개념, 발병원인, 증상, 임상유형, 진단 및 예방법 등 강박증에 대한 모든 것을 동서의학적으로 알아보고 또한 양약의 부작용으로 어려움을 호소하는 환자들이 많은데, 이를 보완하면서 좋은 치료 사례를 보여주고 있는 한의학적 치료 방법들을 살펴보고자 한다.

제2장 강박증이란

　강박(强迫)이란 어떤 생각에 강제로 사로잡힌다는 뜻이다. 사소한 생각이지만 뇌리에서 떠나지 않아, 그것을 떨쳐버리려고 하면 할수록 강하게 일어나 자기로서는 어쩔 수 없는 상태를 강박관념(强迫觀念)이라 하고 마음속에서 떨쳐버리려 해도 떠나지 않는 억눌린 생각을 강박사고(强迫思考)라 한다.

　강박증이란 강박사고와 강박행동(强迫行動)을 특징으로 하는 불안장애이다. 강박사고란 원치 않는 생각이나 이미지, 충동 등이 반복적으로 떠오르는 것을 말하며, 그 특징은 이런 생각을 스스로의 의지로 조절할 수가 없다는 것이다. 강박사고는 자신이 원하지 않는 것이므로 불안을 일으키고, 그 불안을 줄이기 위한 강박행동을 하게 되는 경우가 많다.

　자신이 더럽다고 생각하는 물건을 만진 후에 보통은 한두 번 손을 씻고 말지만 강박증이 있으면 손을 씻었음에도 아직도 더러운 것 같은 생각에 반복해서 손을 씻게 되고, 심지어 수백 번까지 손을 씻기도 한다.

　이처럼 스스로도 너무나 많이 행동한다는 것을 알면서 계속 생각이 사라지지 않는 것이 강박사고이다. 손을 씻는 것은 더럽다는 생각에 불편한 마음을 편안하게 하기 위한 행동이다. 이처럼 강박사고가 떠오를 때마다 이를 줄여보기 위해 어떤 행동을 하는 것을 강박행동이라고 한다.

　대부분의 강박증은 불안을 만들어내는 강박사고와 불안을 줄여주는 강박행동이 짝을 이루고 있다. 물론, 강박사고는 있지만 강박행동은 없는 경우도 있다.

다시말해 강박장애(强迫障碍)는 자신의 의지(意志)와는 무관하게 특정한 생각이나 행동을 반복하는 병적 상태를 말한다.

불안(不安)은 두 가지가 있다. '정상적인 불안'과 '비정상적인 불안'이 그것이다. 불안은 원래 어떤 위험이나 위협에 대해 자기자신을 보호하기 위한 마음(心)의 작용이다. 예를 들면, 자동차가 휙휙 지나다니는 길 한가운데에 서 있어도 불안하지 않다면 그 사람은 차 사고를 당할 위험성이 높아진다. 또한 팔에 상처가 나서 피가 철철 흐르는데도 불안을 느끼지 않으면서 병원에 가지 않고 그대로 방치한다면 출혈로 인해 큰 문제가 생길 것이다. 우리가 미리 어떤 상황에 대처하고 조심하는 이유는 불안이라는 감정(感情)이 우리로 하여금 자신을 보호할 수 있는 기회를 제공하기 때문이다. 100M 출발선상에 웅크리고 있는 스프린터, 중요한 면접을 앞둔 신입생, 수술실 밖에서 서성거리는 가족. 이들이 느끼는 불안은 긴장감을 유지하기 위해 필수적으로 나타나는 반응이므로 정상적인 것이다.

그렇다면 비정상적인 불안이란 어떤 것인가? 분명한 위기나 위협이 없는 상태임에도 불구하고 막연하게 느끼는 불안인데 이를 비정상적인 불안 즉 병적인 불안이라 한다. 식사시간 전에 손을 씻는 것은 위생을 위해서 도움이 되지만 손을 백 번씩 씻어야 한다면 도움이 되는 것이 아니라 오히려 생활에 방해를 일으키게 된다. 걸리지도 않은 AIDS에 대해 걱정이 돼서 비싼 진료비를 들여가면서 AIDS검사를 수십 번 한다든지, 문이 제대로 잠겼는지 확인하는 것을 수십 번 반복한다든지 하면 이는 문제가 있는 것이다. 이처럼 강박증은 불필요한 상황에서 발생하거나, 또는 그 정도까지는 필요가 없는데도 쓸데없이 너무 많은 정도로 발생하는 비정상적인 불안인 것이다.

강박증은 공포증, 약물 관련 질환, 우울증 다음으로 흔한 정신과 질환으로 개인의 직업적 능력, 대인관계, 정서 등에 큰 장애를 유발하기 때문에 반드시 치료가 필요한 병의 증상이다.

강박증은 보통 청소년기나 초기 성인기에 시작되지만, 소아기에서도 시작될 수 있다. 남성과 여성의 발병률은 비슷하지만, 발병연령은 여성보다 남성이 더 빠른 것으로 알려져 있다. 남성은 6세에서 15세 사이가 많고, 여성은 20세에서 29세 사이에 시작되는 경우가 많다. 대부분의 경우에 점진적으로 발병하게 되지만, 급성적인 발병도 간혹 보게 된다. 대부분의 환자들은 만성적으로 좋아졌다가 나빠졌다가 하는 과정을 밟으며, 증상의 악화는 스트레스와 연관되기도 한다. 약 15%는 직업적, 사회적으로 점진적인 기능의 퇴행을 보이게 되며, 약 5%는 간간이 좋아졌을 경우 증상이 거의 없거나 전혀 없는 경우가 있다.

강박증이란 정신병이 아니라 어디까지나 우울증, 대인공포증처럼 신경증 중의 하나이다. 강박증 환자 같은 신경증 환자는 자신의 상태가 잘못된 것을 알고 있다. 그래서 병에 대해 올바르게 알고 있다. 다시말해 병에 대한 바른 인식, 즉 병식(病識)이 있다. 그러나 정신병 환자는 그런 병식이 없다. 정신병 환자가 '나는 예수다'라고 생각하면 정말 자신이 예수인 줄 안다. 반면 강박증 환자가 '나는 예수다'라는 생각을 계속하게 되면, '내가 왜 자꾸 이런 쓸데없는 생각을 하지?'라고 그 생각이 잘못된 것을 당연히 안다. 따라서 강박증이 심하다고 해서 정신병으로 발전하는 경우는 거의 없다. 강박증 환자는 증상이 심해도 미치지 않으면서 거의 미치는 상태에 가까이 갈 정도의 고통을 겪는다. 그래서 '강박증 환자는 심하면 정신이 황폐화 된다'는 말처럼 살아있어도 사는 듯한 기분을 느낄 수 없다.

강박증의 경우 다른 질환과 동반되는 경우가 많은데, 대표적인 것이 우울증이다. 제대로 치료받지 못한 강박장애 환자가 우울증까지 동반되는 경우 극단적인 선택으로 자살의 위험성도 높다. 또한 알코올 중독과 같은 약물남용이나 건강염려증 등의 문제가 발생하는 경우도 많다.

1980년대까지만 해도 강박장애는 드물고 잘 치유되지 않는 질환으로 인식되어 왔으나, 요즈음에는 흔하고 치료도 잘 되는 질환으로 인식되고 있으며, 그러한 인식은 최근 날로 증가추세에 있다.

강박증이란 용어자체가 현대사회를 살아가는 현대인에게 생긴 현대인의 병이다. 그래서 이전 시대를 살았던 선조들에게서 그러한 병의 양상과 정의를 구하는 것은 약간의 무리가 따르는 것이 사실이다. 그렇다고 구시대에는 그러한 병이 없었던 것은 아니다.

한의학에서는 '다사선의증(多思善疑證)'이라는 질병이 있었는데, 이를 강박증과 같은 개념으로 이해하면 된다. 다사선의증은 다사증(多思症)과 선의증(善疑症)이 극도로 심한 상태를 말한다.

제3장 강박증의 한의학적 개념

강박증이란 과연 무엇일까? 그것은 '본인이 원하지 않는데도' 마음속에 어떠한 생각이나 장면 혹은 충동이 반복적으로 떠올라 이로 인해 불안을 느끼고, 그 불안을 없애기 위해 일정한 행동을 반복하는 질환을 말한다.

예를 들면, 더러운 것이 묻어 병에 걸릴 것 같은 생각에 손을 자주 씻는 다든지 아니면 반복적으로 샤워를 한다든지 하는 경우가 이에 해당한다. 즉 자신의 의지와는 무관하게 어떤 특정한 생각이나 행동이 계속 반복되는 상태를 말한다.

강박증은 강박사고와 강박행동을 특징으로 하는 불안장애이다.

강박사고(obsession)란 어떤 생각, 관념, 심상(image) 혹은 충동이 자기 의지와는 관계없이 계속 떠오르는 상태를 말한다. 이런 불합리한 생각들을 억압하거나 지워버리려 애쓰지만, 오히려 없애 버리려 하면 할수록 더욱 강렬하게 떠오르고 불안증상이 나타나 고통만 더 가중된다.

강박행동(compulsion)이란 자기 의사와는 반대로 자동적으로 행해지는 행동이며 이런 행동을 하지 않으려 애쓰면 애쓸수록 행동은 더욱 반복된다.

강박사고는 불안을 증가시키는 반면에 강박행동은 불안을 감소시킨다. 강박장애 환자는 그 강박사고가 비합리적이라는 것을 알고 있으며, 그러한 강박사고와 강박행동을 자아이질적(ego-dystonic)인 것으로 자각하고 있다.

강박증은 정신병이 아니다. 정신질환은 크게 정신병과 신경증으로 분류한다. 정신병의 대표적인 질환은 정신분열증과 조울증이다. 신경증은 흔히 노이로제라고 하는데 불안장애, 신체형 장애, 해리성 장애 등이 여기에 속한다.

정신병에 걸린 사람은 보통 현실감이 없고 자신의 증상에 대한 인식이 전혀 없기 때문에 본인은 고통을 느끼지 못하는 경우가 많고, 인격 파탄이 나타난다. 반면에 신경증은 자신의 행동이 이상하고 불합리하다는 점을 환자 자신이 잘 알고 있고, 현실감이 있으며, 인격이 그대로 존재하게 된다.

강박증은 그 누구보다도 환자 자신이 가장 고통스러우며, 자신의 증세로 인해 불편함을 느끼게 된다. 스스로 자신의 증상을 조절할 수 없고, 마치 어떤 큰 힘에 의해 자신이 원하지 않는 생각이 머릿속에 들어온 것 같은 느낌을 받는다. 따라서 강박증은 신경증, 즉 노이로제의 일종이라고 할 수 있다.

강박증의 궁극적인 원인은 심장기능의 허약 즉 심허(心虛)에서 비롯되는 것으로 본다. 한의학에서는 '신형일체(神形一體)'의 신형불가분리(神形不可分離)의 원칙을 세우고 있어 마음과 신체를 분리해서 생각하지 않는다. 마음, 감정의 상태가 신체에 영향을 주기도 하고 신체의 상태가 감정에 영향을 준다고 보는 것이다.

실제 강박장애 환자를 사진법(四診法)에 의해 보면 어떤 심리적인 갈등으로 인해 울화가 심장에 쌓여 심장의 기능이 허약해진데다, 그 후 과로나 칠정손상 등의 이유로 강박의 증상이 생겼다는 것을 적지 않게 관찰할 수 있다.

강박장애도 火病처럼 주로 마음에서부터 오는 것이기는 하지만, 여기에 사회 환경적인 요인이나 신체적인 요인, 특히 소질적(素質的)인 요인 즉 유전도 중요한 구실을 한다.

그러나 강박증의 원인은 그리 단순한 것만은 아니며, 어느 한 가지 요인만 가지고 발병하는 것은 아니다. 유전적인 요인과 신체적인 요인, 정신적인 요인 및 사회 환경적인 요인, 그리고 발병 시의 건강상태 등 이 모든 것들이 서로 상호작용하고 그 요인들이 서로 가중(加重)될 때 비로소 발병하는 것으로 알려지고 있다.

강박장애의 증상으로 보면 한방에서는 심계(心悸), 울증(鬱症)의 범주에 속하지만 쓸데없는 생각을 많이 하게 되고 의심을 수없이 하게 되는 것이 강박장애의 핵심증상이라고 한다면 다사선의증(多思善疑證)이 강박장애에 해당될 것이다. 다시말해 다사증(多思症)과 선의증(善疑症)이 극도로 심한 상태를 강박장애로 보는 것이다.

강박증은 칠정 중에서도 특히 思, 憂, 恐의 정서와 밀접한 관련이 있는 불안장애의 일종이다. 그래서 이들 감정의 직접 표현이라고 볼 수 있는 '미칠 것 같다'보다는 불안의 주관적 감정표현으로서의 '가슴이 답답하다(胸悶)'든지 '가슴이 두근거린다(怔忡)' 등의 신체적 증상이 흔히 나타나며, 이러한 고통이 때로는 심하게 오는 수가 있다.

이런 때는 실제로 다사증이 더 심해져 곧바로 행동으로 이어지는 즉 과사이행(過思而行)이 되는 것이다. 강박증은 다사와 선의의 증세가 주가 되어 과사이행이 되므로 다사선의(多思善疑)라 표현한 것이다.

이렇듯 한의학에서는 감정의 상태가 간장, 심장, 비장, 폐장, 신장에 영향을 미쳐 정신적, 신체적으로 나타나는 증세를 그대로 표현했기 때문에 용어에서도 알 수 있듯이 다사선의증(多思善疑證)으로 쓴 것이다.

제4장 강박증과 다사선의증(多思善疑證)

심계(心悸)란 가슴이 두근거리면서 불안해 하는 것을 말하며, 심할 때는 스스로 억제할 수 없는 일종의 불안장애(anxiety disorder)이다. 이는 주기적으로 반복되면서 칠정손상(七情損傷) 혹은 과로가 누적될 때마다 발작한다.

본 병의 임상표현은 일정치 않아, 어떤 경우는 心悸를 자각하나 脈象은 정상이고, 어떤 경우는 心悸가 있고 또 脈數하거나 促脈·結脈과 代脈이 나타난다.

증상으로는 정충·心跳不安·경계·상기·胸悶·흉통·두통·項强·현훈·短·氣·惡心·嘔吐가 나타나고, 때에 따라 面色蒼白·出冷汗·사지무력·불면·건망 등이 나타나기도 하며, 심하면 혼도(昏倒)하는 등 그 정황이 비교적 복잡하다.

心悸는 驚悸와 怔忡, 心澹澹大動, 다사선의(多思善疑)로 분류된다. 驚悸는 驚恐·憤怒 등의 外因으로 일어나고, 증상이 비교적 輕하며 발작시간도 짧다.

반면 怔忡은 體虛·血虧·陽衰 등의 內因으로 형성되고, 외부의 자극이 없는데도 心跳不安하며, 조금만 피로해도 발생되고 신체상황이 나빠지며, 증상이 비교적 重하며 발작시간이 길다.

心澹澹大動은 水波가 搖動함과 같이 大動하는 것을 말하는 것이며, 怔忡보다 심한 상태를 말한다.

이는 칠정내상(七情內傷)이나 심혈(心血), 심양(心陽), 심음(心陰)이 부족할 때 혹은 수음(水飮), 어혈(瘀血), 담화(痰火), 울화(鬱火) 등이 가슴이나 명치 밑에 몰렸을 때 생긴다.

얼굴이 창백히고 손발이 차며 식은땀이 나고 가슴이 심하게 두 근거리며 숨쉬기가 힘들고 정신을 잃고 쓰러질 것 같은 증상이 나타난다.

만약 痰火가 心에 있을 때는 가슴이 심하게 두근거려 안절부절 못하고 잠을 잘 자지 못하며 얼굴이 붉어지고 눈이 충혈되며 입 안이 마르고 혀가 붉어지며 누런 기름때 같은 설태(舌苔)가 끼고 맥이 활삭(滑數)한 증상이 나타난다.

≪東醫寶鑑≫에서도 ≪醫學綱目≫의 말을 인용하여 "心澹澹動 은 痰에 의한 것으로, 놀란 일도 없는데 가슴이 저절로 뛰는 것이 다. 놀라고 무서워할 때도 心中澹澹을 표현하는데 이는 몹시 놀 라서 心臟 역시 뛰는 것이다(心澹澹動者, 因痰動也, 謂不怕驚而心 自動也.驚恐亦曰心中澹澹, 謂怕驚而心亦動也)"라고 하였다. 전형 적인 공황발작에서 볼 수 있다.

다사선의(多思善疑)는 경계, 정충이 오랫동안 진행되면 다사와 선의의 증세가 나타나는데, 이들 증세 또한 심해지면 과사이행 (過思而行)이 되어 강박사고와 강박행동이 발현되는 다사선의증 이 된다.

이는 七情스트레스(감정스트레스)로 인한 손상과 과도한 정신 적 긴장, 오래된 병으로 인한 음정(陰精)의 소모 및 心血不足 등 으로 말미암아 오장육부의 기능이 조화를 상실하여 발생된다.

다사선의(多思善疑)는 여러 장부와 관련을 맺고 있지만, 특히 심장, 비장, 신장의 허약 또는 간기울결(肝氣鬱結)과 연관이 되며 주로 심담허겁인(心膽虛怯人)에게 많다.

이와 같이 驚悸와 怔忡, 心澹澹大動, 多思善疑는 病因과 病情의 측면에서 구별되지만 이들의 관계는 매우 밀접하다.

驚悸를 앓은 지 오래 되어도 낫지 않으면 발전하여 怔忡이 된다. 또한 정충이 심해 오랫동안 낫지 않으면 심담담대동(心澹澹大動)이나 다사선의(多思善疑)가 된다.

그리고 怔忡 환자는 흔히 외부의 자극을 받으면 心悸가 가중된다. 이와 같은 이유로 임상에서는 驚悸와 怔忡, 心澹澹大動, 多思善疑를 통칭해서 心悸(불안장애)라 한다.

心悸란 병도 마음속에 응어리진 갈등 즉 울화(鬱火)에 의해 신체적·정신적 증상을 나타내는 일종의 火病이므로 강박장애 또한 화병(火病)의 범주 안에 들어간다.

제5장 강박증의 역학

1980년대까지 성인 정신과 환자들 중에 강박장애 환자의 비율은 대략 1%안팎이었다. 근래에는 정신과 환자가 아닌 정상인 100명 중 약 두세 명 정도는 일생에 한 번 강박장애에 걸린다고 보고되고 있어 희귀한 장애가 아님을 알 수 있다. 많은 경우에 강박장애 환자들이 장애를 하나의 생활양식으로 안고 살아가기 때문에 정확한 조사가 어렵다.

강박장애는 소아기에 발생하기도 하며, 성인 환자들은 대부분 12~14세에 처음 증상이 시작하여, 20대 넘어서 치료를 받기 시작한다. 한국에서 평생 유병률은 일반 인구에서 약 2.14~3%로 알려져 있다. 정신과 외래환자 중 약 10%가 강박장애의 환자라는 일부의 연구보고가 있는데, 미국에서는 공포증, 물질관련장애, 주요우울증 다음으로 많은 비율을 차지한다.

기혼자보다 미혼자에서 그리고 흑인보다 백인에게서 더 많이 발병하는 것으로 알려져 있다. 남여 발생비율은 성인에서 비슷하나, 사춘기에서는 남자가 더 많다. 발병의 평균연령은 20-25세이고 남자(20세)가 여자(25세)보다 약간 더 이른 나이에 발병한다. 환자의 2/3는 25세 이전에 발병하고 15%미만에서만 35세 이후에 발병한다.

건강교육연구소의 심리건강센터가 시민 968명을 대상으로 실시한 조사에 따르면 전체의 56.8%가 각종 정신질환을 앓고 있었는데, 그 중 신경증이 34.7%에 달하였다. 신경증 중에서도 강박증이 36.7%로 가장 많았으며, 우울증 27.6%, 공포증 18.8%, 불안증이 9.4%를 차지하였다.

　강박증 환자에서는 흔히 다른 정신과적 질환이 발병하는데 주요 우울증이 병발한 경우가 67%이고 사회공포증이 25%이다. 그 외에도 알코올 사용장애, 특정공포증, 공황장애, 섭식장애, 정신분열증, 자폐증, 뚜렛 증후군 및 반사회적 인격장애 등이 발병된다.

　이처럼 강박증은 발병률이 상당히 높으며 다른 정신질환에도 영향을 많이 미치는 노이로제의 일종이다.

제6장 강박증의 원인

강박증은 주로 마음에서부터 기인(心因)하기는 하지만, 여기에 사회 환경적인 요인이나 신체적인 요인, 특히 소질적(素質的)인 요인 즉 유전도 중요한 구실을 한다.

강박증환자는 일반적으로 인격(人格)이 미성숙하며, 욕구불만에 대한 내성(耐性)이 약한데 이런 것들도 원인으로 작용된다.

심인(心因)은 이 중에서도 가장 주된 구실을 하는 것이며, 돌발적으로 받는 재해(災害)나 충격보다는 지속적인 대인관계에서 오는 갈등이 가장 큰 비중을 차지하고 있다.

또한 정신분석학의 입장에서는 잠재된 유아기의 경험이 무의식 속에서 갈등을 야기한다고 보고 있다. 즉 심리적 외상(外傷)이라는 불쾌한 충격적인 체험은 무의식 속에 억압되어 본인도 잊어버리고 깨닫지 못하는 것이며, 그것이 성인이 된 다음의 행동을 규정하고 강박증의 기초가 된다는 것이다.

다시 말해 성장과정에서 형성된 강박적인 성격과 관련이 있으며 마음속에 감추어진 응어리인 울화(鬱火)나 성적 충동 및 공격적인 스트레스와 밀접한 관계가 있다.

그러나 강박증의 원인은 그리 단순한 것만은 아니며, 어느 한 가지 요인만 가지고 발병한다기보다는 유전적인 요인과 신체적인 요인, 심인(心因) 및 사회 환경적인 요인 그리고 발병시의 건강상태 등이 모두 상호작용하고 가중(加重)될 때 비로소 발병하는 것으로 알려지고 있다.

이것은 실제 임상면에서도 현저하게 드러나는데 환자에 따라 정신적인 갈등을 받아들이는 강도에 큰 차이가 있다. 심한 갈등을 느끼는 것 같으면서도 강박증의 발병에까지 이르지 않는가 하면, 그리 큰 심적인 갈등이 없으면서도 심한 강박증을 호소하는 경우도 있기 때문이다.

한의학적으로는 七情스트레스(감정스트레스)로 인한 손상과 과도한 정신적 긴장 및 오래된 병으로 인한 음정(陰精)의 소모와 心血不足 등으로 말미암아 오장육부의 기능이 조화를 상실하여 발생한다.

강박증은 여러 장부와 관련을 맺고 있지만, 특히 심장, 비장, 신장의 허약 또는 간기울결(肝氣鬱結)을 위주로 하게 된다.

1. 유전적 요인

현재까지 짐작할 수 있는 것은 대개 강박증 환자의 친척 중 약 10%가 강박증을 지니고 있다고 생각되고, 약 5-10%는 강박증이라고 할 순 없지만 아주 경한 정도의 강박증상을 가지고 있다고 추정된다.

유전적인 경향이 있다고 해서 모두 질병으로 발병되는 것은 아니다. 병이 발병하기 위하여서는 소인을 가지고 있는 것은 물론이고 그것이 발현될 수 있는 환경적인 요인 또한 중요한 것이다. 부모가 강박장애가 있는 경우 자녀가 강박증에 걸릴 가능성이 일반인보다는 월등히 높지만, 부모는 강박증이 없었어도 본인의 세대에서 처음으로 강박증에 걸리는 환자들도 종종 보게 된다. 이처럼 유전적 요인이 상당히 중요하다고 생각되지만 그것이 어떤 형태의 유전 패턴을 가지고 있는지는 아직 모르고 있다.

강박증 자체가 유전된다기보다는 강박증을 보일 소질이 유전되는 것이라 생각된다. 따라서 비록 자녀가 강박증의 소질을 지녔다 하더라두 양육, 교육 및 환경의 영향에 따라 강박증을 일으키지 않을 수도 있다.

2. 신체적 요인

서양의학에서는 뇌의 구조적 결함으로 인한 기능이상이 강박장애를 초래한다고 본다. 융통성 없이 반복적인 행동을 하고 이러한 행동을 잘 통제하지 못하는 것은 전두엽의 기능손상 때문이라는 주장이 있고 기저핵의 기능 손상이 강박장애와 더 밀접하게 관련된다는 주장도 있으며 뇌의 신경전달물질인 serotonin 감소 내지 조절장애 때문이라는 주장도 제시되고 있다.

그러나 한의학에서 강박장애의 궁극적인 원인은 심장기능의 허약에서 비롯되는 것으로 본다. 심약하거나 소심하다는 것은 바로 이러한 경우를 두고 하는 말이다.

한의학의 최고 원전인 《素問》에 보면 "심(心)을 군주지관(君主之官)이라고 하고 심장이 제 기능을 다하지 못할 경우 오장육부가 위태롭게 되고 돌아가는 길이 막혀서 잘 통하지 못하면 형체가 몹시 상하게 된다"고 하였다.

심장을 우리가 생각하는 것처럼 단순히 혈액을 순환시키고 신체를 구성하는 하나의 장기에 그치는 것이 아니라 마음과 사고를 주관하고 담당하는 장기로 보는 것이다.

생각을 지나치게 많이 하고 사소한 일에 너무 집착하면 심장에 熱이 발생하는데 이 熱이 제대로 발산되지 못하고 울체될 경우 火가 발생, 心의 기능이 허약해져 항상 불안하고 초조하며 마음이 편치 않게 되면서 일상생활에도 지장을 초래하는 각종 강박장애가 나타나는 것이다.

다사선의증의 형성은 심비양허(心脾兩虛=心血不足), 심신음허(心腎陰虛), 간화요심(肝火擾心) 등의 근본적 원인과 관계가 있다.

3. 정신적 요인

한의학은 心身醫學으로 대부분 七情傷으로 인해 오는 것이 많다. 강박증의 원인에서도 대부분이 七情스트레스로 오는 경우가 많았다. 특히 칠정 중에서도 思와 恐, 憂의 정서와 밀접한 관계가 있다.

(1) 思

思는 사고·사려를 뜻하는 것으로 사람의 정신의식과 사유가 어떤 사물에 집중된 것이다. 고인들은 사려가 脾에서 나오고 心에서 이루어진다고 여겼다.

그러므로 사려가 과도하면 心과 脾에 영향을 미친다. 즉 ≪素問·陰陽應象大論≫에서 "지나친 사려는 脾를 손상시킨다(思傷脾)"고 한 것과 ≪靈樞·本神≫에서 "心은 神을 저장하는데 두려움이나 사려가 과도하면 神이 손상된다(心怵惕思慮則傷神)"고 한 것이 그 예이다.

(2) 恐

恐은 사람이 사물을 두려워하는 정신상태이다. 恐과 驚은 비슷하다. 단 驚은 자기도 모르는 사이에 돌발적인 일이 발생하여 놀라는 것이고, 恐은 알고 있는 상태로 속칭 '膽怯'이라 한다.

驚恐은 인체의 생리활동에 대해 좋지 않은 자극이 발생하여 야기되는 질병으로, 心·肝·膽·胃와도 관련이 있다. 즉 ≪證治準繩·雜病≫에서 "臟腑가 두려움을 받는 것에 네 가지가 있다.

첫째는 腎臟이요 둘째는 肝膽이요 셋째는 胃腑요 넷째는 心臟이다(臟腑恐有四: 一曰腎, 二曰肝膽, 三曰胃, 四曰心)라고 하였고, ≪雜病源流犀燭·驚悸悲恐喜怒憂思源流≫에서는 "두려움이 지나친 것은 心腎肝胃에 병이 있는 것이다(恐者, 心腎肝胃病也)"라고 하였다. 恐과 氣血의 관계에 대해서 ≪素問·四時刺逆從論≫에서는 "(여름철에 肌肉에 刺鍼하면) 血氣가 내부에서 쇠약해져 사람이 잘 놀라게 된다(血氣內却, 令人善恐)"고 하였다.

(3) 憂

근심하고 슬퍼하는 것은 모두 좋지 못한 자극을 받았을 때 나타나는 정서반응으로, 근심은 주로 肺氣에 영향을 미치고 슬픔은 心과 관련이 있다.

≪雜病源流犀燭·驚悸悲恐喜怒憂思源流≫에서 "근심하는 것은 肺와 脾에 병이 있는 것이다. 肺는 華蓋로서 인체의 상부에 위치하며, 아래로 心肝의 氣와 통한다. 마음에 근심하는 바가 있어서 즐겁지 않으면 상부의 肺를 핍박하여 근심이 생기므로 근심은 肺의 병이라 한다.

肺와 脾는 太陰이라 불리는데, …… 그러므로 脾의 병이라고도 하는 것이다(憂者, 肺與脾病也. 肺居華蓋之頂, 下通心肝之氣, 心有所愁苦而不樂, 則上薄乎肺而成憂, 故憂爲肺病. 肺與脾同稱太陰, …… 故憂又爲脾病)"라고 하였고 또한 "슬퍼하는 것은 心과 肝이 모두 虛하여 병든 것이다(悲者, 心肝兩虛病也)"라고 하였다.

4. 사회 환경적 요인

神情을 손상하는 가장 중요한 요인은 사회적인 환경이다. 왜냐하면 인간은 사회적 동물로서 모든 욕망과 만족은 사회 환경의 영향과 제약을 받기 때문이다.

그 구체적인 내용은 매우 복잡하여 사회적인 변동, 질서, 윤리, 인간관계, 가정문제, 경제상황, 사업의 득실, 명예 등을 모두 포괄한다.

제7장 강박증의 원인 [양방]

강박증이 왜 생기는지에 대해 처음으로 합리적 설명을 한 것은 Janet와 Freud다. 1900년대 초 프랑스의 정신과 의사였던 Janet는 강박증은 "정신적으로 피로하여 자신의 생각을 스스로 조절하는 능력이 저하되면" 생긴다고 주장하였다.

현재까지 강박증의 원인에 대한 이론은 몇 가지가 있지만 100% 정설이라고 할 수 있는 이론은 아직 존재하지 않는다. 최근에 와서 뇌의 신비가 하나씩 밝혀짐에 따라 그 원인이 조금씩 드러나고 있을 따름이다.

현재까지 제기된 강박증의 원인에 대한 가설 가운데 정신역동적 측면, 학습이론적 측면, 그리고 뇌의 질환으로서의 측면을 간략히 살펴보는 것은 강박증을 이해하는 데 도움이 될 것이다.

1. 정신역동학적 이론

정신역동이란 겉으로 드러나는 증상을 심적인 측면에서 합리적으로 설명하는 방법이다. Freud는 강박증을 무의식적 충동에 대한 방어현상이라고 설명하였다. 엄마와 아이의 관계에 초점을 둔 설명으로, 대소변 가리기를 해야 할 시기에 대변을 간직하기를 원하는 아이가 변을 보기를 강요하는 어머니에 대해 적대적인 감정을 갖게 되는데 이것이 강박증상으로 나타난다고 하였다. 즉 가혹한 대소변 가리기 훈련이 강박증의 증상과 관련된다는 것이다.

또한 강박증 환자는 엄격한 초자아(superego)를 가지고 있다고 한다. 초자아란 사람으로 하여금 비도덕적이거나 양심에 위배되는 일을 하지 못하게 하는 정신활동의 파수꾼과 같다. 강박증 환자가 보이는 융통성 없고 경직된 생각과 행동은 엄격하고 가혹한 초자아와 관련이 된다.

하지만 이러한 이론적인 근거에 의한 전통적인 정신치료가 강박증상 자체를 크게 호전시키지는 못하는 것으로 보고되고 있다.

2. 학습이론

이 이론에 따르면 강박증상은 불안을 감소시키려는 학습된 반응이라는 것이다. 마음속에 불안을 일으키는 생각은 정상적으로 누구에게나 스쳐 지나갈 수 있다. 또한 대부분의 경우 시간이 지나면 불안은 저절로 감소하게 된다.

그러나 강박증 환자들은 일시적으로 나타나는 불안을 없애기 위하여 강박행동을 하게 된다. 이런 행동은 일시적으로 불안을 감소시킬 수 있지만 다음에 다시 같은 생각이 스쳐 지나가면 똑같은 강박행동을 하지 않고는 견딜 수 없게 된다. 이미 강박적인 행동으로 불안이 없어지는 경험을 했기 때문이다.

따라서 강박행동은 반복적인 학습의 결과인 셈이다.

하지만 학습이론을 주장하는 사람들은 오직 겉으로 드러나는 강박행동에 초점을 두고, 그 행동 자체를 없애기 위해 노력하는 것을 중요시하는 나머지 심리적인 면은 무시하는 경향이 있다.

3. 뇌의 질환

약 20년 전만 하더라도 강박증이 뇌의 이상 때문에 발병한다고는 아무도 생각하지 못하였다. 당시 미국 전역을 휩쓸었던 '폰 이코노모 뇌염'이라는 병을 앓은 환자들에게 파킨슨병, 운동장애와 강박증상 등의 여러 신경학적인 후유증이 나타났다고 한다. 이후 일부학자들이 뇌의 이상과 강박증 사이에 어떤 관계가 있을 것이라고 추측했을 뿐, 그 상관관계를 밝혀내는 데는 성공하지 못하였다.

공식적으로는 "정신이 항문기로 퇴행"하는 과정에 의해 발생한다는 프로이트의 정신역동적 이론이 그대로 받아들여지고 있었다. 그러나 이러한 설명은 일반인은 물론 의사들도 이해하기 매우 힘든 이론이었음에 틀림없다.

1990년대에 들어오면서 포도상 구균에 감염된 아이들이 강박증상을 보인다는 미국 국립보건원의 보고가 나왔으며, 이 균에 감염된 후 연속적으로 촬영한 뇌 사진에서 기저핵(basal ganglia)의 크기가 클수록 강박증상이 더 심해졌다는 연구 결과도 발표되었다. 오랫동안 밝혀지지 못했던 강박증의 원인 규명에 일대 혁신이 일어난 것이다.

하지만 뇌염이나 포도상 구균에 감염되었다고 해서 모든 사람이 강박증상을 보이는 것은 아니다. 어째서 같은 균에 감염되어도 어떤 사람은 강박증상을 일으키고 어떤 사람은 일으키지 않는 것일까?

강박증과 포도상 구균과의 관계를 연구하고 있는 미국 국립보건원은 최근 흥미 있는 연구 결과를 보고했는데, 같은 상황에서 강박증상의 출현 여부는 유전과 밀접한 관련이 있다는 것이다. 즉 유전적으로 강박증상이 발현될 인자가 있는 상태에서 어떤 계기에 의해 증상이 나타난다는 것이라고 할 수 있다.

이제 강박증은 무의식의 갈등이라는 모호한 원인에 의해서 나타나는 것이 아니고, 뇌의 특정 부위의 화학물질[신경전달물질]의 이상에 의하여 나타난다는 것이 밝혀진 것이다. 이제는 누구도 강박증이 뇌의 이상에서 나타나는 뇌 질환임을 부인하지 않는다.

강박증이 뇌의 이상으로 발병된다는 사실은 강박증을 가지고 있는 개인에게는 중요한 의식의 변화를 가져온다. 이 질환이 사회적으로 '미친 사람'으로 낙인찍히는(?) 정신질환이 아니라 뇌의 이상에서 비롯되는 것이라면 굳이 이 병을 숨길 이유도 없고 죄책감을 가질 이유도 없기 때문이다.

우리나라 사람들은, "병은 자랑해야 낫는다"는 말이 있을 정도로, 신체적인 질병에 대해서는 남에게 이야기하기를 좋아한다. 하지만 유독 정신질환에 대해서는 백안시하는 사회분위기 때문에 많은 사람이 정신과에서 진료를 받는 것은 물론 정신질환에 대해서 이야기하는 것조차 꺼리는 것이 우리의 현실이다. 상황이 이렇다 보니 환자들이 강박증을 숨기고 싶어하는 이유도 이해될 만하다. 그러나 신체적인 원인에서 강박증이 생긴다고 하면 상황은 달라진다. 잘못된 뇌의 상태를 바로 잡으면 되기 때문에 환자 자신이 마치 무슨 죄라도 지은 듯한 느낌을 갖지 않아도 되는 것이다.

아직도 많은 환자가 강박증이 생긴 것을 자신의 잘못으로 생각하고, 심지어는 자신을 범죄자로 여기기도 한다. 강박증 환자가 너무나 쉽게 죄책감을 갖게 되는 이유가 바로 여기에 있다. 이제 강박증은 뇌의 신경전달물질의 균형이 깨진 신체적인 질환이라는 사실이 밝혀졌다. 따라서 환자 자신이 책망 받을 이유는 그 어디에도 없는 것이다.

제8장 思恐憂로 인한 病證과 病理

七情이란, 사람이 사물에 대해 느끼는 일곱 가지의 감정변화를 가리킨다. ≪예기·예운(禮記·禮運)≫에서는 "무엇을 일러 사람의 정이라 하는가 하면 기뻐하고, 노여워하고, 슬퍼하고, 두려워하고, 사랑하고, 미워하고, 탐내는 것으로 이 일곱 가지는 배우지 않고도 잘 할 수 있는 것이다(何謂人情 喜怒哀懼愛惡欲 七者不學而能)"라고 하여 情志활동이 사람의 본능임을 명확히 설명하였다.

한의학에서의 七情의 내용은 ≪禮記·禮運≫과 약간 다르게 喜·怒·憂·思·悲·恐·驚을 말한다. 하지만 사람의 情志활동이 五臟의 생리활동 변화에서 오는 것으로 본 것은 마찬가지이다. 그러므로 ≪素問·陰陽應象大論≫에서 "사람에게는 五臟이 있어서 五氣로 化하고, 이 五氣가 喜·怒·悲·憂·恐을 生한다(人有五臟化五氣, 以生喜怒悲憂恐)"고 한 것이다.

七情은 인체가 객관적인 사물의 자극에 대해 일으키는 情志 방면의 반응이다. 일반적인 상황하에서 정상적인 생리활동에 속하면 결코 질병을 일으키지 않으므로 七情의 활동 역시 발병 요인이 될 수 없다.

그러나 갑작스럽고 극렬하거나, 정서 자극이 오랫동안 지속되면 인체의 氣機가 문란해지고 氣血·陰陽의 실조를 일으켜 발병한다. 예컨대 ≪三因極一病證方論·三因論≫에서 "七情은 사람이면 누구나 갖는 본성으로, 七情이 動하면 먼저 臟腑의 鬱結이 발생한다(七情, 人之常性, 動之, 則先自臟腑鬱發)"고 한 것이 그것이다. 七情이 병을 일으키면 병이 내부에서 발생하므로 七情은 내상질병의 주요 발병 요인이 된다.

따라서 七情과 臟腑氣血은 밀접한 관계가 있다고 할 수 있다. 생리적 情志 변화는 臟腑의 精氣를 물질적 기초로 하는데, 이는 인체가 외계 사물의 자극에 대하여 일으키는 반응이다.

예를 들면 어떤 일은 사람을 기쁘게 하고, 어떤 일은 분노케 하며, 어떤 일은 슬프게 하고, 어떤 일은 두렵고 불안하게 하며, 어떤 일은 고민에 빠지게 한다.

좋지 않은 정서 자극은 臟腑氣血의 정상적 생리활동에 영향을 미치고, 또한 臟腑氣血의 생리활동에 이상이 발생하면 유해한 정서 변화를 일으킨다.

칠정 가운데 강박장애와 밀접한 연관이 있는 것은 思와 恐 또는 憂의 정서이다. 사, 공, 우의 情志이상이 각기 신체에 미치는 영향을 한의학 최고의 원전인 《황제내경》과 《유경》 및 《동의보감》을 중심으로 찾아보면 다음과 같다.

1. 思로 인한 病症과 病理

(1) 脾在志爲思(脾의 志는 思이다)

思는 사고·사려를 뜻하는 것으로 사람의 정신의식과 사유가 어떤 사물에 집중된 것이다. 고인들은 사려가 脾에서 나오고 心에서 이루어진다고 여겼다. 그러므로 사려가 과도하면 心과 脾에 영향을 미친다. 즉 《素問·陰陽應象大論》에서 "지나친 사려는 脾를 손상시킨다(思傷脾)"고 한 것과 《靈樞·本神》에서 "心은 神을 저장하는데 두려움이나 사려가 과도하면 神이 손상된다(心怵惕思慮則傷神)"고 한 것이 그 예이다.

(2) 思傷脾

과도한 사려로 인해 脾의 運化기능이 실조되고 氣機가 울결되는 것으로, ≪望診遵經·變色望法相參≫에서 "사려가 과도하면 氣機가 脾에서 울결된다(思則氣結於脾)"고 한 것, ≪醫術≫卷七에서 "사려가 과도하면 氣機가 울결되는데, 心에서 울결되어 脾를 손상시킨다(思則氣結, 結於心而傷於脾也)"라고 한 것, ≪醫學衷中參書錄·資生湯≫에서 "心은 神明之府로 마음이 괴롭고 뜻대로 되지 않으면 心神이 울결되고 心血 또한 脾土를 滋潤하지 못하는데, 지나친 사려가 脾의 병을 일으킨 것이다(心爲神明之府, 有時心有隱曲, 思想不得自遂, 則心神拂鬱, 心血赤遂不能濡潤脾土, 以成過思傷脾之病)"라고 한 것 등이 그 예이다.

(3) 思則氣結(생각이 과도하면 氣가 울결된다)

이는 과도한 사려로 인해 神과 脾가 손상되어 氣機가 울결됨을 가리킨다. 古人들은 사려는 脾에서 발생하여 心에서 이루어지므로 사려가 과도하면 心神을 손상시킬 뿐만 아니라 脾氣에도 영향을 미친다고 보았다.

따라서 ≪素問·擧痛論≫에서 "사려가 과도하면 마음에 걸리는 것이 있어서 精神이 한곳에 집중되니, 正氣가 머물러 운행되지 않으므로 氣가 울결된다(思則心有所存, 神有所歸, 精氣留而不行, 故氣結矣)"고 한 것이다. 사려가 과도하여 陰血이 암암리에 손상되고 心神이 濡養되지 못하면 心悸·多思·善疑·健忘·不眠·多夢 등의 증상이 나타난다.

또 氣機가 울결되어 막히면 脾의 運化기능이 무력해지고 胃의 受納·腐熟기능이 실조되어 納呆·脘腹脹滿·便溏 등의 증상이 나타난다.

(4) 思本屬脾, 而此曰思則心有所存, 神有所歸, 正氣留
而不行, 故氣結矣. 蓋心爲脾之母, 母氣不行, 則病及
其子, 所以心脾皆病於思也. ≪類經≫

思情은 원래 脾에 속한다. 한 가지 생각에 골몰하게 되면 神이
한 곳에 귀착되고 正氣도 한 곳에 머물러 循行하지 못하게 되므
로 氣結된다고 하였다.

心은 脾의 母臟이기 때문에, 母臟인 心臟의 氣가 不行하게 되
면 병이 그 子臟인 脾에까지 미치게 된다. 따라서 思情으로 心·
脾 二臟이 모두 병들게 된다.

(5) 皇甫謐曰: 思發於脾而成於心, 過節則二臟俱傷.
≪東醫寶鑑≫

思情이 발하는 근원은 脾臟이지만, 이것이 이루어지는 데는 心
臟이 관여하게 된다.

그러므로 사려가 과다하면 心·脾 두 臟이 모두 상하게 된다.

(6) 思則心有所存, 神有所歸, 正氣留而不行, 故氣結矣.
≪素問·擧痛論≫

한 가지 생각에 연연하여 시원스럽게 해명하지 못하고 계속 생
각을 거듭하게 되면, 神은 그 일에 얽매어 떠나지 못하므로 正氣
가 흩어지지 못하게 되니 "思則氣結"이라 하였다.

(7) 思傷脾者, 氣留不行, 積聚中脘, 不得飮食, 腹脹
滿, 四肢怠惰. ≪世醫得效方≫

지나친 사색으로 脾를 상하게 되면, 氣가 한 곳에 머물러 돌지
않으므로, 中脘 부위에 積聚가 생겨 식욕부진하고, 消化도 잘 되

지 않아 腹部는 脹滿하고, 四肢가 沈重하며 무력해진다.

(8) 怵惕思慮則傷神, 神傷則恐懼流淫而不止. ≪靈樞·本神≫

두렵고[怵], 놀래고[惕], 생각[思]과 근심[慮]이 많으면 神을 상하게 되며, 神이 상하면 心이 虛해지고, 腎이 心을 누른다[相侮]. 腎의 志는 恐이므로 불안한 情志[恐懼]가 풀리지 않고, 또 精을 상하게 되어 精을 자주 自流하게 된다.

즉 神이 상하면 心이 怯弱해지고, 心이 약하면 불안한 情志[恐懼]가 계속된다.

이와 같은 두려운 마음[恐懼]은 腎을 상하여 精을 固藏하지 못하고 精이 수시로 自流[精時自下]하게 된다. 이는 心腎不交로 精을 收攝하지 못하기 때문이다.

(9) 心怵惕思慮則傷神, 神傷則恐懼自失, 破䐃脫肉, 毛悴色夭, 死於冬. ≪靈樞·本神≫

思慮는 脾의 情이고, 心은 神을 저장한다. 만약 心이 怵惕思慮하면 心臟의 神을 상하게 되고, 神이 상하면 主持하지 못하므로 恐懼自失[두려움이 자신의 능력으로 통제되지 않음]하게 된다.

이와 같이 心虛(怯)해지면 脾도 弱해지기 때문에[火不生土] 脾가 주관하는 肌肉이 수척해지고 皮毛가 초췌해진다.

心之色은 적색인데 그 색이 明亮하지 못하고 黑赤色을 띠게 된다. 겨울철에 죽는다고 한 것은, 水克火[火畏水]하기 때문이다.

2. 恐으로 인한 病症과 病理

(1) 腎在志爲恐(腎의 志는 恐이다)

恐은 사람이 사물을 두려워하는 정신상태이다. 恐과 驚은 비슷하다. 단 驚은 자기도 모르는 사이에 돌발적인 일이 발생하여 놀라는 것이고, 恐은 알고 있는 상태로 속칭 '膽怯'이라 한다. 驚恐은 인체의 생리활동에 대해 좋지 않은 자극이 발생하여 야기되는 질병으로, 心·肝·膽·胃와도 관련이 있다. 즉 ≪證治準繩·雜病≫에서 "臟腑가 두려움을 받는 것에 네 가지가 있는데, 첫째는 腎臟이요 둘째는 肝膽이요 셋째는 胃腑요 넷째는 心臟이다(臟腑恐有四: 一曰腎, 二曰肝膽, 三曰胃, 四曰心)라고 하였고,≪雜病源流犀燭·驚悸悲恐喜怒憂思源流≫에서는 "두려움이 지나친 것은 心腎肝胃에 병이 있는 것이다(恐者, 心腎肝胃病也)"라고 하였다. 恐과 氣血의 관계에 대해서 ≪素問·四時刺逆從論≫에서는 "(여름철에 肌肉에 刺鍼하면) 血氣가 내부에서 쇠약해져 사람이 잘 놀라게 된다(血氣內却, 令人善恐)"고 하였다.

(2) 恐傷腎

과도한 두려움으로 인해 腎의 精氣가 손상됨을 말한다. 腎은 精을 저장하는데, ≪素問·擧痛論≫에서 "두려움이 지나치면 精이 상부로 운행하지 못한다(恐則氣却)"고 하였고,≪靈樞·本神≫에서는 "두려움이 해소되지 않으면 精이 손상되는데, 精이 손상되면 뼈마디가 쑤시고 연약해지며 온몸이 차지고 정액이 저절로 흘러나온다(恐懼而不解則傷精, 精傷則骨痠痿厥, 精時自下)"고 하였다.

(3) 恐則氣下(두려워하면 氣가 가라앉는다)

이는 지나친 두려움으로 인해 腎氣가 약해져 氣가 하부로 빠져 나감을 가리키는 것이다. 임상에서는 二便失禁이 나타난다. 두려움이 해소되지 않으면 精이 손상되어 뼈마디가 쑤시고 사지가 늘어지고 차가워지며 遺精 등의 증상이 발생한다.

(4) 恐傷腎者, 上焦氣閉不行, 下焦回還不散, 猶豫不決, 嘔逆惡心.《世醫得效方》

恐情이 腎을 상하면 精이 손상되므로, 腎氣의 升降이 不交하게 된다. 이렇게 되면 上焦는 閉塞되고 下焦의 氣는 上升하지 못하여 不散하게 된다. 따라서 "恐則氣下"라고 하는 것이다.

恐情은 원래 腎의 情인데, 血不足이나 肝虛로도 恐情이 일어난다. "猶豫不決"이란 肝膽이 虛하여 우유부단해지고 결단력이 부족해지는 것을 말한다. 또한 肝虛하면 木克土의 조화가 이루어지지 않기 때문에 脾가 勝하여 嘔逆·惡心이 있게 된다.

(5) 恐懼而不解則傷精, 精傷則骨痠痿厥, 精時自下.《靈樞·本神》

恐懼의 情이 不解하면 精을 상하게 한다. 精이 상하면 四肢의 骨이 痠痛하든가, 四肢가 痿弱無力해지며 厥冷해진다. 精液이 수시로 遺泄되는 것은 臟氣가 상하여 藏精하지 못하기 때문이다.

(6) 恐懼者, 神蕩憚而不收.《靈樞·本神》

㈜ 恐懼則神志驚散, 故蕩憚而不收. 神爲恐懼而散失也.《類經》
恐懼의 情이 일어나면 精神이 散亂하여 收拾이 되지 않는다.

(7) 恐本屬腎, 而有曰恐懼則傷心者, 神傷則恐也; 有曰血不足則恐, 有曰肝虛則恐者, 以肝爲將軍之官, 肝氣不足則怯而恐也; 有曰恐則脾氣乘矣, 以腎虛而脾勝之也, 有曰胃爲氣逆爲噦爲恐者, 以陽明土勝, 亦傷腎也; 是心腎肝脾胃　五臟皆主於恐, 而恐則氣下也. ≪類經≫

恐情은 본래 腎에 속하는 것이지만 또한 恐情은 心을 상한다고도 하였으며, 神이 상하면 역시 恐情이 떠나지 않는다고도 하였다.

血이 부족하면 恐情을 느끼며, 肝虛해도 恐情이 떠나지 않는다. 肝은 將軍之官으로서 투쟁과 용감, 發動을 주관하는 기관이므로, 肝氣가 부족하게 되면 恐情이 자주 일어나게 된다.

또한 恐情이 떠나지 않으면 脾氣가 乘하여 腎虛해지며, 胃氣는 逆上하여 噦氣[呃逆, 딸꾹질]가 있으면서 恐情이 떠나지 않게 되는데, 이는 모두 陽明인 土가 勝하여 傷腎하였기 때문이다.

이와 같이 心·腎·肝·脾·胃 五臟이 모두 恐情으로 병이 생기며, 恐情이 발하면 氣는 下하게 된다.

(8) 恐懼者, 神蕩憚而不收. ≪靈樞·本神≫

恐懼하면 神志가 驚散하여 수습할 수 없게 된다. "神不收"란 神이 恐懼의 情으로 수습하지 못해 散失되어 있는 상태를 말한다.

(9) 恐則精却, 却則上焦閉, 閉則氣還, 還則下焦脹, 故氣不行矣. ≪素問·擧痛論≫

恐懼의 情은 腎을 상하므로 精을 상하게 되어 精이 퇴각하게 된다. 精이 물러나면 腎氣의 升降이 안 되고, 水火의 相交가 이루어지지 않게 되어 上焦는 閉塞된다. 따라서 腎氣는 상승하지 못하고 下焦로 돌아와 머물게 되니 下焦가 脹滿하게 된다.

따라서 "恐則氣不行"이라고 하였다(張志聰의 註를 참고로 소개하면 다음과 같다.

"氣는 水中의 生陽이다. 腎은 水臟으로서 精을 저장함을 주관하며 '生氣之源'이다. 恐이 腎을 상하게 하므로, 精氣가 퇴각하여 상승할 수 없게 된다.

膻中은 '氣之海'로서 위로 肺에서 나와 호흡을 맡고 있지만, 그러한 근원은 下焦에서 나오므로, 精氣가 퇴각하면 上焦가 막히고, 上焦가 막히면 生升하는 氣가 아래로 돌아가서 下焦가 脹滿하게 된다.

이렇게 上下의 氣가 서로 교통하지 않으므로 '氣不行'이라고 하는 것이다").

3. 憂로 인한 病症과 病理

(1) 肺在志爲憂(肺의 志는 憂이다)

근심하고 슬퍼하는 것은 모두 좋지 못한 자극을 받았을 때 나타나는 정서반응으로, 근심은 주로 肺氣에 영향을 미치고 슬픔은 心과 관련이 있다.

≪雜病源流犀燭·驚悸悲恐喜怒憂思源流≫에서 "근심하는 것은 肺와 脾에 병이 있는 것이다. 肺는 華蓋로서 인체의 상부에 위치하며, 아래로 心肝의 氣와 통한다. 마음에 근심하는 바가 있어서 즐겁지 않으면 상부의 肺를 핍박하여 근심이 생기므로 근심은 肺의 병이라 한다. 肺와 脾는 太陰이라 불리는데, …… 그러므로 脾의 병이라고도 하는 것이다(憂者, 肺與脾病也. 肺居華蓋之頂, 下通心肝之氣, 心有所愁苦而不樂, 則上薄乎肺而成憂, 故憂爲肺病. 肺與脾同稱太陰, …… 故憂又爲脾病)"라고 하였고 또한 "슬퍼하는 것은 心과 肝이 모두 虛하여 병든 것이다(悲者, 心肝兩虛病也)"라고 하였다.

(2) 憂傷肺

지나친 근심으로 인해 肺氣가 손상됨을 말하는 것으로, "슬퍼하면 氣가 소모된다."

즉 ≪素問·擧痛論≫에서는 "슬픔이 지나치면 心系가 급박해지고 肺가 확장되어 肺葉이 위로 들리고 上焦가 막혀 통하지 않으며 營衛의 氣가 散布되지 않고 熱氣가 中焦에 울결되므로 氣가 消散된다(悲則心系急, 肺布葉擧, 而上焦不通, 營衛不散, 熱氣在中, 故氣消矣)"고 하였다.

(3) 憂卽氣閉塞(근심하면 기가 막힌다)

근심이나 걱정이 있으면 기의 순행이 막혀 폐색(閉塞)된다고 하였다. 그리고 기가 폐색되면 오장 중 肺와 비(脾)를 상한다고 하였으니 근심 걱정 등의 감정적 갈등은 호흡기능과 소화기능을 해친다는 뜻이다.

우수(憂愁)로 인하여 肺를 상하면 기(氣)가 소침(消沈)하여 순행이 이루어지지 않아 심흉부가 폐색됨으로써 불안하고 잠을 이루지 못한다. 또 근심 걱정이 해소되지 않으면 의(意)가 손상되고, 意가 손상되면 명치부위가 답답하며 사지를 움직이지 못한다.

(4) 憂本屬肺, 而有曰心之變動爲憂者, 有曰心小則易傷以憂者, 蓋憂則神傷, 故傷心也; 有曰精氣幷於肝則憂者, 肝勝而侮脾也; 有曰脾憂愁而不解則傷意者, 脾主中氣, 中氣受抑則生意不伸, 故鬱而爲憂. 是心肺肝脾四臟, 皆能病於憂也. ≪類經≫

憂情은 본래 肺에 속한다. 그러나 心에 변동이 있어 憂情이 발하기도 하고, 心의 形象이 小하여도 憂情에 상하기 쉽다. 이는 모두 憂情이 神을 상하게 하여, 心이 상한 것이다.

氣가 肝에 偏聚되면 憂情이 발하게 되는데, 이는 肝勝하여 脾를 克하기 때문이다. 또 憂愁의 情이 해제되지 않으면 意를 상한다. 이는, 脾가 中氣를 주관하는데, 中氣가 억압되면 意가 자유로이 伸張하지 못하고 鬱積되기 때문에 憂鬱해지는 것이다.

이와 같이 心·肺·肝·脾 네 臟이 모두 憂情으로 병이 생기게 되는 것이다.

(5) 愁憂不解則傷意, 意爲脾神也. ≪東醫寶鑑≫

愁憂의 情이 不解하면 脾氣가 不舒하게 되어 意를 상하게 된다. 意는 脾之神이기 때문이다.

(6) 憂傷肺者, 心系急上焦閉, 營衛不通, 夜臥不安. ≪世醫得效方≫

愁憂로 인하여 肺를 상하면, 氣가 消沈하여 循行하지 못하므로, 胸膈이 閉塞되어 營衛의 氣가 통하지 않는다. 따라서 밤에 잠자리에 누워도 불안하고 편치 못하다.

제9장 강박증의 증상

강박증의 증상은 크게 강박사고 증상·강박행동 증상·회피 증상으로 나눌 수 있다.

1. 강박사고 증상

강박사고(obsessions)란 자신의 마음에 원치 않는데 떠오르는 생각이나 충동을 말한다. 강박사고는 대개 비현실적이며 상당한 불안을 야기한다. 그것은 가라앉지 않고 지속되는 특징을 갖고 있다. 강박사고는 당신이나 다른 이에게 '뭔가 위험한 일이 발생하면 어떻게 하나'하는 내용이 대부분이다.

그 종류는 다음과 같다.

① 오염 강박사고 : 먼지나 세균, 어떤 종류의 오염 등에 대한 지나친 두려움이다. 따라서 손을 자주 씻거나 목욕을 하는 등의 강박행동으로 이어진다.

② 저장, 보관, 수집 강박사고 : 쓸모없거나 거의 가치가 없는 물건을 모아두거나 버리지 못한다. 쓰레기, 신문, 종이 등 가치 없는 것을 버리지 못하게 된다.

③ 정돈 강박사고 : 좌우대칭, 정확성, 정돈 등에 대한 지나친 집착을 보인다. 물건을 놓을 때 줄이 맞아야 되고, 정리정돈이 되어있지 못하면 다음 일로 진행을 할 수 없다.

④ 양심적 강박사고 : 불경스러운 생각이나 욕 등을 마음속으로 하는 것에 대해 벌 받을 것에 대한 두려움과 같은 강박사고이다. 도덕적이고 종교적인 계율이나 규칙을 위반하는 것에 대한 지나친

두려움, 걱정, 집착을 말한다.

이와같이 신성모독적이거나 도덕관념에 배치되는 생각 등은 머리속으로만 하는 강박행동 즉 '순수 강박사고 유형'으로 볼 수 있다.

⑤ 신체적 강박사고 : 신체의 특정부분의 모양에 대한 집착 또는 질병이나 불치병의 가능성에 대한 집착을 포함한다.

⑥ 공격적 강박사고 : 자신이나 타인에게 위해를 가할 것에 대한 지나친 생각을 가지는 것이다. 누군가를 때리거나 흉기로 찌르는것에 대한 두려움 등이 포함된다. 이런 폭력적 강박사고도 '순수강박사고 유형'에 해당된다.

⑦ 성적 강박사고 : 원치 않는 성적인 생각, 이미지, 충동 등이 나타나 불안한 것을 말한다. 이것 또한 '순수 강박사고 유형'에 해당된다.

2. 강박행동 증상

강박행동은 강박사고로부터 일시적인 안도를 위해 '행동한 것'이라고 생각하면 이해하기 쉽다. 달리 설명하면 강박행동은 강박사고를 '중화'시키는 것이다. 대개는 반복적으로 손을 씻는다든지 반복해서 확인을 한다든지와 같은 신체적인 행동이다. 그러나 어떤 경우는 숫자를 세거나 기도를 하는 등 '생각 속에서 행동한 것'일 수도 있다.

강박증의 강박행동을 이해하기 위하여 세 가지 중요한 요소가 있다. 첫째, 강박행동을 하면 강박사고에 의해 유발된 불안을 감소시키는 효과가 있지만 그것은 단지 짧은 시간 동안만이다. 둘째, 강박행동을 하지 않으면, 극도로 불안해 진다. 셋째, 당신은 그것을 되풀이해서 반복적으로 하게 된다.

그 종류에는 다음과 같은 것들이 있다.

① 청소하기와 세탁하기 강박행동 : 오염에 대한 두려움으로 씻고 닦고 쓸고를 반복한다.

② 확인하기 강박행동 : 문은 잠겼는가, 가스불은 꺼졌는가 등 반복적으로 확인하는 행동을 하게 된다.

③ 저장, 보관, 수집 강박행동 : 불필요한 물건이나 잡동사니 등을 버리지 못하고 모아 놓게 된다.

④ 반복하기, 숫자세기, 정리하기 강박행동 : 한 가지 행동을 반복하거나 마음속으로 숫자나 기도문 등을 반복해서 외우게 된다. 또한 물건들을 가지런히 놓거나 정돈을 해야 마음이 편해진다.

3. 회피증상

많은 강박증 환자들은 강박사고를 불러일으키는 상황, 사람, 장소, 물건 등을 피하게 된다. AIDS에 대한 두려움으로 병원에 가지를 못하거나, 더럽다는 생각에 공중화장실을 사용하지 못하고, 성적인 강박사고가 떠오르는 것이 불편해서 이성과의 만남을 회피하기도 한다. 이런 회피는 그 순간에는 환자의 불안을 줄여줄 수 있지만 결국 개인의 사회생활을 위축시키고 대인관계를 막는 원인이 된다. 심한 경우 집밖으로 나가지 못하거나 직장이나 학교를 그만 두는 경우도 있다. 회피는 적절한 대처가 아니라 강박증의 증상인 것이다.

제10장 강박증의 임상양상

강박증 환자를 진료하다 보면 처음 어느 일정기간 동안에는 씻기행동을 주된 증상으로 호소해 이를 치료해 나가다 보면 씻기행동은 호전되어 없어졌는데, 처음에 호소하지 않던 또 다른 증상을 연이어 호소해 오는 경우를 적지 않게 관찰할 수 있다. 강박행동뿐 아니라 강박사고의 대상도 수시로 바뀌어 이로 인해 불안감이 더 가중되어 환자들이 행동이나 사고의 집착에서 더 더욱 벗어나지를 못하게 되는 것이다.

이와같이 강박증의 임상양상은 매우 광범위하고 세부적으로 아주 다양하다. 강박증의 임상양상에서 유형별 구분은 환자의 증상에 대한 구분 정도로 쓰이는 것일 뿐 그 자체로는 큰 의미가 없다.

여기서는 다만 강박증의 유형을 전반적으로 자세히 파악해 보고 아울러 강박증과 관련된 의미를 살펴보기로 하자.

1. 씻기행동

강박행동 가운데 가장 많이 나타나는 증상으로 오염되었다고 생각하여, 이에 따른 두려움과 불안감을 떨쳐버리기 위해 자주 씻고 청결하게 치우는 행동을 말한다. 오염에 대한 강박증은 신체분비물, 병균, 질병, 화학물질 등이 그 예가 될 수 있다.

괜히 몸에 더러운 것이 묻은 것 같은 느낌 때문에 씻고 또 씻고, 외출하였다가 집에 돌아오면 옷이 더러워진 것 같아 반드시 옷을 갈아입거나 다시 세탁해야 한다. 바깥에서는 화장실 근처만 지나가도 온몸이 더러워진 것 같아 씻어야 하므로 당연히 화장실은 가지 못하고 참았다가 집에 와서야 볼일을 본다. 한 번 씻기 시작하면 심한 경우 비누를 서너 장 이상 써 버리는 경우도 있으며, 샤워를 3~4시간씩 하기도 한다.

예를 들어, 개가 사람에게 위험한 병균을 쉽게 옮긴다고 가정해 보라. 당신이 개가 퍼뜨리는 병에 걸리지 않기 위해 개를 피하는 것은 당연하다. 또한 병균이 당신주변, 어린아이들에게 퍼지는 것도 원치 않는다.

그러나 강박증은 단순히 개를 피함으로써 병균으로부터 벗어나는 것은 아니다. 이 병의 가장 큰 특징은 오염이 끝없이 한 대상에서 다른 곳으로 옮긴다는 것이며 신체적 접촉 없이도 일어난다고 믿는 것이다.

개에 의해 오염된다는 걱정이 생겼다고 가정해 보라. 개를 피할 뿐 아니라 개가 사는 집, 개가 지나간 거리, 공원 등도 피하게 된다. 상황의 연결은 끝이 없고 당신 주변의 모든 물리적 세계가 오염될 것이다. 그러면 단순히 어떤 장소를 피함으로써만 개의 병균을 피할 수 있는 것은 아니다.

따라서 강박증 환자는 오염을 없앨만한 적극적 방법을 고안하게 되고 그리하여 자신의 몸을 지나치게 씻게 되며 집안이나 물건이 더럽다고 하루에도 몇 번씩 쓸고 닦는 등의 강박행동에 몰두하게 되는 것이다.

어떤 경우에는 이러한 세척행위가 죽음이나 질병에 대한 두려움에서 비롯되는 예방적인 행위이기도 하지만, 대부분의 경우에는 '이미 오염되었다'는 극도의 불안감으로부터 안정감을 회복하기 위한 행위로 수행된다.

2. 확인행동

그 다음 많은 것이 의심증과 이에 따른 확인행동이다. 확인 행동은 씻기 행동과 함께 강박증에서 대표적으로 흔한 증상이다. 확인행동은 대체로 일정하게 굳어진 의례적인 방식으로 수행되며, 주로 실수나 사고로 인한 피해를 방지하기 위한 예방 내지는 검토의 의도를 띤다.

문은 잠갔는지, 가스는 끄고 나왔는지, 수도는 잠그고 나왔는지 의심이 되어 확인하고 또 확인하는 행동을 반복한다. 문을 잠갔는데도 안 잠근 것 같아 몇 번씩 확인하고, 그것도 부족하여 외출하다 다시 돌아와 확인을 한다. 또는 길을 갈 때 바지 지퍼가 열렸는지, 허리띠가 흘러내렸는지, 속옷이 왠지 흘러내린 것 같다든지 등의 기분에 의해 계속 눈이나 손으로 확인하는 경우 등이다. 그 외에 편지를 쓴 후 윗사람에게 혹시 존칭을 빠뜨리지 않았는지, 주소를 잘못 쓴 것이 아닌지 계속 확인하는 경우, 지갑을 호주머니에 넣은 후 그곳에 지갑이 안전하게 있는지 계속 손을 넣고 빼는 행동을 하는 경우 등이다. 확인하는 순간에는 안심을 하지만 돌아서면 또다시 의심이 들고 불안해진다.

셈하는 확인행동의 반복도 흔히 보는 데, 모든 물건을 숫자로 세어 보고 특수한 숫자에 맞아 들어가야 안심하고 그렇지 못하면 맞을 때까지 셈을 한다. 확인행동을 반복하는 경우 열쇠를 잠그고 열었다 하는 행동을 반복하고, 봉투에 올바르게 편지지가 들어갔는지를 수십 번 반복하고서야 편지를 부치기도 한다.

강박행동의 횟수가 숫자와 관련이 있는 경우도 있다. 의심이 드는 경우에는 꼭 자신이 좋아하는 횟수만큼 확인을 해야 비로소 인심이 되는 깃이다. 에를 들어 음식을 믹기 전에 수저로 식탁을 두 번 탁탁 치는 경우, 무엇이든 뚜껑을 열 때마다 세 번 손끝으로 톡톡 치는 경우 등이 있다. 또 어떤 환자는 7이라는 숫자에 특별한 의미를 부여하고는 마치 주문을 외듯이 문을 열었다 닫았다 하는 확인행동을 꼭 7번까지 반복하는 경우도 있다.

확인 유형은 환자의 직업이나 상황에 따라 다양하게 나타난다. 수험생의 경우, 시험 칠 때 한 문제를 풀고 정답을 답안지에 표기한 후 정확히 표기했는지 계속 확인한다. 그런 식으로 시험 시간을 거의 소모하고 정작 풀어야 할 문제를 못 풀어 시험을 망치기도 한다. 회사원의 경우, 서류 작성한 후 오타가 없는지, 숫자는 정확히 기입했는지 등을 계속 확인하느라 정작 서류 제출 시간이 늦어져 문제가 생기기도 한다.

이들에게 확인행동에 대한 압박을 느끼게 만드는 자극상황은 오자가 들어 있거나 계산이 틀렸을지도 모른다는 등 실수에 대한 의심, 외출할 때의 문단속, 전열기구, 가스밸브, 금고문 등의 확인과 관련된 사고에 대한 의심 등이 있다.

3. 정리정돈 행동(대칭, 정확성 관련)

물건들이 제자리에 있지 않거나 제자리에 있더라도 대칭이 맞지 않거나 하면 불안하여 어쩔줄 모르는 행동이다. 예를 들어, 책의 중요 부분에 줄을 그을 때에도 꼭 자를 대어 일직선으로 긋기, 놀이감인 장난감 병정조차 전부 일렬종대로 세워 놓기, 잠잘 때 베개를 가로로 일직선이 되게 해야 잘 수 있는 경우 등이다.

대부분의 정리정돈 행동이 어떤 불행한 일을 막기 위한 불안감에서 비롯되는 것도 아니다. 이들의 행동 기저에 자리잡은 것은

'사물을 제대로 맞춰놓아야 한다'는 완벽주의의 욕구인 것처럼 보이는 때가 많다. 많은 경우에 '대칭이나 균형'을 포함하는 질서정연한 상태에 대한 완벽주의적 추구가 밑바탕에 깔려 있어 보인다. 이들은 사물을 가지런히 정해진 순서대로 배열하느라 몇 시간이고 소모하고, 누군가가 조금이라도 건드리면 광기에 가까운 분노감을 터뜨린다.

정리정돈, 대칭, 정확성의 증상은 완벽주의 외에 열등감과 관련되기도 한다. 예를 들어, 환자가 자신이 남보다 열등감이 많고 우월한 것이 없다고 생각하면 사업 성공이나 어려운 시험 합격, 위대한 발명 등에서 성취감을 느낄 일이 없다. 그래서 연필 하나 일직선 되게 놓는 것을 통해 성취감을 느끼려고 할 수 있다. 그것을 그렇게 놓는 순간 만족감을 얻기 때문에 아주 사소한 일에조차 그렇게 정확하게 하려고 집착할 수 있다.

정리정돈에 대한 강박행위와 연결된 자극 상황은 책꽂이, 옷장, 책상서랍 등의 사물이 엄격한 순서나 질서에 따라 배열되어 있지 않은 것, 누군가가 자신이 배열하고 맞춰 둔 사물을 건드리는 것, 대칭적이지 않은 상태나 물건, 완벽하지 못한 상태나 물건 등이다.

대부분의 환자들이 이러한 상황을 재빨리 '제대로 완벽하게' 맞춰놓지 않으면 너무 불편해서 견딜 수 없고, 드물게는 이렇게 하지 않으면 뭔가 나쁜 일이 일어날 것이라고 생각하기도 한다.

완벽하게 자신만의 특정한 규칙에 따라 주변을 정리정돈 하려는 욕구는 초등학생 개구쟁이의 귀신이라도 나올 듯 어지럽혀진 방을 청소하라고 닦달하는 엄마의 잔소리와는 그 성질이 다른 것이다. 이들의 기준은 너무나도 경직된 것이어서 제자리에 있던 컵 하나가 누군가에 의해 조금이라도 옮겨져 있으면 식구들에게 온갖 험한 소리를 해대며 다 때려 부술 기세로 격분한다.

　이런 사람들은 대개 자신의 정리정돈을 습관대로 대칭이나 높이 등을 맞추어 가지런하게 정리해 놓고는 매일 정리정돈만 하며 지내는 경우가 많다.

4. 반복행동

　강박장애라고 하면 그 생각과 행동이 원치 않음에도 불구하고 반복된다는 것이 정의적인 특징이지만, 반복적인 씻기행동이나 확인행동 등을 주 증상으로 하는 환자들과는 다소 차이가 있는 '반복행동 유형'이라고 불릴 만한 사람들이 있다.

　그들의 가장 두드러진 특징은 강박사고와 이에 수반되는 의례화된 강박행위간의 연결이 논리적으로 설명되지 않음에도 불구하고 증상이 반복되고 있다는 점이다.

　다른 강박장애 유형은 씻기, 확인, 정리정돈, 지연행동 등 주로 반복행위의 내용이 무엇인가에 따라 이름을 붙인다. 이는 '더러워진 것 같아서 씻는다', '사고가 날 것 같고 실수가 있을 것 같아서 확인한다'와 같이 강박사고와 강박행위 간에 논리적으로 잘 설명되는 연계가 존재하고 있기 때문이다.

　더러워진 것 같다면 거의 본능적으로 '씻어야 한다'는 대답이 떠오르지 않는가? 문이 열려서 누군가가 침입할 지도 모른다는 생각이 들면 당연히 문단속을 재확인하는 것이 논리적이고 이성적인 대처행동일 것이다.

　반면에 강박적 반복행위 유형에서 보이는 강박사고와 강박행동의 결합은 이러한 논리적인 연계가 아닌 마술적인 연계에 의한 것이다.

　강박적 반복행위를 유발하는 상황은 매우 다양하며 어떤 경우에는 신성 모독적인 생각과 같이 명확한 외부자극이 없이 내면에서만 진행되는 경우도 있다. 대체로 불안감, 수치심, 죄책감, 혐오감을 유발하는 생각이나 이미지 또는 충동에 대해서 강박적 반복행위 증상이 나타나는 것 같다.

예를 들어 '남편에게 사고가 나면 어떻게 하지?', '옆집 아저씨는 개새끼다!', '이 엄숙한 자리에서 음탕한 소리를 외칠 것 같다', '우리 어머니가 죽을 것이다', '내 딸이 학교 다녀오다가 강간을 당할 것이다', '마리아가 뱀과 섹스를 하여 예수를 낳은 것이다'와 같은 생각들이 주로 강박적 반복행동에 선행하는 생각들이다.

여기에 대처하기 위해 나타나는 반복적 강박행동은 괜찮다고 느껴지고 안심될 때까지 혹은 나쁜 생각이 더 이상 떠오르지 않을 때까지 어떤 행동을 반복하는 것으로 나타난다. 이를테면 옷을 입었다가 벗었다가 하기를 반복하거나, 문을 열고 들어갔다 나갔다 하기를 반복한다든지 혹은 물건을 반복해서 만져보는 행동 등을 일컫는다.

어떤 주부는 하루에도 수도 없이 떠오르는 '남편이나 딸이 교통사고를 당해 치명적인 부상을 입게 될 것 같다'는 생각으로 인해 어쩔 줄 몰라하며 하루에도 수십 번 씩 옷을 입었다 벗었다 하는 반복적인 강박행동을 한다. 그것도 간단한 것이 아니고 특정하게 고정되고 의례화된 순서에 따라 엄격하게 수행한다.

우선 양말에서 시작하여 상의까지 밑에서부터 위로 입는 특수한 순서로 옷을 갈아입는다. 옷을 입었다 벗었다 하는 것과 남편이나 딸이 사고를 당하는 것간에는 아무런 논리적인 관계가 없다는 것을 알고 있지만, 이 환자는 이들을 죽음으로부터 보호하기 위해 이러한 생각이 없어질 때까지 옷 갈아입기를 반복하게 되는 것이다.

요컨대, 강박적 반복행위 억시 하나의 강박행동으로서 불안감을 감소시켜주는 등 과정적인 측면에서는 다른 강박행동과 유사점이 많음에도 불구하고, 강박사고와의 논리적인 인과관계가 성립되지 않는다는 것이 특징적이다. 게다가 이러한 행위가 자신의 강박사고에 담겨있는 나쁜 일이 발생하는 것을 방지해줄 것이라고 믿기까지 하니 과히 마술적이라고 부르지 않을 수 없는 것 같다. 일단 이들에게 강박사고와 반복행위가 견고하게 맞물리고 난 후에는 아무런 관계도 없어 보이는 이러한 자신만의 행위를 반복하지 않으면 정말로 나쁜 일이 일어날 것이라는 생각을 하게 되는 것으로 보인다.

그런데 한편으로는 이들의 강박행동이 당연하고 합리적인 것처럼 보이기도 한다. '성병균이 손에 묻는 것 같고', '마룻바닥에 유리가루가 묻어 있는 것 같고', '당장 눈앞에 책이 어지럽게 들쑥날쑥 꽂혀 있고 균형이 안 맞는 게 눈에 거슬리는 상황'에서는 적어도 뭔가 '할 것'이 있는 것 같다. 누구나 손을 씻고, 바닥을 쓸고 확인하며, 정리정돈을 하게 될 것이다. 이런 상황에서는 대부분의 경우에 강박사고와 강박행동 간의 관계가 논리적이고 문제 해결적인 의도와 목적을 띠고 이루어질 것이다.

반면에 얼토당토 않은 신성모독적인 생각, 말도 안 되는 혐오스러운 성행위가 머리속을 산란하게 만들어 놓는다면 그 상황에서 '무엇을 할 수 있겠는가?' 직접 행동으로 옮길만한 해결책은 잘 떠오르지 않는 것 같다. 그러니 불안이 극에 달할수록 강박적인 반복행위와 같은 마술적이고 논리적이지 못한 방법에라도 매달리게 되는 것 같다.

5. 강박적 충동

앞서 확인, 씻기 같은 유형의 환자는 관련된 생각 자체로 괴롭지는 않다. 도둑이 들까봐 문단속을 해야 한다고 생각하든지, 손이 더러워 씻어야겠다는 생각 등은 내용상 거부감은 없다. 환자가 너무 지나치게 그런 생각을 많이 해서 괴로운 것이다.

반면 강박적 충동 유형은 생각 자체가 자신이 하는 생각 같지도 않고 거부감이 있다. 그 예는 무한(無限)한데 사람이 하기 싫은 끔찍한 모든 괴로운 생각이 해당된다. 주로 비윤리적, 비도덕적이고 마치 괴기영화나 흉악범의 범죄와 같은 내용이다. 예를 들어, 환자가 사랑하는 애인을 잔인하게 죽이는 생각이 떠오른다든지, 공공장소에서 갑자기 욕설이나 음란한 말을 할 것 같아 불안한 경우 등이다. 이는 '순수 강박사고 유형' 환자들에게서 흔히 볼 수 있다. 내용상 주로 살인, 폭행, 동성애, 근친상간, 절도, 방화, 변태적 성행위 상상 등 끔찍하거나 혐오적인 내용이 많다.

환자는 그런 거부감 있는 충동적 생각들을 계속하게 되어 그런 생각들이 도저히 자신이 하는 생각 같지 않게 느껴진다. 자신의 신념체계나 가치관과 너무 다른 생각, 즉 '자아 이질적 사고(自我異質的 思考)'로 느낀다. 그런 자아 이질적 사고의 내용 자체로 괴로움을 느끼게 된다.

이 유형의 환자는 TV, 영화, 잡지 등 대중매체의 끔찍한 사건이나 사고, 혐오적인 사진 등은 가능한 접하지 말아야 한다. 예를 들어, 환자가 토막살인, 인육을 먹은 살인범, 목 잘린 시체, 전쟁에서 불타 죽은 사람 등의 기사나 사진 등을 접하면 강하게 그런 상황을 의식할 수 있다. 그 결과 다시 그런 상황을 계속 떠올려

증상에 집착할 수 있다. 그래서 이 유형의 환자는 무엇보다 감동적이거나 아름다운 내용의 대중매체를 접할 필요가 있다.

6. 강박적 의문, 강박적 심사숙고

강박적 의문 증상은 주로 전혀 가치도 없고 당사자도 스스로 그런 사실을 잘 알아서 괴로운 경우이다. 또 그 내용도 마치 어린이가 만화영화 주인공 로봇인 '로봇 태권V'와 '로봇 마징가Z'가 싸우면 누가 이길지 골몰하는 것처럼 생각한다고 해서 답을 알 수 있는 것도 아니다. 강박적 의문은 그렇게 어떤 주제나 내용에 있어 답도 없는 아주 뻔한 사실에 집착하는 것이다. 그런 의문은 꼭 자신이 어떤 가치가 있다고 느껴 알려고 탐구하는 과학적 사고와는 아주 거리가 멀다. 환자는 이런 여러 쓸데없는 의문에 집착하여 일상생활에 많은 시간을 소비한다.

강박적 심사숙고는 강박적 의문 증상에 비해 그 주제가 주로 철학적, 형이상학적인 문제라는 점이 다르다. 예를 들어, '무한이란 무엇이며 종교란 무엇인가?', '신은 존재하는가?', '영생이란 무엇인가?' 등에 대한 집착이다. 이런 증상 역시 환자에게 부담이 되고 특히 같은 의문을 수개월 넘게 생각하다보면 더 치밀하게 분석해서 더 괴롭기도 하다. 환자의 일상생활을 방해할 정도로 그런 의문에 심하게 집착하여 괴로운 증상이다.

이 강박적 심사숙고는 '순수 강박사고 유형' 환자들에게서 흔히 볼 수 있다.

7. 과거 혹은 미래사건 상상

환자는 과거 억울했던 일, 분노했던 일, 후회했던 일, 안타까웠던 일 등에 대해 집착한다. 특히 이와 관련해서 갈등이 있었던 과거의 사건을 반복해서 상상하는 경우 더 괴롭다. 환자는 똑같은 과거 일을 하루에 수회, 수십 회 이상 상상하고 1년, 10년 이상 상상할 수도 있다.

환자는 괴로운 사건 외에 일어나지도 않은 미래의 일에 대해서 괴롭게 상상하기도 한다. 예를 들어, 앞서 걸어오는 사람이 자신과 부딪혀 시비를 걸어 싸우거나 자신이 차를 몰고 가다 사고를 내는 것 등을 상상한다. 환자는 유난히 부정적이거나 최악의 사태를 예견하는 경향이 강하다.

환자는 보통 이렇게 자신의 증상에 과도하게 몰두할 때에는 현실의 일에 대해 거의 무감각하게 반응하기도 한다. 이 상태는 강박증 환자의 '집중과 무감각의 공존'으로 알려져 있다. 일반적으로 사람이 어떤 일에 대해 과도하게 생각하고 몰두할 때 다른 일에 집중하지 못하는 것과 같다. 그런데 환자의 경우는 증상에 몰두할 때 현실의 일에 대해서는 판단력에 자신이 없는 상태이고 아주 멍한 상태일 수도 있다. 특히 불쾌한 일을 겪을 때 더욱 그런 상태가 될 수 있다.

8. 강박적 축적(compulsive hoarding : 수집행동)

정리정돈을 하고 보이지도 않는 먼지를 닦아내기 위해 야단법석을 떠는 강박장애 환자들이 있는가 하면, 반대로 집안을 온통 난잡한 쓰레기너미로 만들어 놓는 강박상애 환자들도 있다.

수집행동과 관련된 강박장애 유형은 생활 공간을 난잡하게 만드는 것으로 유명하다.

이들은 '언젠가 필요할 것'이라는 생각으로 필요 없어 보이고 심지어는 쓰레기로 취급될 만한 물건을 차곡차곡 쌓아 모은다. 나중에 이들이 정말로 필요한 물건을 찾아내어 활용할 수 있을까? 정답은 아마도 "아니오"일 것이다.

책을 읽을 때도 중요한 부분에만 밑줄을 그어야 줄 긋는 의미가 있는 것이지, 중요하지 않은 모든 부분에 다 줄을 그어 보라. 책만 너덜너덜해질 뿐이다. 물론 누구나 당장은 필요하지 않지만 언젠가는 쓸 만한 물건이 있으면 지하실이나 창고에 보관해둔다. 그러나 강박적인 수집행동은 여기에서 멈추지 않고 주거공간을 온갖 수집물로 가득 채워 일상생활에 심각한 지장을 초래한다.

자신이 소중하게 생각하는 물건을 보관하거나 가치 있는 물건을 수집하려고 노력하는 사람들은 많다. 외국 주화나 기념우표를 수집하는 것, 또는 한 음악가의 앨범만을 끈기 있게 수집하는 것은 쉽게 찾아볼 수 있다.

하지만 강박적인 수집행동은 이러한 정상적인 수집행동과는 몇 가지 차이점을 보인다.

우선 강박적인 수집행동에서는 거의 쓸모 없어 보이거나 낡고 가치 없는 물건들에 대해서 집착을 보인다는 점이 중요한 특징이다. 날짜가 지나 누렇게 바랜 신문을 차곡차곡 쌓아 모으거나 신문지에 끼워져 배달되는 광고지나 팜플렛을 모으는 등 그다지 중요해 보이지 않은 물건들에 집착을 보이는 경우가 많다.

또 다른 주요한 차이점은 생활공간이 난잡한 쓰레기로 가득 차게 된다는 점에 있다. 낡은 신문지이든 돌멩이든 간에 이들의 수집물이 주거공간을 메우기 시작하면 문제가 여간 심각해지는 것이 아니다. 쓸모 없어 보이는 물건을 버리지 못하거나 주워와서 주거공간을 가득 메우게 된다는 것은 강박장애로서의 수집행동을 정의해 주는 중요한 요소이다. 수집과 축적의 강박행동으로 인해 일상생활이나 학업 및 직업 기능의 수행에 지장이 생기는 것 역시 두말할 필요가 없다.

이들은 자신의 수집물을 다른 사람이 만지거나 다른 곳으로 옮기거나 치우는 것에 대하여 과도한 불안감을 느끼며, 수집행동에 몰두하느라 정상적인 생활을 할 수 없다는 것을 제외하고는 자기가 수집한 물건이나 수집행위 자체에 대해서 그다지 심한 불편감을 느끼지 않으며, 오히려 신주단지 모시듯 수집물을 관리하는 경우가 더 많다. 이처럼 수집 유형의 환자는 그런 증상으로 인한 괴로움을 전혀 느끼지 못한다는 특징이 있다. 그래서 이 증상이 강박증이 아닌 별개의 증상이라는 논란도 있다.

씻고 확인하는 강박장애 환자들은 그렇지 않으면 일어날 끔찍한 일을 두려워하면서 어쩔 수 없이 해야만 하는 자기의 행동에 대해 불편감을 느낀다. 그러나 수집하는 강박장애 환자들은 자신의 행위에 대해 그다지 불편해 하지 않고 자기행위에 대해 저항하거나 억제하는 노력을 거의 기울이지 않으며 그 수집 물건들 틈에서 살고 싶어하기도 한다.

이렇듯이 이들은 그 문제에 대해 갈등을 하지 않기 때문에 다른 강박증 환자들보다 열심히 치료하려고 하지 않는다. 병원을 찾게 되는 것도 주변 사람들이 너무 괴로워 떠미는 경우가 대부분이다.

9. 강박적 지연(compulsive slowness : 지연행동)

강박적 지연은 강박증상중 비교적 흔하지 않은 증상의 하나이다. 이 증상은 어떤 행동을 시작하는데 아주 느린 것을 말한다.

강박장애 환자들이 반복적이고 의례화된 강박행위에 몰두하고 있는 한 지연행동을 필연적으로 나타낼 수밖에 없는지도 모른다.

그런데 소수의 강박환자들의 경우에는 이러한 지연행동이 다른 의례행위에서 비롯되는 부차적인 결과가 아니라 그 자체가 일차적인 강박 증상으로 나타난다.

양치질을 하는 데 무려 30분이 걸리고, 면도를 하는 데는 한 시간이 걸리고, 목욕을 하는 데는 무려 두 시간이 걸린다. 이들이 중간에 또 다른 강박행동을 하는 것은 아니다. 그저 아침에 일어나 양치질하고 면도하고 샤워하는 데 그토록 많은 시간이 소모되는 것이다.

대부분의 경우에 이러한 강박적인 지연행동은 자기관리행동과 같은 간단하고 일상적인 수행 과제에서 나타나는 것이 보통이지만, 때로는 직무 수행시에 나타나기도 한다. 간단한 서류 하나 작성하는 데 한 시간이 걸린다고 생각해 보라. 거의 직장생활이 불가능하거나 매우 고달픈 하루하루를 보내게 될 것이다.

강박적 지연에서 보이는 의례적인 행동은 공포, 불안이나 병적인 의심과 관련이 있는 경우도 있지만, 이러한 요소들과 관계없이 일을 마무리 짓지 못하고 지연되는 경우도 있다.

어떤 경우에는 빨리 행동을 하면 뭔가 실수할 것 같고, 잘못될 것 같아서 천천히 하여 지연이 되기도 한다.

대개의 경우 강박지연행동을 보이는 환자들은 자신의 강박적이고 지나치게 꼼꼼한 수행에 대해 저항감을 느끼지 않는다. 그래서 일단 나타나면 만성화되는 것이 보통이며, 최악의 경우 한 사람을 거의 아무것도 할 수 없는 피폐한 존재로 만들어놓는다. 이들이 사회적으로도 고립되고 외톨이로 지내게 되는 것도 당연할 것이다.

이들을 사로잡고 있는 강박사고가 어떤 것인지에 대해서는 많은 연구가 이루어지지 못한 듯하다. 일차적으로 강박지연행동을 주 증상으로 하는 환자들도 내면에는 대칭이나 정확성, 의례화된 순서 등 저마다 다른 내용의 강박사고를 지니고 있는 것으로 보인다.

10. 수 세기, 숫자 관련

강박증상의 경우는 주로 수에 어떤 의미를 두고 세지 않으면 환자가 불쾌, 불안하다. 예를 들어, 길을 걸을 때마다 도로 위 파란 색깔의 차, 머리카락이 긴 여자, 빨간 구두를 신은 여자의 수를 세는 경우이다. 또는 전봇대를 하나 건너서 '1,3,5…'이렇게 반드시 홀수를 세며 걷는 경우이다. 만약 그러다가 자신이 짝수 번째 전봇대를 세었다면 오던 길을 되돌아가서 다시 처음부터 홀수 번째의 전봇대만 세며 가야하는 식이다.

다른 경우는 환자가 괴로울 정도로 숫자에 의미를 두고 불안을 겪는 경우이다. 예를 들어, 환자가 1은 아버지, 2는 어머니, 3은 자기 자신, 4는 삼촌 등 이런 식으로 숫자에 의미를 부여한다. 그 후 수학 문제를 풀다가 최종적인 계산인 '2+4='이란 부분에서 가만히 보다가 '어머니(2)와 삼촌(4)이 합치다니? 이런 불길한 일이…'라며 가정의 재앙을 걱정하는 경우이다. 이런 식으로 수세기 증상은 숫자가 어떤 의미를 가지는 것과 관련되면서 다양한 증상으로 나타난다.

이 외에도 숫자에 대한 강박관념은 특히 개인적인 의미를 가지는 경우가 많은데, 흔히 4자와 관련되는 것이 있으면 나쁜 일이 생길 것 같아 4자와 관련된 일을 할 수 없는 경우도 엄밀한 의미에서 강박적 행동이라 할 수 있다. 의자에 앉을 때에도 4번째는 항상 피하고, 4각형의 도형을 보면 연필로 둥글게 만들든지 삼각형 또는 오각형으로 바꿔버려야 안심이 된다면 숫자와 관련한 강박적 행동이라 할 수 있다.

7자를 좋아하여 이 숫자가 들어가면 항상 일이 잘된다고 생각하는 것도 일종의 강박증상이라 할 만하다. 일종의 징크스와 비슷한 것이기도 하다.

11. 언어 관련 유형

먼저 글에 대한 증상을 보면, 환자는 글을 읽을 때 같은 문장, 또는 같은 단어를 계속 반복해서 읽는다. 예를 들어, 환자가 시험을 칠 때 '다음 글을 읽으시오.'라는 문장을 읽는다고 하면, 일반적으로는 그 문장을 읽고 바로 시험 문제를 읽지만, 환자는 '다음 글을 읽으시오.'라는 문장만 수회, 수십 회 이상 읽는다. 때로는 그런 문장 밑에 볼펜으로 줄을 그어가면서 읽다가 종이가 찢어지기도 한다.

말과 관련된 증상을 보면, 환자는 말을 할 때 단어 하나까지도 정확히 발음하려고 한다. 예를 들어, 환자가 '공부 열심히 해라.'라는 말을 하려고 한다면, 이 때 '공'자에 너무 신경을 써서 말을 반복할 수 있다. 그래서 환자는 '공, 공, 공부 열심히 해라.'또는'공부, 공부 열심히 해라.' 등으로 말하기도 한다. 결과적으로 환자는 말을 더듬게 된다.

12. 위험, 자해, 부끄러움에 관한 유형

환자가 부끄러움, 수치, 위험, 자해 등에 관련된 생각이나 행동을 하는 유형이다. 거의 이런 증상은 환자가 싫어하거나 거부감이 있으면서도 한 번 해보려는 이중심리와 관련된다. 예를 들어, 길을 걸을 때 혀를 날름거리거나 자꾸 손을 올렸다가 내렸다가 하는 경우이다. 자신이 부끄럽거나 무의미해도 한 번 그렇게 해보려고 한다. 이 외에도 뜨거운 물에 손 담그기, 머리카락 뽑기 등 위험하거나 자해적인 모든 행동도 나타난다.

13. 순수 강박사고 유형(공격적, 性的 및 종교적인 강박관념)

강박증 환자의 머리속에서는 불안감을 없애기 위해 어떤 생각을 끊임없이 하고 있다.

이런 생각들 중 비교적 자주 나타나는 것이 폭력적인 생각이다. 예를 들면 주위의 칼이나 연필 같은 뾰족한 물건이 있으면 그 물건으로 아이를 찔러 죽일 것 같은 두려운 생각이 반복적으로 들어 아이를 돌볼 수 없는 경우가 있으며, 또는 아이를 데리고 높은 곳에 올라가면 아이를 던져 버릴 것 같은 생각이 자꾸 드는 경우도 있다.

또 더럽고 상스러운 생각들이 들 때도 있는데, 난잡한 성적 장면이 자꾸 떠올라 죄를 지었다고 괴로워하는 종교인도 있고, 남자만 보면 자기도 모르게 사타구니에 눈이 가면서 남성 성기의 영상이 자꾸 떠올리 괴로워하는 여학생도 있다.

또는 형이상학적, 종교적 의문을 끊임없이 반복하는 경우도 있다. 이런 의문은 애당초부터 결론이 날 성질의 것이 아니다. 우주의 기원은 무엇인가, 신은 누가 창조했나, 인생은 어디서 왔느냐는 등 해답 없는 의문을 반복한다. 또한 실제로 그렇게 생각하고 있지 않은데, 아무 때이고 불쑥불쑥 '기독교는 사악한 종교다'라는 생각이 뇌리에 파고들어와 극심한 죄책감에 시달리는 경우도 있다.

아무런 의미가 없는 생각을 반복하기도 하는데, 예를 들어 책상다리가 왜 넷이냐, 공부할 때 다리를 꼬는 것이 나을까 벌리는 것이 나을까 하는 생각이 반복되어 공부에 집중하지 못하는 경우가 있다.

이상과 같은 강박관념들은 모두 머리속으로만 하는 강박행동 즉 '순수 강박사고 유형'으로 볼 수 있다.

공격적이거나 폭력적인 내용의 생각, 원치 않는 성적인 내용의 생각, 신성모독적이거나 도덕관념에 배치되는 생각 등은 '순수 강박사고 유형'환자들의 단골 메뉴인 것 같다. 이것들은 공통적으로 생각 자체가 매우 혐오스러운 것들이며, 충동적이고 본능적인 내용의 생각들이 많다. 또 죄책감을 일으키는 도덕관념에 위배되는 내용이 많다.

14. 기타

전술한 유형 외에 환자의 경험, 가치관 등에 따라 강박증 유형은 얼마든지 다양하게 나타난다. 예를 들어, 에이즈에 대한 두려움으로 수회 이상 혈액검사, 귀신에 대한 끊임없는 공포, 음악소리가 계속 머리에 떠오르는 경우, 어떤 동작을 할 수 있는지에 대한 의문 등 증상은 매우 다양하다. 어떤 경우든 강박 증상은 당사자가 하기 싫은 생각, 행동 때문에 괴로움을 겪는 병적 상태이다.

우울증과 불안증상이 공존하는 일이 흔하다. 이 증상들은 강박장애를 없애야 되겠다는 강한 집념과 이 집념이 언제나 실패로 돌아간다는 좌절감 때문에 일어나는 2차적인 증상이다. 또 공포증상과 기피현상도 자주 공존하는데, 이는 자기가 반복생각 혹은 반복행동을 해야 하는 상황을 회피하기 때문에 일어난다. 세균, 오염, 더러움 등에 대한 강박증이 있을 때 이러한 공포와 기피가 현저하다. 강박장애에서 일시적으로 망상수준에 속하는 관계망상, 망상적 지각이 나타나는 수가 있는데, 이 때는 통찰력이 결여되기도 한다.

이상을 종합하면 강박장애는 공통적으로 다음과 같은 특성을 갖는다.

첫째, 불운하고 재앙적인 결과에 대한 걱정에 사로잡힌다.

둘째, 자신의 강박사고가 비합리적이고 비이성적이라는 것을 스스로 느낀다.

셋째, 강박사고를 떨쳐내기 위해 저항해 보지만 의도적으로 생각을 통제하려고 노력 할수록 강박사고는 더욱 악착같이 떠오르게 된다.

넷째, 강박행위를 함으로써 불안을 감소시킬 수 있다.

다섯째, 강박행위는 보통 특별한 순서에 따라 의례화되어 수행되는 것이 보통이다.

여섯째, 강박행위 역시 불편감을 주기 때문에 이에 저항하게 만든다.

일곱째, 다른 사람들의 도움을 받아 강박행위를 수행하기도 한다.

　강박장애는 매우 다양하지만, 크게 보면 불안장애의 한 종류이다. 증상의 양상은 불안자극으로부터의 회피행동으로 설명하는 것이 가능하다. 이러한 회피행동은 형태에 관계없이 불안자극에 대한 과도한 통제의 노력을 유발한다는 점에서 역기능적이다. 이에 대한 효과적인 대처방법은 이러한 강박사고를 자연스러운 심리 현상으로 받아들이고 의도적인 통제 노력을 포기하는 것이다.

제11장 강박증의 한의학적인 변증

증상으로 보아 강박장애는 한의학에서 말하는 怔忡症, 驚悸症, 氣鬱症 등의 범주에 속하는 것으로 볼 수 있다. 또한 한의학에서는 다사선의증(多思善疑證)이 있었는데, 이를 강박장애와 같은 개념으로 이해하면 된다. 다사선의증은 다사증(多思症)과 선의증(善疑症)이 극도로 심한 상태를 말한다.

1. 怔忡症, 驚悸症

驚悸, 怔忡은 가슴이 極烈하게 뛰고 잘 놀래며 마음이 不安하고 脈이 不規則한것을 患者가 自覺하고 있으나 스스로 자제할 수 없는 하나의 症候이다. 주로 陽氣不足, 陰虛虧損, 心失所養, 或은 痰飮內停, 瘀血阻滯, 心脈不暢에 의해서 發生한다.

驚悸, 怔忡은 심계(心悸)의 질병에 속하나 이들을 다시 구별할 수 있는데, 일반적으로 驚悸는 輕症이고 怔冲은 重症이다. 驚悸가 오래토록 治癒되지 않으면 怔忡으로 發展될 수 있다.

그러므로 어느 症에 속하는지를 알게 되면 질병의 발전과정과 정도를 명확히 알 수 있으며 아울러 臟腑의 虛損程度를 추측할 수 있고, 病機를 파악하여 치료를 쉽게 할 수 있다.

驚悸는 情緖的 刺戟이나, 놀래거나, 過勞로 因하여 자주 발병되는데 間歇的으로 發作時에는 가슴이 심하게 뛰고 심한 경우 숨이 넘어갈 것 같지만 發作하지 않을 時에는 倦怠感 외에는 특별한 증상이 없을 수도 있으며 그 症狀이 比較的 輕하다.

怔忡은 놀래는 일이 없어도 스스로 하루종일 가슴이 뛰고 자주 두려움을 느끼고 불안해하며 疲勞 時에는 더욱 심하고 全身的으로 臟腑, 氣血, 陰陽虛損의 몸상태가 좋지못한 모습을 보이며 때로는 痰飮, 瘀血이 혼합되어 있는 比較的 重病인 狀態다.

2. 氣鬱症

정체되어 발산하지 못하는 증상을 총칭하여 鬱證이라 하는데, 鬱로 약칭하기도 한다. 鬱은 일반적으로 氣鬱을 가리킨다.

氣鬱이란 억압되고 침울한 마음으로 인하여 모든 생리기능이 침체되는 현상을 말한다. 이는 발산시킬 수 없는 욕구불만이나 지속되는 憂愁, 지나친 사려나 비탄 등이 원인이 되는 수가 많다. 喜情이나 怒情은 發揚性이며 폭발적인데 비해, 이런 감정들은 억제적이며 침체적인 것이다. 다시 말해 氣鬱이란 氣가 한 곳에 맺혀 머물러 있으며 흩어지지 못하는 것으로, 대부분 七情이 鬱結되어 온다.

이런 氣鬱證은 기분이 항상 우울하고 사람을 싫어하는 精神的 증상을 나타내게 되므로 본인의 호소가 없더라도 곁에서 보기에 의욕 상실, 흥미 상실, 침묵, 무기력 등 생기가 없음을 알 수 있게 된다.

이와 같은 증상들은 모든 신경증 환자에게 다소나마 공통되는 증상이기는 하나 이런 증상이 특히 두드러지는 신경증을 우울 신경증이라 한다. 이밖에도 건강염려증이나 심인성 반응에서도 볼 수 있다.

3. 다사선의증(多思善疑證)

경계, 정충이 오랫동안 진행되면 다사와 선의의 증세가 나타나는데, 이들 증세 또한 심해지면 과사이행(過思而行)이 되어 강박사고와 강박행동이 발현되는 다사선의증이 된다.

　이는 七情스트레스(감정스트레스)로 인한 손상과 과도한 정신적 긴장, 오래된 병으로 인한 음정(陰精)의 소모 및 心血不足 등으로 말미암아 오장육부의 기능이 조화를 상실하여 발생된다.

　강박증은 여러 장부와 관련을 맺고 있지만, 특히 심장, 비장, 신장의 허약 또는 간기울결(肝氣鬱結)과 연관이 되며 주로 심담허겁인(心膽虛怯人)에게 많다.

　心膽虛怯은 心悸, 선경(善驚), 이공(易恐), 坐臥不安, 다몽이성(多夢易醒), 식소납매(食少納呆), 오문성향(惡聞聲響), 설상정상(舌象正常), 맥세삭혹현세(脈細數或弦細)한 증상을 가지고 있다.

　心虛하면 정신이 요란하여 坐臥不安하고, 膽怯하면 易驚易恐하며 心悸, 多夢易醒하게 된다. 心虛膽怯하면 脾胃가 健運을 상실하여 食少納呆하게 된다. 膽虛하면 易驚하고 氣亂하므로 惡聞聲響하게 된다.

제12장 강박증의 임상유형

강박증은 한의학의 심계(心悸), 울증(鬱症)의 범위에 속한다.

七情스트레스(감정스트레스)로 인한 손상과 과도한 정신적 긴장 및 오래된 병으로 인한 음정(陰精)의 소모와 心血不足 등으로 말미암아 오장육부의 기능이 조화를 상실하여 발생한다.

강박증은 여러 장부와 관련을 맺고 있지만, 특히 심장, 비장, 신장의 허약 또는 간기울결(肝氣鬱結)을 위주로 하게 된다.

강박증에 대한 한방치료에 있어서 중요한 원칙은, 병인과 증후에 대응하는 보익심비(補益心脾), 자보심신(滋補心腎), 소간해울(疏肝解鬱), 청열안신(淸熱安神)하는 방법이다.

그러나 치료에 있어서 고려하지 않으면 안될 점은 병인과 증후 등이 개별적으로 나타나는 것이 아니라, 하나 또는 두 개가 얽혀서 나타나는 일도 많으므로 증(證)에 관해서 정확한 분석에 의거하여 종합적인 대책을 세우지 않으면 안된다.

강박증은 강박사고와 강박행동이 주된 증상이 되겠으나, 이밖에도 심계항진. 안정피로. 식욕부진. 피로감. 깜짝깜짝 잘 놀람. 주의집중력 감퇴, 두중(頭重), 두통, 불면증, 건망증, 우울증, 구건(口乾), 설사, 변비 등 여러 가지 부수되는 증상들이 환자에 따라 있게 마련이다. 이러한 증상은 발병원인과 체력의 허실이나 체질에 따라 달라진다.

여러 증상들을 임상상 많이 볼 수 있는 일련의 공통 증후군으로 정리해 보면 다음 3가지 유형으로 나눌 수 있다.

1. 심비양허(心脾兩虛)형

가슴이 심하게 두근거리고 건망증이 나타난다. 잠을 잘 이루지 못하며 잠을 자더라도 꿈을 많이 꾼다. 몸이 권태롭고 무기력하다. 안색이 누렇게 떠 있다. 식욕이 부진하고 입맛이 없다. 배가 부어오르며 대변을 묽게 본다. 몸이 부어서 살찐 것처럼 보인다. 정신이 산만하다. 여성의 경우에는 월경이 불순해진다. 혀는 담담(淡淡)하며 백태가 낀다.

(1) 病因

勞心過度, 傷心耗血; 或婦女崩漏日久, 産後失血; 病後體衰, 或行大手術後, 以及老年人 氣虛血少等等, 均能導致 氣血不足, 無以奉養心神 而致不寐. 大吐, 大瀉, 飲食, 勞倦等 傷及脾胃, 致使胃氣不和, 脾陽不運, 食少納寐, 氣血化生的來源不足, 無以上奉于心, 亦能影響心神 而致不寐. 因思慮勞倦, 脾氣受損, 生化不足, 心血虧耗, 心神失養所致者. 由于思慮勞倦, 傷及心脾, 脾氣虛弱, 氣血生化之源不足, 血不養心, 以致心神不安 而成不寐. 或因於思慮勞倦, 內傷心脾, 生血之源不足, 心神失養.

(2) 病狀

夜間不易入睡(入寐), 或睡中(寐則)多夢易醒, 醒後再難入睡, 或兼見心悸, 健忘, 頭昏(頭暈目眩), 體倦神疲, 乏力(肢倦乏力), 懶言少氣, 盜汗, 口淡無味, 或食後腹脹, 不思飲食(飲食無味), 面色萎黃(少華), 舌質淡, 苔薄白, 脈緩弱(細弱).

(3) 治法

보익심비(補益心脾) 양혈안신(養血安神)

(4) 治方

귀비탕(歸脾湯)을 가감(加減)하여 사용한다.

2. 심신음허(心腎陰虛)형

심장이 두근거리며 가슴이 번거롭다. 허리와 다리가 나른하여 맥이 없다. 머리가 어지럽고 귀에서 소리가 난다. 마음이 조급해지며 화를 잘 낸다. 不眠症과 健忘症에 시달린다. 침이 조금 밖에 생기지 않으며 입안이 건조해진다. 손바닥과 발바닥에서 熱이 난다. 유정(遺精) 또는 조루(早漏) 증상이 나타난다. 여성의 경우는 생리가 불순해진다. 혀가 붉고 설태가 조금 밖에 끼지 않는다.

(1) 病因

若因稟賦不足, 或久病虛勞, 或房室過度等致使腎水虧虛于下, 不能上濟于心火, 心火亢于上, 不能下交于腎; 或因勞神過度, 五志過極等致使心陰暗耗, 心陽亢盛, 心火不能下交于腎. 火不降, 腎水不升, 造成心腎水火不相旣濟, 而形成病變. 大病之後, 身體虧虛; 或起居失節, 陰精暗耗; 腎陰不足則無以上交于心, 心火亦難下交于腎, 以致心腎失交.

(2) 症狀

善忘,恍惚,心悸易驚,咽乾,盜汗,耳鳴,腰酸,腿軟,或遺精夢泄, 舌質紅少苔, 脈虛數. 心悸不寧 煩而不寐 舌紅 脈細數 五心煩熱 腰膝酸軟 目眩 耳鳴 遺精 健忘

(3) 治法

자보심신(滋補心腎)

(4) 治方

천왕보심단(天王補心丹)을 사용한다.

3. 간화요심(肝火擾心)형

정신이 억울(抑鬱)상태에 빠져있다. 心中이 번거로워 잠을 이루지 못한다. 머리가 어지러우며 귀에서 소리가 난다. 성질이 조급해지고 화를 잘 낸다. 흉협(胸脇)이 답답하기도 하다. 트림이 잘 난다. 음식물을 잘 받아들이지 못하며 토하고자 한다. 목구멍이 뭔가에 의해 막혀버린 듯한 느낌이 들기도 한다. 혀가 붉으며 얇고 누런 설태가 낀다.

(1) 病因

由 惱怒傷肝, 肝氣失其條達疏泄之職, 鬱久化火; 或酒食不節, 濕熱聚于肝膽, 蘊積化火, 化熱上炎, 擾亂神明, 心神不寧, 故睡臥不寧. 鬱怒傷肝, 肝氣鬱結, 鬱而化熱, 鬱熱內擾魂不守舍, 所以不能入睡. 由于情志抑鬱 肝氣失于條達 鬱而化火 以致失眠. 或因情志抑鬱, 肝陽擾動.

(2) 症狀

難以入睡, 卽使入睡, 也多夢易驚, 或胸脇脹滿(脇肋脹痛), 善歎息, 平時性情急躁易怒(煩躁易怒),頭暈頭痛, 口苦, 舌紅, 苔白或黃, 脈弦數. (肝火上炎) ; 失眠, 脇痛, 性急易怒, 目赤, 口苦, 口渴喜飮, 便秘, 脈弦數.

(3) 治法

소간해울(疏肝解鬱), 청열안신(淸熱安神)

(4) 治方

단치소요산(丹梔逍搖散)을 가감하여 사용한다.

제13장　강박증의 치료경험 사례

1. 필자의 애용방인 해울강박단을 활용한 케이스

강박장애 환자에게 필자가 애용하는 '해울강박단'을 사용하여 좋은 결과를 얻은 例를 소개한다.

<강박증의 치료사례>

J씨 13세 초등학생

현재 초등학교 6학년 여학생으로 2학년 1학기 때부터 강박증이 있어 S대 대학병원에서 치료를 받다 지금은 동네 신경정신과에서 치료를 받던중 어린아이에게 양약을 너무 오래동안 복용시키는 것이 좋지 않겠다 생각하여 한방치료를 받고자 어머니가 데리고 2003년 1월 21일에 내원하였다.

2학년 때 같은 반 아이가 왕따를 시켜 심한 충격을 받았으며 이 때부터 가슴이 심하게 두근거리고 어지러우며 과식을 하기 시작하였다고 한다. 또 왕따시킨 애들이 자기는 잘못한 일도 없는데 6학년 언니들한테 일러 바칠까봐 늘 불안하게 학교생활을 하였다고 한다. 학교에서 돌아와 집에 가만히 있을 때도 이들 생각이 반복적으로 떠올라 두렵고 불안하여 엄마나 여동생에게 갑자기 화를 버럭 낸다고 하였다. 이로 인해 주의력과 집중력이 떨어져 공부하는데도 능률이 오르지 않았다.

같은 학년 또래들보다 키(163cm)도 크고 체중(60kg)도 많이 나가 뚱뚱한 편으로 야무지고 튼튼해 보여 외형상으로는 전혀 여리게 보이지 않았다. 어머니에 의하면 우리 딸은 님에게 싫은 소리 못하고 동정심이 아주 많은 애라고 한다. 이런 불안증세를 이겨내고 강하게 키우기 위해 딸이지만 태권도까지 시켰다고 한다.

그래서 필자는 증상을 중심으로 투약하기로 결정하고 필자의 애용방인 '해울강박단'을 10일분씩 처방해 주었다.

특히 강박증은 가족들의 따뜻한 이해와 배려가 없이는 치료가 이루어지기 어렵다는 점을 어머니에게 이해시켰고 환자인 딸을 비난하거나 윽박지르기 보다는 환자 스스로 저항하며 극복할 수 있도록 늘 칭찬과 격려를 아끼지 말라고 하였으며 공부에 대한 부담감을 주지 않기 위해 가급적 과외나 학원에 보내는 것을 줄이라고 지시하였다. 또한 환자에게 장기복약의 필요성을 충분히 설명하였다.

그 결과, 2제 복용 후(2월 20일)부터는 조금씩 차도가 있기 시작하였고 맛이 쓴 한약임에도 저항없이 잘 복용해줘 힘들 때마다 자기 전에 한번 씩 먹어오던 강박증 약(양약)을 전혀 먹지를 않았다. 그 후에는 서예학원을 다니면서 아이들하고도 잘 어울리고 표정도 밝아졌다고 한다. 계속된 상담과 꾸준한 한약복용으로 상당히 호전되어 학교생활을 하는데 지장이 없어 보인다(6월 25일)고 하였다.

13제째 투여(8월 26일)후 약 2달 반 동안 소식이 없다 11월 19일 강박증에서 완전히 벗어나 모든 것이 좋아졌다고 인사차 내원하였다.

그 후 환자의 어머니가 연말정산을 위한 진료비 영수증을 얻고자 12월 17일에 내원했을 때도 별탈없이 잘 지낸다고 하였다.

(출처: 옛날한의원 강박증클리닉 *www.hwabyung.com*)

2. 심비양허(心脾兩虛)형의 대표적인 처방인 가미귀온담탕(加味歸脾溫膽湯)을 활용한 케이스

심비양허(心脾兩虛)형의 강박증환자에게 加味歸脾溫膽湯을 활용하여 좋은 결과를 얻은 例를 소개한다.

<강박증의 치료사례>

권씨 남자 31세

*주증상: 남이 얘기하는 것을 받아쓸 때 토씨 또는 받침이 틀리면 어쩌나 하면서 받침소리에 지나치게 의식, 상대방에게 한 말을 재차 확인하는 행동, 정충, 上熱, 오심, 머리가 무겁고 띵하며 특히 뒷머리가 항상 멍함, 졸음이 자꾸 오고 눈만 감으면 자게 됨.

*과거병력: 군복무중에 강박증으로 6개월간 양약을 복용하고 전역함.

*현병력: 전역 2년이 지난 현재 직장에서 받는 엄청난 스트레스로 인해 최근 다시 강박증세가 도져 지속되고 있다. 신경정신과의원을 방문하여 양약복용을 시도하였으나, 습관성 및 부작용을 이유로 중단하고 한방치료를 원하여 다시 증세가 재발된 지 3개월만에 본원에 내원하였다.

*초진소견: 강박증세로 지속적인 불안을 경험하며 이를 해결하기 위해 사람과의 접촉을 피하는 행동을 지속하였는데, 본인의 생각과 행동이 비합리적이란 사실을 알고 있음에도 불구하고 문제는 해결되지 않았다.

보통 체격으로 식욕은 정상이고 대변은 설사는 아니면서 하루에 3~4번씩 보며 또한 집중이 안되고 정신이 멍하며 두려워서 늘 긴장의 연속이라고 하였다.

*임상유형 및 처방: 심비양허(心脾兩虛)로 보고 <加味歸脾溫膽湯>을 탕약으로 <補心丹>을 환약으로 처방하였다. 10개월정도 꾸준히 복용한 결과 강박증세를 의식하지 않을 정도가 되어 치료를 종결하였다.

(출처: 옛날한의원 강박증클리닉 *www.hwabyung.com*)

제14장 강박증의 상담사례

1. 지연행동으로 고통받고 있어요

문 안녕하세요. 아래 내용은 저의 가까운 친척중 한 분이 이런 증세가 있어, 어떻게 해야 할지 도움을 얻고자 이렇게 글을 올립니다.

현재 나이는 27살, 남자이고, 병명이 강박증으로 인해 일상적인 생활을 거의 못하고 집에서만 있는 중입니다.

홈페이지에 있는 강박증 클리닉 내용 중에 강박증 증상 중에 지연행동이란 내용에 매우 흡사한 생활을 하고 있는 중입니다.

3년 전 병원에 입원해서 MRI 사진도 찍어 보았지만 이상은 없다고 하였고 약도 먹어보았지만 별 진전없이, 벌써 몇 해가 흘렀습니다.

여긴 지방이라서 서울 쪽에 있는 병원에 가서 진찰을 다시 받아보고 싶지만 딱히 가볼만한 곳을 못찾고 있다가 인터넷 검색을 하다가 이렇게 글을 올리게 되었습니다.

물론 환자도 이겨내고 싶어하지만 많이 힘들어하고, 주변 식구들 또한 못지않게 힘들어 하고 있습니다.

진찰을 해봐야지 정확한 답변을 얻을 수가 있겠지만 강박지연증세라면 지금 부터라도 어떻게 대처해 나가는 것이 좋은 방법인지 답변 좀 부탁드립니다.

답 안녕하세요. 강박증 환자의 지연행동 역시 쓸데없는 강박사고에 기인 합니다. 터무니 없는 생각들이 계속 떠오르게 되면 불안해져, 이 불안에서 벗어나고자 지연행동으로 이어지는 것입니다.

강박사고가 일어나는 것도 무의식속에 내재되어 있는 불안심리 때문에 일어나는 것입니다. 더 근본적으로, 나로 하여금 불안하게 만드는 요인을 정확하게 파악하여 정신치료로 이를 없애주어야 합니다. 그리고 무엇보다도 끈기를 갖고 6개월 이상 꾸준하게 약물치료를 받는 것이 중요합니다.

2. 강박증인지 확인을 부탁드려요

문 안녕하십니까. 저는 올해 예비 고 3올라가는 학생입니다. 부담감이 심해서요. 모의고사 볼 때 머리에서 제 의지에 안 맞게 자꾸 딴 생각이 나서요.

이 일은 저가 모의고사를 심하게 망친 이후로부터 거의 1년정도 되가는데요. 근데 자꾸 딴 생각이 나서 그것을 억제하려 하면 집중이 안되어서 문제를 제대로 못 풀어요.

성격은 상당히 내성적인데다가. 남의 말을 너무 잘 신경쓰는 학생입니다. 그래서 심지어는 모의고사 보면 딴 생각이 나지 않을 까 하고 그런 이상한 생각을 자꾸 하게 되서 긴장이 됩니다.

또 너무 과거에 아픈 기억이 자주 나타나기도 하고요. 답변을 부탁드립니다.

답 안녕하세요. 강박증이 확실합니다. 시험에 대한 중압감과 대학입시 스트레스로 인해 마음의 부담감이 너무 무거웠나 봅니다.

모의고사를 심하게 망친 후 심적 충격으로 강박증이 생겼고 1년 정도 시간이 지났는데, 제대로 이 병에 대해 알지 못한 관계로 치료를 하지 않았나 보군요.

심적 충격으로 인해 내면에 자리잡고 있는 불안심리를 하루 빨리 없애주어야 합니다. 지금도 늦지 않았습니다. 속히 전문적인 치료를 받으시기 바랍니다. 감사합니다.

3. 강박증으로 입원한 동생 때문에

문 안녕하세요. 동생은 73년생 남자이고 A형입니다.

꽤 머리도 좋고 섬세하고 좀 소심한 성격이라 일류대학 약학과를 졸업하고 대형 약국에서 관리 약사로 1년 남짓 근무한 경력 외에 사회 생활이나 다른 경력 사항이 없이 6년 가까이 집에서 꼼짝않고 가족들을 괴롭히다가 지난 해 7월 중순에 지방에 있는 한 정신 병원에 강박증이란 진단을 받고 입원해 있습니다.

입원 전 동생의 행태를 다 말씀드리기는 어렵고, 심한 결벽증, 대인 기피증, 우울증, 심한 변덕, 이기심, 의존성, 무수한 거짓말 등. 심한 강박증 환자들의 증상을 두루 나타냈었습니다.

어릴 때부터 예민한 성격이었지만 대학 졸업 때까진 그저 소심하고 비사교적인 조용한 성격탓이려니 했었는데, 사회생활에 적응을 못해 여러 약국을 전전해 다니다가 제 풀에 지쳐 사회생활을 포기하고 자포자기와 자학이 시작되었던 거 같습니다.

병을 고쳐보려고 병원에 현재도 입원 중이지만. 담당 주치의의 말씀이 입원한 지 6개월이 지나가는데도 병원 생활에 적응을 못하고 약을 안 먹으려고 쇼를 하고, 한마디로 힘든 애라고 합니다. 가족들이 면회를 가려고 해도 의사 선생님이 오지 말라고 극구 말리시고, 동생은 병을 낫겠다는 생각은 뒤로 하고 이 궁리 저 궁리를 하며 머리만 굴리면서 빨리 퇴원하려고 수단과 방법을 안 가리고 사람들을 그럴 듯한 말로 꾀려고만 합니다.

부모님이 완강하게 면회를 가지 않으시자, 이제는 저를 붙들고 늘어집니다.

안본지 오래 되었으니 얼굴 좀 보고 이야기 좀 하자며 면회를 제발 와달랍니다.

강박증이란. "자기 마음대로 타인을 조정하려는 성향이 강한 증상"이라고 알고 있습니다. 제 동생이 안스럽기도 하고 병원 입원 생활이 편하지도 않을 테니 누나 입장으로는 동생 부탁대로 면회를 가서 답답한 동생의 심중을 들어 주기라도 할까 하지만. 한편으로는 정작 동생을 위하는 길이 무엇인지 헷갈립니다.

동생의 병 치료에 도움이 되는 가족의 처신은 어떤 것인지 조언을 부탁드립니다.

제가 동생에게 전화를 해 주고, 이야기를 들어 주고, 면회를 가서 위로해 주는 것이 동생의 병 치료에 방해가 될까요??

전문가 선생님의 말씀이 듣고 싶습니다.

감사합니다.

답 안녕하세요. 가족중에 강박증 환자가 있으면 다른 가족들은 일상생활에서 지장을 받는 경우가 흔합니다. 설명한 내용으로 보아 강박증이외에도 우울증과 무수한 거짓말을 하는 것으로 보아 인위성 장애 (가장성 장애)도 나타나는 것 같군요.

가족들이 강박장애 환자에게 효과적인 도움을 주기 위해서는 우선적으로 강박 증상으로 인한 고통이 어떤 것인지에 대한 교육과 공감적인 자세가 필요합니다. 먼저 강박장애 환자를 돕기 위해서는 강박장애가 어떠한 것인지를 배우고, 강박장애가 정말로 개인에게 견디기 어려운 고통을 안겨주고 있다는 사실을 인정할 수 있어야 합니다.

강박증 환자들은 일상생활에 조그마한 변화가 와도 극심하게 스트레스를 받습니다. 그러므로 가족들은 환자에게 조급하게 회복을 강요하기보다는 긍정적이며 응원하는 태도를 보이며 기다려야 합니다. 환자의 상태는 아직 멀었는데 기대치를 높이 갖고 환자를 바라보면 환자는 스트레스를 받으며 심한 부담감을 갖게 됩니다.

강박증은 가족들의 따뜻한 이해와 배려가 없이는 치료가 이루어지기 어렵다는 점을 강조하고 싶습니다.

하지만, 입원한지 6개월이 지났는데도 병원생활에 적응도 못하고 약도 먹지 않으려고 쇼를 하는 것으로 보아서는 전형적인 강박장애로만 진단하기에는 무리가 있습니다. 더 구체적인 심리상담이 필요합니다. 감사합니다.

4. 심한 불안감과 강박증 증상이 있나봐요

문　안녕하세요. 전 20대 후반의 남자입니다. 선생님께 질문 하나드리죠. 자신은 가만히 있을려구 하는데 자신이 원치않는 생각들이 침습적으로 떠오릅니다.

예를 들어 주의가 산만하다던지. 사건. 사고. 성(SEX)에 대한 생각 등입니다. 그리구 불안해지구여. 대인관계에 대해서 원활하지 안구여. 왠지 사람에 대한 공포증. 세상에 대한 절망감 등입니다. 주위가 산만해지거나 큰소리 시끄러운 소리가 나면 더욱 더 불안해지구여.

이게 어디에서 종합적으로 나오는 현상인가요. 그로인해 어디 외출두 하기 실어지구여. 사람 만나기가 실어집니다. 남이 괜히 쳐다보는 것 같구여. 그로인해 집에 있는 시간이 많답니다. 참 이 괴로움을 누구한태 털어놓을 수도 없구 괴롭습니다. 정신적인 병은 누구한태 말하기두 힘들드라구여. 그래서 이 싸이트를 통해 원장님으로나마 기댈 수 있는 사람을 찾구싶었습니다.

답 안녕하세요. 그동안에 많은 스트레스를 받아 이미 불안심리가 무의식속에 자리잡고 있는 것 같습니다. 20대 후반이면 직장관계, 결혼문제 등등으로 마음이 편한 시기는 아닙니다.

울화가 쌓여있는데다 본인이 뜻하고자 하는 일이 제대로 이루어지지 않으면 내면에 자리잡고 있는 불안심리가 발동하여 강박사고가 일어나게 되는데, 이것으로 인해 공포증과 우울증도 동반되는 것입니다. 강박증에서 벗어나기 위해서는 스트레스 클리닉에서 <스트레스의 예방법>을 참조해 주시면 많은 도움이 되실겁니다. 감사합니다.

5. 여자만 보면 성적인 생각이 너무 심한거 같아요

문 안녕하세요. 저는 현재 정신분열 관계망상이라는 병명으로 치료를 받고 있습니다. 벌써 1년여가 넘어가면서 이제는 병이 생활화 되는거 같아 더 많이 괴롭습니다. 저는 온통 머리속에 성적인 생각만으로 가득합니다. 여자만 보면 성적인 생각때문에 머리가 온통 묵직하고 생각을 떼어내기가 힘이 듭니다. 애써 괜찮은척 해보려 하지만 마음은 계속 성적 부담감 때문에 자꾸 제 성기도 연상이 되고 신경도 온통 그쪽으로 가버립니다.

제 자신이 초라해 보이고 이상하게 보여 식구들 앞에서 조차 마주보고 애기를 하기가 두렵고 문밖에 나서기조차 두렵습니다. 자꾸만 성기에만 신경이 쓰여 누구랑 말하기조차 힘듭니다.

머리를 맑게 할 수 있는 방법은 없는지요. 그런 생각들에서 벗어날 수 있는 방법은 없는지요. 약을 복용하고 있지만 별로 도움이 되지 못하는거 같네요. 도움이 필요합니다. 이런 않좋은 생각들에서 벗어나고픈 맘만 간절합니다. 도움을 주세요. 선생님. 부탁드립니다.

답 안녕하세요. 물론 더 자세한 문진(問診)이 필요하지만, 호소하신 내용으로 보아 오히려 정신분열증의 관계망상이라기 보다는 성적 강박증(性的 强迫症)에 해당되는 것으로 생각됩니다.

성적 강박증 역시 다른 강박증의 증세와 마찬가지로 무의식속에 자리잡고 있는 불안심리 때문에 쓸데없이 성적인 생각이 떠올라 머리속을 괴롭히는 것입니다.

그래서 온통 그쪽으로 신경이 쓰이니까 머리가 무겁고 누구랑 대화조차 나누기 힘들게 되는 것입니다. 그러면 우울증 증세와 동시에 자꾸 사람도 피하게 되는 대인공포증도 나타나게 되는 것입니다.

강박증클리닉에서 <강박증의 치료법>을 참조하시면 많은 도움이 되실 겁니다. 장기간의 정신치료와 약물치료가 필요합니다. 감사합니다.

6. 강박증이 뭔가요

문 안녕하세요. 저는 오랫동안 강박증이 있어온 사람인데여.
정말 많은 시간을 강박증과 싸우고 있습니다.
너무 괴롭습니다.
최근들어 제가 강박증이 있다는 사실을 알게 되었구여.
그런데 항상 가슴 한가운데가 답답하고 배에 뭐가 꽉 막힌 듯한 상태가 계속 지속되고 있습니다.
옛날엔 아주 심해서 숨을 깊게 들여마셔 본적이 없었구여. 그래도 요즘들어서 조금 나아졌습니다. 그런데 이것하고 강박증이 무슨 관련이 있나여?

답 안녕하세요. 강박증의 구체적인 증세는 언급이 없군요. 강박증은 노이로제의 일종으로 주증상(主症狀) 이외에 부수적인 증상도 많이 나타날 수 있습니다.

흉민(胸悶:가슴이 답답한 증세)과 창만(脹滿:배에 뭐가 꽉 차있어 막힌 듯한 느낌을 받는 증세)도 물론 강박증의 부수적증상으로 생긴 것입니다. 이런 증상이 있게되면 호흡도 아주 부자연스럽고 또 명치끝에 무언가 매달려 있는 것같은 느낌을 받을 수도 있습니다.

이 모두가 마음속에 울화(鬱火:스트레스)가 많이 쌓여 불안심리가 가중되어 나타나는 것입니다. 감사합니다.

7. 강박증을 환자의 의지로 극복이 되는지요

문 안녕하세요. 제 남동생은 31세입니다. 아담한 체격의 A형입니다.

사회 생활 중에 대인관계에서 여러 차례 상처와 좌절을 경험하면서 우울증과 강박증을 5년간 키웠고 자기 의지로 극복할 수 없이 신체 증상 호소와 신경증적인 발악과 가족에게 폭력적 공격적인 행동을 일삼아 최후의 수단으로 지난 해 7월부터 지난 2월 중순까지 7개월간 정신병원에 강제 입소시켜 강박증 치료를 받았습니다.

동생이 병을 의지로 극복할 수 있다고 거듭 맹세하고 투약이 맞지 않아 신체 증상이 심하고 몸이 자꾸 아프다고 통사정하는 통에 퇴원시켰는데. 퇴원한 지 1주일 밖에 되지 않았는데 예전과 다름없이 화를 폭발시키고 가족을 위협하는 행동과 욕설을 서슴지 않아 솔직히 무슨 봉변이나 당하지 않을까 두렵습니다.

시간이 더 지나면 나아지고 동생이 자신의 의지로 강박증으로 인한 신체증상이나 화를 과연 극복하고 다스릴 수 있을까요?

퇴원 때 담당했던 의사 선생님이 항우울제를 계속 복용하도록 권고하셨는데 그 약을 먹어서 신체 증상이 더 심해졌다며 정신과 약물을 거부합니다.

습관적으로 반복되는 신경질적인 화 폭발 행위를 과연 동생이 의지로 극복하는 일이 가능한지요?

약물을 복용하지 않고도 이 정신병을 이겨낼 수 있는 방법은 무엇인가요?

동생이 환자이므로 동생의 입장도 이해하지만 환자 한 사람으로 인해 고통과 상처를 감수할 수 밖에 없는 가족들이 너무나 안스럽고 걱정됩니다. 조언을 부탁드리겠습니다.

답 안녕하세요. 우울증과 강박증이란 진단이 확실한지 의구심이 드네요. 순수한 우울증과 강박증 환자는 폭력적이고 공격적인 행동으로까지 이어지지는 않습니다. 앞뒤 병력을 더 들어봤으면 좋겠네요.

설령 상기한 진단이 정확하더라도, 현 상황에서 자신의 의지로 극복하기란 어렵습니다. 약물치료의 도움을 반드시 받아야 합니다. 정신과약을 거부하니 한방치료를 권해 보십시요.

간(肝)에 열(熱)이 가득차서 나타나는 광증(狂症)으로 보여집니다. 간에 쌓인 울화를 풀어주어야 공격적인 행동이 없어집니다. 감사합니다.

8. 강박증으로 공부를 할 수 없어요

문 안녕하세요. 저 좀 도와주세요.

전 한 3년전부터 강박증을 앓고 있는 환자입니다.

근데 저희아빠께서는 그런게 어딨냐며 니가 의지가 굳으면 되지. 매일 이런 말만 하십니다.

근데 제 맘대로 안되는데 어떻게요. 어떻게 치료방법이 없나요? 일상에서 쉽게 구할 수 있는 약이 없을까요?

꼭 병원을 다녀야 하나요? 처음에는 병원을 다녔습니다.

하지만 아빠께서 니가 정신병자냐고.그러시면서 병원을 못가게 하시고 이해를 못하십니다.

정말 하루하루가 지옥같고 이런 내 자신이 싫고.ㅠㅠ

꼭 도와주세요. 병원에 안가고 집에서 치료할 수 있는 방법, 손쉽게 구할 수 있는 약. 전 이제 중3졸업하고 고등학교를 올라가는 여학생입니다. 제 강박증은 더 심해졌는지 공부도 못하겠어요. 이젠. 공부할 때 생각하기 싫은 것이 자꾸 생각나고….

저 좀 꼭 도와주세요,.

답 안녕하세요. 참 딱하네요. 우선 아버지께 강박증에 대한 이해를 돕기위해 본 <강박증클리닉>에서 "가족이 강박장애 극복하기"부분을 읽어보시라고 권해드리세요. 가족의 도움없이는 치료하기가 더 어렵습니다.

집에서 치료할 수 있는 방법이나 일상에서 쉽게 구할 수 있는 약은 없습니다. 전문의료기관에서 반드시 치료 받으십시요. 그래야지 고등학교 3년동안 제대로 공부할 수 있습니다. 감사합니다.

9. 강박증을 한방에서 고치려면 얼마나 걸리나요

문 안녕하세요. 전 그 한의원에서 한달전 상담을 하고 약물을 복용중인 한 청년입니다.

전 정말 심각한 강박증을 앓고 있습니다.

저에 대한 모든 것이 완벽하지 않다는 느낌이 들고 남이 나에 대해 관심이 없는 부분까지도 남을 너무 의식합니다.

전 지금 21살이고 사실 중학교 1학년 때부터 강박증이 생겼는데 그 초기의 강박증상은 이랬습니다.

어디 가면 두고 온 물건이 없는데도 다시 한 번 가서 또 확인하고 항상 학교에서 집에 오는 시간엔 학교에 흘리고 간 물건이 없는지를 확인하느라고 남들보다 늦게 나오고 때로는 일부러 아이들과 청소까지 바꾸기도 했습니다.

그래서 신경정신과 치료를 받아 고쳐지기는 했으나 한가지 가 없어지면 또다른 종류의 증상이 생기고, 그렇게해서 지금은 이 지경까지 오게 되었습니다.

요즘에는 자꾸 집이 어질러져 있다는 생각이 들고 방의 물건의 배열이 조금만 잘못되면 마음이 불안합니다.

게다가 매일매일 방 정리만 하느라고 하루를 다 보내고 다른 일을 못합니다. 그리고 아침에 학교가기전 머리를 하는데 머리모양이 조금이라도 잘못나오면 다시 하게되고 그 때문에 30~40분 정도를 소요합니다. 그 때문에 학교를 10분 이상 늦게 됩니다.

학교 갈 때 가져갈 물건이 하나라도 빠지면 강의시간에도 그것만 생각하느라 집중을 못합니다.

하지만 어제부로 그 병이 80퍼센트 정도 고쳐신 섯 같습니다.

이제 방 정리도 안 하고 확인하는 증상의 빈도가 1주일전 보다 많이 준 거 같습니다. 하지만 아직 여전한 증상이 있습니다.

쓸데 없는 일. 남이 전혀 저에게 신경도 쓰지 않는 부분을 넘 의식합니다.

어제 교회에 갔다왔는데 교회 수첩이 나왔습니다. 저희 교회 수첩에는 사람들 주소만 기재하지 않고 사진까지 집어넣습니다.

그런데 제 사진이 잘못 나왔습니다. 어제는 그거 신경쓰느라고 시간을 보냈죠. 남들이 내 사진을 혹시라도 뚫어지게 쳐다보면 어떻하나.혹시 그것땜에 내 이미지가 손상되지는 않나.

그래서 어머니한테도 저의 고민을 털어놨죠.

엄마는 남들은 달랑 자기 사진만 찾아보고 니 사진 자세히 보지도 않고 관심도 없다. 남 일에 관심있는 타인은 드물다,라고 하셨습니다.

다른 사람들도 별로 제 사진 나온거에 대해 관심없게 보는 것 같은데 그래도 전 혹시 누군가 제 사진을 보고 비아냥 거리진 않을까. 아님 남들이 내 사진 나온걸 관심있게 생각하고 기억하진 않을 까 불안합니다.

전 정말 고치고 싶습니다. 하지만 잘 안 됩니다.

지금 약물을 지속적으로 먹는데 그거 먹으면 얼마나 가야 완벽하게 고쳐질 수 있을까요?

정말 병원측대로 그 약이 강박증의 근본을 고쳐주나요?

글 구 재발은 안 합니까?

정말 그 때문에 일상생활에도 지장을 많이 받습니다.

빠른 답변 부탁드립니다.

답 안녕하세요. 최소한 6개월 이상 걸립니다. 강박증의 근본은 무의식속에 내재되어 있는 '불안심리' 즉 울화(鬱火)입니다.

울화가 심장(정신을 주관하는 형체가 없는 심장)에 많이 쌓여있는 것을 하나하나 풀어주어야 근본치료가 되는 것입니다. 제대로 치료하면 일상생활을 하는데 전혀 지장이 없으며 재발은 거의 일어나지 않습니다. 감사합니다.

10. 이러한 것도 강박증일까요

문 안녕하세요. 예전부터 그랬던건 아니고요, 대학교에 들어와서 생긴 일입니다.

어떤 사람이던 같이 말없이 있으면 어색하다는 생각이 자꾸 듭니다. 생각을 안할 때는 한 번도 없습니다. 심지어 가족까지도요. 성격이 소심하고 내성적으로 바뀐게 아닌가 생각도 해봤지만. 전 어색하다는 그 반복되는 생각만 나질 않는다면 모든게 예전처럼 될거 같습니다. 얘기를 하다가도 잠시 그런 생각을 잊을 때가 아주 가끔 있지만, '어! 인제 생각 안나네…'하면서 사람을 만날 때마다 무슨 일정한 공식처럼 생각이 납니다.

이런지는 일년이 다 되갑니다. 예전엔 대인관계가 원만한 편이었고, 친한 친구도 많이 있었습니다. 하지만 이젠 그 친구들도 만날 수가 없습니다. 아무도 다시 사귈 수도 없게 되었습니다. 친구들을 몇 번 만나기도 했지만. 만나기 전부터 어색하면 어쩌지… 라고 걱정하면서 만나는 내내 결국은 어색해 하다 집으로 돌아올 때면 정말 속으로 계속 웁니다. 친구에게 고민을 얘기도 해봤습니다. 하지만 그런 얘길 하고나면 더 어색한 생각만 더 들 뿐입니다.

이런 생각이 갑자기 들었던건 아닙니다. 대학교에 들어와서 여름 방학 때부터였습니다.

서울에서 용인으로 이사를 했습니다. 그러면서 애들을 자주 못 만나게 되었습니다. 그리고 정말 편하고 친한 친구가 있었는데 어느 날 다른 친구와 셋이 만났는데 갑자기 저에게 아는 척도 별로 안하더군요. 마음 한구석이 너무 시렸습니다. 그래서 그 친구와 어색해 지기 시작했습니다. 그리곤 점점 한 사람 두 사람. 모두 어색해지기 시작하자 어! 내가 왜 자꾸 어색하다는 생각을 하지? 라고 생각 했습니다. 그 뒤 부터는 제 머릿속에서 떨어지지가 않습니다. 사람을 만나기만하면 공식처럼 자동으로 생각나니까요.

절 더 슬프게 만드는건 이 생각이시간이 지나도 나아질 것 같지 않을 것 같다는 것입니다. 계속 영원히 이런 생각만 하다 죽을 것 같습니다. 전 친구가 없으면 죽은거나 다름없는 사람입니다.

반대로 친한 친구가 한명이라도 있으면 머든지 할 수있는 그런 스타일 입니다. 제가 불편하고 어색하게 대하니까 첨엔 친한 애니까 편하게 대하다가도 제가 자꾸 그러니까 친구도 그걸 느끼는지. 점점 멀어집니다. 정말 힘이 듭니다. 차라리 아주 슬픈 일 같은거라면 시간이 흐르면 해결해 줄텐데 이건. 끝나지 않는 생각이니까 말이죠.

치료방법은 없습니까? 아무에게도 도움을 청할 수가 없습니다. 아무도 저에게 도움을 줄 수는 없습니다. 정말로 힘이 듭니다. 더 이상 살 수가 없습니다. 모두 절 떠나갑니다. 제가 불편하니까요. 어색하다는 생각만 없다면 예전처럼 모든 사람에게 편한 사람이 될 수만 있다면 제가 이 길고 긴 글을 쓸 필요도 제가 이렇게 우울하지도 않을텐테 말입니다. 님께서도 저에게 도움을 줄 수 없다는 건 알지만 가슴이 너무 답답해 한번 써봤습니다.

읽어주셔서 감사합니다.

답 안녕하세요. 물론 강박증의 일종입니다. 우울증도 심하게 같이 와 있는 상태입니다. 용인으로 이사한 후 친한 친구를 오랫만에 만났을 때 외면당한 것에 대한 심리적인 충격이 가장 컸던 것으로 생각되고 또한 환경적인 요소로 용인 생활에 적응도 빨리 못하신 것으로 판단됩니다.

이로 인해 내면에 불안심리가 자리잡게 되어 강박증으로 표출된 것입니다. 불안심리를 없앨 수 있는 방법을 찾아 본인도 노력해야 되지만, 현재로서는 본인 스스로 컨트롤할 수 없는 상황으로 보여집니다.

약물치료와 더불어 많은 상담치료를 받으십시요. 어색하다고 머리속에 떠오르는 '강박사고'가 사라지게 될 것입니다. 그러면 주위에 있는 사람과 환경이 보다 친근감 있고 환하게 보일 것입니다. 감사합니다.

제15장 강박증의 사례분석

1. 10대 강박장애

10대 청소년층에서 정신질환의 일종인 '강박장애' 환자가 크게 늘어난 것으로 나타났다.

국민건강보험공단이 최근 4년간(2005~2008년) 강박장애 진료 환자 자료를 분석한 결과 10대 청소년층 환자는 2005년 1824명에서 2008년 2878명으로 58% 늘어나 연령대 중 가장 높은 증가율을 보였다.

10대 중에서도 여자 청소년 환자 증가율이 70.3%로 남자 청소년 환자 증가율(52.4%)보다 높은 것으로 조사됐다. 이는 전 연령·성별대에서 가장 높은 증가율이다. 연령대별로는 10대에 이어 70대 이상 노인층이 55%로 높은 환자 증가율을 보였다. 50대가 51%, 60대가 41%로 뒤를 이었다.

인구 10만명당 강박장애 환자수는 20대가 62명으로 가장 많았다. 30대가 46명으로 뒤를 이었고 10대 45명, 50대 32명, 60대 31명 등이었다. 전체 강박장애 환자는 2005년 1만2995명에서 2008년 1만8271명으로 40% 늘었다. 2008년 기준으로 남성환자가 1만1000명으로 여성환자 7271명보다 1.4배가량 많았다.

10대 청소년층 강박장애 환자가 크게 늘어난 데는 과도한 학업 스트레스가 주요한 원인으로 분석됐다. 연세대학교 의과대학 김찬형 교수는 "10대 청소년층의 강박장애 증가는 입시 경쟁에 따른 부모의 과잉통제와 학업에 대한 스트레스 등 환경적 요인이 많다"

고 말하였다. 또 "강박장애는 방치하면 성장 후 정상적인 가정생활은 물론 사회생활도 실패할 가능성이 높기 때문에 부모들은 인내를 가지고 아이들의 성장을 올바르게 이끌어야 한다"고 지적하였다.

2. 대학생 강박장애

최근 정신적 육체적 스트레스로 인해 휴학을 하거나 할 계획이 있는 대학생들이 점차 늘어나고 있다.

서울 모 대학교 3학년인 이씨(27, 여)는 최근 또다시 휴학계를 제출하였다. 주위의 기대와 취업스트레스에 못 이겨 우울증에 빠졌던 이씨는 지난해 한 번의 휴학을 한 뒤 다시 학교로 돌아왔지만 한 번 잃어버린 자신감을 쉽사리 되찾지 못했기 때문이다.

해당 대학교 김 모 상담사는 "학생이 주위의 기대 등으로 압박감을 느끼고 있었다"며 "우울증 증세로 힘들어하다 결국 휴학계를 제출했다"고 말하였다. 대학생 박 모(29)씨는 최근 다니던 학교에 휴학계를 낸 뒤 정신과 치료를 받고 있다. 4년제 대학교 졸업 후 취업이 잘 된다는 학교에 재입학을 했지만 심적 부담이 가져온 우울증세로 정상적인 생활이 힘들 정도가 됐기 때문이다. 이처럼 심각한 수준은 아니더라도 취업난과 불투명한 미래에 대한 우려는 수많은 젊은이들을 병들게 하고 있다.

대학생 10명 중 8명 가량은 취업난으로 인해 스펙을 쌓아야 한다는 강박관념에 시달리는 이른바 '스펙강박증'을 겪고 있는 것으로 조사됐다.

취업정보 커뮤니티 취업뽀개기(http://cafe.daum.net/breakjob)가 2011년 4월 1일부터 6일까지 대학생 775명을 대상으로 조사한 결과, 79.6%가 '스펙강박증에 시달리고 있다'고 답하였다.

학년별로는 4학년이 88.6%로 가장 많았다. 3학년(71.1%)과 1~2학년(62.3%)의 응답도 절반 이상이 넘어 고학년뿐 아니라 저학년 대학생들도 상당수가 스펙강박증에 시달리고 있는 것으로 집계됐다. 스펙강박증을 겪는 가장 큰 이유는 48.1%가 '지금의 스펙으로는 취업이 불가능할 것 같아서'를 꼽았다. 다음으로 '스펙쌓기에 열중하는 친구들의 모습을 보면 자신이 뒤쳐지는 것 같아서' 25.9%, '불확실한 미래에 대한 불안감 때문에' 16.5%, '청년 취업난이 장기간 지속될 것 같아서' 7.0%, '가족과 지인들이 스펙을 쌓아야 된다고 강박관념을 주기 때문에' 2.0% 순이었다.

스펙강박증으로 인해 나타난 증상(복수응답)으로는 '우울증'이 55.8%로 가장 많았다. '무기력증'은 45.5%, '소화불량 등의 위장병' 29.7%, '두통'은 25.9%이었다. 이외에도 '대인기피증' 17.2%, '불면증' 13.9%, '탈모증' 4.4% 등이 있었으며 '특별한 증상은 없다'는 10.0%에 불과하였다. 또한 이들 중 절반 이상인 57.4%는 '스펙을 쌓기 위해 휴학을 했거나 할 계획'이 있는 것으로 나타났다.

한편, 전체 응답자를 대상으로 '스펙과 취업 합격여부가 어느 정도 비례하는가'를 물어본 결과, 90.4%가 '매우 또는 어느 정도 비례한다'고 답해 대다수의 대학생들은 스펙을 많이 쌓을수록 취업 성공의 큰 영향을 끼친다고 생각하는 것으로 나타났다.

반면 '보통이다'는 5.4%, '비례하지 않는다'는 4.2%에 그쳤다. '취업난을 대처하기 위해 노력하고 있는 것이 있는가'에 대해서는 87.4%가 '있다'고 답하였다. 그 방법(복수응답)은 '외국어 점수 올리기'가 30.0%로 1위를 차지하였다. '각종 자격증 취득'은 27.8%, '학점관리' 20.2%, '해외연수 경험'과 '취업스터디 활동'은 각각 7.7%로 그 뒤를 이었으며 '인턴십 등의 실무 경험쌓기' 6.9%, '공모전 등 수상경력 쌓기' 5.9%, '학력을 위한 재입학 또는 편입' 5.0%

등이 있었다.

또 실제로 한 취업 포털 사이트 커리어의 자료에서도 신입 구직자들의 93.6%가 '스펙 때문에 스트레스를 받는다'고 하였다. 뿐만 아니라, 설문에 응답한 대학생 670명 중 85.7%(574명)가 '스펙강박증에 시달리고 있다'고 답하였다. 지난해 말에는 구직자 405명을 대상으로 실시한 조사에서 응답자의 41.5%가 취업 실패 요인으로 '자신의 스펙이 부족했기 때문'을 꼽기도 하였다.

이에 비춰볼 때, 취업을 준비하는 학생들 대다수에게 스펙이 취업 성공에 절대적인 영향을 미친다는 인식이 일반적으로 자리잡고 있다는 것은 분명한 사실인 것으로 보인다. 각종 자격증 취득과 수상경력 쌓기, 봉사활동 참여에 주력하고, 토익 점수 및 학점 올리기에 급급하고 있는 대학생들의 모습은 이제 어느 캠퍼스에서나 볼 수 있는 흔한 풍경이기도 하다.

3. 직장인 강박장애

직장인 10명 중 7명은 자기계발 강박증을 가지고 있고, 실제로 92.2%는 현재 자기계발을 하고 있는 것으로 조사되었다.

온라인 취업포털 사람인(www.saramin.co.kr)이 자사회원인 직장인 1,570명을 대상으로 '자기계발 강박증 현황'에 대해서 조사한 결과, 절반이 넘는 68.3%가 '강박증이 있다'라고 답하였다.

성별에 따라 살펴보면, 여성(71.7%)이 남성(65.1%)보다 자기계발 강박증을 많이 가지고 있었다. 자기계발 강박증 때문에 받는 영향으로는 '자기계발을 해도 항상 부족함을 느낀다'(49.3%, 복수응답)를 가장 많이 택하였다. 뒤이어 '쉴 때도 마음 편히 쉬지 못한다'(35.6%), '자기계발 생각만 해도 스트레스 받는다'(19.1%), '매일 자기계발 안 하면 불안하다'(15.4%), '무리한 자기계발 계획을 세운다'(13.6%), '계획 없이 아무거나 한다'(11.6%), '우울증, 불면증 등이 생겼다'(9.5%) 등이 있었다.

실제로 직장인들은 자기계발을 얼마나 하고 있을까?

거의 대부분인 92.2%가 '자기계발을 하고 있다'라고 답하였다.

자기계발 종류로는 '영어 회화공부'(33.1%, 복수응답)가 1위를 차지하였다. 다음으로 '운동 등 체력관리'(31.2%), '전문 자격증 취득'(28.1%), '직무 관련 공부'(24.1%), '온라인 독서교육 등 독서'(22.8%), '취미, 특기 향상'(22%), '어학점수 취득 공부'(17.4%), '재테크'(16.9%) 등이 뒤를 이었다.

성별에 따라 살펴보면 여성은 '영어 회화공부'(34.6%, 복수응답)를, 남성은 '운동 등 체력관리'(34%)를 가장 많이 선택해 차이를 보였다.

자기계발을 하는 이유로는 '미래를 위한 투자이기 때문에'(43.4%)를 첫 번째로 꼽았다. 이어 '자아실현을 위해서'(16.9%), '실무능력, 전문성을 키우기 위해서'(15.4%), '성공적인 이직을 위해서'(11%), '연봉 인상, 승진을 위해서'(4.1%) 등의 순이었다.

자기계발에 투자하는 시간은 일주일 평균 4.2시간, 비용은 한달 평균 11만원을 지출하는 것으로 집계되었다.

자기계발 방법을 묻는 질문에는 '관련 서적을 통한 독학'(44.1%)을 한다는 의견이 가장 많았다. 이밖에 '학원 등 전문기관 수료'(25.3%), '동영상 강의 시청'(11.6%), '동호회 등 스터디'(6.8%) 등이 있었다.

자기계발을 하는데 방해가 된 요소로 '의지 부족'(35.7%)을 첫 번째로 꼽았다. 다음으로 '시간 부족'(29.6%), '경제적 부담'(20.2%), '체력 부족'(7%), '육아, 집안일'(2.5%) 등이 뒤를 이었다.

본인이 생각하는 자기계발 활동 점수는 평균 44.1점으로 낙제점에 속하였다. 자세히 살펴보면, '50점'(21.3%), '60점'(14.5%), '30점'(14%), '20점'(10.8%) 등의 순이었다.

한편, 자기계발을 하지 않는 직장인(122명)은 그 이유로, '의지가 부족해서'(35.3%)를 가장 많이 택하였다. 이외에도 '시간이 없어서'(32%), '회사 업무만으로도 힘들어서'(18%), '어떤 것을 해야 하는지 몰라서'(7.4%), '지금 생활에 만족해서'(3.3%), '경제적으로 부담스러워서'(2.5%) 등의 의견이 있었다.

'자기계발 강박증 현황'조사에 대해 종합적으로 고찰해보면

자기계발 강박증 때문에 받는 영향은 '자기계발을 해도 항상 부족함을 느낀다'(49.3%, 복수응답)를 비롯해 여섯 가지 영향을 열거하고 있다. 자기계발 강박증을 전제하여 악영향을 여섯 가지로 열거하고 있다.

많은 사람들이 자기계발 하면 영어회화를 떠올리곤 하는데 이번 조사에서도 역시 1순위를 영어회화 공부(33.1%)가 차지하였다. 그 밖의 자기계발 종류들은 한결같이 지식, 기술 실무적인 것에 집중되어 있다는 것을 알 수 있다.

자기계발을 하는 이유나 목적은 미래를 위한 투자(43.4%)라는 대답을 선두로 자아실현을 위해서라는 대답을 제외하면 기술, 실무적이고 직장생활만을 위한 단기적인 이유가 많은 것으로 조사된 것이다.

자기계발의 방법으로는 서적을 통한 독학(44.1%)이 전통적인 1위를 기록하며 학원, 강의수강 등 구체적인 지식, 기술을 습득하는 것에 집중된 것을 알 수 있다.

자기계발을 하는데 방해 요소가 되는 것으로는 의지부족과 시간부족, 경제적 부담의 순서로 조사되었다.

우선 이번 조사에서 '자기계발이 곧 생존의 자구책' 이라는 인식 하에 자기계발을 피곤한 일로 생각하는 분위기가 짙게 깔려있는 듯 하다. 왜냐하면 설문 자체가 자기계발에 강박증을 느끼냐고 물었기 때문이다. 물론 치열한 경쟁 환경에서 자기계발을 피곤한 생존의 자구책으로 여기는 것도 무리는 아니다.

자기계발(自己啓發)이란 자기의 슬기나 재능, 사상 따위를 스스로 일깨우는 것이라 정의할 수 있다. 또한 요즘은 이와 동의어로도 사용하지만 조금 다른 의미로 자기개발이 있다. 자기개발(自己開發)이란 자기 스스로 지식이나 재능 따위를 발전시키는 것이라 할 수 있다.

자기계발이 본질적이고 깊은 수준의 것이라면, 자기개발은 형식적이고 표면적이며 상대적으로 얕은 수준의 것이라 할 수 있다. 다시 말하면 자기계발은 자기 삶의 주인으로서 자신에 대한 통제력과 인격수양 능력을 갖추는 것이라 할 수 있으며 또한 자기 삶과 운명의 주인으로서 자신을 깨닫고, 자기 삶을 운영해 나갈 능력을 갖추는 것이라 할 수 있다. 그렇다면 자기계발은 궁극적으로 성공과 행복을 위한 것이다.

자기계발의 노력과정은 즐겁고 행복한 과정이며 또한 즐겁게 해야 긍정적인 효과를 거둘 수 있다.

성공과 행복을 위한 자기계발을 잘 하기 위해서는 정해진 법칙이 있는 것은 아니다. 하지만 이치에 맞아야 한다. 그것은 자기로부터 시작해 목표를 향해 실행해 나아가는 길이다. 즉, 자기 내부로부터 시작해 밖으로 향하는 것이다. 바깥에서 무얼 찾아 헤매려하지 말고 자기내부를 잘 아는 통찰(洞察)로부터 시작해 외부세계(일, 목표)로 나가야 한다는 것이다.

자칫 진정한 자기계발에 실패하고 외적 장치들만 보완하려는 성급한 시도와 조급한 행동은 오히려 해를 부를 수 있다.

오늘 다루고 있는 자기계발에 강박증을 나타내는 것은 그 중 하나일 것이다.

요컨대, 자기계발은 진정한 자기 삶의 주인으로 서고자 하는 사람들의 진정어린 노력이며 인격을 수양해 나가는 길이다. 이것은 영어회화나 자격증 취득을 위한 노력만으로 달성될 수 없는 것이다. 좀 더 자신을 성찰(省察)하는 낮은 자세와 긍정적인 사고를 통해 양생(養生:생명을 바르게 기르는 일)의 道로 나아가야 자기계발 강박증에서 벗어날 수 있을 것이다.

제16장 강박증 치료가 더딘 성격

강박적인 성격이 강박증으로 발전이 되는가? 혹은 강박적 성격과 강박증이 관련이 있는가? 성격적인 문제가 있으면 강박증 치료가 어려운가? 하는 문제는 과거로부터 많은 논란이 있어 왔다.

강박증과 성격의 관련성에 대한 현재까지의 연구 결과를 살펴보면, '이상성격'이 있다고 해서 강박증상의 치료 결과가 달라지는 것은 아니다. 다만, 어떤 종류의 성격 문제를 가진 경우는 예후가 좋지 않다. 정신분열형 성격장애, 회피성 성격장애, 경계성 성격장애, 그리고 편집형 성격장애가 여기에 해당된다. 다시말해 강박증 치료가 어려운 성격 유형으로 볼 수 있는 것이다.

① 정신분열형 성격장애

타인과 친밀한 관계를 맺기 어려워 언제나 외톨이로, 타인에게 관심이 없고 타인의 칭찬이나 험담에 무관심하고 감정이 없는 것 같다는 느낌을 준다. 생각이 다소 왜곡되고, 비현실적이며, 행동도 괴상한 편이다. 사회 활동은 거의 하지 않고, 관심도 없는 편이다. 주위로부터 이상하다는 말을 들으나 그렇다고 완전히 엉뚱한 행동을 하지 않기 때문에 병원까지 오지 않는 경우가 많다.

② 회피성 성격장애

자신이 열등하다는 생각 때문에 다른 사람의 비난이나 질책을 지나치게 두려워한다. 타인이 자신을 거절할까 염려해 아예 관계를 피해 거절당할 상황을 없애거나 비판에 지나치게 민감해 사회 활동이나 대인관계를 두려워 한다. 친구나 애인도 서로 좋아한다는 확신이 없다면 사귀지 못하며, 항상 자신감이 부족해 소극적이고 쉽게 긴장하며, 불안해 한다.

③ 경계성 성격장애

대인관계가 불안정하며, 항상 공허감을 느끼고, 감정적으로 매우 불안정해 화를 잘 내고, 충동적이며, 자주 우울해 한다. 타인과 친해지길 원하나 마찰이 자주 생기며 대인관계가 극에서 극으로 왔다갔다 한다. 또 충격적인 성격으로 자신을 학대하는 행동을 하기도 한다. 어릴 때 심한 성적 학대를 받았거나 정신적 충격을 받은 경험과 관련이 있다는 연구가 나오기도 했으며, 정신의학 분야에서 주목 받고 있는 성격 장애라고 한다.

④ 편집형 성격장애

사람을 잘 믿지 못하며, 항상 다른 사람의 행동이나 말에 숨은 뜻이 있지 않나 의심하고, 사소한 일로 쉽게 의심하며, 자주 다투고 항상 차가워 다른 사람과 친밀한 관계를 맺지 못한다. 의처증과 의부증이 여기에 속한다.

이러한 성격의 문제는 결국 '대인관계의 문제'라고 요약할 수 있다. 이 환자들은 대개 행동치료를 거부하는 경우가 많고 행동치료를 시작하더라도 치료의 효과가 없거나 치료를 중단하는 경우가 흔하다.

'강박적 성격'이란 완벽 지향적이고 질서를 고집하고 융통성이 없으며, 지엽적인 것, 지나치게 세세한 것, 순서나 규칙, 원칙, 규율 따위에 지나치게 집착하는 성격을 말한다. 이러한 경향이 심하면 '강박성 성격장애'라는 진단이 붙는다.

강박성 성격장애는 감정적 억제, 규칙성, 고집, 완고함, 우유부단, 완벽주의, 융통성 없음 등이 특징이다. 대인관계에서는 따뜻함이나 부드러움을 표현하는 능력이 제한되어 있다. 모든 일에 합리적이고 형식적이어서 다른 사람들에게 거리감을 주게 된다. 이들은 서로 주고받는 일이란 거의 없다. 모든 일이 또는 자신의 사생활이 올바르게 일정한 틀에 맞게 유지되고 있는지에 대하여 지나치게 신경을 쓴다. 다른 사람들에게는 냉담하며 지나치게 통제된 생활을 하므로 옹졸한 사람으로 보여진다. 대인관계에 있어서 주로 수직관계를 유지하기 때문에 자신도 윗사람에게 철저히 복종하지만 다른 사람들도 자기에게 복종하기를 원한다. 주위 사람들이 완벽하지 못할 때는 경멸하고 분노를 느끼지만 겉으로 표현하지는 않는다. 이들은 혹시나 실수를 하지나 않을까 하는 두려움 때문에 모든 일에 우유부단한 자세를 취한다. 사회생활에서는 이들의 정돈성과 완벽성 때문에 융통성이 요구되는 직업에서는 실패하나, 정확성이 요구되는 직업에서는 성공적일 수 있다.

강박적 성격의 두 부류로 1)사소한 것에 집착, 물건을 잘 못 버리고, 우유부단, 완벽주의적 경향, 감정 표현의 부족 2)지나치게 양심적, 일만하는 일벌레, 타인에게 전혀 너그럽지 못한 성격 등이 있는데, 전자가 더 강박증에 밀접하게 관련이 있다고 한다.

강박성 성격장애와 강박증은 엄연히 다른 질환이지만 강박증 환자에서 강박적인 성향이 많은 것은 사실이며, 실제 많은 환자들이 병이 생기고 난 이후에 병에 의하여 성격이 강박적이 되는 경향이 있다고 한다. 이는 강박증 환자들이 증상이 좋아지고 난 다음에는 성격적인 문제도 없어지는 경향이 있기 때문이다.

강박증 환자 중 약 50%정도 이상에서 성격의 문제를 함께 지니고 있다고 한다. 이런 경우에는 일반적인 약물치료나 행동치료에 잘 반응하지 않는다. 따라서 성격적인 문제를 같이 고려하여 필요하면 정신치료까지 병행하여야 되는 경우가 많다.

제17장 강박증의 진단

강박증 진단의 열쇠가 되는 이 병의 기초 증상과 부수적 증상을 열거하면 다음과 같다.

1. 기초증상

1). 쓸데없는 생각이 머릿속에서 떠나지 않는다.

2). 모든 것에 의심을 수없이 하게 된다.

3). 사소한 일에 너무 집착한다.

4). 하루에 손을 수없이 자주 씻는다.

5). 전등스위치, 가스밸브, 수도꼭지, 현관문 단속을 과도하게 확인한다.

6). 물건은 항상 제자리에 놓여 있어야 안심이 된다.

7). 오염되거나, 에이즈와 같은 심각한 병에 걸릴 것 같은 생각이 든다.

8). 한참 후의 일을 미리 걱정한다.

9). 개인적으로 받아들이기 어려운 종교적, 혹은 성적 생각이 든다.

10). 다른 사람을 해칠 것 같은 것 생각이 든다.

2. 부수적 증상

11). 본인의 질병에 대해 지나친 염려와 의심이 많아진다.

12). 주위 사람들에게 같은 질문을 던지고 반복해 확인한다.

13). 갑자기 죽음이나 무서운 사건에 대한 생각이 든다.

14). 괜히 가슴이 답답하고 잘 두근거린다.

15). 깜짝 깜짝 잘 놀래고 얼굴로 열이 확 달아오른다.

16). 불길한 숫자나 특정한 색깔을 피한다.

17). 마음이 조급해지며 화를 잘 낸다.

18). 하루 종일 힘이 없고 안정피로가 심하다.

19). 머리가 무겁고 아프다.

20). 머리가 어지럽고 귀에서 소리가 난다.

21). 불면증과 건망증에 시달린다.

22). 일상적인 행동(스위치를 켰다 껐다 하거나, 문을 들어왔다 나갔다 함)을 정해진 수만큼 반복하거나 옳다고 느껴질 때까지 반복한다.

23). 주의집중력이 현격히 떨어지고 만사가 귀찮아진다.

24). 무언가 빠뜨리고 집을 나선 것 같아 항시 불안하다.

25). 손바닥과 발바닥에서 열이 나고 입안이 마른다.

26). 자신의 몸에서 냄새가 나는 것 같아 사람 만나기가 꺼려진다.

27). 생리불순, 유정 또는 조루 증상이 나타난다.

28). 목에 뭐가 걸린 것 같다.

29). 배가 자주 아프고 입맛이 없다.

30). 가치있는 어떤 것을 잃을 것 같은 생각이 든다.

(자료: 옛날한의원 화병클리닉)

△0~5개 : 정상이므로 걱정할 단계는 아니다.

△6~11개 : 예민해져 있어 강박증일 가능성이 높으므로 상담이 필요한 상태다.

△12개 이상 : 1, 2, 3항을 포함해 12개 이상 해당되면 강박증으로 반드시 치료를 받도록 해야 한다.

제18장 강박증의 진단 [양방]

현재 DSM-Ⅳ에서 강박증은 1차적 증상이 불안인 불안 장애로 분류되고 있다. 강박적 행동이 불안의 감소, 통제, 조절 등과 관련되기 때문이다.ICD-10(국제 질병 분류 제 10판)에서는 강박증을 불안 장애와 별개로 분류하고 있다. 강박증의 본질이 불안이 아니라 바로 반복적 사고와 행동이란 점에서 독립된 질병인 가능성이 제기되고 있다.

<< DSM-Ⅳ 강박장애 진단 기준>>

A. 강박적 사고 또는 강박적 행동은 다음과 같이 정의된다.

(1) 강박적 사고

① 반복적이고 지속적인 사고, 충동, 또는 심상, 이 주요증상은 장애 가 경과하는 도중 어느 시점에서 침입적이고 부적절한 것으로 경험되며, 현저한 불안이나 고통을 일으킨다.

② 사고, 충동, 심상은 실생활 문제를 단순히 지나치게 걱정하는 것이 아니다.

③ 개인은 이러한 사고, 충동, 심상을 무시하거나 억압하려고 시도하며 다른 생각이나 행동에 의해 중화하려고 한다.

④ 개인은 강박적인 사고, 충동, 심상이 개인이나 개인 자신의 정신적 산물임을 인정한다(사고 주입의 경우처럼 외부에서 강요된 것이 아닌)

(2) 강박적 행동

① 반복적인 행동(예: 손씻기, 정돈하기, 확인하기) 또는 정신적인 활동(예: 기도하기, 숫자세기, 속으로 단어 반복하기), 이러한 증상은 개인의 강박적 사고에 대한 반응으로, 또는 엄격하게 적용되어야 하는 원칙에 따라 수행되어져야 한다는 압박감을 동반한다.

② 강박적 행동이나 정신적 활동은 고통을 예방하거나 감소하고, 두려 운 사건이나 상황을 방지하거나 완화하려는 것이다. 그러나 이런 행동이나 정신적 활동이 중화하거나 방지하려고 하는 것과 현실 적인 방법으로 연결되어 있지 않으며 명백하게 지나친 것이다.

B. 이 장애가 경과되는 도중 어느 시점에서 강박적 사고나 강박적 행동이 지나치거나 비합리적임을 인식한다.

C. 시간을 소모하는 (하루에 1시간 이상) 강박적 사고나 강박적 행동은 심한 고통을 초래하거나 정상적인 일, 직업적(또는 학업적) 기능, 또는 사회적 활동이나 사회적 관계에 심각한 지장을 초래한다.

D. 또 다른 축 1의 장애가 있다면, 강박적 사고나 강박적 행동의 내용이 그것 에만 국한되지는 않는다(예: 섭식장애가 있는 경우 음식에 대한 집착, 발모광이 있는 경우 머리카락을 잡아 뜯음, 신체변형장애가 있는 경우 외모에 대한 관심, 물질 사용장애가 있는 경우 물질에 대한 집착, 건강염려증이 있는 경우 질병에 대한 심각한 집착, 변태 성욕이 있는 경우 성적인 강한 충동이나 환상에 대한 집착, 주요우울장애가 있는 경우 죄책감의 반추).

E. 이 장애는 물질(예: 남용 약물, 치료 약물)이나 일반적인 의학적 상태의 직접적인 생리적 효과로 인한 것이 아니다.

<<진단적 고려사항>>

감별 진단으로 강박장애는 지나친 정리정돈벽, 시간 엄수, 인색함, 완고한 고집 및 현학적 태도(pedantic attitude), 자기 생각대로 안 될 때 지나치게 화내기 (petulance) 등이 특징인데, 자신에게는 큰 불안이 되나 주위 사람에게 불편스럽지 않은 정도를 두고 말한다. 기타 주요 우울증, 정신 분열증, 공포 장애, 건강 염려증, 신체 변형 장애, 충동 조절 장애(절도광 등), 강박성 인격 장애 및 뚜렛 장애(Tourette disorder), 틱장애, 측두엽 간질, 뇌외상, 뇌염후 합병증 등 기질성 정신 장애와 감별해야 한다. 특정 강박 관념적 사고들은 강박장애로 진단될 수 없다.(예를 들어, 광장공포증에서의 걱정하기와 건강염려증에서 자신의 건강에 대한 강박관념적 염려.) 강박장애와 광장공포증을 구분하는 것은 언제나 단순한 것은 아니다. 특히 강박장애 환자들이 외출하는 것과 같은, 광장공포증 환자들에게서의 특징적 회피 상황을 회피할 때의 모습은 유사하나, 강박장애 환자의 유발 자극은 광장공포증 환자의 유발자극과 다르다. 그리고 수동적 회피가 실패했을 때, 노출은 강박장애의 강박 행동을 유발할 것이다. 우울증은 강박장애를 가진 사람들에게서 매우 흔하다. 대부분의 경우에, 우울증은 강박장애에 이차적이다. 강박관념적 사고들이 우울증적 에피소드의 일부이고 우울증이 진정될 때 사라진다면, 우울증의 진단이 강박장애의 진단보다 더욱 적절하다.

제19장 강박증의 감별진단 [양방]

강박장애와 감별을 요하는 정신과 질환으로는 신체이형장애, 신경성 식욕부진증, 건강염려증, 충동조절장애, 뚜렛 증후군, 성도착증 등이 있다.

1. 강박증과 신체이형장애(身體異形障碍)

신체이형장애란 자신의 코가 크다고 생각한다든지 아니면 신체에 지방이 많거나 또는 근육이 발달하지 않았다고 생각하는 등의 자신의 신체 결함에 집착하는 증세를 말한다.

그러나 다른 사람의 눈에는 이러한 신체적 결함이 눈에 뜨이지 않는 경우가 대부분이다.

집착이 망상적이지는 않으나 약간의 신체적 결함이 존재한다면 환자는 괴로울 정도로 과다하게 걱정을 한다. 신체이형장애 환자는 강박적으로 신체부위 결점에 대해 거울 확인, 과다한 빗질, 머리털 뽑기, 피부 뜯기 등 강박적인 행동을 한다.

따라서 대부분의 신체이형장애 환자는 실제로 자신이 느끼는 신체적 결함 때문에 우울증, 섭식 장애 또는 약물 남용 등과 같은 심리적으로 고통을 받는 경우가 많다. 이런 점에서 강박증과 비슷하지만 차이점이 있다.

신체이형장애 환자는 신체적 결함에 대한 생각에 대해 자아 동질적인 과대평가된 믿음을 갖는다. 반면 강박증 환자는 신체적 결함에 대해 쓸데없는 생각인지 알기 때문에 괴로워한다. 즉 신체이형장애 환자는 근본적으로 신체상에 대한 잘못된 믿음이 있는 반면 강박증 환자는 거의 다 자신의 신체가 정상임을 알고 있다. 특히 신체이형장애를 앓고 있는 사람들은 자신이 잘못됐다는 인식을 하는 경우가 드물어 보호자에 의해 병원으로 내원하는 경우가 대부분이다.

2. 강박증과 신경성 식욕부진증(거식증)

신경성 식욕부진증 환자는 체중 증가나 뚱뚱해지는 것에 심한 공포를 갖고 극단적으로 음식을 거부한다. 거식증 환자는 체중, 체형, 음식에 대한 반복적이고 침입적인 생각과 그로 인한 행동 등이 강박증과 유사하다.

그러나 강박증과 차이가 나는 점들은 다음과 같다.

강박증의 발병률은 남녀 비슷하지만 거식증 발병률은 여성이 압도적으로 우세하다. 또 거식증 환자들은 다이어트에 대한 거부감이 전혀 없고 오직 하루빨리 날씬한 몸매로 여자들의 부러움과 남자들의 관심을 받을 그런 즐거움만 생각한다.

반면 강박증의 경우는 살찌거나 살 빼는 것과 관련된 생각 자체를 괴로워한다. 즉 거식증 환자는 날씬함, 체중 감소라는 자신에게 이득이 되는 원하는 목표가 있는 반면 강박증 환자는 증상과 관련해 추구하는 목표나 대가가 전혀 없다.

3. 강박증과 건강염려증

건강염려증(健康念慮症, hypochondriasis)은 자신의 일반적 건강 상태에 대한 지나친 걱정으로 심각한 병에 걸렸다는 잘못된 믿음을 갖는 병이다. 이렇게 건강염려증 환자가 병에 걸렸다는 반복적으로 괴로운 생각을 하는 것은 강박사고와 유사하다. 또 병에 대한 불안, 공포를 없애기 위해 여러 의학 서적을 뒤지며 계속 자가 진단을 하거나 계속 병원 진찰을 받는 등 그런 행동들이 강박행동과 유사하다.

그러나 강박증과의 차이점은 다음과 같다.

첫째, 건강염려증 환자는 자신이 병에 걸렸다고 믿기 때문에 그런 생각이 잘못되었다고 하지 않지만, 강박증 환자는 자기 자신이 잘못된 생각을 하고 있다는 것을 알고 있다.

둘째, 건강염려증은 비록 환자 자신의 병에 대한 비현실적 생각이지만 자신의 병에 대한 터무니없는 내용이 아니다. 반면 강박증 환자는 어떤 병적인 증상이 병에 관련되어도 질병과의 관련성이 아주 없기 때문에 환자 자신도 말이 안 된다고 생각하면서 괴로움을 겪는다.

셋째, 건강 염려증의 병명 'hypochondriasis'자체가 늑골 밑을 뜻하는 해부학 용어에서 유래되었다. 이 부위에 환자들이 고통을 호소하는 증상이 많다고 알려졌기 때문이다. 그래서 건강 염려증 환자의 경우에는 환자의 특정 신체(somatic) 부위에 대한 무의식적으로 잠재된(visceral) 생각이 실제로 이 장애의 중심이다. 반면 강박증 환자의 경우에는 실제로 어떤 신체의 특정 부위에 대한 생각은 없다.

넷째, 건강 염려증 환자는 실제 자신에게 건강 염려증이 있다는 사실은 모르고 다른 있지도 않은 병을 믿는다. 그래서 환자는 적극적으로 의사를 찾고 주위 사람들에게 자신의 병의 심각성을 알리려고 한다. 반면 강박증 환자는 자신의 강박 증상을 알고 자신의 증상이 지나친 것도 안다. 그래서 증상을 숨기려고만 하고 부끄럽게 생각하는 경향도 있다. 이렇게 타인에 대한 관계에서도 차이가 난다.

4. 강박증과 뚜렛 장애

틱(Tic)이란 자신의 의지와는 관계없이 빠르고 계속적으로 특정한 음성이나 행동을 반복하는 것이다. 이 장애는 주로 18세 이전에 발병하고 흔히 7세 가량의 어린이에게 자주 발병한다. 만성 운동 틱 장애, 만성 음성 틱 장애 이 두 가지가 모두 동시에 나타나는 틱 장애 중 가장 심한 상태를 뚜렛 장애(Tourett's Disorder)라고 한다.

틱 장애 환자는 강박증 환자처럼 타인에게 제재를 받을 때나 스스로 노력할 때 일시적으로 증상을 억제할 수 있다. 그러나 마치 구토를 일시적으로만 참을 수 있는 것처럼 결국은 틱을 행하고 그 직후 어느 정도 마음이 안정된다. 또 공통적으로 스트레스를 받으면 증상이 악화된다. 이 상태는 강박증 환자가 자신의 증상을 참지 못하고 '반드시 해야만 한다'라는 생각에 반복적 행동을 하고 마음이 일시적으로 안정되는 것과 유사하다.

그러나 이들의 차이점은 다음과 같다.

첫째, 뚜렛 장애는 강박증처럼 20세에 발병할 수도 있으나 주로 7세 가량에 발병한다.

둘째, 뚜렛 장애는 남아가 여아보다 3배 정도 더 발병률이 높을 정도로 남아에게서 더 흔하다.

셋째, 뚜렛 장애는 강박증에 비해 스스로 상처를 입히거나 부적절한 성적인 행동을 하는 등 충동적 행동들이 자주 수반된다.

넷째, 뚜렛 증후군을 갖는 환자의 일부에서 강박증상이 나타나기도 하지만, 강박증의 대다수는 뚜렛 증후군을 나타내지 않는다. 치료에서도 강박증에 성공적인 치료약이 뚜렛 환자에게는 효과가 적다.

5. 강박증과 충동조절장애

충동조절장애(Disorder of Impulse Control)는 개인이 자신이나 타인에게 해로운 행동을 하려는 욕구를 참을 수 없는 경우를 말한다.

병적 도박과 병적 방화, 병적 도벽을 비롯하여 간간이 일어나는 간헐성 폭발장애(intermittent explosive disorder), 발모광(拔毛狂), 쇼핑중독, 마약중독, 인터넷중독 등 모든 중독 증세가 여기에 포함된다. 병적 도박의 경우는 도박을 중단하지 못하고 문제를 회피하는 수단으로서 도박을 계속한다. 병적 방화는 불을 지르는 데서 쾌감을 느끼고, 병적 도벽은 물건을 훔치는 것이 목적이 아니라 훔치는 행위 그 자체가 목적이다. 간헐성 폭발장애의 경우는 합당한 이유 없이 불시에 반복적으로 분노를 폭발시킨다. 발모광은 병적으로 머리카락을 쥐어뜯는다. 쇼핑중독의 경우는 상품을 마구 사들인 뒤에 무엇을 샀는지 기억을 못하고, 쇼핑을 중단하면 불안·두통·우울·소화불량 등의 육체적·심리적 고통을 겪는다. 인터넷의 확산과 함께 사회적으로 문제가 되고 있는 인터넷중독은 충동조절장애나 강박장애, 우울증의 한 증상으로 보기도 하고, 독립적인 장애로 보는 견해도 있다.

충동조절장애와 강박증의 유사점은 다음과 같다.

첫째, 두 장애 모두 무의미한 행동을 하는데 대한 침입적이고 저항할 수 없는 충동이 있다.

둘째, 두 장애 모두 행동하기 전에는 긴장감이 증가하지만 행동한 후에는 불안이 일시적으로 사라진다.

셋째, 두 장애 모두 생물학적으로 신경전달물질인 세로토닌 기능 이상과 관련된다.

　그러나 충동조절장애와 강박증과의 차이점은 있다.

　첫째, 충동조절장애 증상들은 폭력, 방화와 같이 해롭거나 위험한 행동들이 실제로 나타난다. 반면 강박증 환자는 사회적으로 용납되지 않는 충동을 실제 행하는 경우는 없다.

　둘째, 남녀 발병빈도 면에서도 차이가 있다. 충동조절장애 중 간헐적 폭발장애, 방화광, 도박광은 남성에게 많고 절도광, 발모광은 여성에게 더 흔하다. 반면 강박증은 남녀 발병 빈도가 비슷하다.

6. 강박증과 성도착증

　성도착증은 성행위에 있어서 보다 강력한 성적 충동과 함께 성적 흥분을 위해 반복적이고 고통을 야기하는 비정상적인 상상이나 대상, 행위 또는 방법을 사용하는 것을 말한다. 그런 비정상적인 성적 충동이 최소 6개월 이상 반복된다. 성도착증 환자들의 성적인 생각과 강박증 환자의 성적인 강박사고는 내용상 거의 구분하기가 힘들다. 또 성도착증 환자들은 강박증 환자처럼 그들의 증상을 숨기거나 부인하기도 한다.

　그러나 성도착증 환자들은 자신의 성적 상상, 충동이 자아 동질적이라서 즉 자신 스스로 생각하는 것이므로 괴로워하지 않는다. 또한 그런 행동이 성적 만족과 같은 쾌락을 주기 때문에 더욱 쉽게 행하게 된다. 반면 강박증 환자는 우선 변태적인 충동이 자신의 가치관과 다른 자아 이질적 사고라서 괴로워한다. 그러나 실제로 그런 충동으로 변태적 행위를 하는 경우는 없다.

제20장 강박증의 경과 및 예후

강박장애는 사춘기, 성인 초기에 주로 발병한다. 남녀 발생비율은 성인의 경우 비슷하나, 사춘기에서는 남자가 더 많다. 강박장애는 만성적으로 진행되는 질환으로 알려져 있고 그 예후도 다른 종류의 불안장애 보다는 좋지 않은 것으로 알려져 있다. 개인 생활이나 사회생활에 많은 지장을 초래하며 심한 경우에는 강박행동 때문에 일체의 사회생활을 못하는 경우도 있다.

일반적으로 예후가 좋은 경우는

1) 증상기간이 짧은 경우에 치료하는 경우
2) 과거 사회적응을 잘했던 경우
3) 병전 인격이 강박성 인격이 아닌 경우
4) 강박 증상이 가끔 주기적으로 나타나는 경우
예후가 나쁜 경우는
1) 심한 강박성 인격의 경우
2) 첫 방문 때 증상이 심한 경우
3) 강박증상이 아주 어린 시절부터 있어 온 경우 등이다.

제21장 강박증의 예방 및 극복

1. 강박증의 예방법

우리는 끊임없는 스트레스 속에 살고 있다. 이러한 스트레스를 잘 조절하고 소화하여 정신건강을 유지하는 것은 신체 건강은 물론, 우리 삶의 질에 매우 중요하다.

하지만 스트레스로 인해 일어난 좌절감을 잘 처리하지 못하게 되면 우리의 마음속에 만성적인 감정(感情)의 응어리 즉 울화(鬱火)가 생기고, 이러한 울화가 계속되면 오장육부에 영향을 미쳐 노이로제의 일종인 강박장애나 공황장애 또는 정신병에 해당되는 병적인 증세를 유발할 수 있다.

울화가 누적된 상태에서는 질병이 발생할 가능성이 높아지고 신체적 건강을 유지하기 어렵다. 또한 질병으로부터의 회복도 늦어지며 후유증이 더 많이 생기게 된다. 이는 바람직하지 못한 감정 상태가 지속되면 우리 몸의 자율신경계, 내분비계, 면역계를 자극하여 질병에 대한 저항력을 떨어뜨리기 때문이다. 때론 환자 자신이 자학적으로 건강을 해치는 행동을 보이기도 한다.

흔히 스트레스하면 힘들고 괴로운 일만을 떠올린다. 하지만 스트레스를 일으키는 요인은 좋은 일, 궂은 일 가릴 것 없이 일상에서 일어나는 모든 사건들이다. 예컨대 결혼, 승진 등 일생의 기쁜 일도 알고 보면 스트레스다.

스트레스에 가장 민감한 부위는 심장이나 위장관 계통인데 우리 몸이 알아서 스스로 움직여 주는 자율신경계의 영향을 받기 때문이다. 실제로 스트레스를 받은 후 심장이 빨리 뛰거나 혈압 상승, 소화 불량이 오는 증상은 누구나 흔히 경험하는 일이다. 따라서 건강장수를 위해선 자신의 스트레스 정도를 정확히 파악하고 이를 잘 관리하지 않으면 안된다.

강박증은 특히 성장과정에서 형성된 강박적인 성격과 관련이 있으며 마음속에 감추어진 응어리인 울화(鬱火)나 성적 충동 및 공격적인 스트레스와 밀접한 관계가 있다.

그럼 어떻게 하면 '감정의 자기조절능력'을 강화하여 스트레스를 받더라도 최대한 그것을 소화할 수 있을까?

심각하지 않은 스트레스는 다음과 같은 방법으로 그때그때 풀어버리면 충분히 강박증을 예방하고 이겨낼 수 있을 것이다.

(1) 마음속 응어리(火)를 스스로 느낀다

우선, 스트레스를 받으면 좌절감이 왜 일어나는가를 알아야 한다. 결국, 우리가 스트레스를 덜 받기 위해서는 마음속에 있는 욕심과 의존심을 스스로 느끼고 조절해 인격을 성숙시켜야 한다. 그래야 그것으로부터 벗어나게 되면서 우리는 정신적으로 신체적으로 더욱 건강해 질 수 있는 것이다.

고민거리나 응어리는 친구에게 솔직히 털어놓는 방법도 좋다. 그러나 친구에게 밝히기 싫으면 글로 써보거나 테이프에 녹음해 두는 것도 좋은 방법이다. 문제의 핵심을 정확히 파악하는 데 도움이 된다. 다시말해 火를 스스로 느끼는 것이다. 틱낫한 스님은 "화를 스스로 느낀다는 것은 그것의 실체를 끌어안는 것이다. 맞서 싸우거나 억누르는 게 아니다. 스스로 느낀다는 것은 말하자면 우는 아기를 품에 안아서 달래는 어머니와 같다. 우리 마음속의 화는 우리의 아기다. 보살펴야 할 자식이다"라고 전하고 있다.

(2) 긍정적으로 생각하자

긍정적으로 변하려면 쉽게말해서 쉽게 생각하면 된다. 긍정적인 생각도 습관이고 부정적인 생각도 습관인 것이다. 이제부터 긍정적으로 변하기로 마음 먹고, 새롭게 나를 바꾸자. 부정적인 습관의 유혹이 올라오면 절대로 집중하면 안된다. 생각하지 말고 부정적인 생각을 억압하여 짓눌러 머릿속에 들여놓치 말아야 한다. 그리고 그러한 부정적인 못된 생각들이 다시는 올라오지 못하게 하는 게 무엇보다 중요하다. 가령 예를 들어서 "귀찮아 하기싫어 힘들어" 이건 습관인 것이다. 그렇게 말하지 말고 긍정적으로 생각하면서 행동하는 것이 중요하다. 행동해 보자. 아무 생각 가지지 말고, 주어진 상황을 긍정적으로 재미있게 즐거운 생각을 하면서 하는 일에 긍정적인 생각을 주입시키자. 처음에는 힘들겠지만 그러면 그것들이 습관이 되어 당신은 곧 변할 것이다.

긍정적인 생각이 스트레스를 극복할 수 있다. 똑 같은 일도 부정적으로 생각하는 사람이 더 많은 스트레스를 받는다. 모든 일을 긍정적으로 생각하도록 노력하여야 한다. 생각하는 것도 하나의 습관이기 때문에 자신이 노력하면 고칠 수 있는 것이다. 자신이 어떠한 방식으로 생각을 하는지 알아본다. 너무 부정적이고 한쪽으로 치우쳐 생각하고 있지는 않나 알아본다. 그러한 생각은 사소한 일에도 더 많이 스트레스를 받게 한다. 이렇게 생각하는 방식이나 행동이 잘못 된 것을 알아내고 고치는 치료를 '인지요법'이라고 한다.

(3) 부정적인 생각을 무시하라

사람은 하루 평균 5만 가지 정도의 생각을 한다는 연구 보고서가 있다. 엄청난 숫자이다. 물론 그 중 일부는 긍정적이고 생산적인 생각들이다. 하지만 불행히도 대다수는 화가 나고, 두렵고, 비관적이며, 걱정스런 생각 같은 부정적인 것들이다. 사실 마음의 평화를 찾는 방법은 부정적인 생각을 갖게 만드는 상황이 아니라, 그것을 처리하기 위해 무엇을 택하는가에 달려 있다.

부정적인 생각이 머리에 떠오르고 어떻게든 처리해야 하는 순간에 이르면, 두 가지의 선택만이 우리를 기다리고 있다.

첫째, 그것에 대해 곰곰이 생각하며 연구하고, 머리를 쥐어짜며 분석하는 것이다.

둘째는 무시, 즉 별로 신경 쓰지 않고 그냥 지나치거나, 심각하게 받아들이지 않는 것이다. 어느 것이 더 효과적인 처리 방법인지는 두말 할 나위가 없다.

우리가 어떤 생각을 하든 그것은 단지 생각에 지나지 않는다. 자신이 허락하지 않는 한 어떠한 부정적인 생각도 마음에 상처를 남기지 않는다. 하지만 어린 시절을 떠올리며, "부모님이 내게 무심했던 때를 생각하면 너무도 화가 나"하고 부정적인 생각에 빠져있는 사람들은 사정이 다르다. 그렇게 계속 그러한 말을 반복하며 부정적인 생각에 점점 빠져들면 결국 그들의 마음속에 혼란을 불러일으킨다. 그리고 자신은 정말 불행했다고 확신하게 된 나머지, 극복하기 어려운 절망감에 사로잡히게 된다.

그러나 생각이 눈덩이처럼 불어나는 것을 깨닫고, 신속하게 그것을 떨쳐 버릴 수도 있다. 물론 진정으로 어린 시절이 어렵고 고통스러웠던 사람도 있을 수 있을 것이다. 하지만 지금 이 순간에는 어떤 생각을 선택하느냐가 더 중요하다.

이와 똑같은 원리가 오늘 아침, 또는 바로 5분전에 우리 마음속에 떠올랐던 생각에도 적용될 수가 있다. 직장에 가려고 문을 나서는 동안 머릿속에 일어났던 갈등은 더 이상 실제적인 것이 아니다. 단지 우리의 마음속에 떠오른 생각에 불과하다.

이것은 오늘 저녁이나 다음주, 혹은 앞으로 10년 후에 다가올 미래에 대한 생각에도 적용될 수 있다. 마음속 깊이 자리잡고 있는 부정적인 생각들을 무시하거나 떨쳐버리면 그 자리에는 곧 평화로운 감정들이 밀려든다. 그리고 평온한 마음 상태에서 자라난 지혜와 상식이 우리가 무엇을 해야 하는지 말해 줄 것이다.

이 방법은 다소 연습이 필요하긴 하지만 노력할 만한 가치가 충분히 있다.

(4) 정신적 스트레스는 바쁘게 일하며 푼다

피로하기 때문에 생기는 육체적 스트레스는 휴식이 가장 좋은 해소법이다. 온천욕이나 여행을 통해 시간을 보내며 좋아하는 음식을 실컷 먹고 무사태평하게 보내면 확실한 효과를 볼 수 있다. 그러나 정신적 스트레스는 한가한 시간이 오히려 스트레스를 더 쌓이게 한다. 이럴 때는 휴식 보다는 적극적으로 일하고 움직이는 것이 효과적이다.

(5) 원만한 대인관계를 많이 형성하자

바람직한 대인 관계를 많이 형성하는 것이다. 마음이 통하는 사람이 있으면 마음이 즐거워지고, 이런 마음상태는 자율신경계, 면역계 등을 자극, 신체의 질병에 대한 저항력을 키워준다. 따라서 동료와의 즐거운 관계, 가족과의 원만한 관계는 스트레스 해소에 가장 중요하다. 실제로 강박증 환자의 경우 갈등 스트레스가 줄어들면 강박사고나 강박행동이 현저히 감소되는 것을 관찰할 수 있다.

(6) 대상을 정해 창조적 에너지를 쏟아라

창조성이 요구되는 작업에 종사하는 일은 스트레스를 예방하거나 치료하는 데 더없이 좋은 방법이다. 이렇게 볼 때 하루 종일 똑같은 일을 반복해야 하는 주부나 직장인들이 스트레스에 시달리는 것은 당연하다.

매일 하는 가사일이라도 창조적으로 할 수 있다면 어떤 종류의 작업이라도 스트레스 해소에 도움이 된다. 수를 놓는다거나 바구

니를 짠다거나 인형을 만드는 일에서부터 등산, 골프, 수영, 독서 등 무엇이든지 좋다.

또한 헤비메탈을 들어야 하는지 아니면 쿨재즈인지, 어쿠스틱인지 아니면 락엔롤인지 가요인지 뽕짝인지 그것도 아니면 뮤지컬인지 어느 것이라도 좋다. 어떤 종류를 통해 자신의 화가 해소되는지 구체적인 방법을 찾아내 보자.

이처럼 오락을 포함한 모든 창조적인 활동을 치료 목적으로 사용하는 요법을 정신요법에서는 '작업요법'이라고 한다. 작업요법은 누구나 할 수 있는 것이므로 자신이 하고 싶은 일을 골라 꾸준히 하면 마음속에 있는 응어리나 울화를 풀 수 있다.

(7) 거절할 줄도 알아야 한다

너무 마음이 약해서 다른 사람들이 부탁하는 것을 거절할 줄 모르게 되면 과다한 업무에 시달리게 된다. 자신이 하기 힘든 것들은 미리 안 된다고 거절할 줄 아는 결단력과 배짱이 필요하다.

(8) 체념할 줄 알아야 한다

바꿔지지 않는 것들은 빨리 체념할 줄 알아야 한다. 다른 사람의 성격이나 마음을 바꾸는 것은 쉽지 않다. 그냥 그러려니 해야 마음이 편하지 그 사람의 태도를 바꾸려고 안달하게 되면 스트레스를 더 받는다. 자기 맘에 딱 맞는 환경은 없다. 살아 있는 존재는 누구나 불편한 환경에 적응 해야만 한다. 바꾸기 힘든 어려운 환경은 빨리 체념하고 적응하려는 노력이 필요하다.

자신이 바라던 목표를 이루지 못하게 되었을 때 좌절감이 드는데 이루지 못한 것을 빨리 포기하고 다른 목표를 세운다. 좌절감에만 휩싸여 있으면 더 의욕이 없어지고 우울해지기 쉽다.

(9) 겸허히 받아들일 줄 알아야 한다

개인 노력만으로 모든 문제를 해결할 수 없다는 점을 겸허히 받아들여야 한다. 자신의 한계를 인정하고 어려움에 봉착했을 때는 서슴없이 적절한 상대에게 그 고충을 털어놓고 도움을 청하는 용기가 필요하다. 때론 정신과의사와의 면담 치료나 일시적으로 적절한 약물을 쓰는 것도 심각한 스트레스를 해결하는 방법이기도 하다.

(10) 주눅들기보다 때로는 뻔뻔해져라

많은 사람들이 자신을 보잘 것 없는 존재로 여기는 경향이 있는데, 강박증 환자는 더 그렇다. 그러나 다른 사람에게 인정을 받는 것보다 스스로 자신을 높이 평가하고 거드름 핀다는 말을 듣는 편이 스트레스 해소에는 훨씬 좋다. 다른 사람이 생각하는 만큼 자신이 성공하지도 못했고 인정도 못 받고 있다고 생각하기 시작하면 걷잡을 수 없는 강박사고와 우울증에 빠져들 수 있다. 대체적으로 강박증 환자는 열등감으로 인해 자신감이 없고 주눅들기 쉬운데, 이를 이겨내기 위해서는 때론 뻔뻔하게 거드름을 피우는 것도 좋은 방법이다.

(11) 근육이완법 등 심신 긴장을 푸는 방법을 배우자

스트레스를 받으면 정신적 긴장과 함께 몸에 있는 근육이 긴장된다. 근육의 긴장을 풀어 주면 정신적인 긴장도 같이 풀어진다. 만성적으로 긴장을 하는 사람들은 그냥 긴장을 풀라고 하면 잘 할수가 없다. 항상 긴장만 해왔기 때문에 긴장을 푼다는 것이 아주어려운 일이 되기도 한다. 오히려 처음에는 근육을 긴장을 시켰다가 다음에는 이완시키는 식으로 이완을 유도하는 것이 좋은 방법이다. 병뚜껑이 잘 열리지 않을 때 오히려 병뚜껑을 닫았다가 여는 방법과 같은 원리이다.

이 밖에도 심호흡, 명상, 스트레칭, 규칙적인 기도, 독서, 영화감상 등 당신의 신체와 마음을 이완시킬 수 있는 방법을 시행해 보

자. 영화는 성룡 류의 강한 액션이 스트레스를 날리는 데 도움이 되고 책은 여행에 관한 것이 좋다. 즉 대리체험으로 즐거움을 얻어 긴장을 풀 수 있는 것이다.

2. 강박증 극복하기

(1) 꼬인 생각 펴보기

생각과 기분은 서로 연결되어 있다. 생각은 머리를 써서 궁리함 즉 사고(思考)를 말하고 기분은 대상·환경 따위에 따라 마음에 절로 생기며 한동안 지속되는 유쾌함이나 불쾌함 따위의 감정(感情)을 말한다.

우리가 어떤 기분을 느낄 때 거기에는 그런 기분을 느끼게 만드는 생각이 반드시 존재한다. 그러므로 생각은 기분을 파악하는 데 길잡이 역할을 해 준다고 할 수 있다. 간혹 너무 격한 감정으로 스트레스를 받을 때, 그 상황 전후에 일어난 생각을 잘 되짚어 보면 도움이 될 수 있다. 그러기 위해서는 우선 생각과 기분을 구별하는 연습이 필요하다.

뚜렷한 기분을 일으키는 생각, 즉 기분을 일으키는 직접적인 원인이 된 기분에 가장 밀접한 생각을 '생생한 생각' 이라고 부른다. 생생한 생각 중에서 좋지 않은 기분을 이끄는 생각을 '꼬인 생각' 이라고 이해하면 된다. 바로 이러한 생각이 결정적으로 기분을 만들어 내는 역할을 하므로 기분을 바꾸기 위해서는 이러한 생생한 생각을 파악하거나 검토하거나 혹은 변화시켜야 한다.

1) 생생한 생각 파악하기

생생한 생각을 파악하기 위해서는 우선 자신이 느낀 감정을 먼저 파악해야 한다. 예를들면 초조함, 짜증스러움, 불안함, 화남, 수치스러움, 두려움의 부정적인 감정이나 사랑스러움, 행복함, 유쾌함 등의 긍정적인 감정이 그것이다. 자신이 느낀 감정은 복합적일 수도 있다. 그럴 때는 분함 50%, 짜증 30%, 초조함 20% 라고 표현할 수 있을 것이다. 물론 감정을 이렇게 숫자로 나누어 표시하는 것이 정확할 수 는 없지만, 자신의 감정에 대해 여러 가지 가능성을 두고 검토하는 것은 큰 의미가 있다.

감정을 파악 한 후에는 각 기분의 원인이 되는 생각들을 떠오르는 대로 적어본다. 그리고 그러한 생각 때문에 일어난 감정의 요소들을 정리해 본다. 예를 들면,

예) 그것은 내가 실력 없다는 것을 뜻한다. → 짜증 40%, 수치스러움 20%, 화남 20%, 자신 없음 10%, 불안함 10%

각각의 감정을 기술하는 데 있어서 정확성에 너무 신경을 쓸 필요는 없다. 자신의 감정에 여러 가지 꼬리표를 붙여보고, 그 생각이 지나치게 모든 생각들을 지배하고 있는 것은 아닌지, 한 쪽에 치우쳐진 태도를 가지고 있지는 않은지, 중립성을 잃은 태도를 가지고 있지는 않은지를 점검해 보기 바란다.

2) 부정적인 생각 바꾸기

우리는 순간순간 스스로 생각하고 있는 것을 전부 느끼지는 못하지만 끊임없이 생각을 하고 있다. 점심에 무엇을 먹을지, 주말에 무엇을 할지 상상하기도 하고, 앞으로 있을 과다한 업무 처리에 대해 걱정을 하기도 한다. 이러한 모든 것을 '자동적 사고'라고 할 수 있다.

자동적 사고는 말로 표현할 수 있는 것도 있고(예: 내가 싫다고 말하면 친구들이 나를 미워할 것이다), 이미지나 마음의 상상일 수도 있으며(예: 내가 사람들로부터 손가락질 받는 모습이 눈에 선하다) 혹은 과거의 기억(예: 어렸을 때 짝과 사이가 나빠져 마음 고생이 심했던 시절이 기억났다)일 수도 있다.

이러한 자동적 사고 중에는 부정적인 것들이 많다. 부정적인 자동적 사고 때문에 스트레스를 받는 경우 또한 많다. 청소년의 경우, 친구의 담배를 거절할 때 처음에 떠오르는 자동적인 생각이 "너 겁쟁이구나", "넌 아직 애구나" 등 부정적인 것이 많다.

뭔가 확실하지 않으면 가장 최악의 결과를 먼저 생각하게 되는 경향으로 흐르게 된다. 이 때 생각을 바꿔서 "넌 강한 사람이다. 네 뜻을 굽히지 않는구나."라고 긍정적으로 생각을 하면 그 상황이 그다지 위협적이게 느껴지지는 않을 것이다.

그러므로 평소에 스트레스를 쉽게 받는 성격이라면 자동적 사고를 점검해 보는 것이 좋다. 자동적 사고를 파악하려면 어떤 대상이나 상황에서 격한 감정을 가지거나 마음이 흔들릴 만한 반응이나 행동을 보일 때, 마음속을 스쳐가는 생각에 주의를 집중해 보면 된다.

다음은 자동적 사고를 파악하는데 도움이 되는 질문들이다.

① 지금 기분처럼 느껴지기 직전에 머리 속에는 어떤 생각이 떠올랐나?

② 이 기분은 나의 심리 상태 중 어떤 면이 반영된 것인가?

③ 이것이 내 자신이나 삶, 미래에 대해 이야기하는 것은 무엇인가?

④ 이 느낌이 사실일 때 일어날 수 있는 최악의 사태로 머리에 떠오르는 것은 무엇인가?

⑤ 이 느낌의 같은 맥락에서 나는 다른 사람이 나에 대해 어떻게 느끼고 있다고 생각하고 있나?

물론 처음에는 이러한 생각들을 찾아내는 것이 쉽지 않을 것이다.

그러나 반복적인 연습을 통하여 자동적 사고를 찾아낸 다음에 그것이 불필요하게 자신을 옭아매고 있는 것은 아닌지 검토해 보기 바란다. 부정적인 자동적 사고를 중립적이고 합리적인 문제 해결 방식으로 바꾸려는 노력을 계속 하다보면 스트레스가 상당히 더 줄어들어 강박증의 고통에서 완전히 벗어날 수 있을뿐 아니라 세상을 살아가는 마음가짐 자체도 훨씬 밝아질 것이다.

(2) 강박사고에 대한 감정반응을 바꾸는 방법

강박사고에 대한 감정반응을 바꾸는 방법에는 강박사고를 기록하거나, 노래 부르거나, 장면을 바꾸는 3가지 종류가 있다.

1) 강박사고를 종이에 적어둔다

강박사고를 하게 될 때마다, 정확하게 자신의 생각과 이미지나 충동을 종이에 받아 적으며 있는 그대로를 기술해보라. 만약 강박사고가 계속되면 이미 적었던 것이라도 다시 받아 적어둬라.

매번 적는 과정을 반복하다 보면 이 생각이 얼마나 반복적이고 무의미한 것인지를 어렴풋이나마 알 수 있게 된다. 또한 강박사고를 받아 적는 것이 얼마나 귀찮고 쓸데없는 짓인가 하는 생각이 들 것이다.

얼마 안 가서, 아마 강박사고를 말 그대로 적는 것을 늘 하는 일로 하게 된다. 이는 강박사고를 없애려 하기보다는 강박사고를 하기 위하여 더 많은 일을 하게 하는 방법이다. 받아 적는 것은 강박사고를 그대로 떠오르도록 내버려두는 것보다 더욱 힘든 일이다. 따라서 결국에는 이러한 노력이 강박사고에 몰두하는 것을 감소시킬 것이다.

2) 강박사고를 노래 불러라

강박사고를 요약할 수 있는 짧은 문구로 만들어 노래로 부르는 것이다. 잠시 동안 그 의미를 무시해라. 그리고 그 문구를 계속 반복하면서 여기에 간단한 멜로디도 넣어봐라. 기분 나쁜 사람이 노래를 홍얼거리는 법은 없다. 언뜻 보기에 이런 방법이 우습게 보일지도 모르지만, 이렇게 하다 보면 강박사고로 인해 깊은 우울감에 빠져드는 것을 효과적으로 막을 수 있다.

자신의 강박사고들을 노래하는 과정에서 고통은 덜하게 된다. 몇 분간 노래를 계속 부르다가 그 생각으로 인해 우울해졌던 감정이 무던해지고 강박사고들에 정서적으로 덜 집착하게 되면 노래도 그만해라. 그리고 바로 생각의 집중을 다른 데로 옮겨라.

3) 장면 바꾸기

강박사고가 고통을 야기하는 이미지를 포함하고 있다면, 이런 감정에 빠져들기 전에 의식적으로 새로운 심상(心象:이전에 경험한 것이 마음속에서 시각적으로 나타나는 상)으로 변경하거나 대치하는 것이 도움이 될 것이다.

예를 들어, 상사가 당신에게 고함치는 것을 상상한다면 당신과 상사가 즐거운 대화를 나누는 장면으로 바꾸어 보라. 만약 암으로 죽는 것을 상상한다면 자신이 101살 되어서 웃으며 현관에서 요람을 타고 가족들에게 둘러싸인 모습을 생각해라. 만약 아이를 때리는 상상을 했다면 천천히 사랑스럽게 그 아이 머리를 쓰다듬는 자신을 그려 보라.

며칠간 이러한 노력을 반복하면 그러한 생각이 떠올라도 처음처럼 불안하지도 그다지 신경이 쓰이지도 않게 될 것이다.

(3) 강박장애 극복을 위한 4가지 도전

증상을 제거하기 위해서 반드시 알아야 할 4가지 사항이 있다. 이것은 자신을 향한 도전이자 굳은 결단을 요하는 것이다.

1) 문제에 적극적으로 대처하기

무엇보다 자신의 문제를 정복하겠다는 단호한 결심이 서야 한다.

지금이 강박증상을 정복할 절호의 시기라고 생각하고 문제에 적극적으로 대처해야 하며, 강박증상을 극복할 수 있다는 것을 분명히 믿어야 한다. 이것은 '가능한' 일이다.

지금까지와는 전혀 다른 방식으로 강박사고나 강박행동에 대처함으로써 지금보다 훨씬 편안하고 안정감 있는 생활을 누릴 수 있게 될 것을 믿어야 한다.

대부분의 강박장애 환자들이 자신이 갖고 있는 증상과 더불어 수년간 계속 지내오면서 매우 무기력해지고 자포자기의 상태로 증상을 방치하고 이리저리 휩쓸리고 있는 것을 보게 된다. 문제를 극복하기 위해 우선적으로 마음속 깊이 새겨야 할 내용은 바로 이것이다.

내 스스로 "이 문제를 해결할 수 있다!"

2) 비현실적인 불안 인식하기

'나의 걱정은 합리적이지 못한 것이다'라는 사실을 분명하게 인식해야 한다.

그러나 강박사고에 사로잡힌 사람들은 이로부터 매우 실제적인 위협을 알게 되고 어떻게 이를 무마시키거나 피해야 하는지에 골몰하게 된다. 대부분 현실적이지 않고 다분히 과장되어 있는 걱정에 몰두하는 것이다.

실제로 강박증상이 진행되고 있는 동안에 공포와 불안감에 시달리고 있을 때는 이를 어떻게 모면할 것인가에 대해서 온 정신을 쏟기 때문에 합리적으로 상황을 판단하고 행동한다는 것이 결코 쉬운 일은 아닐 것이다.

그러나 치료를 통해서 강박사고를 보다 현실적이고 합리적인 방식으로 재조명할 수 있게 된다면 불안을 잠재우고 보다 합리적이고 이성적인 새로운 대처방식을 습득하게 될 것이다.

3) 실험정신으로 무장하기

어떤 형식을 갖추고 있는 강박행동이 불안감을 감소시키는 유일한 방법이 결코 아님을 분명히 인식해야 한다.

대부분의 강박장애 환자들은 자신이 어떤 행동을 하지 않으면 고통이 영원히 지속되고 끔직한 일이 일어날 것이라고 생각한다. 빠른 시간내에 안도감을 되찾기 위해 강박행동에 반복적으로 빠져드는 것은 너무나 당연한 일인지도 모른다.

그러나 만일 고통을 주는 강박행동 외에 보다 효과적인 다른 대처 방법이 있다면 이를 적극적으로 모색하고 강력하게 도전을 해야 할 것이다.

4) 있는 그대로 수용하기

강박사고에 저항하지 말고 이를 있는 그대로 받아들여야 한다.

이것은 가장 어려운 부분인 것 같다. 증상이 지속되게 만드는 근원은 강박사고에서 비롯되는 불안감에 있다고 해도 과언이 아니다. 그럼에도 불구하고 이를 저항없이 마음속에 담고 있으라는 요구는 말처럼 쉽지 않다.

앞에서는 강박사고가 비합리적임을 분명히 인식해야 한다고 하고서는 왜 이제와서는 저항하지 말고 그대로 받아들이라는 것일까?

생각을 떨쳐버리려 할수록 문제는 더욱 악화된다. 반면에 강박사고에 저항하지 않고 이를 그대로 받아들이는 것은 생각의 횟수를 감소시키는 첫걸음이 된다. 이것은 마치 활활 타고 있는 불에 연료 공급을 중단하는 것과 마찬가지다.

강박사고를 두려워하고 이에 맞서 싸우려고 할수록 강박사고는 더욱 강력한 적수가 된다.

(4) 가족이 강박장애 극복하기

여러분의 가족 중 누군가가 강박장애로 진단을 받게 된다면 자연히 어떻게 해야 도울 수 있을까, 과연 내가 해줄 수 있는 것이 무엇인가 의문을 갖게 될 것이다. 효과적인 방법 없이 열정만 가지고 문제에 덤벼들면 그 열정만큼 문제를 망쳐놓기 십상이다.

실제로 강박장애에서 벗어나기 위한 첫번 째 단계는 이것을 있는 그대로의 현실로 받아들이고 이해하려는 노력일 것이다. 강박장애 환자들이 치료기관을 찾기까지 걸리는 시간이 평균 5~10년이라고 한다. 이것은 이들이 그 기간에 엄청난 시행착오를 겪게 된다는 것을 의미한다. 적절한 치료 방법을 찾아 효과적으로 대처하기까지는 그 만큼 많은 시간이 걸리고 단계적인 노력이 필요하다는 것이다.

강박증 환자들은 일상생활에 조그마한 변화가 와도 극심하게 스트레스를 받는다. 그러므로 가족들은 환자에게 조급하게 회복을 강요하기보다는 긍정적이며 응원하는 태도를 보이며 기다려야 한다. 환자의 상태는 아직 멀었는데 기대치를 높이 갖고 환자를 바라본다면 환자는 스트레스를 받으며 심한 부담감을 갖게 된다.

또 강박증은 대부분 좋아졌다 나빠졌다 하는데, 증상이 약간 나빠졌다고 치료에 실패한 것은 아니다. 괜한 실패감은 스트레스로 작용하여 증상을 악화시키고 자신이 증상을 조절할 수 없다는 자책감을 갖게 만든다.

따라서 환자의 증상이 조금씩 좋아질 때 무엇보다 중요한 것은 하루하루의 변화에 민감하게 반응하지 말고 장기적인 마인드를 가져야 한다는 것이다.

가족들이 강박장애 환자에게 효과적인 도움을 주기 위해서는 먼저 강박 증상으로 인한 고통이 어떤 것인지에 대한 교육과 공감적인 자세가 필요하다. 이를테면 강박장애 환자를 돕기 위해서는 강박장애가 이떠한 것인지를 배우고, 강박장애가 정말로 개인에게 견디기 어려운 고통을 안겨주고 있다는 사실을 인정할 수 있어야 한다.

또한 강박증 환자가 편하게 생활할 수 있도록 그 분위기를 만들어 주려는 노력이 필요하다. 환자가 샤워를 평소보다 5분 빨리 끝냈으면 그것을 칭찬해 주고, 이런 씻기행동의 작은 호전에도 가족들이 알아준다는 표현을 하는 것이 좋다. 사소한 격려가 환자에게 큰 힘이 되는 것이다.

다시말해 강박증은 가족들의 따뜻한 이해와 배려가 없이는 치료가 이루어지기 어렵다는 점이다. 환자를 비난하거나 윽박지르기보다는 환자 스스로 극복할 수 있도록 격려하고 포용할 수 있는 마음가짐이 절대적으로 필요하다는 것을 명심해야 한다.

제21장 강박을 이기는 養生의 도

　양신(養神)이란 神을 기른다는 뜻이니 정신기능의 건전한 조화로 그 영민함을 유지케 하는 방법으로서, 소위 동양의학에서의 정신위생, 즉 정신양생(精神養生)이라고 할 수 있다.

　동양의학에서는 정신작용을 단순한 뇌세포의 기능으로만 보지 않고, 인간생명의 근원인 精, 氣, 神, 세 가지의 相養과 협동으로서 생명력이 생기고 생명현상이 이루어지게 된다. 오묘한 정신기능도 이와 같은 생명현상의 하나로서 나타나게 되는 것으로 보기 때문에, 神形一體이며 양신은 곧 양형(養形)이고, 양형이 곧 양신이 되는 것이다.

　≪오진편(悟眞篇)≫주(註)에 따르면 "人間의 一身은 천지의 수기(秀氣)를 품수(稟受)하여 음양의 틀에 의탁하여 형성됨으로, 人身은 精, 氣, 神이 主가 되는 것이다. 神은 기에서 생하며, 기는 精에서 생하므로 精, 氣, 神 세 가지는 항상 수련하여야 한다"고 하였다.

　소강절(邵康節)은 "神은 心에 통할(統轄)되며, 氣는 腎에 통할되고 形은 首에 통할되는 것인데, 形氣가 相交하며 神이 그 中에서 주관하고 있는 것을 三才之道"라고 설명하였다.

　이것은 즉 생명력(생명현상)의 근원은 精, 氣, 神 三者이지만, 이를 통어(統馭)하는 주체는 神이니 개체의 생명력의 주체는 의식, 무의식 속에 이루어지는 정신작용임을 가리킨 말이기도 하다.

　따라서 동양의학에서의 양생(養生), 즉 생명을 바르게 기르는 길은 인격의 수양과 더불어 자연에 순응하는 길임을 강조하고 있다. 이와 같은 사상은 동양의학의 근간을 이루는 자연철학사상과 도교의 영향에 비롯된 것이라고 생각된다.

특히 도교의 초세속적인 신선사상은 불로장수나 초능력을 추구하는 경향으로 흘러 갖가지 수련법과 처방을 창안해 내기도 하였다. 그러나 이런 것들은 일부 비현실적이며 일반적인 것이 못되기도 하지만, 그 근본사상은 소우주인 인간은 자연의 섭리에 순응하여 과욕(過慾), 과로(過勞)함이 없고 나태(懶怠), 안일(安逸), 방자(放恣)함이 없는 中庸之道를 지켜야함을 가르치고 있다.

고대 문헌에서 신지(神志) 즉 감정을 조섭(調攝)하는 養生의 道(생명을 기르는 길)를 살펴보면 그 논술이 정밀하고 완벽하며 사료도 매우 풍부하다. 이제 옛 성현들이 養生의 道로 가르친 교훈을 거울삼아 감정의 자기조절능력을 강화해 나가면 강박증이나 공황장애는 물론 여타 정신질환도 충분히 극복하고 이겨낼 수 있을 것이다.

1. 마음을 깨끗이하고 욕심을 버려라(淸心寡慾)

역대 양생가들은 청심과욕(淸心寡慾)을 매우 중시하였다 이것은 정신을 조섭하고 불로장수하는 데 중요한 조건이 된다. 춘추시대의 老子는 특별히 양생에는 마음을 맑게 하고 욕심을 적게 하며 즐기고 하고 싶은 것을 절제해야 한다고 강조하였다. 그는 《도덕경》에서 "죄는 욕심보다 큰 것이 없고 …… 허물은 얻고자 하는 것보다 큰 것이 없다"며 "검소한 것을 보고 소박한 꿈만 품으며 사사로운 것을 줄이고 욕심을 적게 해야 한다"고 주장하였다.

진(晉)나라 갈홍(葛洪)은 "정신을 조섭함에 순박한 것을 간직하고 소박한 것을 지키며 욕심이나 근심도 없이 하여 眞氣를 온전하게 하고 욕심을 비워서 평안한 곳에 거처하며 담백한 것만 먹어야 한다"고 강조하였다. 또 "마음을 편안하고 맑게 하여 즐기는 것과 욕심을 씻어 버리고 늘 반성하며 강시(僵屍:쓰러져 있는 시체)처럼 마음 쓰는 것이 없이 거처해야 한다"고 말하였다.

손사막(孫思邈)은 ≪천금익방(千金翼方)≫에서 "양생의 요점은 귀로 망령된 말을 듣지 말고 입으로는 망령된 말을 하지 말며 몸으로는 망령된 행동을 하지 말고 마음으로는 망령된 생각을 갖지 말지니 이것이 모두 양생이 필요한 사람에게 유익한 것이다"라고 기재하였다.

이동원(李東垣)도 ≪비위론(脾胃論)≫에서 "생각을 적게 하고 욕심을 줄이며 …… 슬픈 일을 만나도 곧 가벼이 마음을 가지면 혈기가 자연 조화로워져 나쁜 기가 침입하는 것을 허용하지 않는다"고 설명하였다. 허성초(許惺初) 역시 ≪존생요지(尊生要旨)≫에서 "호자(胡子)가 이르기를 하늘에는 삼보(三寶)인 日·月·星이 있고 사람에게는 三寶인 精·氣·神이 있다. 양생을 잘 하는 자는 너무 급하게 하지 않으며 모름지기 三寶를 온전히 하기 위하여 지나친 기호를 버리고 욕심을 적게 하고, 정을 온전히 보전하기 위해서는 언어를 적게 하고, 氣를 온전히 보전하기 위해서는 사려를 적게 해야 한다"고 소개하였다.

이상은 청심과욕하여 잡념을 갖지 말아야만 기혈이 조화롭고 정신이 온전히 보존되고 나쁜 기 즉 사기(邪氣)가 침입할 수 없어 건강 장수 할 수 있음을 설명한 것이다. 마음을 맑게 하고 욕심을 멀리하려면 마땅히 아래의 몇 가지 사항을 지켜야 한다.

(1) 재물과 사욕을 절제하라

≪만수단서(萬壽丹書)≫에서 廣惠子가 이르길 "좋은 말은 아직 다 못한 것처럼 하고 돈과 재물은 먼저 따지지 않으려 해야 한다", "재물은 진실로 사람에게 필요한 것이지만 경중을 비교해 본다면 재물이 목숨보다는 가벼운 것이다. 어째서 그러한가? 사람이 이미 병들어서 계란을 쌓아 놓은 것처럼 위험하더라도 재물을 잘 이용하면 살 수 있으나, 돈을 따지기를 앞세운다면 죽을 것이니 어찌 모든 병을 동일선상에다 놓고 볼 것인가. 반드시 마음을 안정하고 욕심을 적

게 하며 정신을 가다듬고 근심을 안정시키며 물긴으로 心君을 동요시키지 말 것이니, 화가 꺼지고 몸이 편안해지면 병이 혹 나을 수 있는 것이다"라고 설명하였다.

이는 재물과 돈을 따지지 말고 마음을 안정시키며 욕심을 적게 하여 양생에 유리하게 하면 병이 물러 날 것이나, 이와 반대로 행하면 수명을 덜 것이라는 점을 시사한 것이다.

(2) 명예와 이익과 욕망을 절제하라

≪만수단서≫를 보면, "老子가 명예와 자신의 몸 중에서 누가 더 친한가. 나는 알리로다. 나는 마땅히 분명하고 밝게 뿌리는 깊고 꼭지는 단단하게 하여 그 몸을 잘 보존할 일이지 헛된 명예만 취하지 않는다"라고 나와 있다. ≪千金方≫에서 "팽조가 입과 눈은 마음을 어지럽히니, 성인은 이 때문에 (입과 눈을) 닫아 버린다. 名과 利는 몸을 망치니 성인은 이 때문에 (명리를) 버린다"고 하였다.

이 모두는 욕심을 멀리하여 명리에 대한 욕망을 절제해야 함을 설명한 것이다.

(3) 색욕을 절제하라

역시 ≪만수단서≫를 들여다보자. "무릇 四慾 가운데서 오직 色이 너무 심하니 비록 성현이라도 이를 없앨 수는 없다. 그러므로 孔子는 '나는 덕을 좋아하기를 색을 좋아하는 것 같이 하는 자를 아직 보지 못하였다'고 하였다. 孟子도 養心하는 것은 욕심을 적게 하는 것보다 좋은 것이 없다고 강조하였다. 혈기가 아직 안정되지 않았을 때는 色을 경계해야 한다. 이를 보건대 色 또한 사람이 절제하기 어려운 것이다. 이제 眞을 수양하는 선비는 모름지기 욕을 줄이고 精을 보전하는 것이 급선무임을 알아야 한다. 眞을 닦더라도 精을 잘 보전하지 못하여 精이 허해지면 기가 마르며, 기가 말라 버리면 神이 시드는데, 나무에 비유한다면 뿌리가 마르면 가지가 마르고 잎이 떨어지는 것과 같다"고 설명하였다.

≪수세보원·보생잡법≫에 "허약자나 고령자는 혈기가 이미 약해져 있는데 陽事(성욕)가 문득 성하였다면 반드시 조심하여 억제하여야 한다. 마음먹은 대로 행해서는 안되니 한 차례에 정액이 빠져나가고 또 한 차례에는 생명의 불이 꺼지며 그 다음 차례에는 진액이 다 마를 것이다. 만약 절제하지 못하고 마음대로 하면 생명의 불이 장차 꺼져 더욱 그 남은 진액을 없앨 것이다"라고 실려 있다. 이것은 모두 욕정을 절제하여 정을 보전하는 것이 양생의 급선무이며, 만약 한 번이라도 욕심대로 행하면 精氣가 모두 쇠갈되어 생명의 근본을 손상한다는 것을 지적한 것이다. 이처럼 욕정을 절제하는 방법을 옛 사람들은 하나의 양생 방법으로 제시하였다.

嗜欲(좋아하고 즐기려는 욕심)을 절제할 수 있는 방법을 더 구체적으로 알아보자.

a. 理智를 밝혀야 한다

≪양심록집요(養心錄集要)≫를 보면 "理智가 이미 밝혀지면 기호와 욕심이 스스로 적어지며 기호와 욕심이 적어지면 이지도 분명해진다"고 나와 있다. 이는 理智(이성과 지혜를 아울러 이르는 말. 또는 본능이나 감정에 지배되지 않고 지식과 윤리에 따라 사물을 분별하고 깨닫는 능력)를 분명히 하는 것과 기호나 욕심을 절제하는 것이 상호 인과관계에 있음을 보여주는 것이다.

b. 일깨우는 마음을 두어 경계하여야 한다

≪양심록집요≫에서 "항상 일깨우는 마음을 두면 마음의 욕심이 자연적으로 적어진다", "경계하고 두려워함은 마음이 고요한 가운데서 하고, 홀로 삼가는 것은 욕심이 막 움직이려 할 때 그 기미를 없애는 것이다", "고요한 가운데서 경계하고 두려워하는 법을 써서 욕심을 극복하면 불만과 욕심이 생기지 않고, 일을 당하여 억제하는 법으

로 나를 극복하면 원망과 욕심을 가질 수 없는 것이니 仁이 밀다고 하겠는가"라고 표현하였다.

이는 항상 공경심과 경계하고 두려운 마음을 마음에 두면 기욕(嗜欲)이 절제될 것이라는 점을 설명한 것이다.

c. 결심이 있어야 한다

≪양심록집요≫에서 "마음의 단련을 마치 부드럽게 장수를 다루듯이 하며, 욕심을 절제하는 것을 적을 제압하듯이 해야 한다"고 말하였다. 이는 마음을 깨끗하게 하고 욕심을 절제하는 것을 마치 적을 제압하여 이기는 것처럼 굳건히 해야 함을 설명한 것이다. 결국 굳은 결심을 가져야 한다는 뜻이다.

d. 일찍 느끼고 속히 떨쳐버려야 한다

좋지 않은 기욕(嗜欲)은 일찍 자각하고 살펴서 신속하게 무시하거나 떨쳐버려야만 큰 해가 되지 않는다. ≪만수단서≫에서 "조문원공(晁文元公)이 이르길, '…… 나쁜 생각이 일어나는 것을 두려워하지 말고 오직 깨달음이 늦어질까 두려워해야 하니, 깨달음이 빠르면 그침도 빠를 것이다'라고 하였으니, 두 가지가 서로 도울 것이다. 잘못을 알아 고치는 데에는 거백옥과 안자를 스승으로 삼을 만하다고 하였는데, 지금 이를 다시 정리해서 말하면 나쁜 생각이 생기는 것을 두려워 말고 신속히 떨쳐버리는 것을 귀히 여기라. 떨쳐버림을 빨리하면 분함이 없어지고 화가 변하여 복이 된다"고 하였다. 이는 일찍 깨달아 속히 떨쳐버리는 것이 욕심을 절제하는 좋은 방법임을 역설한 것이다.

2. 생각을 줄이고 걱정을 적게하라

근심걱정을 지나치게 하면 神氣를 손상시켜 수명을 덜게 된다. 예컨대 ≪팽조섭생양성론≫에서 "급급하여 바쁘게 하면 정신은 번거롭고, 간절히 생각하면 정신은 허물어진다"라고 표현하였다. ≪千金要方·調氣法≫에서는 "팽조가 이르길 '도는 번거로운데 있지 않으니, 단지 음식이나 소리·색에 마음을 두지 않고, 승부·시비·득실·영욕에 마음을 두지 않아야 한다. 마음에는 번거로움이 없고 몸에는 極함이 없도록 하면……또한 장수할 것이다"고 하였는데, 이는 생각과 걱정을 적게 해야만 장수할 수 있음을 설명한 것이다.

≪만수단서≫에서 "생각이 많으면 神이 상한다", "무릇 마음이란 것은 神이 거처하는 집이니 마음이 편안하면 神이 편안하고 心이 동하면 神이 피로하다. 잡념을 버리고 조용히 침범하지 못하게 하면 神은 저절로 편안해진다. 정신이 편안하면 몸이 편안하고, 몸이 편안하면 생명이 길 것이니 이는 곧 몸을 닦는 大要이다"라고 하였다. 생각이 많고 마음이 동하면 神을 손상시키며, 생각을 적게 하고 마음을 안정시키면 정신이 편안해진다. 따라서 사려도 양생에 중요한 역할을 한다.

3. 養神을 중시하여야 한다

형체를 잘 조섭하고 양생해야 한다고 하였지만 더 중요한 것은 정신을 조섭하고 양생하는 일이다. 옛 사람들은 神이 많으면 오래 살고 情이 많으면 일찍 쇠약해지며, 神의 조섭은 양생을 잘하는 데 있고 情의 조섭은 잘 절제하는 데 있다고 인식하였다. 養神하는 방법은 다음과 같은 몇 가지가 있다.

(1) 마음을 비우고 고요하게 하여 神을 기른다

≪도덕경≫에서 노자는 "마음을 비우는 데 이르게 하고, 고요함을 지켜 돈독히 한다", "맑고 고요함이 천하를 바르게 하는 것이다"라고 말하였다. 이는 마음을 비우고 고요하게 하여 부드러움을 간직하는 것이 장수할 수 있는 방법임을 의미하고 있다. 장자는 한 걸음 더

나아가 "神을 감싸 안아 고요하게 하면 形이 스스로 바르게 되며 반드시 고요하고 맑아서 形을 수고롭게 하지 않고 精을 흔들지 말아야 장수할 수 있다"고 하였다. 이는 허정(虛靜)·養神·연년익수(延年益壽)의 원칙을 세운 것이다. 또한 "취포호흡(吹咆呼吸), 토고납신(吐故納新:묵은 것을 토해내고 새것을 들이마신다는 뜻으로 낡고 좋지 않은 것을 버리고 새롭고 좋은 것을 받아들이는 氣功요법의 하나)"의 호흡을 조절하여 行氣하는 법을 제시함으로써 養神을 통해 노화를 물리치고 수명을 더하는 중요 방법으로 삼았다.

노장학파(老壯學派)가 청정(淸靜)을 주장한 것은 비록 소극적인 면도 있지만 정신을 조양(調養)하고 보건연년(保健延年)하는 방법에는 확실히 취할 점이 있다.

≪내경≫에서는 이러한 관점을 받아들여 적극적이고 진취적인 태도로 허정연년의 길을 취하였으며, 形神을 음양(陰陽) 두 방면으로 토론하였다. 예컨대 ≪素問·生氣通天論≫에서 "정신이 맑고 안정되면 기육(肌肉)과 주리(腠理)가 닫히어 사기(邪氣)의 침입을 막으니 비록 大風이나 혹독한 독이라도 해롭게 하지 못한다"고 하였다. 그리고 ≪素問·上古天眞論≫에서 "마음을 안정시켜 욕심이 없도록 하면 眞氣가 이를 따라 이르고 정신이 내부에서 지켜지니 병이 어떻게 들어오겠는가"라고 소개하니, 정신을 맑고 고요하게 하여 神을 잘 양생하면 "형여신구(形與神俱)" 하여 邪氣가 범할 수 없다고 하였다. 精은 陰이고 神은 陽이므로 만약 "精을 잘 쌓아서 神을 온전하게" 하면 곧 "음평양비(陰平陽秘:음과 양은 서로 의존하고 통일되어 있기 때문에 陰氣가 조화로워야 陽氣가 자기의 기능을 원만히 할 수 있다는 말)"가 되며, 무병장수 할 수 있는 것이다. 동시에 ≪내경≫에 여러 차례 독립수신(獨立守神), 즉 神을 안정시키고 호흡을 하여 정공(靜功)을 하는 것이 질병을 예방하고 노쇠를 막는 중요한 방법임을 말하였다.

수나라 이후 많은 양생가들의 이론은 대부분 노장과 ≪내경≫의 사상을 아우르고 덧붙인 것이다. ≪양생론≫에서는 "성질을 닦아 神을 보전하고 마음을 편안히 하여 몸을 온전하게 한다", "호흡을 토(吐)하고 들이마시며 음식을 잘 먹어 양생을 한다"고 하였다. ≪의초유편(醫鈔類編)≫에서는 "心을 양생하는 것은 神을 가다듬는 데 있고 정신을 가다듬으면 氣가 모이고 氣가 모이면 형체가 온전하다. 만약 날로 번거롭고 걱정스러운 일을 하여 神이 제자리를 지키지 못하면 쉽게 쇠약해진다"고 하여 정신을 가다듬고 생각을 거두어 맑고 고요함을 잘 보전하는 좋은 처방을 내놓았다.

≪존생요지(尊生要旨)≫에서 "광성자(廣成子)에 따르면 나쁜 것을 보지도 듣지도 말고 정신을 잘 감싸서 안정시켜 神이 형체를 잘 지킨다면 장수할 수 있다"고 전하였다.

≪만수단서≫ 안양편(安養篇)의 색신절(嗇神節)을 살펴보면, "老子가 이르기를 많은 사람들이 말을 크게 하는데 나는 작게 말하고, 많은 사람이 번거로운 일을 많이 하는데 나는 간략하게 하며, 많은 사람이 성을 잘 내는데 나는 성내지 않는다. 또한 속된 일로서 의지에 누가 되지 않게 하며 어떤 때에 임해서도 속된 거동을 하지 않으며 담담하게 욕심 부리지 않는다. 神氣가 스스로 만족하게 하며 이렇게 하여 죽지 않는 도를 행하여 천하가 나를 알아주지 않아도 좋도록 한다"는 기록이 있다. 이상의 논술은 모두 마음을 비우고 고요히 하여 정신을 기르는 것이 무병장수의 첩경임을 설명한 것이다.

(2) 마음을 안정시켜 神을 기른다

安心하여 養神하는 데는 두 가지 방법이 있다.

그 하나는 태연하게 대처하는 법이다. 인생에는 우환이 없을 수 없다. 理智와 냉정의 덕성을 길러서 모든 일에 침착하게 대처하며 냉정한 사고로써 각종 돌발적인 사건에 대처해야 각종 난제를 정확히 처리힐 수 있다. "이미 이렇게 되었으니 편안히 대처하자"는 말은 사람이면 누구나 잘 아는 양생격언이다. 실로 모든 곤경 또한 마땅히 "旣來之則安之(이미 일이 닥쳤으니 편안한 마음으로 대처한다)"의 태도로 태연히 대처해야 한다.

≪수세청편(壽世靑編)·養心說≫에서 "일이 아직 닥치지 않았는데 미리 근심할 필요가 없으며, 일을 맞았거든 지나친 근심을 하지 말고, 일이 이미 닥쳤거든 머무를 필요 없이 그 스스로 오는 것을 기다려 마땅히 자연스럽게 하고 스스로 물러나기를 맡겨 두어야 한다. 분함도 두려움도 무서움도 좋은 일도 즐거운 일도 걱정스러운 일도 모두 그 正道를 얻는 것이 양생의 법도이다"라고 하였다. 이는 역경을 만났거든 태연히 대처하여 養神해야 함을 지적한 것이다.

두 번째는 "즉시 기분을 전환하라(及時排遣)"이다.

≪천금방≫에서 "범인들은 가히 생각하지 않을 수 없지만 점차적으로 기분을 전환하여 제거해야 한다"라고 나와 있다.

≪우환제의어(友渙齊醫語)≫에서는 "역경을 만나면 마음가짐을 잘하여 제거하고 풀어야 한다"고 하였다. 이는 모두 사람들은 마땅히 일을 당하였을 때 근심과 걱정을 전환하여 그 역경을 개선해야 함을 가리킨다. 이렇게 해야만 安心하여 養神할 수 있다.

옛사람들의 "배유(排遣:기분전환하다)" 방법은 지금에도 본받을 만한 점이 많다. 예컨대 의적(醫籍) 중에 인용한 "새옹(塞翁)의 馬를 잃어버림이 어찌 복인지 아닌지 알겠는가?"라는 고사는 사람들에게 교훈을 주고 있다.

세상만사는 화와 복이 있어서 뜻대로 될 때에도 항상 크게 뜻대로 되지 않는 변화가 숨어 있게 되며 사물에는 늘 양면성을 가지고 있어서 한시라도 마음을 놓을 수가 없음을 알 수 있다.

4. 정지(情志)를 편안히 하고 통창(通暢)하게 하라

정신을 조섭하는 면에 옛사람은 情志를 편안하게 하는 것을 매우 중시하였다. 情志를 편안히 통하게 하면 몸을 건강하게 하여 장수할 수 있으며, 情志가 편치 않으면 수명을 덜게 될 것이다. 情志를 편안히 잘 통하게 하는 방법들로는 여러 가지가 있으나, 그 요점만을 취하면 아래와 같다.

≪양로봉친서·고금가언(養老奉親書·古今嘉言)≫에서는 옛사람들이 情感을 편안히 하였던 방법을 인용하고 있다. 예를 들면 ≪예정문경서당잡지술오사(倪正文經鉏堂雜志述五事)≫에 보면, "정좌가 첫째요, 책을 보는 것이 둘째요, 산수와 꽃·나무를 보는 것이 셋째요, 좋은 벗과 어울려 강론하는 것이 넷째요, 자제를 가르치는 것이 다섯째이다"라고 나와 있다.

≪述齊齋十樂)≫에서는 "도리를 말하고 이치를 깨달으며 학문을 가르치고 글씨를 쓰며 깨끗한 마음으로 고요히 앉으며 유익한 벗과 깨끗한 담론을 하고, 조금 마시어 반쯤 취하고 꽃을 가꾸고 대나무를 심으며 가야금을 뜯고 학과 노닐며 향을 피워 차를 끓이며 성에 올라 산을 내려다보고 우화를 생각하며 바둑을 둔다"고 하여 情志를 편안히 소통시키고 마음을 닦아 性을 기르는 주된 내용을 논술하였다. 책을 읽으며 시를 읊고 느긋하게 산림을 유람하며 감정을 소통케 하여 마음을 기쁘게 하며 흥취를 북돋아 건강과 장수에 이롭게 하는 것이다.

청나라 마대년(馬大年)은 "요화종죽(澆花種竹:꽃과 대나무를 가꾸는 일)"을 감정을 기쁘게 하는 일이라고 하여 한가하게 소일하면서 꽃을 가꾸고 대나무를 심거나 채소를 심고 과수를 심는 것은 모두 情志를 즐겁게 기르는데 유익하다고 하였다.

송대의 진직(陳直)은 "지극한 즐거움은 독서만한 것이 없으며 지극한 성취는 제사를 가르치는 것 만한 것이 없다"고 하여 책을 읽고 감상하는 것이 情志를 양생하는 중요한 방편임을 설명하였다.

원나라 추횡(鄒鉉)은 "그림을 감상하며 옛 친구들과 함께 고상한 이야기를 하고, 인물·산수와 꽃·나무와 새를 논하며 시를 읊고 매란죽석(梅蘭竹石)을 감상하고 …… 단청을 감상하고 …… 그것을 즐긴다면 질병을 치료할 수 있다"고 하였는데, 이는 훌륭한 그림이나 예술품의 감상은 정신을 양생하는 사람에게 매우 유익함을 설명한 것이다.

옛말에 "시는 志意를 말하고 노래는 말을 읊는 것이다"고 일렀다. 시가와 음악은 모두 사람의 情志를 기쁘게 다스림을 가리킨다.

≪전한서(前漢書)≫에 보면, "위엄있는 거동은 족히 눈을 놀라게 하고, 음성은 귀를 감동시키기에 족하며, 시어는 마음을 감동시키기에 족하다. 때문에 그 음을 듣고 덕이 고르게 되고, 그 시를 음미하여 뜻이 바르게 되며, 그 실용방법을 논하면 법이 바로 선다"고 하였다. 이는 시가와 음악이 인류 생활에 중요한 작용을 한다는 것을 지적한 것이다.

이 밖에도 고인들은 음악에는 우울한 정신질환을 치료하는 작용이 있음을 구체적으로 지적하였다.

구양공(歐陽公)의 ≪영락대전(永樂大典)≫ 중에서 "내가 일찍이 근심 걱정이 되고 조용히 있고 싶은 질환이 있어 물러나 한가로이 거처하였으나 치료할 수 없었다. 나의 벗 손도자(孫道滋)에게서 악기 연주를 배워 宮音의 깊은 곳의 몇 가지를 배워 오래도록 연주하니 매우 즐거워 질병이 몸에 있다는 것을 깨끗이 잊어버렸다"고 하였다.

바둑 또한 정신과 의지를 기쁘게 하고 신명나게 한다. 진직은 "보통 사람들은 기호가 각기 달라 그것만 만나면 좋아하는데 어떤 사람

은 서화를 몹시 좋아하고 어떤 사람은 바둑을 몹시 좋아한다"고 하
였다.

사계의 풍경을 감상하는 것 또한 정신을 함양한다.

예를 들면 서면(徐勉)의 ≪이정소록(怡情小錄)≫에서 "겨울의 따
뜻한 햇빛·여름날의 양지·아침의 좋은 풍경 아래서 지팡이에 의
지하고 걸으며 소요하여 스스로 즐기며 연못에 나가 고기 노는 것을
보고 숲 속에서 삼림욕을 하며 새소리를 듣고 탁주 한잔을 마시고
악기로 한 곡을 연주하여 잠깐 동안의 즐거움을 구한다"라고 소개하
였다.

이로 미루어 보건대, 고대에는 정감(情感)을 기쁘게 소통시키는
양생의 도가 풍부하고 다채로워서 지금까지도 중요한 실용적인 의
의가 있다.

제23장 강박증의 치료

강박증 환자들은 내가 이 증상을 완전히 고치고 난 뒤에 학교에 나가겠다, 직장에 나가겠다고 대부분 말하지만, 이것 역시 강박증세의 하나인 것이다. 치료를 시작했다고 해서 당장 하루아침에 뿌리가 뽑히는 것은 아니다. 장기간의 노력으로 증상이 서서히 경감된다는 사실을 우선 환자에게 이해시켜주는 것이 무엇보다도 중요하다.

20여 년 전만 해도 강박증에 대한 효과적인 치료법이 없었다. 하워드 휴즈 같은 세계 최고의 부호도 강박증을 고치지 못하고 생을 마감하였다. 그러나 요즈음에는 흔하고 치료도 잘 되는 질환으로 인식되고 있다.

일반적으로 강박장애에 대한 약물치료를 시작하면 사고나 행동에 대한 증상은 늦어도 2~3개월 후면 서서히 줄어들기 시작된다. 하지만 증상이 재발되지 않으려면 짧게는 6~10개월 정도, 길게는 12개월 이상 지속적인 치료가 필요하나.

한방에서는 강박장애란 병이 마음속에 응어리진 갈등, 즉 울화에 의해 신체적·정신적 증상을 나타내는 일종의 화병(火病 즉 노이로제)이라는 사실을 설명한다. 그리고 이 같은 병을 치료하는 약으로 보혈안신제(補血安神劑)나 소간해울제(疏肝解鬱劑)를 사용한다고 하면 환자가 이를 이해하고 치료에 잘 응하는 편이다.

그러나 환자 한 사람을 실제로 치료할 때 어떤 치료전략을 세우고 약물을 어떤 것을 택하여 어떻게 사용하느냐 하는 것은 상당한 임상적 지식과 경험이 필요하다. 또 강박장애가 여러 다른 신체 및 정신장애와 동시에 연결되어 있고, 강박장애의 합병증으로 신체이형장애, 건강염려증, 약물 또는 알코올남용, 인터넷 중독, 뚜렛 증후군, 공포증, 우울증 등으로 복잡한 양상을 지니고 있기 때문에 치료는 반드시 포괄적인 방법으로 접근되어야 한다.

강박장애에 대한 치료가 늦어져서 이미 건강염려증이나 공포증, 우울증 등이 매우 심해진 환자들에게는 약물치료 외에도 병에 대해 자세히 설명해주어야 한다. 환자들이 오해하거나 잘못 믿고 있는 여러 가지 편견들을 바로 잡아주는 인지치료와 공포의 대상이 되는 장소나 상황에 불안감 없이 접근할 수 있도록 도와주는 행동치료 등이 병행되어야 한다.

이와 같이 강박장애의 치료는 진단과정에서부터 치료에 이르기까지 포괄적이고도 종합적인 치료방법이 함께 병행이 되어야 최상의 효과를 기대할 수 있다.

치료방법에는 약물치료, 정신치료, 침구치료 등이 있다.

1. 약물치료

강박장애의 약물치료에 있어서 서양의학에서는 주로 선택적 세로토닌 재흡수 차단제(SSRI, Selective Serotonin Reuptake Inhibitors)인 프로작(플루옥세틴), 세로자트(파록세틴), 졸로프트(서트랄린), 루복스(플루복사민) 가 많이 사용되고 있다. 이런 약물치료로 전체 환자의 70% 정도가 호전된다고 한다. 그런데 이는 습관성과 위장 및 간 기능에 부담을 주어 메스꺼움, 식욕감퇴, 불면증, 성욕저하 등의 부작용이 나타나기 때문에 약효가 즉각적이고 속효성은 있지만 장기간 사용하기에는 곤란한 점이 없지 않다.

한방치료를 청하는 대부분의 강박장애 환자들이 이미 이런 종류의 양방치료를 받은 경험을 갖고 찾아오는 경우가 적지 않다. 그런 환자들은 이미 약에 대한 의존도가 높아져서 약을 복용하면 편하나 복용치 않으면 다시 괴로워 못 건디겠다고 호소하며, 환자에 따라서는 머리가 무겁고 청명(淸明)치 못하여 주의집중이 안 되고 기운이 빠지며 졸음이 자꾸 오는 등의 부작용과 습관성을 걱정하여 한방치료를 원한다.

이런 경우 이미 몇 개월씩 그런 종류의 약을 복용해 오던 사람은 아무리 양약이 싫다 해도 갑자기 끊을 수는 없는 것이고, 한약과 겸용하면서 점차 양약의 복용량을 줄여나가다가 완전히 끊도록 하는 것이 현명하다. 그렇지 않으면 한약은 양약에 비해 속효성이 떨어져 양약을 끊는 데서 오는 고통을 참기 어렵고, 또 그런 고통을 한약의 탓으로 오해할 수도 있기 때문이다. 극도의 불면증이나 심한 공포증을 동반한 환자들에게는 당분간 양약과 한약을 동시에 먹는 것을 권해 보는 것도 훨씬 치료에 도움이 된다.

어느 경우이든 속효성은 있지만 습관성의 우려가 있는 약들은 필요한 적정량을 불가피한 기간만 사용하는 데 그치고, 한약만으로 장기치료를 하는 것이 훨씬 안전하고 확실한 방법이 된다.

한방에서는 별다른 부작용 없이 강박증을 치료할 수 있는 귀비탕(歸脾湯)과 같은 약물처방이 오래 전부터 있어 왔다. 정신치료와 함께 이런 처방을 하면 상당한 효과를 거둘 수 있다.

이외에도 처방으로는 해울강박단, 소간해울탕, 강심산, 온담탕, 보혈안신탕 등이 실제 치료에서 우수한 효과를 나타낸다.

이제 치료할 때 흔히 이용되는 처방들을 소개하려고 한다. 다만 한방치료는 병명 위주의 치료가 아니라 변증논치(辨證論治)가 원칙이므로 여기에 소개하는 처방을 운용하는 데 있어서 반드시 한의학적인 진단에 의한 辨證이 먼저 정확해야 함은 물론이다. 그럼으로써 올바른 처방을 선택하게 되고, 약의 용량의 加減도 자유로이 결정할 수 있는 것이다.

따라서 여기서 소개되는 약물치료법은 그러한 전제하에 여러 가지 운용법을 예시한 것에 지나지 않으므로 병명과 처방을 직결시킬 것이 아니라 병명에 구애되지 말고 證과 처방을 연결지어 이해하도록 하여야 하겠다.

(1) 귀비탕(歸脾湯)

복잡한 현대생활에 쫓겨 지나치게 신경을 많이 씀으로 해서 발생하는 모든 신경증에 효험이 있는 처방이다. 특히 심비양허형의 강박장애나 공황장애를 다스리는데 없어서는 안 될 기본적인 약이다.

심신(心神:마음)을 평온하게 하고 허약해진 心神을 강건하게 해주는 효과가 있어 주로 생각을 많이 하거나 근심·걱정을 많이 하는 사람들에게 좋다. 쉽게 피로하고 가슴이 두근거리며 머리가 무겁고 아프며 어지럽고 숨이 차며 잠을 잘 이루지 못하고 기억이 잘 안되며 입맛을 상실하였을 때 좋은 효과를 나타내는 약이다.

또한 신경을 많이 써서 잠잘 때 땀을 흘리는 도한증 (盜汗症)과 脾가 혈액을 붙들지 못하여(脾不統血) 일어나는 하혈·자궁출혈 및 혈액이 망행(妄行)하여 코피가 잘 나는 경우에도 효과적인 약이다.

그리고 心을 상하여 가슴이 답답하고 아프며 눕기를 좋아하고 몸에 혈액이 부족해 虛熱이 있거나 팔다리가 쑤시고 아프며 대변이 순조롭게 나오지 않거나 혹은 월경이 불순할 때에 쓰면 좋다.

≪동의보감≫에서도 귀비탕의 효능을 다음과 같이 밝히고 있다. ≪東醫寶鑑, 內景篇, 神≫을 보면, "귀비탕(歸脾湯)은 근심(憂)과 생각(思)으로 심비(心脾)를 상하여 건망과 정충이 있는 것을 치료한다."라고 하였다. 또한 ≪東醫寶鑑, 內景篇, 胞≫를 보면, "근심 걱정이 많으면 심(心)을 상하여 혈을 제대로 만들지 못하고, 비

(脾)는 심(心)의 자(子)이므로 비(脾)를 길러주지 못하면 먹는 깃이 적어지고 생화의 원천이 끊겨져 월경이 멈추거나 고르지 않게 된다.…(중략)…비위의 울화로 혈이 소모되어 월경이 나오지 않을 때는 귀비탕(歸脾湯)을 써야 한다."라고 하였다.

(2) 천왕보심단(天王補心丹)

잠이 잘 안오고 잠이 얕으며, 꿈이 많고, 동계, 건망, 초조, 구갈, 때로는 구내염이 생기는 경우에 사용한다. 손이나 발바닥의 화끈거림, 신체열감, 식은땀, 허리나 무릎이 나른하고, 무기력하며 유정(遺精), 조루(早漏) 또는 월경불순 등의 증상을 보일 때 사용하면 효과가 있다.

≪동의보감≫에서도 천왕보심단의 효능을 다음과 같이 설명하고 있다. ≪東醫寶鑑, 內景篇, 神≫에 "천왕보심단(天王補心丹)은 심(心)을 편안하게 하고 신(神)을 보전하여 잊어버리지 않게 하며 정충과 경계를 없애고 심신(心神)을 기른다."고 하였다. 정충에 대해서는 "심(心)이 허하여 수(水)가 머무르면 가슴 속에 수(水)가 스며들고 허기(虛氣)가 흘러 다닌다. 수가 올라오면 심화(心火)가 싫어하므로 저절로 마음이 불편하여 좋지 않게 된다. 이것이 정충이다."라고 하였다.

(3) 단치소요산(丹梔逍遙散)

단치소요산(丹梔逍遙散)은 혈병(血病), 화울(火鬱)과 관계가 있다. 목(木)의 이상은 혈(血)을 병들게 하며, 목울(木鬱)하면 화(火) 역시 울(鬱)하고, 화울(火鬱)하면 토울(土鬱)하고 이어서 금울(金鬱)하고 수울(水鬱)까지 연결된다. 이 때 목울(木鬱)을 치료하면 제울(諸鬱)이 모두 해소되니 '소요(逍遙)'라고 한 것이다. 불면증이 있고 화를 잘 내며, 흉협(胸脇)이 답답하기도 하고, 음식물을 잘 받아들이지 못하며 토하고자 하고, 목구멍이 막혀버린 듯한 느낌이

드는 등의 증상을 보이는 환자에게 사용하면 된다.

(4) 해울강박단(解鬱强迫丹)

다사선의(多思善疑:쓸데없는 생각이 많고 자꾸 의심이 들 때)의 증상에 주로 사용되며 심계담겁(心悸膽怯:심장이 심하게 두근거리면서 몹시 두려울 때), 흉민(胸悶), 우울, 건망(健忘), 불면(不眠) 등의 증세가 있을 때 사용하면 잘 듣는다.

(5) 소간해울탕(疏肝解鬱湯)

간경의 울화를 풀어 주는 것으로 특히 울화로 인한 조급이노(躁急易怒:불안 초조하고 쉽게 화를 내는 증세), 胸悶, 頭痛, 口乾(입안 마름), 口苦(입안이 씀), 심도욕궐(心跳欲厥:가슴이 너무 두근거려 쓰러질 것 같은 증세), 공구자실(恐懼自失:너무 두려워 정신을 잃을 것 같은 증세), 坐臥不安(좌불안석), 촉사이경이파동(觸事易驚而怕動:사소한 일에도 깜짝깜짝 잘 놀래며 가슴이 심하게 두근거림) 등의 증세가 있을 때 사용한다. 또한 강박장애나 공황장애가 만성화되면서 간기울결이 되어 우울증을 동반하는 경우에도 쓰면 매우 효과가 좋다.

(6) 강심산(强心散)

心火上炎으로 다음과 같은 증상을 갖추고 오는 모든 신경증을 다스린다. 口乾, 口苦, 혹은 舌赤, 怔忡, 大便秘或硬, 脈細數或弦數, 左寸脈浮數, 頻尿, 불면, 두통, 혹은 眼澁.

여기에 血虛가 겸하고 소화가 잘 되지 않는 사람은 補血安神湯을 사용한다.

(7) 온담탕(溫膽湯)

심·담이 허(虛)하여 입면곤란(入眠困難), 깊은 잠이 없고, 일찍 깨고, 불안초조, 다몽, 煩驚, 동계(動悸), 胸苦, 현훈, 오심, 구토, 객담, 口苦, 口粘 등의 증상이 있으며 설태는 황니(黃膩), 맥은 현활

삭(弦滑數)할 때 사용한다. 담열(痰熱)에 따른 불면·동계의 대표적인 처방이다.

(8) 보혈안신탕(補血安神湯)

血虛하여 다음과 같은 證을 갖추고 있는 강박증이나 공황장애에 사용하면 효과가 뛰어나다.

① 脈細數, 舌淡紅色, 설연부치흔(舌緣部齒痕)

② 口乾, 口苦, 不知味, 공복산통(空腹酸痛), 심하비(心下痞)

③ 怔忡, 驚悸, 不眠, 안정피로(眼睛疲勞)

④ 易疲勞, 眩暈, 頭重, 頭痛

⑤ 대변비혹경(大便秘或硬), 토분(免糞), 小便頻數

(9) 가미소요산(加味逍遙散)

신경이 예민하여 흥분하기 쉽고 짜증을 잘 내는 사람을 위해 사용한다.

오후만 되면 피로를 더 느끼면서 미열이 있고, 손바닥·발바닥·얼굴이 화끈거리고 특히 옆가슴이 답답하거나 명치끝이 답답하게 느껴지는 경우에 쓰인다.

두통이 심하고 정신이 아찔아찔하여 어지러우며 목에 무엇이 걸려 있는 것 같고 가슴이 심하게 두근거리며 식은땀을 흘리고 식욕이 떨어지는 경우에도 쓰인다. 또한 공포증이 심하여 혼자 있지 못하고 불안 초조하며 끔찍한 일들이 일어날 것 같으며 헛소리를 하거나 혼자서 중얼거리는 경우에도 잘 듣는다.

특히 신경질적인 여성들이 월경불순과 불면증도 있으면서 오는 모든 노이로제 증상에 사용하면 효과가 탁월하다.

① 피로성으로 心部·手足·足心이 煩熱하고 肢體疼痛, 頭目昏重, 眩暈, 胸煩頰赤, 口燥咽乾, 發熱[午後微熱], 盜汗, 식욕감퇴, 嗜

臥, 或 羸瘦咳嗽, 或 月經不順, 腹部脹滿하는 경우

② 본 方은 小柴胡湯보다는 다소 虛證이 엿보이고 柴胡薑桂湯이나 補中益氣湯보다는 다소 有力할 때 쓰인다.

③ 본 方은 淸熱을 위주로 하므로 상부에 있는 血證에 유효하며 頭痛·面熱·衄血·肩背拘急 등에 쓰인다.

④ 부인들이 肝氣가 항진되어 여러 가지 신경증을 발작할 때에도 잘 듣는다.

(10) 억간산(抑肝散)

신경성으로 오는 경련, 근육통 등에 쓰이며 특히 욕구불만이나 분한 감정을 발산시키지 못하면 왼쪽 옆구리나 갈비뼈 밑이 당기고 아픈 경우에 쓰인다. 특히 안검 및 안면근육의 경련에 잘 듣는다.

(11) 반하후박탕(半夏厚朴湯)

이 처방은 인후에 어떤 덩어리나 가래가 꼭 막고 있어 토해지지도 않고 삼켜지지도 않는 증상 즉 매핵기(梅核氣)를 치료한다. 이는 서양의학의 후두부이물감증(식도신경증이라고도 함)에 해당한다.

기의 울체를 풀고 신경을 안정시키는 효과가 있으므로 무엇이 꼭 막힌 듯하면서 열감이나 불안, 胸悶, 심계항진, 頭重, 眩暈 등이 있거나 숨이 가쁜 증상들이 있는 경우에 잘 듣는다. 그리고 여러 가지 종류의 공포증에 효과가 있으며 특히 우울신경증에 효험이 있다.

이 처방의 응용으로서는 위장허약증, 위아토니증(gastric atony)에 사용된다. 평소에 복부 팽만감을 호소하고, 타각적으로도 가스 팽만이 인정되는 사람, 식후의 胃部 정체감 혹은 惡心이 있는 사람에게 사용하면 효과가 있다.

(12) 조위승청탕(調胃升淸湯)

① 心肺의 기능이 모두 허약한 경우

② 多眠 혹은 淺眠, 多夢 등의 증상이 있는 신경쇠약

③ 대장 기능도 허해서 하복부 팽만감이 있으며 대변은 연하면서 1일 2~3회 정도 보고 後重氣가 있으면서 배변에 시간이 걸리는 경우

④ 심장기능의 쇠약에서 오는 부종기가 있는 경우에도 잘 듣는다.

⑤ 咳嗽나 喀痰이 있고 평소에도 감기에 잘 걸리는 사람

⑥ 처방 중 麻黃의 양은 수면상태에 따라 조절하며 경우에 따라서는 빼고도 쓸 수 있다.

⑦ 약물이 탁하여 소화에 지장을 줄 염려가 있으므로 항상 공복시에 적당한 양만을 복용하도록 주의하여야 한다.

(13) 평진건비탕(平陳健脾湯)

胃中不和로 인해 생기는 모든 불안장애를 다스린다. 두통이나 불면증에도 잘 듣고 胃脘痞痛, 嘈雜, 惡心, 痞滿, 噫氣, 呑酸 등의 모든 소화기 질환에 효과가 좋은 처방이다.

(14) 산조인탕(酸棗仁湯)

허로(虛勞)·허번(虛煩)하여 잠들 수가 없는 것을 치유하는 것이 이 처방을 사용하는 목표이다. 체력이 쇠약하여 허증(虛證)으로 된 환자로서 불면을 호소하는 경우에 사용한다. 허번하여 잠들 수가 없다고 하는 것은, 배와 맥(脈)이 허증을 나타내고 있어, 번민(煩悶)하여 잠들지 못하는 것을 말한다. 따라서 복부도 연약하여 힘이 없고, 맥도 또한 허해 있을 때 사용한다.

(15) 육울탕(六鬱湯)

건강을 지키는데 있어서 기혈의 조화만큼 중요한 것은 없다.

기혈이 조화되면 모든 병이 생기지 않고 하나라도 울체되면 병이 생긴다. 울이란 병이 뭉쳐서 흩어지지 않는 것이다. 기가 울체되면 습이 막히고 습이 막히면 열이 되며, 열이 울체되면 담이 생기고, 담이 막히면 혈이 흐르지 않으며, 혈이 막히면 음식이 소화되지 않고 마침내 비괴(痞塊)가 된다.

육울탕은 이렇게 해서 생긴 모든 울증을 두루 치료하는 약으로 공황장애나 강박증에서 특히 기울(氣鬱)로 인한 병증에 사용할 수 있다.

2. 정신치료

정신치료란 신체의 병이든 정신의 병이든 정신적인 수단으로 질병을 치료하는 방법을 말한다. 약물이나 기계를 사용할 경우라도 그것이 물리·화학적인 작용으로 치료 효과를 본 것이 아니라 심리적인 효과로 치료가 이루어졌을 때는 정신치료라고 할 수 있다. 그러나 이것은 치료자가 의식하고 사용했을 경우에만 정신치료라고 볼 수 있다.

정신치료는 모든 질병의 원인 제거에 있어서 가장 중요한 것이 된다. 먼저 의사는 친절히 환자의 호소를 들어준다. 이렇게 대화를 나누는 사이에 환자의 정신상태를 충분히 알아내는 동시에 환자가 신체적 검사나 진찰을 원한다면 불필요한 진찰이나 검사까지라도 응해주어 환자를 만족시켜주어야 한다. 이것이 환자의 신뢰를 얻을 수 있는 방법이며, 신뢰를 얻은 후에라야 치료가 가능한 것이다.

친절하고도 자세한 진찰로서 환자의 신뢰를 얻었다면 이미 정신치료는 시행된 것이라 할 수 있다. 환자의 신뢰를 얻고 난 후에 시시히 중대한 기질적인 질환이 없음을 설명해 준다. 자세한 진찰도 하지 않고 즉석에서 신경성이라고 단언하여 환자를 경시한다든가, 또는 꾀병이라고 냉소하는 태도를 취함은 공연히 환자를 자극시키는 것이 되며, 신뢰를 얻는 길이 못 된다. 따라서 질병의 치료에도 역행되는 길이다.

漢醫學에서 취급해야 할 모든 문제들은 결국 극소수의 기질적 장애를 제외하고는 마음이 상한 것을 풀지 못한 데서 일어나는 '화병'이다. 그러므로 진찰이란 환자의 마음 깊숙이 숨어 있는 것을 알아내는 것이며, 치료란 이 마음의 상처를 고쳐주는 것이 된다.

환자로 하여금 모든 사람에게 감추어 두었던 또는 자기자신에게도 감추어 두었던 느낌, 괴로움을 말하게 하는 것 등 환자의 올바른 이해를 위해서는 철저한 수련이 필요하게 된다. 다시 말하면 환자와의 대화를 통해 진료를 할 때에는 기술이 필요한데 한방신경정신과에서는 사진법(四診法)이 그 진단의 초석이 된다.

한마디로 말하면 한의학이란 종래 서양의학이 망각하고 있는 맹점인, 바로 이 기질적 이상이 없는 병인 화병, 즉 마음의 상처가 원인이 되는 병을 진료하는 것이다. 따라서 환자들은 대개 화병이라 하면 양방 의사가 보는 것이 아니라 한의사가 보는 병이라는 생각을 갖고 있다. 왜냐하면 양방 의사는 기질적 변화가 없을 때는 "당신은 병이 없습니다"라는 말을 하여 환자를 실망하게 하지만, 한의사는 "당신은 화병입니다"라는 말을 구체적으로 해주기 때문이다.

환자를 잘 설득(說得)하는 것이 치료의 첫걸음이다. 환자를 상담·지도함에 있어 본심을 갖고 끈기있게 대하는 것이 설득에서는 무엇보다 중요하다. 즉 질병의 성질과 원인을 설명하여 생명에는 절대 지장이 없으며, 완쾌될 수 있는 것임을 충분히 설명, 납득시켜서 환자가 자기의 건강에 대한 자신을 갖도록 해주어야만 한다. 그러나 이런 설득은 한두 번에 주효하는 것이 아니므로 의사는 인내심을 가지고 꾸준히 반복할 필요가 있다.

정신치료의 일종으로서 자율훈련법, 기공요법, 근이완법, 행동요법, 이미지요법, 바이오피드백법, 참선법 등이 있다. 이는 정신적 안정을 위한 주의전환(注意轉換) 또는 정신집중을 훈련시키는 데 목적을 둔다. 또한 음악, 회화, 서예, 꽃꽂이, 정원이나 화초 가꾸기, 등산, 낚시 등의 취미를 기르게 한다든지, 종교적인 신앙심을 갖게 해주는 것도 좋은 방법이 된다.

질부르그(Zilboorg)의 말을 빌리면 히포크라테스(Hippocrates)에서 출발한 서양의학은 정신요법의 치료[정신치료]에 도달하는 데 2500년이 걸렸다고 한다. 반면 한의학은 2500년 전에 완성되었다고 볼 수 있다.

서양의학은 질병의 원인을 파악함에 있어 오로지 신체적인 원인 위주로 체계화시키어 질병의 치료에 주력해 왔다. 그러다가 20세기에 와서 정신분석적인 연구가 시발되어서 질병의 예방, 건강의 유지와 증진으로 전환되어 오고 있다. 心身관계에 있어서도 대뇌피질이 내장을 지배한다, 유기체는 신경 내분비 조직이 지배한다는 사상에 도달하고 있다.

그러나 한의학에서는 2500년 전부터 의학의 최고 목표를 질병의 예방과 건강의 증진, 즉 養生에 두었다. 질병의 진단과 치료는 부차적인 위치에 있었다. 그리고 질병은 일부 질환을 제외하고는 주로 마음(정신) 즉 칠정(七情)에서 생긴다는 체계적인 병인론(病因論:병의 원인을 밝히는 입장)에 입각하여, 治心 즉 마음을 다스림으로써 질병을 예방하는 것을 의학의 최고 목표로 삼았다.

한의학에서 감정은 칠정(七情)이라 하여 육체와 매우 밀접한 관계를 맺고 있으며 병인론에서 살펴봐도 내인, 외인, 불내외인 중

내인의 칠정상(七情傷)을 매우 중요시하였고 실제 치료에 있어서도 이를 적극적으로 활용하고 있다. 감정이 신체에 영향을 끼칠 수 있다는 것을 일찍이 예부터 인정해 오고 있다. 그래서 병의 원인으로 사람이 사물에 대해 느끼는 일곱 가지의 감정변화인 칠정을 아주 중요하게 여긴다. 칠정이 정도를 지나치면 질병에 걸린다. 감정의 변화가 신체내의 기의 흐름에 변화를 주어 그 결과로 어떤 질병을 일으킨다는 것이다. 칠정이 과도하면 잘 소통되어야 할 기운이 막히게 된다. 그 결과 오장육부에서 그것이 울화가 되어 가볍게는 가슴이 답답한 증상에서부터 근긴장성 두통, 불면증, 과민성 대장증후군, 갑상선 기능항진증, 공황장애, 강박증, 우울증, 정신분열증, 심한 경우에는 암과 같은 경우까지 많은 장애를 일으키게 된다. 즉, 이런 경우에는 약보다는 정신적인 치료를 중시하여 정신요법을 행한 사례를 많이 보고하여 왔다.

한의학에서 정신요법은 여러 방법이 있다. 발병 전에 병을 미리 예방하는 이도요병(以道療病), 마음을 수양하는 허심합도(虛心合道), 대화 등을 통해 환자의 기분을 전환시켜 주는 이정변기요법(移情變氣療法), 오행의 상생상극이론을 심리치료에 응용하는 이정승정요법(以情勝情療法), 약한 자극부터 시작하여 점차 강한 자극을 주어 이들 자극에 익숙해지게 하여 증상을 치료하는 경자평지요법(驚者平之療法)이 있다. 또한 환자에 대한 암시를 통해 병을 치료하는 광치요법(誑治療法), 상대에 대한 보증, 설득 등으로 자신을 되찾도록 용기를 주는 지언고론요법(至言高論療法), 그리고 오늘날의 기공치료와 유사한 도인요법(導引療法)과 단전호흡법(丹田呼吸法)이 있다.

이중 강박장애나 공황장애의 주류가 되는 치료법인 以道療病, 移精變氣療法 및 五志相勝爲治의 원리를 응용한 이정승정요법(以情勝情療法)에 대해 더 구체적으로 설명하고자 한다.

(1) 以道療病

≪동의보감·내경편·신형≫의 <以道療病>에서 서술한 바를 정리하면 다음과 같다.

고대의 명의는 발병 전에 예방하였고 현대의 의사는 발병 후에 치료하려고 노력한다. 발병 전에 먼저 치료하는 것을 以道(혹은 治心)療病 또는 수양이라 하고, 발병 후에 치료하는 것을 약이(藥餌) 또는 폄설(砭焫)이라 한다.

치료법은 마음을 치료하고 병을 치료하는 治心·治病의 두 가지이지만 질병의 근원은 하나이며, 모든 병이 心神(마음과 정신)으로 오지 않는 것이 없으니 마음을 치료하는 것이 극히 중요한 것이다.

태백진인(太白眞人)이 이르기를 "욕치기질, 선치기심(欲治其疾, 先治其心)"이라 하였다. 즉 질병을 치료하려면 먼저 그 마음을 치료하여야 한다는 뜻이다.

병을 치료하려면 먼저 수도정심(修道正心)한 연후에, 환자는 심중에 잠재하는 의혹과 의심, 일체의 망념, 일체의 불평, 대인관계에서의 증오와 수원(讐怨), 일체의 회오(悔悟:후회스러움), 지나간 과오를 생각하지 말고 방념(放念:걱정이 없이 마음을 便安히 가짐)하며 만사를 하늘의 뜻에 맡기고 따른다. 그러면 자연히 心君(마음)이 편안하면서 性志가 화평하여 세간 만사 모두가 다 공허하고 종일토록 영위하는 일이 모두 다 망상이요, 또 나의 몸이 역시 허환(虛幻)한 것이며 화와 복이 모두 수포로 돌아가고 생사가 일장춘몽과 같은 것이다. 이것을 크게 깨달으면 마음이 스스로 청정하고 병이 생기지 않으니 약을 먹지 않아도 병이 저절로 낫는 것이다. 이것이 즉 眞人의 道로서 마음을 다스리고 병을 치료하는 '以道治心療病'의 대법인 것이다.

의사가 인체의 질병만 치료할 줄 알고 마음을 치료하는 것을 알지 못하면 이것을 "사본축말(捨本逐末)"이라 하는 바, 즉 그 근원을 생각하지 않고 지엽만을 쫓는 것과 같은 것이다. 비록 한 때의 요행으로 질병이 나았다 하더라도 근치는 되지 않은 것이니, 이것은 세속 용의(庸醫: 평범한 의사)의 치법에 지나지 않으므로 취할 바가 못 된다.

(2) 移精變氣療法

한의학에서 정신치료의 뜻으로 쓰이는 '이정변기(移精變氣)"라는 말은, ≪소문·이정변기론≫에서 "옛날 사람들은 병을 치료하는데, 이정변기나 축유(祝由)만으로도 병을 낫게 한다(古之治病, 惟其移精變氣, 可祝由而已)"는 데서 유래한다.

이정변기란 그 精(정신·의지)을 옮기고 氣를 변개(變改)한다. 즉 기분전환을 시킨다는 뜻이다. 그러므로 환자의 기분을 전환시켜 병을 치유시킨다든지, 병의 원인을 풀어헤치는 기도를 올리는 것으로 치료를 한다든지 하는, 일종의 정신치료라 할 수 있는 것이다.

이런 치료는 특히 마음에서 오는 심인성 질환일 경우 그 효험이 현저했으리라 추측되며, 그 방법도 전래의 토속신앙과 문화의 발달에 따라 대두된 도교·유교·불교 등의 사상과 융화되면서 여러 가지 형태로 변모되었으리라고 생각된다.

이러한 의료행위는 물론 당시의 의학수준과 의료보급의 미흡, 人智의 미개발 등의 제한적 요인에서 발생한 샤머니즘적 형태라 할 수 있겠다. 그러나 국가의 의료제도 속에 의료의 한 분과로서 祝由科를 두어 정신치료를 전담하도록 한 흔적이 명나라대에까지 계승되어 온 것을 알 수 있다.

이정변기의 방법은 때에 따라 환자에 따라 임기응변으로 방법을 달리해야 하므로 일정한 방법이 있을 수 있는 것은 아니지만, 대개 다음과 같은 유형이 행해졌다.

① 음악, 가무, 회화, 희극, 낚시, 여행 등의 방법을 이용하여 치료하는 법

② 독서, 서예, 시낭송 등의 방법을 이용하여 치료하는 법

③ 호흡단련과 기공 동작 등을 통하여 기분을 전환시켜 치료하는 법

④ 대화로써 의혹에 의하여 생긴 병은 그 의혹을 해명해 줌으로써 치료하는 법

그러나 이와 같은 이정변기요법은 의사(術者)의 심인성 질환에 대한 확진이 앞서야 하고 환자로부터 절대적인 신뢰를 받는 가운데 비로소 이루어질 수 있다. 이정변기요법은 환자에 따라 임기응변적으로 행하는 것이기는 하지만, 거기에는 심리작용의 원리를 이용하고 있는 것이다.

★ 이정변기요법의 최근 임상사례

[사례 1] 장조증(臟躁症) 환자 적용사례

63세 여자 분이 3년 전부터 아침이면 이유 없이 대성통곡을 하거나 그렇지 못한 경우 번조증(煩燥症)으로 안정이 되질 않아 마을을 온통 미친 듯이 떠돌아 다녀야만 답답함이 누그러지는 증세로 여러 군데 치료를 전전하였으나 호전이 없어 내원하였다.

처음 며칠간은 설홍소태(舌紅少苔), 맥현삭(脈弦數) 등을 기초로 간기울결(肝氣鬱結)의 변증아래 소요산가감방(逍遙散加減方)을 투여하였으나 아침에 대성통곡하는 증세는 여전하였다.

이에 환자와 1시간 가까이 상담을 시도한 결과 환자는 장조증

(臟躁症:히스테리신경증과 유사한 부분이 있음)에 해당되는 울증 (鬱證)으로 판명되었다. 즉 환자 남편은 60대 후반으로 젊었을 시절부터 성적으로 조루증이 있어 늘 부인을 만족시켜 주지 못하다 수년전 남편이 가벼운 中風을 앓고 난 후 더욱 성적능력이 감퇴하게 되었다.

그러나 남편은 중풍을 앓고 난 이후 더욱 성생활에 집착하여 거의 매일 부인을 가까이 하고자 하였지만 부인의 성적인 욕구불만은 근래 더욱 쌓여만 가게 되었다. 그러던 어느날 부터 갑자기 위에서 밝힌 것처럼 아침이면 대성통곡을 하거나 온 동네를 미친 듯이 돌아다니게 되는 병이 발생하게 되었다.

상담결과 부인은 젊었을 적부터 성적인 욕구불만으로 인한 울증이 최근 남편에 의해 악화되어 나타나는 「장조증(臟躁症)」으로 판단되었다. 이에 남편과 부인을 모두 불러서 1주일 2회씩 매회 30분 정도 성에 대한 이야기를 시작하여 가벼운 농담 등으로 늘 웃음 속에 마음속 깊이 쌓아두기만 했던 성에 대한 갈등을 후련하게 털어놓도록 유도하였다.

아울러 처방으로는 시호가용골모려탕(柴胡加龍骨牡蠣湯)을 투여하였으며 3주 후에 여러 증상이 모두 소실되어 그 후 현재까지 재발하지 않게 되었다.

이 같은 부인의 사례는 성적인 욕구불만에 의한 일종의 해리형 히스테리 증상과 유사하며 정기적인 상담에 의한 유쾌한 분위기는 환자의 성에 대한 갈등해소와 기분전환의 효과가 있었을 것으로 사료되며[變氣] 아울러 감맥대조탕(甘麥大棗湯)의 약물투여는 신체적으로 환자의 심기(心氣)와 비혈(脾血)을 보하고 나아가서 심신을 편안하게 하여[移精] 결국 심신의 안정으로 대성통곡이나 번조증과 같은 정신적, 육체적 증상이 소멸되었을 것으로 추정된다.

결국 부인의 성적인 히스테리 증상의 치료는 한의학에서 말하는 이정변기요법(移精變氣療法)의 전형적인 치료형태와 유사하다고 보며 따라서 이정변기요법(移精變氣療法)은 현대에서도 각종 스트레스로 인한 히스테리 장애에 유효한 치료법으로 적용할 수 있다고 사료된다.

[사례 2] 중기증(中氣證) 환자 적용사례

50대 중반 여자가 곽란(癨亂), 구토(嘔吐), 설사(泄瀉) 및 전신마비 증상으로 내원하여 입원하였다. 진찰결과 중기증(中氣證:전환장애와 유사한 부분이 있음)으로 사료되어 성향정기산가미방(星香正氣散加味方)을 투여하였지만 제증상이 호전과 재발을 반복하게 되어 입원한지 2주째 부터는 1주일에 2회씩 매회 약 30분정도 환자와 상담시간을 갖게 되었다.

상담 결과 환자는 수십년 동안 고부간의 심한 갈등과 남편의 무관심 속에서 늘 분노가 치밀어 오르며 심한 경우 상기증상이 발작적으로 일어나곤 하였다. 특히 상담의 요령으로 환자로 하여금 시부모 특히 시어머니와의 따뜻했던 추억을 떠올리게 하자 환자는 시어머니와의 고생했던 시절을 떠올리며 쏟아지는 눈물과 주체할 수 없을 정도로 우시었다. 동시에 한약처방으로는 팔미순기산가미방(八味順氣散加味方)을 투여하여 상담과 약물투여 1주일 후부터는 재발없이 모든 증상들이 소실되어 퇴원하게 되었다.

이 같은 임상 예는 시부모로부터 억압된 욕구나 감정 등이 신체적인 마비나 곽란과 같은 증상으로 전환되어 발생하는 일종의 전환신경증의 실례라 할 수 있다. 한의학에서도 이 같은 전환신경증 환자 치료시 우선 환자로 하여금 눈물을 흘리게 하여 분노의 감정을 가라앉히고[變氣] 동시에 팔미순기산가미방(八味順氣散加味方)으로 익기겸순기(益氣兼順氣)작용으로[移精] 인하여 환자를 완치할 수 있었다.

이상과 같이 한방 정신요법중의 이정변기요법(移精變氣療法)은 현대에 있어서도 대인관계에서 비롯되는 각종 스트레스로 인한 심신증(心身症:Psychosomaitic disease) 혹은 신경증(神經症:Neurosis)에 가장 효과적인 치료법 중 하나로 생각된다.

그 같은 배경에는 스트레스에 대한 한의학의 합리적이고 실제적인 이해를 통해서 알 수 있다. 특히 한의학에서는 정신현상 중에서도 대인관계의 갈등에서 비롯되는 감정의 영향을 중시하는데, 이를 七情으로 표현하여 인체에 가장 강력한 영향을 미치는 요소로 파악하였다. 즉 한의학에서는 신형일체(神形一體)의 인체관으로 정신에 대한 구체적인 표현으로서의 감정의 편향이나 과극(過極)은 오장의 기능에도 영향을 주어 원활한 생리기능을 손상시킨다고 하였으며 각종 신체 질환은 물론이고 정신질환도 신체작용의 상호관계를 조정함으로써 치료할 수 있다고 이해하였다.

[출처:-유영수: 동의신경정신과학회지, 2001;12(1):8-9.]

(3) 以情勝情療法

이정승정요법이란 오지상승이론을 근거로 의사가 언어·행동·사물 등을 이용하여 환자의 각종 情志를 자극함으로써 병적인 정서를 조절하는 치료방법이다.

‘오지상승’이란 ≪내경(內經)≫에서 말한 “슬픔은 노여움을 이기고(悲勝怒)” “두려움은 기쁨을 이기며(恐勝喜)” “노여움은 사려를 이기고(怒勝思)” “기쁨은 근심을 이기며(喜勝憂)” “사려는 두려움을 이긴다(思勝恐)”는 내용을 가리킨다.

어떤 情志를 자극함으로써 다른 좋지 못한 情志를 억제하는 방법으로는 꽃향기·색채·음악·오락 등 매우 많은 것이 있다. 단 여기서의 구체적인 방법은 언어·행위·사물을 주요 치료수단으로 삼는 것이다. 그리고 암시, 계몽, 정서에 부합하는 것, 정서에 어긋나는 것, 의문을 풀어주는 것, 감화, 적응 등의 방법을 포괄한다.

선진(先秦)시대에 의가(醫家)들은 이미 이정승정요법을 응용하여 神情(精神・情志)때문에 이상이 생기는 질병을 치료하였다. ≪여씨춘추・지충(至忠)≫에는 흥미 있는 병에 대한 재미있는 이야기 하나가 기재되어 있다. 즉 "齊王이 병을 앓자 사람을 宋나라에 보내어 명의 문지(文摯)를 초빙하였다. 문지가 와서 왕의 병을 본 뒤 태자에게 이르길 '왕의 병은 절대 고칠 수 없습니다. 만약 왕의 병을 낫게 하면 반드시 나를 죽일 것입니다'라고 하였다. 태자가 이르길 '무슨 까닭입니까?'라고 하자, 문지가 '왕이 크게 노여워하지 않으면 병을 치료할 수 없고, 왕이 노여워하면 나를 반드시 죽일 것입니다'라고 대답하였다. 태자는 머리를 조아리고 간청하길 '만약 왕의 병이 낫는다면 저와 저의 어머니가 죽음으로써 왕에게 간하겠습니다. 왕께서는 반드시 저와 저의 어머니를 믿을 것이니 선생께선 걱정하지 마십시오'라고 하였다. 이에 문지는 '예, 죽음으로써 왕을 치료하겠습니다'라고 하며 태자와 약속한 뒤에 간다고 하면서도 세 번씩이나 이를 어기자 왕은 단단히 화가 났다. 문지는 왕 앞에 이르러서 신발도 벗지 않고 침상에 올라가 왕의 옷자락을 밟고는 왕의 병에 대해 물었는데, 왕은 화가 나서 대꾸도 하지 않았다. 문지는 이를 핑계 삼아 무례하게 작별 인사를 함으로써 왕을 더욱 화나게 하였다. 이에 왕이 몹시 화가 나서 큰 소리로 저놈을 당장 죽이라고 소리치며 벌떡 일어나니 병이 마침내 나았다(齊王疾痏, 使人之宋迎文摯. 文摯至, 視王之疾, 謂太子曰 : '王之疾必不可已也. 雖然, 王之疾已, 則必殺摯也.' 太子曰 : '何故?' 文摯曰 : '非怒王則疾不可治, 王怒則摯必死.' 太子頓首强請曰 : '苟已王之疾, 臣與臣之母以死爭之於王, 王必幸(信)臣與臣之母, 願先生勿

患也.' 文摯曰 : '諾. 請以死爲王', 與太子期, 而將往不當者三, 齊王固已怒矣. 文摯至, 不解履登床, 履王衣, 問王之疾, 王怒而不與言, 文摯因出辭以重怒王, 王叱而起, 疾乃遂已)"는 내용이다.

齊王의 병은 사려가 과도하여 발생한 것이므로 문지는 '怒勝思'의 치법을 응용하되, 교묘하게 언어로써 제왕의 정서에 어긋나게 하고 행위로써 암시하는 방식을 사용하여 병이 갑자기 낫도록 한 것이다. 그러나 자신은 불행히도 유명을 달리하고 말았다.

장종정(張從正)은 ≪유문사친·구기감질경상위치연(儒門事親·九氣感疾更相爲治衍)≫에서 "슬픔은 노여움을 치료할 수 있는데, 슬프고 고통스러운 말로써 감동시킨다. 기쁨은 슬픔을 치료할 수 있는데, 익살스럽고 자유분방한 말로써 즐겁게 한다. 두려움은 기쁨을 치료할 수 있는데, 죽음에 임박하였다는 말로써 두렵게 한다. 노여움은 사려(깊은 생각)를 치료할 수 있는데, 욕되고 기만하는 말로써 노여움을 촉발한다. 사려는 두려움을 치료할 수 있는데, 이것저것 걱정스러운 말로써 두려움을 없앤다(悲可以治怒, 以愴惻苦楚之言感之. 喜可以治悲, 以謔浪褻狎之言娛之. 恐可以治喜, 以迫遽死亡之言怖之. 怒可以治思, 以汚辱欺罔之言觸之. 思可以治恐, 以慮彼志此之言奪之)"고 기재하였다.

이들은 자신의 경험을 총괄하였을 뿐 아니라 요령껏 응용하기도 하였다. 그러나 情志의 요체는 평정을 유지하는 데 있고 서로 통하는 데 있다. 情志 손상과 각기 다른 장부의 병변으로 발생하는 병증은 항상 각각 다른 情志를 응용하여 자극을 주고, 동일한 병증의 각각 다른 단계에서도 상이한 情志로써 자극을 주어야만 평정을 유지하는 목적에 도달할 수 있다.

명나라 우단(虞搏)은 ≪의학정전·전광간증≫에서 주진형(朱震亨)의 말을 인용하여 以情勝情 치료법의 단계적 전형을 응용하면 각종 병증을 효과적으로 치료할 수 있다고 보았다.

예컨대 "五志의 火는 칠정에 따라 발생하고 울결되어 담을 형성한다. 그러므로 전간광망증(癲癇狂妄證)은 마땅히 人事로써 제어해야지 藥石으로 치료할 수 있는 것이 아니다. 모름지기 진찰할 때는 그 원인에 근거하여 치료해야 한다. 노여움으로 인해 간에 손상을 주면 광증이나 간증이 발생하는데, 근심으로써 노여움을 억누르고[金克木] 두려움으로써 노여움을 풀어주어야 한다[水生木]. 기쁨으로 인해 心에 손상을 주면 전증이나 간증이 발생하는데, 두려움으로써 기쁨을 억누르고[水克火] 노여움으로써 기쁨을 풀어주어야 한다[木生火]. 근심으로 인해 폐에 손상을 주면 간증이나 전증이 생기는데, 기쁨으로써 근심을 억누르고[火克金] 사려로써 근심을 풀어주어야 한다[土生金]. 사려로 인해 脾에 손상을 주면 간증이나 전증·광증이 발생하는데, 노여움으로써 사려를 억누르고[木克土] 기쁨으로써 사려를 풀어주어야 한다[火生土]. 두려움으로 인해 腎에 손상을 주면 전증이나 간증이 발생하는데, 사려로써 두려움을 억누르고[土克水] 근심으로써 두려움을 풀어주어야 한다[金生水]. 놀람으로 인해 膽에 손상을 주면 전증이 발생하는데, 근심으로써 놀람을 억누르고[金克木] 두려움으로써 놀람을 풀어주어야 한다[水生木]. 슬픔으로 인해 심포(心包)에 손상을 주면 전증이 발생하는데, 두려움으로써 슬픔을 억누르고[水克火] 노여움으로써 슬픔을 풀어주어야 한다[木生火]. 이러한 治療法은 오직 현명한 자만이 쓸 수 있다(五志之火, 因七情而起, 鬱而成痰, 故爲癲癇狂之證, 宜以人事制之, 非藥石所能療也. 須診察其由以平之 : 怒傷於肝者, 爲狂爲癇, 以憂勝之, 以恐解之; 喜傷於心者, 爲癲爲癇, 以恐勝之, 以怒解之; 憂傷於肺者, 爲癇爲癲, 以喜勝之, 以思解之; 思傷於脾者, 爲癇爲癲爲狂, 以怒勝之, 以喜解之; 恐傷於腎者, 爲癲爲癇, 以思勝之, 以憂解之; 驚傷於膽者, 爲癲, 以憂勝之, 以恐解之; 悲傷於心包者, 爲癲, 以恐勝之, 以怒解之. 此法惟賢者能之耳)"고 하였다.

≪내경≫과는 약간의 차이가 있는데, 이를 정리하여 비교하면 다음 표와 같다.

≪素問 · 陰陽應象大論≫					
五神	情志	七情過度	氣機病變	症狀	治法
肝藏魂	肝志怒(忿)	怒傷肝	怒則氣上	呼(고함)	悲勝怒
心藏神	心志喜(樂)	喜傷心	喜則氣緩	笑(웃음)	恐勝喜
脾藏意	脾志思(慮)	思傷脾	思則氣結	歌(노래)	怒勝思
肺藏魄	肺志憂(悲)	憂傷肺 悲傷肺	悲則氣消 憂則氣消	哭(울음)	喜勝憂 喜勝悲
腎藏志	腎志恐(驚)	恐傷腎 驚傷腎	恐則氣下 驚則氣亂	呻(신음)	思勝恐 思勝驚

≪醫學正傳 · 癲狂癎證≫		
七情過度	病機病變	治法
怒傷肝	狂癎	憂勝怒
喜傷心	癲癎	恐勝喜
憂傷肺	癎癲	喜勝憂
思傷脾	癲狂癎	怒勝思
恐傷腎	癲癎	思勝恐
驚傷膽	癲	憂勝驚
悲傷心	癲	恐勝悲

이와같이 한의학의 神情학설은 心神(마음)을 위주로 하고 氣血

을 바탕으로 하여 神形一體, 神形과 자연·사회가 일체라는 관점을 굳게 지지함으로써 강박증이나 공황장애와 같은 신경증을 약물치료와 기타 방법으로 치료할 수 있음을 강조하였다. 특히 神情의 자아 조절 방법의 사용을 내세웠다.

현대사회가 인간에게 주는 정신적인 부담이 갈수록 늘어나고 있다. 이에 따라 앞으로도 神情學은 끊임없이 발전하면서 계통적인 이론을 형성하여 풍부한 치료방법과 다채로운 경험을 포함하게 될 것이다.

★ 이정승정요법의 최근 임상사례

[사례 1] 공황장애 환자 적용사례

37세 남자 환자가 타 대학병원에서 공황장애(Panic disorder) 진단을 받고 치료한 후 직장 복귀를 했으나 증상이 다시 심해져 본원에 내원하였다. 환자는 매우 불안정해 보였으며 잦은 공황발작으로 심한 두려움에 놓여 있었다. 평소 성격은 내성적이고 장남이지만 어머니의 영향으로 혼자서 결정을 내리는 경우가 거의 없는 성인아이의 유형을 띄고 있었다. 얼마 전 회사 연수기간 중 분임토의 시 식은땀과 긴장에 이어 호흡이 곤란해지면 공황발작이 일어났다. 한해 전에도 업무적인 스트레스로 불면이 오면서 몇 번 유사한 발작이 있었지만 바로 치료 후 증상이 호전되었다고 한다. 환자는 직장의 잦은 부서 이동과 상사의 군대식 일처리 방식에 불쾌감과 적응력을 잃고 있었다. 더군다나 이전 부서에서는 일이 많아 바쁘게 생활하고 직장 상사나 동료들로부터 인정도 받았는데 요즘은 일도 별로 없고 인정도 못 받고 자꾸 무시하는 게 견딜 수 없었다는 것이다. 환자로 하여금 다시 4주 병가를 내도록 하고 집중적으로 치료를 하였다.

위 환자는 상태-특성 불안척도인 STAI(State-Trait Anxiety

Inventory)에서도 높은 점수를 나티냈고 MMPI에시는 신경증 척도는 경도상승, Pt(강박증)는 중등도의 상승을 보여 만성불안상태가 지속되는 양상을 나타냈으며 A.P.A(미국정신의학회) 공황장애 진단기준에도 부합되었다. 사상체질로는 태음인으로 판명되었고 한방변증으로는 심혈부족(心血不足)형 경계정충증(驚悸怔忡症)으로 진단하고 처방으로는 보혈양심안신(補血養心安神)하는 사물안신탕가미방(四物安神湯加味方)으로 하고 조기치신(調氣治神)의 원리에 따라 침구, 부항치료를 겸하였다. 또한 칠정기록표(七情記錄表:불안 감정상태를 매일 기록하는 표)를 작성하게 하면서 한편으로 매일 체크하게 하여 불안, 공포에 대한 점수의 변화를 확인하게 하였다. 그리고 불안의 생리적 원리와 반응에 대해 인지시키고 발작시 긴호흡법으로 대처하도록 교육하였다.

치료 3주 후부터는 증상 점수가 절반(8점 만점에 4점)이하로 떨어지면서 증상이 다소 완화가 될 시점에 환자 보호자(아내)와 충분한 상담을 한 후 환자에게 불안을 더 유발할 수 있는 몇 가지 방법을 시도하기로 하였다. 직장상사에 대한 불만과 두려움이 업무복귀를 불안하게 하는 원인이므로 환자에게 다음과 같이 말하였다. "직장에 다시 복귀하고 싶지 않으세요?" 잠시 멈칫하더니 "하긴 해야죠." "그럼, 일도 못하는 주제에 병가까지 내서 도움이 하나도 안 된다고 직장상사가 그렇게 얘기 할 수 있지 않겠습니까? 그런데도 직장에 복귀할 수 있겠습니까?" 하고 다그치듯 물으니 깜짝 놀라고 다시 불안을 느끼기 시작하였다. 하지만 현재의 증상으로는 복귀하는데 문제되지 않을 정도로 좋아졌다는 것을 그동안의 칠정기록표(七情記錄表)를 통해 보여 준 후에는 곧 이해하고 증상이 사라졌다.

그 다음날 내원시에는 증상이 거의 좋아졌으니 예정된 병가기간 보다 앞당겨 내일부터 출근하라고 하니(아내에게는 출근하려고 하면 자초지종을 얘기하고 병원으로 데리고 오라고 하고) 염려하면서 집에 갔다. 그 다음날 실제로 출근시 복장으로 단정하게 하고 직장에 갈려고 집을 나서자, 아내가 그동안의 의도를 얘기하니 박장대소하더라는 것이다. 그 길로 병원에 다시 내원해 그동안의 변화를 물으니 직장상사가 무슨 말을 해도 이제 그리 두렵지 않고 당장 오늘이라도 직장에 나갈 수 있을 것 같고 그동안 왜 자기 자신이 그렇게 반응했는지 모르겠다며 강한 자신감을 나타내었다. 이 환자는 예정된 병가기간을 마치고 정상적으로 직장에 복귀해 큰 어려움 없이 지내고 있으며 지금은 한 달에 한번씩 내원해 상태를 점검받고 있는 상태이다.

위의 경우는 공황장애 환자에 대한 한의학적인 변증치료와 한방 정신요법을 시행해 현실 적응을 돕고 주요증상을 완화시킨 例이다. 이전에도 직장복귀 당시 심한 불안감으로 재발한 경험이 있어 이에 대한 두려움을 늘 가지고 있는 상태였다. 환자가 직장복귀를 앞두고 더 불안해 할 시점에 직장복귀를 돕는 방법으로 다양한 정신요법이 시행되었다.

환자로 하여금 불안점수를 매일 체크하게 한 것은 막연한 불안이 점점 과거와 비교해 좋아지고 있음을 확인시켜주기 위함이고 공황장애에 대한 교육과 발작시 대처방안 등을 교육함은 오지상승요법(五志相勝療法) 중 토극수(土克水)의 원리를 이용한 '사승공(思勝恐)'법과 같이 병리기전을 인지시키고 사려 깊게 생각함으로서 공포를 물리칠 수 있게 한 것이다. 이는 서양의학에서 공황장애의 주요 치료방법인 인지행동요법를 실시함과 유사하다.

또한, 직장상사가 환자를 무시하고 아무데도 쓸모없는 사람이라고 다그쳤다는 것은 지속적인 스트레스의 원인이 되었다는 열등감과 낮은 자아에 대해 다시금 충격을 주면서 이를 완화시키는 방법으로 이는 한방 정신요법 중 경자평지요법(驚者平之療法)을 실시한 것으로 서양의학에서 말하는 계통적 탈감작(Systematic desensitzation)요법과 유사하다 할 수 있겠다.

위 환자의 경우는 태음인의 겁심(怯心)에다, 낮은 자존감, 열등의식이 자라잡고 있어 본 요법을 시행하는데 많은 주의가 요구되어 보호자인 아내로 하여금 이러한 방법을 시행해야하는 이유와 앞으로 치료방법에 대해 충분히 상의하고 보호자의 충분한 이해 가운데 본 정신요법을 실시하여 좋은 치료효과를 보았다.

[사례 2] 우울증 환자 적용사례

35세 여자 환자분이 2개월간의 심한 감기몸살을 앓은 후 생긴 불안장애와 소화불량으로 래원하였다. 변증상 심비양허형(心脾兩虛型) 경계정충증(驚悸怔忡症)으로 온담탕(溫膽湯)에 건비화위지제(健脾和胃之劑)를 가미한 처방과 침구, 부항치료를 하였다. 열흘이 지나도 큰 차도가 없고 오히려 불안증과 불면으로 더 불편을 호소하여 MMPI를 실시하였는데 삿갓형의 신경증척도와 Pt가 상승해 있고, 벡 우울척도인 BDI(Beck Depression Inventory)에서도 45점으로 나타나 심한 우울증으로 진단하고 상담치료에 들어갔다. 상담 중 심한 적개심과 분노감이 있는 것을 확인하고 그 원인을 물으니 2년전 남편의 외도가 지금도 이를 갈 정도로 격분케 한다는 것이다. 이제 그 분노가 살기 싫을 정도의 모욕감으로 여겨지면서 아직도 잊혀지지 않는 적개심으로 오히려 자신을 힘들게 한다는 것이다. 상담치료 중 환자의 마음 속의 말들을 최대한 끌어내게 하며 울면서 그동안의 말 못할 고통과 분노를 하소연하게 하였다. 그리고 기독교인인 환자에게 성경의 산상수훈 중 팔복(八福)에 해당하는 "긍휼히 여기는 자는 복이 있나니 저희가 긍휼히 여김을 받을 것이요."(마5:7) 라는 말씀과 결국 인간이 모두 용서받아야 할 죄인이라는 사실과 용서의 원리에 대해 인지시켰다. 그리고 기도할 것을 권하였다. 얼마 후 환자가 초췌하지만 밝은 얼굴을 하면서 래원하여 며칠간 장염, 심한 설사로 내과 치료를 받았는데 예전 같으면 굉장한 불안이 있었을 텐데 그래도 불안하지는 않게 되었다는 것이다. 이유를 물으니 기도하다가 잠들었는데 새벽에 어떤 형체는 없는데 음성이 들려와 "다 나았다. 평안하라."고 계속 들려왔다는 것이다. 그리고는 예전의 불안한 마음과 불면증이 없어졌고 피곤하긴 한데 오히려 마음은 기쁘다고 하였다.

위 환자의 경우는 초진시 정신적인 원인을 파악하지 못하고 변증위주의 치료만하다 불면, 불안의 원인을 알고 이를 적극적으로 해소시켜줌으로서 치료된 예라 할 수 있다. 이 환자는 기독교 신자로 신앙을 가지고 있어 기독교적으로 접근하기가 용이한 점도 있었고 환자가 소음인의 불안정지심(不安定之心)을 신앙(信仰)의 대상에 맡기고 의지함으로 치료효과가 좋았던 것으로 사료된다.

환자로 하여금 충분한 하소연과 울음으로 기분을 환기시키도록 한 것은 이정변기요법(移情變氣療法)을 실시한 것이다. 용서의 원리와 팔복(八福)을 말한 것은 오지상승요법(五志相勝療法) 중 비승공(悲勝怒)의 원리로 남편의 이해할 수 없는, 그리고 도저히 용서 할 수 없는 마음을 긍휼히 여기는 마음으로 바꾸면서 적개심과 분노가 풀린 것이다.

마지막으로 환자로 하여금 기도 할 것을 권한 것은 《속명의류안(續名醫類案 · 驚悸)》에서 말한 '참선소공(參禪消恐 :참선을 통해 두려움을 없애는 것)'의 의미로 불안하고 공포스러웠던 마음을 신앙의 대상에 의해 극복하는 방법으로 증상호전에 큰 도움이 된 것으로 사료된다.

[출처:- 강형원: 동의신경정신과학회지, 2001;12(1):24-26.]

3. 침구치료

침구치료에서는 대체로 심수(心兪), 비수(脾兪), 신문(神門), 삼음교(三陰交) 등의 혈 자리를 주로 사용한다.

다음은 임상유형에 따른 침구 치료혈의 분류와 그 주요내용이다.

(1) 心脾兩虛형

a. 三陰交, 脾兪, 膈兪, 心兪, 神門

b. (心脾虛衰);

       主穴 ; 心兪, 脾兪, 三陰交, 神門.

       配穴 ; 氣海

c. (心脾兩虛);

       主穴 ; 四神聰, 神門, 三陰交.

       配穴 ; 心兪, 脾兪.

d. (心脾兩虛);

       處方 ; 神門, 三陰交, 心兪, 足三里.

e. (心脾兩虛);

       處方 ; 足三里, 內關, 大陵, 脾兪, 心兪, 隱白, 百會.

f. 選 心兪, 脾兪, 神門, 三陰交 等穴.

       用毫鍼 行補法, 幷配合灸法.

g. 寧心安神方;

       鍼灸處方; 神門, 心兪, 三陰交.

       隨症加穴; 脾虛者, 加 脾兪, 章門.

       腎虛者, 加 腎兪, 太溪.

情志抑鬱者, 加 太衝, 靈道.

脾胃不和者, 加 足三里, 公孫.

健忘者, 加 百會, 志室, 脾兪.

(2) 心腎陰虛형

a. 主穴 ; 心兪, 腎兪, 太谿.

配穴 ; 勞宮, 神門.

b. 肺兪, 心兪, 腎兪, 湧泉, 神門.

c. 腎兪, 太溪, 神門, 大陵

(3) 肝火擾心형

a. 肝兪 膽兪 太衝 行間

b. 主穴 ; 四神聰, 神門, 三陰交.

配穴 ; 肝兪, 大陵, 行間

c. (肝火上擾); 肝兪, 行間, 大陵.

d. 選 肝兪, 內關, 神門, 太衝 等穴.

用毫鍼 行瀉法.

제24장 심리 치료법의 실제

공황장애나 강박증 등 여타 신경증의 치료법으로는 다음과 같은 여러 가지 방법이 있다. 심리요법의 기본은 치료자와의 대화에 따른 면접치료이다. 동시에 신체적으로 나름대로의 병이나 증상을 감안하여 약 등을 쓰고 있는데, 특히 마음(심장)에 작용하는 약인 보혈안신제에 의한 약물치료가 잘 이루어지고 있다.

경증의 공황장애나 강박증은 통원치료를 하면서 이상과 같은 두 가지 치료법만으로 치료되는 일이 있으나, 어느 정도 본격적인 공황장애나 강박증에서는 다음과 같은 치료를 한다.

먼저 치료의 기초적인 준비상태를 만들기 위하여 최면법 등의 암시요법이나 자율훈련법, 기공요법 혹은 근이완법에 따라 정신과 육체의 평안과 통일을 도모한다. 다음에 간이정신요법과 정신분석요법이 있다. 이들 방법에 따라 "왜 이와 같은 병이 되었는가", "지금부터 어떻게 하면 되는가"를 알게 되고 대인관계의 개선을 중심으로 적응의 방법을 알게 되는 것이다.

그러나 분석적 방법으로 자기 상태를 알아도 알기만 해서는 병이 낫지 않는 일이 많기 때문에, 증상을 유발시키는 비뚤어진 반응양식의 교정을 위하여 행동요법을 행한다. 최근 연구에서는 이와 같은 요법을 내부 장기의 학습에도 적용시킬 수 있다는 것을 알게 되었는데, 이것이 바이오피드백법이다.

또 이상과 같은 치료의 주류에 병용하여 치료 효과를 올리고 있는 것으로서 감정의 발산과 승화를 꾀하는 작업요법, 환자의 가정이나 학교·직장 등에서 문제가 있어 환자의 힘만으로는 극복하지 못할 때 이를 도와주는 환경조정, 환자끼리 서로 떠받쳐 주는 집단요법,

그 외에 독서요법 등이 있다. 거기에다 특수요법으로는 참선(參禪)이나 모리다요법 등을 들 수 있다.

그리고 하트매쓰(Heartmath)훈련법과 이미지요법이 최근 각광을 받고 있다. 특히 Simonton이 개발한 암에 대한 새로운 치료법인 이미지요법은 암 환자들에게 암으로부터 회복될 힘이 자기 자신에게 있다는 것을 믿게 하는 심리요법으로, 암 이외의 다른 심신증이나 신경증에도 적용하여 좋은 효과를 보이는 치료법이다.

그러면 상기한 여러 가지 치료법에 대하여 간략하게 살펴보고 공황장애나 강박증 치료의 주류가 되는 치료법인 자율훈련법, 기공요법, 근이완법, 행동요법과 참선 및 바이오피드백법에 대해서 자세하게 알아보자.

1. 면접요법

의사와 환자가 차분하고 여유 있게 이야기하면서 대하는 면접은 심신증의 진단을 위하여 중요한 것으로, 심신증의 기본적인 치료법이 된다. 환자의 이야기를 의사가 깊은 관심과 이해와 공감으로 경청하는 것만으로도, 환자의 비뚤어진 감정이 발산되어 마음이 평정하게 되는 수가 있다.

다음에 심신 양면의 검사에 따라 얻은 자료에 따라서 의사가 환자에게 병의 본태에 대하여, 특히 정신과 육체가 어떻게 상관하여 있는가를 설명한다. 환자가 그 때까지는 간단한 신체병인 것으로 알고 있었는데, 문제의 본질이 명확해져 자기 병에 대한 심신상관의 사실을 이해하면 치료의 단서가 열리게 된다. 또 이와 같은 상태에 도달한 원인이 된 환자의 일상생활의 방식이나 병에 대한 마음가짐, 또는 그 근본이 되는 성격이나 가족력 및 개인력에 대한 문제점에 대해서도 생각하여, 사회생활에 가장 잘 적응하도록 의사가 환자를 재교육시키는 일도 있다.

그리나 가장 좋은 빙법은 환자가 스스로 문세를 처리하려고 하는 것을 의사가 지지하여 자신을 갖게 하고, 환자의 자주적인 진보를 의사가 적극적으로 인정하는 것이다.

이와 같이 환자의 성장을 돕고 적응을 도와주는 것을 목표로 하여, 현재 일어나고 있는 문제를 들추어서 의사가 환자에게 원조적인 역할을 하는 일을 카운슬링이라고 한다.

면접법은 보통 주 1~2회, 1회에 30~60분 행한다.

2. 암시요법

사람은 누구나 크고 작은 암시에 반응하는 성질이 있다. 심장신경증이나 차멀미 등의 심신증이 암시로부터 일어나기도 하고, 증상이 악화되는 때가 있으며, 치료에도 암시가 사용되고 있다. 각성 시에도 암시를 받을 때가 있어, 신뢰하는 의사의 격려하는 말이나 확언에도 암시적 효과가 포함되어 있다. 같은 약이라도 명의 처방이 잘 듣는 것인데, 이것도 암시효과가 상승적으로 도와주는 것이다.

그러나 암시는 최면상태에서 가장 효과를 나타내는 것으로, 의학에 암시요법을 행할 때 최면요법에 쓰는 일이 많다.

최면요법은 무엇인가. 비과학적인 것, 또는 마술적인 것으로 오해된 때가 있었다. 그것은 TV에서 최면요법을 쇼라고 하여, 재미있고 이상하고 불가사의한 것이라 하며 구경거리로 만들었기 때문이다. 그러나 학문적으로 보면 극히 당연한 암시에 따른 현상에 지나지 않는다.

현대의 심신의학에서는 환자의 자유의지를 빼앗아 술법을 거는 것과 같은 형으로, 강제로 증상을 눌러버리는 것 같은 최면은 하지 않는다. 특히 환자 중에는 최면술이라도 걸어서 바로 증상을 가볍게 해달라고 안이한 기대를 가지고 내원하는 사람도 있다.

병의 종류에 따라서는 암시로 직접 증상을 제거할 수도 있지만, 그
것만으로는 일시적인 것에 지나지 않고 곧바로 재발하게 된다.

물론 심신의학에서는 최면에 따라 심신의 조화를 꾀하여, 스트레
스에 대한 쿠션 같은 효과를 치료에 사용하거나, 또 최면이라고 하는
심신의 특수한 상태-뒤에 서술하는 행동요법이나 정신분석 등-를
더 효과적으로 행하기 위한 장으로서 활용하고 있다.

또한 환자의 성격이나 능력으로 보아 분석적인 치료가 어렵겠다
고 생각되는 증례에서는, 최면 법으로부터 치료자가 모친과 같은 마
음으로, 부친과 같은 자세에서 치료해 나가는 일도 있는데 이것은 특
수한 경우이다.

최근에는 이처럼 타자로부터 끼쳐 오는 것과 같은 타자최면보다,
자기최면 쪽이 중시되고 있다. 자율훈련법도 일종의 자기최면이라고
할 수 있다. 이로부터 얻어지는 심신의 이완과 조정이 심신의학적인
치료의 근본이 된다.

3. 자율훈련법

독일의 슐츠(Schultz) 교수에 의해 1932년에 창시된 자율훈련법
은 자기 스스로가 훈련의 중심적 존재로서 공식에 따른 단계적인
연습을 통해 마음과 몸의 건강을 되찾고 병에 대한 저항력을 기르
며 스트레스 해소, 능률향상, 잠재능력의 개발 등에 광범위하게 이
용되는 기법이다.

자율훈련법은 자기최면을 위한 여러 가지 방법 중에서 현재 가
장 잘 체계화되어 있고 기술적으로도 그 술식이 명확하며 또한 심
리적으로도 재료가 정비되어 있을 뿐만 아니라 임상적으로 높은
효과가 입증된 방법이다.

심신증의 일례를 들면, 본태성 고혈압, 부정맥, 기관지천식, 소화

성 궤양, 과민성 대장증후군, 갑상선기능항진증, 자율신경실조증, 편두통, 전신성 근통증, 서경(writer's cramp), 사경(wryneck), 신경성 빈뇨, 갱년기 장애, 차멀미, 졸음 등의 여러 가지 병이나 증상에 유효하다. 물론 건강한 사람도 이 훈련을 하고 있으면 병의 예방에 도움이 되는 것은 말할 것도 없다.

그래서 이제부터 자율훈련법의 구체적인 훈련방법을 소개한다. 처음에는 될 수 있는 대로 조용하고 너무 밝지 않으며, 안정할 수 있는 장소에서 연습하는 것이 좋다. 부드러운 모포 위에서 위를 보고 누워서 넥타이나 허리띠를 늦추고 양팔을 가볍게 펴고 양발을 조금 벌린다. 무릎이나 팔꿈치는 긴장을 느끼지 않을 정도로 굽히는 것이 좋다. 의자나 소파에 앉아서 할 때에는 편안히 깊게 앉아, 양팔은 무릎 위에 놓거나 허벅지 위에 자연스럽게 놓는다. 양다리는 어깨 정도의 넓이로 펴고 발은 마룻바닥에서 떨어지지 않게 한다. 머리의 위치는 앞으로 늘어뜨리거나 힘을 뺀 상태로 있는다. 허리는 전신근육이 될 수 있는 한 이완될 수 있는 자세로 한다.

다음에 가볍게 눈을 감고 2~3회 깊은 심호흡을 한다. 그리하여 '기분이 매우 안정되어 있다'라는 말을 머릿속에서 천천히, 조용히 되풀이한다. 기분이 안정된 상태에서 다음의 표준공식에 의한 표준연습을 실시한다.

【공식】

안정공식 : 기분이 매우 안정되어 있다[안정연습].
제1공식 : 양팔, 양다리가 무겁다[중감연습].
제2공식 : 양팔, 양다리가 따뜻하다[온감연습].
제3공식 : 심장이 조용히 뛰고 있다[심장조정연습].
제4공식 : 편안하게 호흡하고 있다[호흡조정연습].
제5공식 : 위 부분이 따뜻하다[복부온감연습].
제6공식 : 이마가 시원하다[액부양감연습].

Schultz가 고안한 6단계의 공식에 따른 표준연습, 즉 먼저 연습을 시작하는 전제 조건으로서 기분[마음]을 안정시키는 일부터 시작해서 '무겁다', '따뜻하다'는 감각을 감지하는 연습, 나아가서는 심장조정연습, 호흡조정연습, 복부온감연습, 그리고 마지막 단계로서 이마에 凉感을 내는 연습으로 들어가게 된다.

자율훈련법에는 이 표준연습 외에도 묵상연습이라든지 특수연습이 있는데, 일단 표준연습을 마스터하면 자율훈련법의 80%는 마스터한 것이 된다.

또한 그 표준연습 가운데에서도 안정연습, 중감연습, 온감연습 등의 세 가지를 마스터하면 표준연습의 80%, 요컨대 자율훈련법 전체의 거의 60%를 마스터한 것이 된다.

물론 자율훈련법 전부를 마스터하는 데 있어서 필요한 절차는 아니지만 처음으로 자율훈련법을 시작하는 사람은 우선 중·온감연습을 마스터하는 것에 목표를 두는 것이 바람직하다. 대개의 경우 그것으로 충분히 효과를 얻을 수 있기 때문이다.

단, 실제로 연습에 임하기 전에 정신적으로 충분한 준비를 하지 않으면 안 된다. 자율훈련법이 아닌 다른 요법, 예컨대 요가나 명상의 경우에도 그렇지만 그 요법이 가지고 있는 효과를 이끌어내는 데는 어느 정도 장기간에 걸친 계속적인 연습이 필요하다. 인내와 지구력을 가지고 하나하나의 단계를 정복해 나감으로써 비로소 성과가 자신의 것으로 되는 것이다.

이와 같이 장기간에 걸친 요법을 계속하려면 무엇보다 강한 목적의식이 필요하다. 그러므로 자율훈련법을 시작하기에 앞서 "무엇 때문에 이 훈련을 시작하는가"를 자기자신에게 묻고 명확한 답을 할 수 있어야 한다. 다시 말하면 훈련을 시작하는 동기 혹은 목적을 확고히 해두어야 한다. 그렇지 않으면, 특히 의지가 약하고 지구력이 없는 사람은 중도에서 포기해버리기가 쉽다.

자율훈련이란 훈련을 시작하는 즉시 어떤 효과가 나타나는 것이 아니다. 따라서 성급하게 어떤 효과를 기대하는 사람은 실망한 나머지 연습을 중단 또는 포기하는 사례가 얼마든지 있다. 그러나 목적이나 동기가 확립되어 있으면 그런 혼란 상태에 빠질 염려가 없다. 그리고 이미 마음이 정착되어 있으므로 연습에 임하는 자세도 적극적, 주체적이 되어 그 진척도 빨라지고 효과도 의외로 빨리 나타난다.

(1) 제1공식 : 중감연습 – 양팔, 양다리가 무겁다

연습은 평소 주로 쓰는 팔부터 시작한다. 오른손잡이라면 오른팔부터 실시한다.

'기분이 매우 안정되어 있다'를 한 번(1×) 머릿속으로 마치 그런 것처럼 기분을 취하면서 가볍게 암시를 준 다음, 오른팔에다가 넌지시 마음을 두고 머릿속으로 '오른팔이 매우 무겁다'라고 여섯 번(6×) 정도 되풀이한다. 이어서 '기분이 매우 안정되어 있다'를 한 번 더 (1×) 암시한다.

해제시키는 데는 오른팔에 조금씩 힘을 넣어 강하게 굴신하면서 아울러 등과 허리를 크게 쭉 뻗는 것 같이 2~3회 심호흡을 한 다음 살며시 눈을 뜬다.

이것을 1시행으로 하고 30초 간격으로 세 번 연습을 되풀이하는 것으로 1세션(session) 연습은 모두 끝나게 되는 것이다. 1시행 연습 시간은 30~60초 사이에서 끝마치도록 한다.

1스텝 연습에서 그 반응이 잘 나타나기까지 보통 1~2주가 걸린다. 빠른 사람은 몇 번의 연습으로 반응이 잘 나오는 경우도 있다.

아무튼 연습 반응이 언제 어디서나 곧바로 나타날 수 있게 되면 2스텝으로 들어간다. 2스텝도 잘 체득되면 3스텝, 4스텝, 5스텝으로 점진적인 연습을 해 나가는 것이다.

팔다리의 重感을 모두 마스터하려면 대체로 4~6주가 걸리게 된다. 실제 연습은 다음과 같다.

【1스텝】 오른팔 중감연습

○ '기분이 매우 안정되어 있다' (1×)
○ '오른팔이 매우 무겁다' (6×)
○ '기분이 매우 안정되어 있다' (1×)
○ 종료 : '팔 3번 굴신 — 심호흡 — 눈을 뜬다.'
이 연습과정을 1시행으로 하여 3번 반복 시행(1시행 간 중단 약 30초).

【2스텝】 왼팔 중감연습

○ '기분이 매우 안정되어 있다' (1×)
○ '오른팔이 매우 무겁다' (6×)
○ '기분이 매우 안정되어 있다' (1×)
○ '왼팔이 매우 무겁다' (6×)
○ '기분이 매우 안정되어 있다' (1×)
○ 종료 : '팔 3번 굴신 — 심호흡 — 눈을 뜬다.'
이 연습과정을 1시행으로 하여 3번 반복 시행(1시행 중단 약 30초).

【3스텝】 오른다리 중감연습

○ '기분이 매우 안정되어 있다' (1×)
○ '양팔이 매우 무겁다' (6×)
○ '기분이 매우 안정되어 있다' (1×)
○ '오른다리가 매우 무겁다' (6×)
○ '기분이 매우 안정되어 있다' (1×)
○ 종료 : '팔 3번 굴신 — 심호흡 — 눈을 뜬다.'
이 연습과정을 1시행으로 하여 3번 반복(1시행 간 중단 약 30초).

【4스텝】 왼다리 중감연습

○ '기분이 매우 안정되어 있다' (1×)
○ '양팔과 오른다리가 매우 무겁다' (6×)
○ '기분이 매우 안정되어 있다' (1×)
○ '왼다리가 매우 무겁다' (6×)
○ '기분이 매우 안정되어 있다' (1×)
○ 종료 : '팔 3번 굴신 — 심호흡 — 눈을 뜬다.'
이 연습과정을 1시행으로 하여 3번 반복 시행(1시행 간 중단 약 30초).

【5스텝】 양 팔다리 중감연습

○ '기분이 매우 안정되어 있다' (1×)
○ '양 팔다리가 매우 무겁다' (6×)
○ '기분이 매우 안정되어 있다' (1×)
○ 종료 : '팔 3번 굴신 — 심호흡 — 눈을 뜬다.'
이 연습과정을 1시행으로 하여 3번 반복 시행(1시행 간 중단시간 약 30초).

지금까지 규칙적인 올바른 연습으로 5스텝 연습까지 모두 끝내고 언제 어디서나 양 팔다리 중감반응이 곧바로[30초 이내로] 일어나게 된다면 중감연습은 훌륭하게 완료가 된 것이다.

(2) 제2공식 : 온감연습 - 양팔, 양다리가 따뜻하다

'따뜻한' 느낌도 중감연습의 '무거운 느낌'과 마찬가지로 실제로 체내에서 일어나고 있는 생리적 변화에 기초하고 있다. 따뜻하다는 감각은 그 때까지 근육의 긴장으로 압박되어 있던 모세혈관이 동시에 확장되는 것을 의미한다. 혈관이 확장되면 혈행이 왕성해진다. 따뜻한 혈액이 다량으로 흐르기 때문에 당연히 그 부분의 피부온도가 상승하게 된다. 요컨대 따뜻하다는 느낌은 근육의 이완에 따른 혈행의 촉진에 의해 이루어지는 것이다.

때문에 무거운 느낌을 마스터한 사람은 예외 없이 극히 단기간에 따뜻한 감각을 파악하게 된다. 개중에는 중감연습으로 무거운

느낌이 나타나기 시작함과 동시에 따뜻함을 느끼는 사람도 있다.

온감연습이라고 하는 것은 생리적인 변화를 확인하면서 '따뜻하다'는 공식을 반복함으로써 더욱 그 상태를 심화시키는 연습인 것이다.

이와 같이 혈액의 흐름이 증가해서 피부온도가 상승한다는 것은 이미 많은 학자들의 연구 결과에 의해 확인되었다. 예컨대 지금으로부터 30년 전에 폴티엔이라는 학자는 자율훈련 중 피부온도의 측정을 시도한 결과 연습 전에 비해서 5~6도의 상승이 있다는 사실을 확인하고 있다.

전문가들에 의해 실시된 최근의 조사에서도 80명의 대상자 가운데 67명이 피부온도의 상승을 보였다. 폴티엔의 보고는 약간 극단에 치우친 감이 없지 않으나 자율훈련에 의한 2~3℃ 정도의 피부온도의 상승은 이미 당연한 현상으로 받아들여지고 있다.

그렇다고는 하나 이 생리적인 변화는 실제로는 어디까지나 통상의 생리변화의 범위 내에서 이루어진 것이다. 개중에는 이러한 생리적인 변화에 불안을 느끼는 사람도 있을지 모르나 그럴 필요는 전혀 없다.

예컨대 손의 피부온도가 5℃ 올랐다고 하자. 이 경우 27℃였던 것이 32℃로 되는 일은 있어도 32℃가 37℃로 되는 일은 있을 수 없다. 즉, 36℃ 전후의 체온을 넘는 일은 결코 없다.

그러면 이 '따뜻함'의 감각은 실제로 어떤 형태로 나타나는 것일까. 무거운 느낌이 나타나는 형태가 사람에 따라 가지각색이었듯이 온감이 나타나는 형태도 사람에 따라 다르다. 가장 전형적인 것이 '햇볕을 쬐듯이 따뜻한 느낌'이다. 그와는 달리 '손끝이 찌릿찌릿한' 감각이나 혹은 '욱신욱신 맥이 뛰는 것 같은' 따뜻함도 있다. 이것은 혈관운동신경이 과민해서 불안정한 여성에게 많이 나타나는 감각인데 무거운 느낌과 동시에 이와 같은 온감이 일어나는 일도 적지 않다.

어쨌든 따뜻하다는 느낌이 몸의 내부에서 일어난다는 점만은 어느 경우에나 공통적이다. 따뜻함을 느끼는 것은 피부의 내부를 달리는 혈액량의 증가에 의한 것이기 때문에 지극히 당연하고 정상적인 현상이라 할 수 있다.

그러나 개중에는 이와 같은 온도의 상승이 너무 심해 오히려 불쾌감을 느끼는 사람도 있다. 특히 '찌릿찌릿', '욱신욱신'이라고 형용되는 따뜻함을 느낄 때 그런 경우가 많다. 이런 경우에는 공식을 다시 정리할 필요가 있다. 예를 들면 '양팔, 양다리가 조금만 따뜻하다' 하는 식으로 정도를 억제하도록 한다. 그래도 효과가 없을 경우에는 이 단계의 연습을 조기에 일단락하도록 한다.

또한 반대로 온감연습을 하고 있음에도 불구하고 '따뜻한' 느낌이 조금도 나타나지 않는 사람이나, 극히 드문 경우 한기가 느껴지며 소름이 돋는 경우도 있다. 그런 상황에 직면했을 때는 먼저 자신이 온감을 마스터하기 위해 너무 적극적으로 덤벼들지 않았는가를 점검해보기 바란다. 온감은 중감이 나타나기만 하면 반드시 나타나는 것이다. 다소 반응이 늦는다고 해서 초조해 할 필요는 전혀 없다. 그 같은 경우에는 침착하게 중감연습으로 되돌아가서 연습을 다시 하도록 한다.

그러나 개중에는 정확한 방법으로 연습을 하고 있는데도 불구하고 예상하고 있는 감각과는 전혀 다른 반응이 나오는 경우도 있다. 즉, 따뜻하다는 감각이 나타나기를 기다리고 있는데 몸의 일부분에 통증이 온다든지 어깨가 뻐근하다든지 하는 엉뚱한 반응이 나타날 때가 있다. 이와 같은 통증이나 불쾌한 반응 등이 일어날 경우에는 다시 한번 연습 방식에 잘못이 없는가를 점검한다. 만약 연습 방식에 잘못이 발견되면 그것을 고쳐서 다시 연습한다. 그러나 잘못이 발견되지 않으면 일단 연습을 중지하고 전문의나 지도자의 상담을 받는 것이 좋다.

또한 불쾌한 반응이라고까지는 할 수 없어도 연습 중에 따뜻하다는 감각과는 전혀 무관한 반응이 일어나는 일도 있다. 예를 들면 몸의 일부가 경련을 일으키듯 실룩거린다, 눈물이 나온다, 불안하다, 우울하다, 저리다, 어지럽다, 가렵다, 혹은 오랜 옛날의 추억이 떠오를 때가 있다.

이와 같이 일견 어울리지 않는 것 같은 반응은, 실은 온감 연습에 국한되는 것이 아니라 자율훈련 전반에 걸쳐 나타나는 이른바 자율성 해방이라 불리는 현상이다. 이와 같은 현상은 마음의 응어리가 풀려서 균형이 회복, 안정되는 과정에서 일어난다는 사실을 캐나다의 루테 박사가 발견하고 이의 새로운 방법을 제창하였다. 이것을 자율성 중화법이라고 한다. 예를 들면 자율훈련법을 행하는 중에 수족 등이 무겁고 따뜻하게 됨과 동시에 심신양면에서 여러 가지 변화가 자연적으로 일어난다. 이것을 억제하지 않고 그대로 표출시켜 준다. 또 면접에서도 문제가 되어 있는 테마에 대하여 자유스럽게 이야기하도록 한다. 그러면 자연치유력이 발휘되어, 마음 밑바닥에 숨겨져 있는 심리면에서의 혼란도 풀어져, 일단 표면화된 다음, 자연히 해소되어 중화된다는 것이다. 이 때 자연히 생기는 심신의 변화는 치료자는 물론, 환자 자신까지도 일체 간섭하지 않고 있는 그대로 발산시켜 두는 일이 중요하다. 그렇게 하면 태어나면서부터 가지고 있는 항상성의 힘이 충분히 발휘되어 스스로 병이 치료된다.

온감연습의 구체적인 실시 방법은 다음과 같다.

【1스텝】 오른팔 온감연습

○ '기분이 매우 안정되어 있다' (1×)
○ '양 팔다리가 매우 무겁다' (7×)

○ '기분이 매우 안정되어 있다 (1×)
○ '오른팔이 매우 따뜻하다' (6×)
○ '기분이 매우 안정되어 있다' (1×)
○ 종료 : '팔을 3번 굴신 - 심호흡 - 눈을 뜬다.'
이 연습과정을 1시행으로 하여 3번 반복 시행(1시행 간 중단 약 30초).

【2스텝】 왼팔 온감연습

○ '기분이 매우 안정되어 있다' (1×)
○ '양 팔다리가 무겁고 오른팔이 매우 따뜻하다' (6×)
○ '기분이 매우 안정되어 있다' (1×)
○ '왼팔이 매우 따뜻하다' (6×)
○ '기분이 매우 안정되어 있다' (1×)
○ 종료 : '팔을 3번 굴신 - 심호흡 - 눈을 뜬다.'
이 연습과정을 1시행으로 하여 3번 반복(1시행 간 중단 약 30초).

【3스텝】 오른다리 온감연습

○ '기분이 매우 안정되어 있다' (1×)
○ '양 팔다리가 매우 무겁고, 매우 따뜻하다' (6×)
○ '기분이 매우 안정되어 있다' (1×)
○ '오른다리가 매우 따뜻하다' (6×)
○ '기분이 매우 안정되어 있다' (1×)
○ 종료 : '팔 3번 굴신 - 심호흡 - 눈을 뜬다.'
이 연습과정을 1시행으로 하여 3번 반복 시행 (시행 간 중단 약 30초).

【4스텝】 왼다리 온감연습

○ '기분이 매우 안정되어 있다' (1×)
○ '양 팔다리가 무겁고 양팔 오른다리가 매우 따뜻하다' (6×)
○ '기분이 매우 안정되어 있다' (1×)
○ '왼다리가 매우 따뜻하다' (6×)
○ '기분이 매우 안정되어 있다' (1×)
○ 종료 : '팔 3번 굴신 - 심호흡 - 눈을 뜬다.'
이 연습과정을 1시행으로 하여 3번 반복 시행(1시행 간 중단 약 30초).

【5스텝】 양 팔다리 온감연습

○ '기분이 매우 안정되어 있다' (1×)
○ '양 팔다리가 매우 무겁고 따뜻하다' (6×)
○ '기분이 매우 안정되어 있다' (1×)
○ 종료 : '팔 3번 굴신 - 심호흡 - 눈을 뜬다.'
이 연습과정을 1시행으로 하여 3번 반복 시행(1시행 중단 약 30초).

오른팔에 온감반응을 느낄 수 있는 기간은 대체로 1~2주일 정도 걸린다. 물론 시작하자마자 온감이 느껴지는 연습자도 있다. 이렇게 온감 연습 반응이 증감을포함하여 보통 30초내로 잘 나타났다면 자율훈련법에서 가장 중요한 1,2단계 기초 연습이 완료된 셈이다.

(3) 제3공식 : 심장조정연습 - 심장이 조용히 뛰고 있다

연습을 시작해서 1~2 개월이 지나면 대부분의 사람은 중·온감을 잘 파악할 수 있는 단계에 와 있다. 처음에는 오른팔에서 왼팔로 단계적으로 진행하던 연습이, 양쪽을 동시에 할 수 있도록 진척되어 있는 것이다. 거기까지 마스터했으면 연습은 이제 제3공식으로 넘어가게 된다.

루테가 실제로 신경증이나 심신증 환자를 대상으로 해서 측정한 보고에 따르면, 자율훈련법을 행하면 중감연습을 마스터한 단계에서 심장의 박동수가 감소되는 추세를 보이기 시작한다. 즉, 평상시 1분간에 70회 정도의 박동이 60~65회 정도로 감소된다고 한다. 제3공식에서는 이 박동수의 감소와 박동의 일정한 규칙성을 확인함과 동시에 그 같은 경향을 한층 강화해 가는 것이 최대의 목표이다.

그러면 이제부터 구체적인 연습 방법으로 들어가자. 처음에는 우선 仰臥 자세로 이제까지와 같은 안정연습, 중·온감연습에서 출발한다. 그렇게 해서 감각의 느낌이 파악되면 이번에는 주의를

앙팔·앙다리에서 심장이 있는 왼쪽 가슴으로 이행시킨다. 이것은 심장의 존재감이나 심장이 확실히 움직이고 있음을 확인하기 위해서이다.

우리는 평소 심한 운동 후나 어떤 충격적인 사건에 부딪혀 박동이 격심해졌을 때 외에는 거의 심장의 존재를 의식하지 않고 있다. 더구나 중·온감의 연습으로 심장은 평소보다 조용히 그리고 천천히 고동치고 있기 때문에 더욱 감지하기 어렵다. 그러나 너무 강하게 주의를 집중시키면 역효과가 난다. 연습의 기본인 수동적인 태도를 취할 수 없게 되기 때문이다. 처음에는 앙와 자세를 취하라고 하는 것도, 극히 자연스럽게 심장의 존재를 감지하기 위해서이다.

중·온감이 나타난 단계에서 오른손을 왼가슴에 조용히 대는 것도 한 가지 방법이다. 이 때에는 relax한 상태를 흐트러뜨리지 않도록 팔로 가슴을 압박하거나 팔의 위치가 부자연스럽지 않도록 주의해야 한다. 팔의 위치가 아무래도 이상하다고 느껴지면 모포 같은 것으로 팔꿈치를 중심으로 받쳐서 그 높이가 가슴의 높이와 거의 같을 정도로 조정한다. 이렇게 해서 심장의 존재감이 파악되면, 오른팔은 이제까지 마스터한 앙와 자세의 위치로 되돌아간다.

심장에 마음을 집중할 수 있게 되면 다음에는 언어 공식을 마음속으로 반복하는 연습에 들어간다.

심장조정연습의 구체적인 실시방법은 다음과 같다.

○ '기분이 매우 안정되어 있다' (1×)
○ '양 팔다리가 매우 무겁고 따뜻하다' (6×)
○ '기분이 매우 안정되어 있다' (1×)
○ '심장이 조용히 뛰고 있다' (6×)
○ '기분이 매우 안정되어 있다' (1×)

○ 종료 : '팔을 3번 굴신 - 심호흡 - 눈을 뜬다.'
이 연습과정을 1시행으로 하여 3번 반복 시행 (시행 간 중단 약 30초).

이 연습을 4~7일간 계속하면 자연히 심장의 존재감을 파악하게 된다. 그리고 2주일쯤 지나면 마스터할 수 있을 것이다.

이 연습을 진행함에 있어 꼭 알아두어야 할 점은 이 심장조정연습은 어디까지나 지금까지 몸에 익혀 온 릴랙스 상태를 더욱 심화시키기 위해 행한다는 사실이다. 의도적으로 심장을 천천히 뛰게 하는 연습이 아닌 것이다. 심신을 릴랙스시킴으로써 이미 그 상태는 달성되어 있는 것이다. 여기서는 그것을 확인만 하면 된다.

그러나 '심장이 조용히 뛰고 있다'는 공식을 반복함으로써 그 상태가 더욱 심화되는 것도 또한 사실이다. 그리고 실제로 훈련에 의해 심박수는 어느 정도 의도적으로 변화시킬 수가 있다. 예컨대 빈즈윙거라는 한 의사는 평소에 76이었던 심박수를 44로 감소시키거나 역으로 144까지 증가시켰다고 한다. 또한 인도의 요가 행자 가운데는 10초간 심장을 완전히 정지시킨 사람도 있다고 전해지고 있다. 이것은 특별한 사례지만 이 정도로 극단이 아닌 좀더 소폭의 변화라면 평범한 사람이라도 그 컨트롤이 가능하다.

물론 의도적으로 그 상태를 심화시키려 하는 것은 아무런 의미도 없다. 뿐만 아니라 위험성마저 있다. 예컨대 '심장이 더욱 천천히 뛴다', 혹은 '더욱 강하게 뛰고 있다'고 새로운 상태를 유도하는 말을 사용하면, 마치 협심증인 때에 일어나는 것과 같은 변화가 나타나거나 기외수축이라고 해서 박동의 리듬을 만들고 있는 기점에 혼란이 발생, 맥이 산만해진다. 그리고 그 같은 의도적인 암시는 생체의 메커니즘을 무시한 것이기도 하다.

심장이란 한마디로 혈액을 내보내는 펌프와 같다. 심한 운동을 하면 부족한 산소를 보급하기 위해 그만큼 빨리 뛰듯이 그때그때 의 몸의 상태에 따라 활동 방식이 다르다. 이와 같은 몸의 상태를 무시하고 심장의 움직임을 컨트롤한다는 자체가 백 번 무리인 것이다. 어느 경우에 있어서나 역시 가장 중요한 것은, 있는 그대로의 상태에 몸을 맡기는 '수동적 주의집중'이다.

그런 식으로 의도적인 암시를 사용하지 않더라도 공식에 의해 극히 자연스럽게 심장의 박동은 변화한다. 이와 같은 사실에 유의해서 심장에 장애가 있는 사람은 이 연습을 생략하고 다음의 제4 공식으로 넘어가는 것이 좋다. 꼭 심장에 장애가 있는 사람이 아니라도 그럴 가능성이 있다고 생각하는 사람은 삼가는 것이 좋겠다.

심장조정연습이 표준연습 가운데서 반드시 행해져야만 하는 것은 아니므로 무리를 할 필요는 없다. 만약 그래도 연습을 하고자 한다면 표준연습을 대충 끝마치고 나서 마지막으로 하도록 한다. 그런 경우에도 전문의나 지도자의 지시에 따라야 함은 물론이다.

(4) 제4공식 : 호흡조정연습 - 편안하게 호흡하고 있다

제4공식의 연습 목표는 제3공식의 그것과 같다. 중·온감연습으로 얻은 상태의 일부를 확인하면 되는 것이다. 다시 말하면 호흡의 편안함을 마음속에서 확인할 수 있으면 이 연습은 마스터한 것이라고 생각해도 된다.

그러나 이 호흡조정연습에는 지금까지의 연습에 비해 본질적으로 다른 면도 있다. 제3단계까지의 공식은 모두가 자신의 의지에 따라 곧바로 실현할 수는 없는 것뿐이었다. 그러나 제4단계의 공식인 호흡 조정은 누구나 바로 컨트롤 할 수 있다. 심호흡을 하려고 하거나 혹은 억지로 호흡 동작을 빨리 하려고 하는 것은 모두 자신의 의지로 조정이 가능하다.

한편 잠자고 있을 때와 같이 아무런 의식이 없을 때에도 호흡은

끊임없이 계속되고 있다. 이는 호흡 운동이 생리학에서 말하는 수의신경계와 불수의신경계 양쪽의 지배를 받고 있기 때문에 가능한 것이다. 이 점이 바로 지금까지의 연습과는 다른 특징이다.

이와 같이 호흡은 수의 신경계의 지배를 받고 있어 운동의 조정을 자유자재로 할 수 있다. 그 때문에 연습에 들어가면 자신도 모르게 의도적으로 호흡을 조정하려고 하는 의식이 작용하게 된다. 공식의 말에 맞추어 좀더 길게, 좀더 천천히 호흡하려는 마음이 선행되어버리는 것이다.

물론 연습에 자신의 의지가 개입되면 아무런 효과도 얻을 수 없다. 아무리 의도적으로 천천히 호흡을 해도 그것은 편안한 호흡과는 질적으로 다른 것이다. 이때까지의 연습과 마찬가지로 기분을 릴랙스시켜서 그저 자연스런 호흡에 맡겨 두면 된다.

요컨대 이 호흡조정연습은 의식적으로 아무렇게나 컨트롤할 수 있는 호흡을 억지로 자연스런 동작에 맡기기 위한 연습이라고 말할 수 있다.

그러면 처음부터 이 단계까지의 공식의 진행 방법을 보자.

○ '기분이 매우 안정되어 있다' (1×)
○ '양 팔다리가 매우 무겁다' (6×)
○ '기분이 매우 안정되어 있다 (1×)
○ '양 팔다리가 매우 따뜻하다' (6×)
○ '기분이 매우 안정되어 있다' (1×)
○ '심장이 조용히 뛰고 있다' (6×)
○ '기분이 매우 안정되어 있다' (1×)
○ 종료 : '팔 3번 굴신 - 심호흡 - 눈을 뜬다.'
이 연습과정을 1시행으로 하여 3번 반복 시행(1시행 간 중단 약 30초).

이미 제3공식까지는 순조롭게 들어갈 수 있기 때문에 처음부터 여기까지의 공식을 한번에 계속할 수 있다.

제4단계의 공식과 마찬가지로 동양에서 생긴 명상법이나 건강법 중에는 호흡을 중요시하고 있는 것이 적지 않다. 좌선도 그 하나로 '調身·調息·調心'이라고 해서 호흡을 조정하는 일이 중요시되어 있다. 또한 요가에도 호흡 훈련의 단계가 포함되어 있다. 요즘 우리 나라에도 臍下, 즉 배꼽 아래에 氣를 충만시킨다는 이른바 단전호흡법이라는 것이 소개되고 있다.

이 같은 호흡법과 자율훈련법에는 어떤 유사점과 상위점이 있는 것일까. 우선 유사점으로서는 복식호흡을 하고 있다는 사실이다. 이 호흡법은 거의 예외 없이 복식호흡이 기본으로 되어 있다. 자율훈련법의 경우는 그것이 그 사람에게 있어서 자연스러운 것이라면 복식이든 흉식이든 상관없으나, 호흡 조정의 연습을 계속하는 동안 무의식중에 복식호흡으로 되는 경우가 많다.

그리고 자율훈련법을 외면적인 유사점이 많다고 해서 흔히들 '인스턴트 禪'이라고 하지만 실제로는 호흡의 방법 하나만 살펴보더라도 상위점이 있다. 자율훈련의 호흡의 특징은 공식에서도 알 수 있듯이 천천히 깊은 복식 호흡을 하여, 즉 흡기가 호기보다도 길어진다. 한편 좌선에서는 깊게, 천천히, 복식호흡을 하는 점에서 자율훈련과 공통점이 있으나 흡기와 호기의 비가 전혀 다르다. 시간적으로 볼 때도 호기가 흡기의 3~4배나 된다. 이 같은 방법은 지극히 의도적으로 만들어진 것으로서 특별한 훈련을 필요로 한다. 바로 이러한 점들이 '자연'을 중시하는 자율훈련법과의 명확한 상위점이라 하겠다.

이 호흡 조정의 단계에서도 역시 호흡기 질환이 있는 사람은 연습을 피하도록 한다. 기관지천식, 공기의 부족 증상이 수반되는 이른바 공기 기아증이란 병을 앓고 있는 사람은 이 단계를 생략하고 다음의 제5공식으로 넘어간다.

(5) 제5공식 : 복부온감연습 - 위 부분이 따뜻하다

제5공식을 지금은 복부 혹은 배의 온감연습이라고 하지만 본래는 '태양 신경총의 온감연습'이라고 불렀다. 이 태양 신경총이 바로 이 연습의 목표이다. 연습 방법을 소개하기 전에 먼저 이 태양 신경총에 대해 간단히 알아보자.

서양 해부학에서는 이 태양 신경총을 복강 신경총이라 부르고 있다. 그 이름에서도 알 수 있듯이 이 신경총은 복부 한가운데에 위치하고 있는 자율신경의 뭉치로서 여러 기관에 신경 섬유를 뻗고 있으며 복부를 지나는 대동맥에 덮여 있다. 그 형상이 흡사 태양이 활활 타고 있는 모양과 비슷하다고 해서 이 같은 명칭이 붙여졌다.

이 태양 신경총은 쉽게 말해 뇌에서 나와 있는 자율신경의 전선기지로서, 여기서 다시 위, 장, 간장, 신장 등 많은 기관에 신경을 뻗고 있다. 그리하여 복부의 거의 모든 활동이 여기서 컨트롤되고 있다.

여기에 마음을 집중하는 데서부터 제5단계의 복부온감연습이 시작된다. 그러나 태양 신경총의 존재를 파악하기란 그리 쉬운 일이 아니다. 그래서 처음에는 심장조정연습에서 한 것과 같이 태양 신경총이 있는 위치에 오른손을 놓아 자연히 의식이 그 부분으로 향하도록 한다.

이 태양 신경총은 정확히 명치와 배꼽 중간 부위에 있다. 먼저 릴랙스될 수 있도록 앙와 자세를 취하고 나서 오른손을 그 부분에 자연스럽게 올려 놓는다.

그 후에 다음과 같은 공식으로 연습을 반복한다.

○ '기분이 매우 안정되어 있다' (1×)
○ '양 팔다리가 매우 무겁다' (6×)
○ '기분이 매우 안정되어 있다' (1×)
○ '양 팔다리가 매우 따뜻하다' (6×)

○ '기분이 매우 안정되어 있나' (1×)
○ '심장이 조용히 뛰고 있다' (6×)
○ '기분이 매우 안정되어 있다' (1×)
○ '편안하게 호흡하고 있다' (6×)
○ '기분이 매우 안정되어 있다' (1×)
○ '위 부분이 따뜻하다' (6×)
○ '기분이 매우 안정되어 있다' (1×)
○ 종료: '팔을 3번 굴신-심호흡-눈을 뜬다'.

이 연습과정을 1시행으로 하여 3번 반복 시행 (1시행간 중단 약 30초).

이 연습은 지금까지의 연습에 비하면 마스터하기까지 상당한 시간이 걸린다. 그래서 효과적으로 연습을 진행시키기 위한 보조 이미지를 활용하는 것이 좋겠다. 예를 들면 오른손을 복부 위에 올려놓고 있을 때 이미 온감연습으로 전도되어 있는 그 손의 따뜻함이 의복에서 복부 안쪽으로까지 스며들어가고 있는 장면을 이미지로 그리는 것도 좋을 것이다. 또한 폐에 들어간 공기가 따뜻해져서 그것이 뱃속으로 스며들고 있는 장면을 상상해도 좋다. 물론 이 같은 일은 현실적으로는 있을 수 없으나 실제로 해보면 현실감으로 느껴져서 연습의 효과를 촉진시킨다.

그런데 이 복부의 온감연습을 하는 동안 뱃속에서 '꾸룩꾸룩'하는 소리가 들려오는 경우가 있다. 개중에는 그것을 불안하게 생각하는 사람도 있을지 모르나 실은 그 같은 현상은 몸의 활동이 활발해지고 있다는 증거이다. 즉, 연습에 의해 장의 활동이 왕성해진 것이다. 때문에 특별히 통증이나 불쾌감이 수반되지 않는 한 그대로 연습을 계속해도 문제는 없다.

이 연습에 의해 복부에 따뜻함이 느껴지게 되면 기분의 안정이 한층 심화된다. 안정감이 깊어지고 보다 더 릴랙스된다. 때문에 안정을 필요로 할 때 이 연습은 극히 효과적이다. 시험을 치를 때와 같은 긴장이 고조될 수밖에 없는 상황일 때 온감연습과 함께 병행하면 큰 효과를 볼 수 있다.

복부온감연습은 이와 같이 정신 효과가 있는 연습이지만, 내장에 질환이 있는 사람은 이 연습을 퍼하는 것이 좋다.

특히 불안정한 상태에 있거나 위·십이지장 궤양이 있는 사람에게는 이 연습은 금물이다. 과민성 대장증후군이나 궤양성 질병을 앓고 있는 사람도 의사의 지도가 없이는 위험하다.

당뇨병 환자에게도 역시 주의가 필요하다. 당뇨병이란 한마디로 말하면, 췌장에서 분비되는 인슐린이 부족한 병이다. 치료용으로 인슐린 주사를 맞고 있던 사람이 이 연습으로 췌장의 활동이 왕성해져서 도리어 인슐린 과잉으로 발작을 일으킨 예도 있다. 이런 경우에는 인슐린 주사의 양을 감소함으로써 치료효과를 기대할 수도 있는데, 그러나 이때는 반드시 전문의와 상담하여야 한다.

복부의 질환 가운데 예외적으로 연습이 유효한 것은 단순한 습관성 변비의 경우이다. 연습에 의해 장의 활동이 촉진되기 때문이다. 그 외에 복부에 어떤 질환이 있으면 반드시 전문가와 상담해서 그 의견을 듣지 않으면 안 된다.

(6) 제6공식 : 액부(이마)양감연습 – 이마가 시원하다

동양에서는 옛날부터 건강에 좋고 더구나 몸의 활동을 증진시킨다는 심신의 조정 방법으로서 "頭寒足熱"이란 말이 전해져 내려오고 있다. 또한 독일에서도 "머리를 차게 하고 발을 따뜻이 하면 명의가 가난해진다"는 속담이 있다.

이제부터 실시하는 자율훈련법의 제6공식은 두한족열의 상태를 만들어 내어 진정한 의미의 건강에 접근하고자 한다. 그러나 개중에는 이마의 涼感 연습에 대해 의문을 제기하는 사람도 없지 않다. 지금까지의 온감연습이 심신을 릴랙스시켜 안락한 상태를 만들었던 것에 반해 양감 연습은 긴장을 유발시켜서 역효과가 나는 일이

있기 때문이다.

실제로 자율 훈련으로 긴장을 예방 또는 해소하고 있던 어느 스포츠 지도자는 이 연습이 오히려 긴장을 야기시키는 일이 적지 않다고 말한다. 이들의 의견에는 납득할 만한 부분도 적지 않다. 슐츠에 앞서 자율훈련법을 발견한 포르크트도 그 치료법인 유도법으로서, 치료자의 손을 환자의 이마에 올려놓고 양감이 아닌 온감을 파악하는 치료를 행하고 있다. 그러나 그와 동시에 이마의 양감 연습은 인간이 나태한 성격에 빠지지 않도록 머리를 시원하게 만드는 효과가 있는 것도 사실이다. 그러므로 특별한 상황에 있을 때를 제외하고는 이 연습도 역시 프로그램 속에 넣어야 한다.

구체적인 연습 방법은 지금까지 해 온 것과 같다. 우선 이마에 마음을 집중시킨 다음 처음부터 공식을 반복해간다.

- ○ '기분이 매우 안정되어 있다' (1×)
- ○ '양 팔다리가 매우 무겁다' (6×)
- ○ '기분이 매우 안정되어 있다' (1×)
- ○ '양 팔다리가 매우 따뜻하다' (6×)
- ○ '기분이 매우 안정되어 있다' (1×)
- ○ '심장이 조용히 뛰고 있다' (6×)
- ○ '기분이 매우 안정되어 있다' (1×)
- ○ '편안하게 호흡하고 있다' (6×)
- ○ '기분이 매우 안정되어 있다' (1×)
- ○ '위 부분이 따뜻하다' (6×)
- ○ '기분이 매우 안정되어 있다' (1×)
- ○ '이마가 시원하다' (6×)
- ○ '기분이 매우 안정되어 있다' (1×)
- ○ 종료 : '팔을 3번 굴신-심호흡-눈을 뜬다'.

이 연습과정을 1시행으로 하여 3번 반복 시행(1시행간 중단 약 30초).

이 연습은 지금까지의 연습 이상으로 가볍게 행하는 것이 그 포인트이다. 이것은 완성 단계로서 지금까지의 표준 연습을 상쾌하게 다 잡는 연습이기 때문이다.

복부의 온감연습과 마찬가지로 이 단계에서도 이미지에 의한 연습 보조가 큰 효과를 발휘한다. 예컨대 이마에 시원한 바람이 불고 있는 이미지를 떠올려 보자. 단순히 이미지로서만이 아니라 실제로 그 자리에서 불고 있는 바람을 쐬는 듯한 기분으로 하면 더욱 효과적이다.

다른 단계에서와 마찬가지로 이 단계에서도 연습을 피해야 할 사람이 있다. 두통이나 편두통으로 고생하는 등 두부에 이상이 있는 사람, 게다가 뇌파에 이상이 있는 사람은 연습을 생략하거나 보류하여야 한다.

4. 氣功요법

(1) 개요

기공은 신체의 움직임과 명상, 호흡조절을 통해 신체의 에너지를 충만시켜 혈액순환을 원활히 하고 면역력을 강화시키는 건강요법이다.

기공은 건강한 사람이나 심한 질환을 앓는 사람이나 모두 스스로의 건강을 위해 직접 시행할 수 있어 세계적으로 널리 애용되고 있다. 중국에서는 매일 2억 사람들이 기공을 하고 있다.

기공은 고대 중국에서부터 시작된 운동으로 신체의 氣의 균형을 도모하고 이를 활성화시키며 血의 흐름을 좋게 하여 건강을 도모하는 것이다.

기공을 시작하는 사람들에게 중국인들은 우선 건강은 스스로 만들어가는 것이며 이를 위해서는 정신을 수양하고 강화시켜 신체 내의 조절계의 기능을 향상시켜야 한다고 가르친다.

최근 중국과 미국에서 시행된 연구에서 기공은 스트레스를 줄이고 혈액 순환을 촉진하며 면역력을 강화해 질병을 예방하는 효과를 가진다고 밝혀졌다. 중국에서는 대부분의 병원에서 기공을 가르치며 기공만을 위한 기관도 수천 개씩 생겨나고 있다.

(2) 효과

기공은 신체 체조와 호흡조절을 통해 뇌와 심장, 기타 기관의 조화로운 운동을 도모한다. 기공을 규칙적으로 반복할 경우 체조와 명상, 호흡 조절을 통해 이전의 질병이나 외상으로 손상 받은 부분을 강화하고 유연성을 키우며 손상을 회복할 수 있다.

전통 중국의학에서는 기공이 기를 자극하여 체내 장기의 기능을 활성화시킨다고 본다. 기공은 막힌 기를 풀고 기의 흐름을 원활히 하여 신체 각 부위의 혈액 순환을 돕고 건강을 유지하게 한다는 것이다.

침구학과 마찬가지로 기공은 체내 전기적 활성을 높여 신진대사가 원활히 이루어지도록 돕는다. 깊은 호흡을 통한 이완요법은 심혈관계 기능을 향상시키고 면역 기능도 강화하며 대뇌 화학물질에도 영향을 끼친다. 정신적 스트레스를 해소하여 긴장성 두통이나 변비, 불면증 등의 정신 건강에 영향을 주는 질환에는 치료효과도 가질 수 있다. 또한 건강한 사람을 포함하여 누워있거나 서있거나 휠체어에 앉아서도 할 수 있어 모든 환자에서 활용이 가능하다.

규칙적인 기공 운동의 효과에 관한 연구 결과는 다음과 같다.

❑ 우선 기공은 정신 긴장을 풀도록 하는 이완 요법을 쓰는데 이는 자율신경계를 활성화시켜 혈압을 낮추고 심박동수를 느리게 하며 혈관을 확장시켜 산소 운반에 도움을 주게 된다.

❑ 뇌 내의 화학물질 분비에 영향을 주어 효소나 면역 물질이 활동하는데 영향을 주며 통증, 우울증, 약물 남용 등을 줄일 수 있다.

❑ 임파계 순환을 촉진시켜 면역계의 효율을 높인다.

❑ 질병과 감염에 대한 저항력이 향상되며 독성 물질을 제거하는 기능도 향상시킨다.

❑ 조직으로의 산소와 영양분 공급 능력을 배가시켜 세포내 대사 능력을 향상시키고 조직의 재생을 활성화시킨다.

❑ 좌/우 뇌의 기능 협조에 영향을 주어 깊은 수면을 취하고 불안감을 해소하며 정신을 맑게 하는데 도움이 된다.

❑ 뇌의 알파파와 테타파를 발생시켜 심박동수를 감소시키고 혈압을 낮추며 몸의 긴장을 풀고 이완하여 집중력을 배가시키고 교감 신경의 활성을 낮춰 신체의 자가 조절 기능을 향상시킨다.

❑ 뇌의 시상하부, 뇌하수체, 송과체의 기능에 영향을 주어 통증 감각이나 기분, 면역 기능을 활성화시킨다.

(3) 치료범위

기공은 소화기능이나 천식, 관절염, 불면증, 통증, 우울증, 불안을 비롯하여 암, 관상동맥 질환, 에이즈 등에서 효과를 가지는 것으로 나타났다. 중국 상하이의 왕청징(Wong Chong-xing) 박사에 따르면 고혈압 환자에서 기공 운동을 시행한 결과 유의한 혈압의 감소가 발견되었다고 한다.

하바드 의대의 아이젠버그(David Eisenberg) 박사의 연구에 따르면 기공은 대뇌 도파민 활성을 감소시켜 신체 이완을 유발한다고 한다.

중국 전통 의학을 연구하는 스테판 창(Stephen Chang) 박사에 따르면 2,873명의 말기 암 환자를 대상으로 기공을 6개월간 시행한 결과 12%의 환자가 암의 통증에서 벗어나고 47%가 증상의 호전이 있었다. 다른 연구에서는 기공을 통한 눈 운동이 시력향상에 효과가 있었다고도 하며 알레르기나 치질, 전립선 문제에도 증상을 경감시키는 대 효과가 있었다고 한다.

중국에서는 최근에 병원에서도 치료과정에 기공을 포함하고 있다. 암, 골수 질환, 노인성 질환의 치료에서 기공의 효과를 이용하여 치료 효과를 높이려는 것이다. 특히 항암 화학요법이나 수술, 침술을 시행할 경우 기공을 병행한다면 더욱 효과적인 것으로 나타났다. 기타 6개월 이상 기공을 할 경우 관절염 환자에서 통증이나 관절 강직이 해소되는 효과가 있으며 무엇보다 환자 스스로 신체가 활성화되고 건강해지는 느낌을 받을 수 있다. 중국인들은 이를 '기를 느끼는 것(qi sensation)'이라고 한다.

(4) 젠크(Jahnke)박사의 기공방법

젠크(Jahnke) 박사가 제안한 가장 하기 쉽고 연령, 성별, 신체 활동 상태에 상관없이 할 수 있는 기공 방법을 소개하면 다음과 같다. 우선 효과를 최대화하기 위해서는 다음과 같은 사항이 필요하다고 젠크 박사는 주장한다.

❏ 우선 서두르지 말고 여유 있게 시작한다. 과다한 노력을 하고 너무 힘들여 하는 경우 기공의 자연적인 결과에 오히려 방해가 된다. 기공은 스스로가 건강을 위해 하는 것임을 명심한다.

❏ 기공은 간단하면서도 유전 받은 치유력을 향상시킬 수 있는 것이다.

❏ 효과는 바로 나타나는 것이 아니라 꾸준히 기공을 시행했을 때 나타나는 것이므로 서둘러 결과를 기대하지 말고 결과를 빨리 보기 위해 무리해서 시행하지 않도록 한다.

❏ 정확한 방법으로 행한다면 기공은 해가 되는 경우는 없다.

❏ 스스로의 필요와 한계를 자각하고 기공을 생활화하도록 노력한다.

❏ 항상 먼저 이완을 한 후 시작하도록 한다.

❏ 숨을 천천히 들이마셨다 내쉬도록 하고 급하게 하거나 과도하

게 숨을 크게 쉬지 말도록 한다.

(5) 기공의 실제

① 침을 놓는 선을 따라 기 순환을 촉진한다.

이 동작의 목적은 기를 경혈을 따라 움직이게 하는 것이다. 우선 두 손을 열이 나도록 비빈다. 이는 기를 증강시키는 방법으로 주변 환경이 조용하고 신체가 이완되어 있을수록 빨리 따뜻해짐을 느낄 수 있다. 손이 따뜻해지면 손으로 뺨이나 눈, 이마를 친다. 옆머리나 허리, 목, 어깨에 계속 시행한다.

갈비뼈 양쪽이나 갈비뼈 아래쪽, 엉덩이, 허리, 다리, 종아리를 따라 손을 옮겨 간다. 바깥쪽에서 안쪽으로 이동하도록 하고 점점 올라와 몸통을 거쳐 얼굴로 다시 가도록 한다. 이러한 과정을 반복해준다. 반복할 때마다 다시 손바닥을 비벼 열을 내도록 한다.

② 기를 내부 장기로 옮긴다.

손을 비벼 열을 낸 다음 오른손을 간 위치에 대고 왼손을 비장과 췌장 부위에 대도록 한다. 간은 신체 내에 가장 큰 장기이고 비장은 면역 기능을 하는 중요한 장기이다. 췌장은 소화 기능을 하는 장기이다. 심호흡을 하면서 정신을 이완시키면서 손을 비벼 기를 모아 피부를 통해 장기에 전달하는 것이다. 손을 장기 부위에 댄 채 열이 전달되는 것을 충분히 느끼면서 심호흡을 한다.

다음으로 손을 배꼽과 가슴으로 옮기도록 한다. 배꼽은 중국의학에서는 단전이 그 밑에 위치하고 있어 중요한 역할을 한다고 하며 가슴에는 심장과 흉선을 비롯한 중요한 장기가 많이 들어있다. 흉선은 면역계에 속하는 장기이다.

다음으로는 손을 허리로 이동시킨다. 이렇게 하면 기가 신장으로 전달되어 신장이 독성 물질을 배출하는 것을 촉진시키고 신장 위에 위치하는 부신의 기능도 향상시킨다.

③ 침을 놓는 부분을 마사지해준다.

손과 발, 귀 끝을 엄지손가락으로 눌러주어 기를 활성화시킨다. 엄지손가락으로 손바닥과 발바닥의 모든 부위를 골고루 눌러주고 특히 통증이 유발되는 부위가 있으면 반복해서 눌러준다. 손가락과 발가락 마디마디를 마사지해주고 손가락 끝, 발가락 끝을 누른 다음 발가락과 손가락 측면도 마사지해준다. 아픈 부분이 있으면 특히 더 눌러주도록 한다.

다음으로 엄지손가락과 둘째손가락으로 귀를 마사지해준다. 처음에는 약하게 시작하여 양쪽 귀 전체를 골고루 눌러주고 귀가 따뜻하게 느껴질 때까지 반복한다.

④ 호흡을 하면서 기를 모은다.

앉거나 선 자세로 눈을 가볍게 감거나 약간 뜨고 내부의 반응에 귀 기울이도록 한다. 어깨에 힘을 풀고 머리를 어깨와 척추에 무리가 가지 않도록 편하게 위치하도록 한 후 손바닥을 위로 하고 손끝은 다른 손을 향하도록 하여 마주한 채 가슴보다 5cm 가량 낮게 위치하도록 한다.

천천히 숨을 들이 마시면서 손을 가슴 높이로 들어올리고 폐를 공기로 가득 채우기 위해 숨을 짧게 세 번에 걸쳐 들이쉬면서 손을 점차 조금씩 올려 겨드랑이 높이까지 올리도록 한다. 잠시 숨을 참은 후 숨을 천천히 내쉬면서 손바닥이 바닥을 향하도록 하면서 배꼽높이까지 낮추도록 한다. 남은 숨을 완전히 내쉬기 위해 세 번에 걸쳐 짧게 숨을 더 내쉬면서 손을 약간씩 낮춘다.

⑤ 호흡을 하면서 몸을 긴장시켰다가 긴장을 푸는 것을 반복한다.

이 운동으로는 숨을 내쉬면서 온몸의 근육을 긴장시키고 숨을 들이 쉬면서는 긴장을 모두 풀게 된다. 호흡과 근육 수축, 이완을 반복하면서 온몸을 깨끗이 정화하게 된다.

앉거나 서서 할 경우 손을 가슴 높이에 두고 손바닥이 앞을 향하게 한 후 이완한 상태로 숨을 들이쉰다. 숨을 내쉴 때에는 손을 위로 쭉 뻗으면서 될 수 있는 대로 근육을 수축시킨다. 무거운 물건을 민다고 생각하고 팔을 쭉 뻗으면서 근육을 수축시키도록 한다. 이 때 발가락으로는 바닥을 움켜쥐듯이 발가락을 힘을 줘 굽히고 골반근육을 소변을 힘을 줘 참을 때처럼 수축시킨다. 손을 쭉 펴고 모든 근육을 수축시킨 후 숨을 모두 내쉬면 이어서 근육의 힘을 풀면서 숨을 들이마시기 시작한다. 숨을 들이마실 때에는 팔을 심장 쪽으로 가볍게 당긴다.

위의 동작을 반복하면서 팔을 위로 힘껏 밀던 것을 옆으로 밀거나 아래로 뻗는 동작으로 바꾸어 가면서 반복한다. 이와 같은 근육의 수축과 이완의 반복은 근육으로의 혈액 순환을 촉진시켜 조직에 머물러 있던 노폐물이 빠져나가는 것을 돕게 된다.

⑥ 허리를 돌린다.

똑바로 서서 발을 어깨 넓이로 벌리고 몸통만 돌리는 동작을 반복한다. 앉아서도 할 수 있다. 상체의 움직임은 허리로부터 시작되도록 하고 허리의 움직임을 따라 어깨를 돌리고 어깨의 움직임에 따라 팔을 움직인다. 이 때 머리도 완전히 같이 돌려 통증 없이 돌릴 수 있는 대로 돌리도록 한다. 될 수 있으면 뒤를 돌아볼 수 있을 정도로 돌리도록 한다.

움직일 때에는 되도록 힘을 빼고 이완된 상태에서 돌리도록 하고 팔과 손이 몸통을 가볍게 때리는 정도로 돌린다.

⑦ 몸을 움직여지는 대로 움직인다.

기공에서 몸을 움직여지는 대로 움직이는 것은 자신의 마음대로

이다. 위의 동작을 시행한 후에는 움직이고 싶은 대로 움직인다. 원한다면 손가락 하나 움직이지 않고 가만히 있을 수도 있고 기의 흐름을 느끼는 대로 움직여지는 대로 움직이면 된다. 어떤 사람들은 앉아 있기도 하고 춤을 추기도 하며 팔을 휘두르면서 심호흡을 하기도 한다. 그야말로 기의 흐름에 맞춰 움직이는 것이다.

처음에는 팔걸이가 없는 의자에 앉아 발을 어깨 너비로 벌리고 손가락을 움직이며 몸을 흔들어 보도록 한다. 호흡의 깊이를 점점 깊게 하고 몸의 움직임을 점점 크게 하며 머리나 어깨를 흔들어 본다. 턱을 이완시켜 입을 벌리고 심호흡을 소리 내서 해 보고 기의 흐름대로 움직여지는 대로 움직인다.

⑧ 기공 명상법

앉거나 서거나 누운 자세에서 모두 가능하며 심하게 아프거나 사지를 못 쓰는 환자도 할 수 있다. 건강한 사람은 기공 명상으로 정신을 맑게 하고 정신·신체 간 조화를 유발할 수 있다.

우선 심호흡을 하고 몸을 이완시킨다. 숨을 들이마실 때에는 기를 단전에 모으고 숨을 내쉴 때에는 기를 온 몸, 장기에 분산시킨다. 깊은 심호흡을 하고 몸을 이완시킨 상태에서 기를 모았다가 분포시킴으로써 기의 흐름을 원활히 하여 신체의 치유 능력을 향상시킬 수 있다.

(6) 금기증

기공으로 혈액 순환이 촉진되므로 출혈이 문제가 될 수 있는 동안은 피하는 것이 좋다. 예를 들면 치아를 뽑은 직후라든가 내출혈이 있는 환자는 피해야 한다. 또한 자주 어지러움증이 생기는 경우에도 피하는 것이 좋다.

(7) 주의사항

규칙적인 기공은 건강에 도움이 되지만 건강 진단 등 다른 건강에 필요한 방법들에 소홀해서는 안 된다.

(8) 부작용

기공은 부담이 되지 않는 운동이기 때문에 부작용이 발생하는 일
은 거의 없다.

5. 근이완법

심신의 안정을 위해서 긴장을 풀고 얽혀 있는 것을 푸는 것은 중
요하다. 그러나 긴장을 풀려고 하여도 여간해서는 풀어지지 않는 것
이다.

그래서 그에 대한 방법으로 에드먼드 재콥슨(Edmond jacobson)
이 근이완법을 고안해냈다.

예를 들면 손의 주먹을 불끈 쥐고 긴장하고 있는 느낌을 준 다음,
손을 완화시켜서 손가락의 힘을 빼고 흔들흔들 힘없이 하고, 이 느낌
을 먼저 긴장과 비교하여 처음으로 이완의 상태를 체득한다는 것이
다.

이와 같이 어깨, 안면, 체간(體幹), 다리로 점진적으로 전신의 근육
에 훈련하여 몸의 얽힘을 풀어줌으로써, 정신적인 과잉긴장도 완화
되는 것이다. 에드먼드 재콥슨의 원리는 용의주도한 절차와 장기간
의 훈련을 필요로 하는 것이다. 워루피가 이것을 간략화하였다. 이것
을 기초로 하여 임상에서 실제 쓰고 있는 얽힘을 푸는 기술은 다음
과 같다.

(1) 팔의 이완 : 4~5분

① 몸 전부를 될 수 있는 대로 기분 좋게 하여 힘껏 풀어버린다.
풀린 상태에서 오른손 주먹을 꽉 쥔다. 그러고 나서 불끈 쥔 손을 늦
추어서, 흔들흔들 할 정도로 손가락의 힘을 뺀다. 힘을 넣어서 쥐었
을 때와 힘을 뺄 때 느낌의 차를 느끼도록 한다. 이것을 좌우 교대로

몇 회라도 되풀이하여 본다.

② 이번에는 양쪽의 주먹을 단단하게 쥐고, 양 주먹과 전완(前腕)을 긴장하게 하여 그 맛을 느낀다. 그러고 나서 주먹을 늦추어서 힘이 빠진 감을 느끼고, 손과 전완을 더욱 완화하기를 계속한다.

③ 다음에 팔꿈치를 굽혀 팔에 힘을 넣은 후, 상완이두근(上腕二頭筋)을 단단하게 긴장시킨다. 팔뚝을 뻗쳐 늦추고, 재차 힘 있게 굽혀 긴장을 주의 깊게 느낀다. 늦출 때와 긴장할 때, 그때그때 느낌에 주의한다.

④ 이번에는 팔을 힘껏 뻗치고, 팔뚝의 배중측(背中測)의 근육[상완삼두근]이 긴장을 느낄 정도로 뻗친다. 긴장을 느끼면 늦추어, 양 완을 기분 좋은 위치에 놓는다. 팔을 늦추면 기분 좋은 무거운 감이 느껴질 것이다. 이를 되풀이한다.

(2) 안면, 머리, 어깨 또는 상배의 이완 : 4~5분

① 전신의 근육을 늦추어 무거운 느낌이 들도록, 조용히 얽힘을 푼다. 얼굴에 될 수 있는 대로 주름을 잡히게 하여 긴장을 느끼게 한다. 주름을 펴, 이마와 두부 전체가 더욱 번들번들하게 된 것을 상상한다. 또 한번 이것을 되풀이한다.

② 이번에는 눈을 꼭 감아서 긴장시키고, 거기서 감은 눈을 풀어, 감은 대로 푼 느낌에 주의한다.

③ 턱을 죄어서 이를 꽉 물고, 턱 근처의 긴장을 느끼게 한다. 턱을 늦추고 입술을 조금 벌려, 늦춘 정도를 느끼게 한다.

④ 다음에 혀를 입천장에 힘 있게 눌러 붙여 긴장시킨 다음, 혀를 서서히 늦춘다. 그리하여 그 맛을 느낀다.

⑤ 다음에 입술을 오므려서 힘 있게 뾰족 나오도록 하여, 늦추어 준다. 힘을 넣었을 때와 늦출 때의 느낌을 갖게 한다. 이마, 머리, 목,

턱, 입술, 혀, 인후 부분, 얼굴 전체의 힘을 대고 늦춘다.

⑥ 다음 목의 근육이다. 머리를 될 수 있는 대로 뒤로 젖혀서 긴장을 느끼게 한다. 거기서 우로 굽혀 긴장이 이동하는 것을 느끼게 한다. 오른쪽으로 굽히고, 머리를 반듯이 하여 앞으로 굽히고, 아래턱을 가슴에 딱 붙인다. 머리를 안락한 위치에 되돌려 힘이 빠진 느낌을 맛본다.

⑦ 다음 어깨를 반듯이 들어올려 한참 동안 힘을 넣은 채 그대로 있고, 양 어깨를 편안히 한다. 또 어깨를 올리고 앞으로 숙여 어깨와 상배의 긴장을 느끼게 한다. 배를 내려 편안히 하고, 어깨에도 배중 근육에도 부드러움을 깊고 넓게 느끼게 한다. 머리, 어깨, 턱, 얼굴의 힘을 늦추어 풀리도록 한다.

(3) 흉, 상복 및 하복부의 이완 : 4~5분

힘 있는 데까지 전신을 평안히 하여 좋은 기분을 충분히 맛보게 된다.

① 평안한 상태로 숨을 들이쉬고 내쉰다. 숨을 가볍게 쉬면서 몸의 무게가 증가하고, 몸이 풀어지는 것을 느낀다.

② 폐에 깊은 숨을 가득 들이쉬고 숨을 참는다. 그리하여 가슴부위의 긴장감을 느끼면, 다시 흉벽을 늦추어 자연스럽게 공기를 내뱉고, 몸이 풀어지는 것을 느끼게 한다. 계속하여 이를 되풀이한다.

③ 다음에 가슴 부위를 평안하게 하는 것을 계속하면서, 그 풀어진 느낌을 배중, 어깨, 머리, 팔뚝에까지 넓혀 몸이 풀어지는 것을 즐기면서 맛본다.

④ 배의 근육, 위의 부위를 단단하게 한다. 긴장한 맛을 느끼면, 몸을 긴장에서 풀리게 한다. 근육을 풀리게 하고 그 풀리는 느낌에 주의를 돌린다.

⑤ 다음에 위의 부위, 배의 근육을 딱 붙게 하여 긴장을 느끼게 한

다. 긴장을 풀어서 뱃속을 평안하게 넓히도록 하여서, 자연스럽게 호흡을 계속하여, 가슴과 위 부위 전체를 가볍게 마사지하는 것 같은 느낌을 맛본다. 재차 이것을 되풀이하여 풀어지는 느낌을 깊게 하여 긴장을 풀어간다. 숨을 가볍게 내쉴 때마다 가슴과 위 부위가 율동적으로 힘이 풀어져 가는 것에 주의해서, 몸 가운데 어디서나 긴장하고 있는 곳을 풀어가도록 한다.

⑥ 다음은 배중을 젖혀, 허리가 눌려서 배중 근처에 긴장을 느끼게 한다. 그래서 배중의 아래 부분을 평안히 한다. 이번에는 체외의 다른 부분은 될 수 있는 대로 평안히 하고, 배중을 젖힌다. 그러면 그 부분만 긴장을 느낀다. 다음에 배중의 아래 부분만을 긴장시켜, 평안하게 한다. 그리하여 가슴·위·어깨·팔뚝·얼굴에까지 풀어지는 느낌을 넓히도록 한다. 이렇게 하여 몸을 충분히 긴장에서 풀어 버린다.

6. 행동요법(行動療法)

행동요법은 소련 파블로프의 조건반사나 현대 학습이론 등의 원리를 치료에 응용한 것이다. 행동이라고 하는 말이 사용되기 때문에 환자나 가족 중에는 무슨 행동을 하는 것으로 고치는 치료인가 하고 오해하는 사람이 있으나 그런 것은 아니다. 행동요법은 잘못 학습되어 생긴 나쁜 버릇이나 행동, 증상 등을 제거하거나 수정하기 위한 치료법이지 작업요법이나 운동요법 등과 같이 행동한다든지 운동하는 것으로 고치는 치료법은 아닌 것이다. 정신분석요법이나 정신역동적인 심리요법은 병의 원인을 심리적인 것으로 가정하여 문제를 인생의 조기에까지 소급해서 추적하고 증상보다 심인의 구명과 그 해결에 중점을 두지만, 행동요법은 눈앞에 보이는 확실한 증상이나 행동이상을 문제로 삼는다. 본래 정신분석적인 심리요법과 행동요법은 이론적으로 상반되는 것이다.

그러나 신경증이나 심신증의 치료에는, 이러한 치료가 양쪽 모두 도입되어 절충적으로 사용되는 것이 현재의 상황이다.

행동요법에서 치료의 대상이 되어 효과가 나타나는 증상이나 이상행동에는 불안, 공포증, 말더듬, 강박행동, 노여움, 도벽, 비행, 흡연, 음주, 약물중독, 성장애(性障碍), 야뇨증(夜尿症), 구토, 하리, 빈뇨, 경성 사경(痙性斜頸), 만성 동통, 비만, 신경성 식욕부진증, 기관지천식, 틱, 서경 등이 있다.

행동요법에는 계통적 탈감작요법, 단행훈련, 혐오요법, 사고제지법, 부(負)의 연습, 조건제지요법, 오페란트 조건부요법 등이 있다. 여기에서는 이중 임상상 많이 활용되고 있는 계통적 탈감작 요법, 오페란트 조건부요법, 단행훈련에 대해서 살펴보자.

(1) 계통적 탈감작요법

불안이나 증상을 일으키는 원인이 되어 있는 자극이 약한 것부터 순차적으로 강한 자극으로 단계적으로 주면, 점차로 익숙해져서, 증상이 떨어져 나간다. 예를 들면 고소공포증[이는 심신증은 아니다] 환자는 먼저 2층에서 밖을 보는 연습을 한다. 이것에 불안을 느끼지 않게 되면 3층에서 연습을 하고, 4층, 5층으로 적응하게 되면, 나중에 10층 이상의 옥상에서 밑으로 내려다보아도 아무렇지 않게 되는 방법이다. 이 때 먼저 언급한 자율훈련법이나 근이완법 등에 따라 태연해지면, 자극을 주어도 불안이 희미해지므로 더욱 효과가 있다.

보통 자극은 이미지로 해서 머릿속에서 생각하여 떠오르게 해주는데, 때로는 실제로 현실장면에 직면하여 연습하는 일도 있다. 이미지를 떠오르게 할 때에는 먼저 각각의 자극에 대한 불안의 정도를 자기가 0점에서 100점까지 불안자각 점수로 정하여 놓고 연습으로 점차 좋아지면 또다시 점수가 높은 자극의 연습에 옮기도록 한다.

하나의 예를 들면 한 어린이는 과민성 대장증후군 때문에 설사를 잘하는데 가끔 전차를 타고 있을 때 변의의 재촉으로 대단히 곤란한 때가 있었다.

그리하여 그 후부터 전차를 타면, 언제나 화장실의 일이 마음에 걸리게 되어 결국 전차 타는 것조차 무섭게 되었다.

이 사람의 입장에서는 먼저 자율훈련법의 중온감의 상태로 태연해지고 나서, 가장 가벼운 자극이 되는 '정류장에서 전차를 기다리고 있는 정경'을 이미지로 상상하고, 이것에 충분히 적응된 후 '한 구간만 전차에 탄다' 이미지로 연습하고, 또다시 역수를 증가하여 나중에는 목적지까지도 이미지로는 불안을 느끼지 않게 되었다. 다음은 실제로 전차에 타 보아, 점차 그 시간을 늘려서 연습을 쌓아, 원래같이 전차를 타게 되었다. 마찬가지로 심장신경증에서 정충발작이 일어나는 것이 무서워 외출공포증이 된 증례도 이 방법으로 치료된다.

(2) 오페란트 조건부요법

이를 일명 보수학습법이라고 한다. 치료할 때, 바라는 방향으로 행동할 때에는 보수를, 그렇지 않을 때에는 벌을 주어서 바라는 방향으로 갈 수 있도록 강화해 나가는 것이다. 다시 말해 엿과 매에 따른 동물의 조련과 같은 것이다.

상과 벌은 반드시 물질적인 것이 아니고 말과 태도로 주어지는 수도 있다. 이 치료를 시작하기 전에 무엇이 증상이나 좋지 않은 행동을 일으키고 있는가를 조사하는 이른바 행동분석을 하여야 한다. 이것에 따라 무엇이 원인이고, 증상을 강화시키는 요인이 무엇이며, 또한 무엇이 증상을 지속시키고 있는가를 알아내야 한다.

가령, 신경성 식욕부진증은 체력감소를 가지고 올 정도로 먹지 않는 것이 문제인데, 안 먹는 것으로 주위를 조작하고 있는 것 같은 환자에 대해서는 먹고 안 먹는 것에 대해 전혀 신경을 쓰지 말아야 한다. 그러면 어머니가 먹지 않는 것 때문에 걱정을 해주는 것과는 달리 안 먹는 것이 환자 입장에서는 하등 이익이 되는 것이 없다. 안 먹는 것에 대해 전혀 신경을 쓰지 않으면 이것으로서 이제는 수척증을 강화하는 요인이 없어지는 것이다.

또 어린아이들이 안 먹으면 걱정이 되어 어떻게 했으면 좋을지 모르고 철부지 어린아이의 응석을 용서만 해주는 어머니로부터 떼어 놓기 위하여 어린아이를 입원시켜야 한다. 이 역시 이상한 식사행동을 강화하는 요인을 없애주는 것이 된다. 그리고 체중이 늘면 미소로서 칭찬을 해준다. 이것은 상이 되는 것이다.

요컨대 본 요법은 상과 벌을 잘 활용하여 바람직한 행동을 강화시키는 반면 바람직스럽지 못한 행동은 일어나지 않도록 억누르는 것이다.

(3) 단행훈련

대인관계에 있어서 당연한 권리를 주장하지 못하거나, 성난 것을 표현하지 못하면, 정신위생상 좋지 못하여 여러 가지 증상이 일어나게 된다. 이와 같은 경우에 이용되는 방법으로 단행훈련이라는 것이 있다.

울프(Wolpe)는 이들의 표현행동[단행반응]이 불안에 길항하는 반응이라고 보고, 불안의 역제지 현상이 일어난다고 생각하였다.

예를 들면 직장 상사가 말하는 대로 하고, 반발 한 번 못하는 사람이 행동을 부당하게 억압당하는 것을 알게 되면, 한 번 결심하고서 자기 주장을 해도 좋다고, 실제로 해보도록 권한다.

또 단행행동을 하기 어려우면 심리극이라 하여 치료자가, 예를 들면 직장의 상사 역할을 하여, 가정의 촌극을 해본다. 즉 ‘과장, 이 일은 내일까지라고 해도 무리입니다’와 같이 대사를 몸짓 표정과 똑같이, 실제와 같이 연습해 본다. 따라서 대인관계의 부적응행동에서 일어난 증상을 잘 고칠 수가 있다.

7. 바이오피드백(Bio-feedback)요법

현대사회는 눈부신 과학의 발달로 편리한 면도 많지만 너무 복잡하고 조직화 되어 있다. 이로 인해 현대인들은 일상생활에서 엄청난 스트레스를 받으며 살아가고 있다.

병원에서 신체의 이상을 발견할 수 없는데도 많은 갖가지 증상을 호소해 오는 사람들이 많다.

이런 스트레스와 관련된 증상들은 자율신경계의 부조화로 설명할 수 있다. 또한 자율신경계를 적절히 조절함으로써 그 증상들을 치료할 수도 있다.

과거에는 자율신경계를 인위적으로 조절하는 것이 불가능한 것으로 여겨졌으나 지난 50년대부터 연구되기 시작한 바이오피드백 요법은 60년대 말 실제 임상에 적용되기 시작하면서 많은 학자와 의사들의 연구결과 바이오피드백 훈련을 통해서 자율신경계도 어느 정도 범위 내에서 조절이 가능하며, 건강에 이로운 방향으로 생리적 반응을 유도할 수 있다는 것이 밝혀졌다.

"생체자기제어(生體自己制御)" 또는 "생체 되먹임"이라고도 불리는 바이오피드백은 행동치료법의 일종으로 우리 몸의 자율신경만을 부분적으로 조절함으로써 여러 가지 증상 및 질환을 치료하는 방법이다.

바이오피드백 요법은 동양의 기(氣)훈련이나, 서양의 마인드컨트롤과 일맥상통하는 자가 치료법인 것이다.

(1) 심신의 변화를 아는 방법

우리들은 자기의 마음이나 몸의 컨디션을 잘 알고 있는 듯이 생각하기 쉬우나, 사실은 그렇지 못하다. 가령 몸에 열이 있는 듯 하면 체온계를 사용하고, 갑자기 식욕이 없으면 의사의 진단을 받아 본다.

이런 일은 객관적인 수단으로 자기 자신을 아는 것이다. 반면에 바이오피드백 시스템은 자기 마음이나 몸의 상태를 자기가 아는 시스템이다.

우리의 생체 조직은 미묘하여 자기가 생각하거나 느끼는 것에 따라서 그것을 자기 자신이 받아들이고 있다. 가령 남이 "당신은 안색이 좋지 않은데 어디 아픕니까?" 하면, 자신은 그렇게 느끼지 않던 사람이라도 그 말을 듣는 즉시 '그런가'하고 생각하게 되고, 그 결과 실제로 몸이 어딘지 안 좋게 변화하는 것이다. 일종의 거짓으로 받은 피드백이다. 자신이 받은 정보가 비록 거짓이라고 하더라도 그것을 받아들이는 당사자가 그것을 사실로 믿게 되면, 그 결과로 사실상 피드백의 효과를 갖게 되는 것이다.

이와 반대로 "어떤 좋은 일이 있나 봅니다" 하면, 그 신호를 받아서 자신의 心身에 힘이 생기게 된다. 이런 경우는 참된 피드백이라고 말할 수 있다.

이와 같이 인간은 자신이 받는 암시에 따라 자신을 변화시키고 있으나, 그것을 감각정보로써 감각기관에 환원시켜서 그것을 착신하여 자기를 변화시키도록 연구된 것이 바이오피드백 시스템이다. 자기암시 훈련법은 자기 자신의 힘으로 자기 머리에 떠오르는 암시로써 심신을 개조하려고 하는 것이지만, 여기에는 한계가 있고 노력과 시간이 필요하므로, 기계의 힘을 빌려 이것을 보완하여 자기암시 훈련의 효과를 촉진하려고 하는 것이다. 지금부터 1세기 전쯤에 학자 제임스(James)와 랑게(Lange)는 '인간은 어찌하여 슬퍼하는 것일까', '어찌하여 두려운 심정에 끌리는 것일까'하고 생각한 끝에 매우 재미있는 학설을 발표하였다. 그것이 오늘날 제임스·랑게설이라고 하는 감정·정서의 이론이다.

매우 슬픈 것을 듣거나 그런 내용의 책을 읽었다고 하자. 이 때 슬픔을 느끼는 것은 그 슬픈 내용이 눈이나 귀로부터 간뇌를 통해 대뇌피질로 진해져서, 다시 심장이나 근육이나 혈관으로 전해시기 때문이라고 한다. 그 결과로 눈에서는 눈물이 나고, 위의 활동이 억제당한다. 그런데 눈물이 각막을 자극하여 밖으로 흘러나오면, 그 자극이 안구나 그 부근에 있는 기관에 받아들여져, 감각신경 경로를 통해서 대뇌로 다시 전해진다.

이 설은 어떤 뉴스를 대뇌가 지식으로서 받아들임으로써, 그 결과 일어나는 신체 기관의 변화를 알게 되므로, 그것이 감정의 체험의 본질이라고 강조하고 있다. 이러한 주장은, "슬픈 뉴스를 들었기 때문에 슬픈 것이 아니라 눈물을 흘리기 때문에 슬픈 것이다"라고 하는 역설적인 것이다. 이러한 이론을 뒷받침하고 있는 것이 바이오피드백 학설이다.

실제에 가령 고혈압 환자가 이 바이오피드백 시스템으로 실험을 할 경우에, 자동혈압계로 자기의 혈압을 측정하여 평균 혈압보다 높으면 붉은 빛 등불이 켜지고 낮으면 푸른 색 등불이 켜지도록 한 장치를 눈앞에 놓는다. 그 때에 환자에게 "될 수 있는 대로 마음을 편안히 하여 될 수 있으면 푸른 불이 켜지도록 하십시오" 하고 지시한다. 그렇게 하면 대개 경우에 푸른 빛 등불이 켜지게 되는 것이다. 이 경우 혈압만이 아니라, 사지 혈행의 증감, 심장 박동의 조절도 가능하다. 이 외에 바이오피드백은 긴장성 두통, 사경, 전신성 근통증, 빈맥, 서경, 기관지천식 등의 치료에도 응용되고 있다.

그러나 이러한 기계 장치가 아니더라도 이 바이오피드백 훈련법의 원리를 적용한 것이 고대로부터 전해 오는 선(禪)이나 요가의 내관법이다.

바이오피드백의 학설은 혈압과 같이, 우리들의 의지로서 마음대로 할 수 없는 자율신경계통의 반응이 어떤 기법을 통해 뜻대로 할 수 있다는 사실을 발견한 것이다.

(2) 자기 암시와 자기 제어(自己制御)

앞에서 보인 바이오피드백의 이론은 결국 자기 암시의 효과가 이러한 기법에 따라 생리적으로 변화를 일으키는 것이라고 알려지고 있다. 인간이 가지고 있는 심리 상태에 따라서 생리적인 변화가 일어나는 것을 스스로 알게 되는 과정에서 자기 암시가 이루어진다고 보고 있다. 물론 생리적인 상태의 변화가 중요한 역할을 하는 것은 틀림없다. 그러므로 본인에게 주어진 정보의 방향으로 생리적인 반응이 나타난다는 것이 실험 결과로 보고되고 있다.

가령 보기만 해도 소름이 끼치는 파충류의 동물 사진이나 해부사진을 슬라이드로 제시하여, 그 때의 심장 박동을 검사해보면, 자율반응인 심장의 박동이 빨라지거나 늦어지는 것을 알 수 있다. 이것은 자기 암시의 결과로 나타난 것이다. 자기 암시의 집약이라고 할 禪이나 요가에서는 정신을 집중하고 있을 때에 뇌파의 알파파가 억제되어, 절대 안정 상태를 유지한다. 이 사실은 자기 암시로도 가능한 것이다.

이와 같이, 자기 심신의 상태를 감각기관을 통해서 알 수 있으면 본래 제어할 수 없는 심신의 변화가 자기 의지로써 제어될 수 있다는 것이 바이오피드백이라고 하는 것이다. 일종의 행동변용기법이라고 할 수 있다.

그러나 이러한 기법을 통해서 발견된 사실은, 우리가 남이나 기계에 따라서 알려진 것이 자기 심신의 변화라고 지시되면, 그 지시의 암시에 따라 그 방향으로 심신의 변화가 생기게 되는 사실이다. 가령 혈압이 실제로 내리지 않았더라도 혈압이 내려갔다는 신호가 눈이나 귀에 들어오면, 실제로 혈압이 내려간다는 사실이다. 그러나 이 경우에는 혈압을 내려야겠다는 동기가 있어야 한다. 곧 어떤 동기가 주어져야 한다는 것이 연구 결과 확인되었다.

바이오피드백 기법은 이와 같이 심신의 정보를 본인에게로 돌려 줌으로써, 본인이 그것을 의식하여 그 결과 어떤 것을 얻게 하는 기법이다. 다시 말하면 가령 어떤 불안 상태로부터 벗어나려고 할 경우에, 본인에게 그러한 의지가 있기만 하면, '당신은 안정 상태에 놓여 있습니다'라는 정보를 본인에게 알리는 것만으로 불안 상태로부터 벗어나게 된다. 이러한 심리의 원리를 이용하여 치료하는 것은 인간에게만 있을 수 있다.

이러한 과정을 더욱 발전시켜서 자기 암시법으로 뇌파를 변경시키든지, 혈압을 내리게 하든지, 불안을 없애든지, 심장의 박동을 느리게 할 수 있다.

이것은 요가나 선의 수행과 유사하다. 요가나 선이 밖으로부터 어떤 신호를 받지 않고 자아의식을 없앰으로써 자율반응을 크게 일으키는 것이라면, 이 바이오피드백 시스템은 밖으로부터 어떤 신호를 받아서 자기의 의지로서 자율반응을 일으켜, 그것이 대뇌에 전달되면, 여기에서 의지와 반응이 결합되어 더욱 그 반응의 변화를 촉진시키는 것으로 생각할 수 있다. 그러므로 바이오피드백의 시스템은 자기 암시의 이론과 통하며, 자기 암시가 자기를 억제하는 것과 같이 이것도 자기억제가 가능하다.

(3) 자기 피드백법의 훈련과 명상

바이오피드백법을 이용할 경우에는 먼저 자기의 심리 상태에 따라서 변화하는 심신의 반응을 검출하여, 그것을 소리나 빛으로 나타내는 장치와 기구가 필요하다. 그리고 이러한 바이오피드백 훈련에는, 심신 반응의 정보를 소리나 빛으로 아는 동시에 자기 암시, 자기 확신, 심신의 이완훈련, 주의집중 등의 훈련을 겸행해야 한다. 그러므로 여러 가지 장치와 기구의 준비, 의욕과 동기를 마련하는 일, 편리한 자세와 호흡조절 훈련, 여러 가지 지시 등이 요구된다.

바이오피드백법 중에는 자기 심신의 반응을 소리나 빛으로 알지 않더라도, 자기의 몸에서 일어나는 변화를 심리적인 변화를 통해 알아차려서 바이오피드백과 같은 효과를 얻는 훈련법이 있다. 자기 피드백법이라고 한다. 자기 피드백법에선 요가나 참선을 통한 명상 훈련과 수동적인 주의집중 훈련이 행해진다.

이러한 훈련을 통해서 자기의 심리상태를 억제하고 전환시킬 수 있게 됨으로써 자유로이 신체의 반응을 조절할 수 있다.

8. 하트매쓰(Heartmath) 훈련법

캘리포니아에 있는 정상 심박동 연구센터인 하트매쓰(Heartmath) 연구소에서 개발되어 여러 단계의 임상실험을 거친 효과가 뛰어난 일종의 정상 심박동 훈련법이다.

(1) 1단계

요가나 명상 아니면 모든 형태의 긴장이완 방법들과 마찬가지로 이 방법의 첫 단계는 무엇보다 관심을 자신의 내면으로 향하는 것으로 시작된다. 처음 이 훈련을 할 때는 외부세계와 단절되어 몇 분 동안이라도 일상의 걱정과 근심을 잊도록 해야 한다. 걱정거리를 잠시 내버려두고, 심장과 뇌의 균형과 더불어 둘만의 내밀한 관계를 회복해야 할 시간이라고 스스로를 설득해야 한다.

이 상태에 도달하기 위한 가장 효과적인 방법은 숨을 아주 천천히 그리고 깊게 쉬는 것이다. 이와 같은 호흡법은 부교감신경계를 자극하고 생리학적으로 <억제작용>쪽으로 기울게 한다. 숨을 내쉴 때 모든 관심은 호흡하는 데만 집중하다가, 숨을 들이쉬게 될 때 잠시 몇 초 동안 숨쉬기를 멈추어야 한다. 그래야 효과를 극대화할 수 있다. 날숨이 부드럽고 가벼운 숨으로 자연스럽게 바뀌도록 내버려 두어야 한다.

동양의 명상법에서는 크게 숨을 내쉬면서 아무 생각도 하지 말라고 한다. 하지만 심장박동을 최상의 상태로 유지하기 위해서는 10초에서 12초 가량 안정을 한 뒤, 의식적으로 관심을 심장부위로 집중해야 한다.

(2) 2단계

두 번째 단계로 자연스럽게 넘어가기 위한 가장 쉬운 방법은 우리가 심장(심장이 직접적으로 느껴지지 않으면 가슴의 중심부라고 생각하면 된다)을 통해서 숨을 쉬고 있다는 것을 상상하는 일이다. 천천히 그리고 깊게(억지로가 아니라 아주 자연스럽게) 지속적으로 숨을 쉬면서 각각의 들숨과 날숨이 몸의 가장 중요한 부분인 심장을 통과하고 있다고 느끼면서 머릿속으로 그려봐야 한다. 들숨이 심장을 통과하면서 몸이 필요로 하는 산소를 가져다주고, 날숨이 더 이상 필요치 않은 더러운 쓰레기를 밖으로 내보낸다고 상상하는 것이다.

부드럽게 천천히 숨을 들이쉬고 내쉬면서 심장이 신선한 공기로 채워지고 맑아지며 안정을 찾아간다고 상상한다. 심장이 주는 선물을 마음껏 즐기면 된다. 심장을 마치 따뜻한 목욕물에 들어가 아무 간섭도 받지 않고 마음대로 헤엄치고 물장구치며 노는 어린아이라고 상상해 보라.

사랑하는 아이처럼, 그저 자연스럽게 자기 모습 그대로이기를 원하는 아이라고 상상해 보라. 부드럽고 따뜻한 공기를 끊임없이 가져다주면서 원하는 대로 커가기를 바라며 바라보는 아이처럼 말이다.

(3) 3단계

세 번째 단계는 가슴이 뜨거운 열기로 차오르면서 확장되는 듯한 느낌으로, 생각과 숨쉬기를 통해 더욱 이 느낌을 강하게 하는 것이다. 감정적으로 수년간 학대를 받아왔기 때문에 때때로 심장은 오래 전부터 겨울잠을 자는 동물이 봄의 첫 햇살을 바라보는 것과 같을 것이다. 오랫동안 움츠려 있던 동물은 맑게 갠 날이 금세 사라지지 않을 것이라는 확신이 있어야 눈을 뜨기 시작할 것이다. 이를 위해 가장 효과적인 방법은 감사하는 마음이 직접 가슴에 그대로 전달되도록 하는 것.

심장은 특히 감사하는 마음에 민감한데, 사람이든 사물이든 또는 따뜻한 날씨에 대한 것이든 어찌됐든 모든 형태의 사랑에 가장 민감하게 반응한다. 많은 사람들은 자기가 사랑하는 아이나 자신을 사랑하는 아이의 얼굴을 떠올릴 때, 하다못해 애완동물을 떠올리기만 해도 충분히 그런 반응을 보인다.

어떤 이에게는 평화로운 자연의 풍경이 내면의 기쁨을 가져다준다. 스키를 타며 내려오거나 골프장에서 아주 멋진 스윙을 했을 때, 또는 요트를 타던 때와 같은 행복했던 순간들을 기억해내는 것으로 충분한 사람들도 있다. 이러한 훈련과정 중에 심장에서 태어난 미소가 마치 얼굴에서 피어나는 것처럼 입가로 미소가 가만히 번져가는 것을 볼 수 있다. 그런데 바로 이 때가 정상적인 심장박동이 가능해지는 순간이다.

9. 이미지 요법

이미지 요법은 암 환자들에게 암으로부터 회복될 힘이 자기에게 있다는 것을 믿게 하는 심리요법으로 미국의 방사선 종양학자이며 의사인 칼 사이먼튼(Carl Simonton)과 그의 부인이며 정신과의사인 스테파니 매튜스-사이먼튼(Stephanie Mattews-Simonton)이 개발하였다.

그래서 이미지요법을 그들의 이름을 따서 일명 '사이먼튼 요법'이라고도 부른다. 사이먼튼 요법은 쉽게 말해서 암에 대한 새로운 접근법이다.

사이몬튼은 질병을 신체 어느 한 부분의 문제로만 취급해 온 종래의 서양의학적 시각에서 탈피하여 동양의학처럼 환자의 정신, 신체, 주변환경 등을 다각적으로 연결하는 정신신체의학[心身醫學]적인 면에서 보았다. 더욱 중요한 것은, 사이먼튼은 암을 신체적인 문제로만 보지 않고 인간의 전체 문제로 보았기 때문에 환자가 질병과 예고된 죽음에 직면하여 오히려 더 나은 삶으로 전환할 수 있도록 해주는 전인적 치료법을 실행하고 있다.

원칙적으로 이미지요법은 긴장을 푼 상태에서 그 절차를 진행하며 그 동안에 환자는 자기가 바라는 상황과 목표를 머릿속에 구체적인 이미지[心像]로 그리는 작업으로, 천천히 읽는 것을 명심해야 한다. 각 단계를 완수할 수 있도록 시간을 충분히 주어야 한다. 이미지요법을 암 환자에게 응용할 때에는, 먼저 암세포의 이미지를 뚜렷하게 머릿속에 그리게 하고는 현재 받고 있는 치료가 구체적으로 암세포를 파괴하는 상황을 그리게 한다. 그리고는 체내에 있는 자연치유력이 건강을 회복시키기 위해 활동하고 있는 상황을 확실하게 시각화하는 작업을 하도록 이끌어주어야 하는데, 이것이 이미지요법의 가장 중요한 사항이다.

사이먼튼이 이미지요법을 처음으로 환자에게 사용한 것은 1971년의 일이었는데, 지금까지 그들이 치료한 암 환자의 평균 생존기간은 최첨단의 의학기술로 치료를 받은 암 환자보다 두 배이며, 미국의 전국 암 환자의 평균 생존기간의 3배나 된다. 뿐만 아니라 더욱 놀라운 것은 모두가 치료 불가능으로 판단된 이들 남녀 환자가 사이몬튼 요법을 받음으로써 남은 생을 훨씬 풍요롭고 적극적인 활동으로 보냈다는 사실이다.

(1) 이미지요법의 절차

여러분은 테이프 레코드를 사용하기를 원할지도 모르고, 친구가 읽어주기를 바랄지도 모른다. 여러분이 누구에게 읽어 줄 경우에는 천천히 읽는 것을 명심해야 한다. 각 단계를 완수할 수 있도록 시간을 충분히 주어야 한다. 전 과정을 10분에서 15분에 걸쳐서 하루에 3회씩 시행할 것을 권한다.

여러분은 암 환자가 아닌 경우라도 암 환자가 어떤 느낌을 갖는가를 잘 이해하기 위해 한번쯤 암의 이미지를 그려보는 것도 좋을 것이다.

① 은은하게 조명이 된 조용한 방으로 들어간다. 문을 닫고 편안한 의자에 앉는다. 발을 바닥에다 쭉 뻗고 눈을 감는다.

② 자기의 호흡에 주의를 모은다.

③ 몇 번 심호흡을 한다. 숨을 토할 때마다 마음속으로 '긴장을 풀자'라고 말한다.

④ 자기의 얼굴에 주의를 모은다. 그리고 얼굴의 근육과 눈언저리에 긴장이 있는지를 느껴본다. 다음에는 이 긴장을 이미지로 그려본다. 밧줄의 이음매나 꽉 쥔 주먹도 무방하다. 다음에는 이 긴장이 풀리고 누글누글한 고무주머니처럼 편안하게 된 것을 머릿속으로 그려본다.

⑤ 얼굴의 근육과 눈의 긴장이 풀린 것을 그려본다. 그 긴장이 풀림에 따라 긴장이완의 파동이 전신으로 퍼져 가는 것을 그려본다.

⑥ 눈과 얼굴의 근육을 긴장시켜 꽉 조였다가 풀어 주면서 긴장이완이 전신으로 퍼져 가는 것을 상상한다.

⑦ 신체의 다른 부위에 대해서도 앞에서와 같은 요령으로 한다. 몸을 천천히 더듬어 내려간다. 턱, 목, 어깨, 등, 팔의 윗부분과 아랫부분, 양손, 가슴, 배, 넓적다리, 장딴지, 발목, 발, 발가락 등 신체의 모든 부위가 이완될 때까지 한다. 신체의 각 부위가 긴장되어 있는 것을 이미지로 그리고 다음에는 그 긴장이 풀리는 것을 상상한다. 그 긴장이 풀려 이완된다.

⑧ 다음에는 즐거운 자연환경 속에 있는 자신의 모습을 그려본다. 어느 곳이라도 편안하게 느껴지는 곳이면 된다. 주위의 색채, 음향, 분위기를 세밀하게 마음속으로 그리고 그 속에 잠긴다.

⑨ 2~3분간 그대로 이 자연환경 속에서 편안하게 있는 모습을 그려본다.

⑩ 다음에는 암 덩어리를 사실적, 상징적으로 그려본다. 암은 몹시 나약하고 혼란된 세포로 구성되어 있다고 상상한다. 건강할 때 우리의 신체는 암세포를 수천 번씩이나 파괴한다는 것을 상상한다. 암을 마음속으로 그릴 때에는 자기의 건강이 회복되려면 자기의 신체에 구비되어 있는 자연 방어력이 정상적이고 건강한 상태로 돌아가야 한다는 것을 깨달을 필요가 있다.

⑪ 현재 치료를 받고 있는 사람은 치료가 체내에서 진행되는 상황을 자기 자신이 이해하기 쉽게 그린다. 방사선 치료를 받고 있는 경우에는 수백만 개의 에너지 탄환의 광속이 지나가는 길에 있는 세포들을 모조리 명중시키는 모습을 그린다. 정상 세포는 어떠한 손상을 입어도 회복될 능력이 있지만 암세포는 나약하기 때문에 회복되지 못한다(이와 같은 기초적 사실이 있기 때문에 방사선 치료라는 것이 존재하고 있다). 화학요법을 받고 있는 경우에는 약이 체내로 들어와 피에 섞여서 흐르고 있는 모습을 상상한다. 그 약이 독물처럼 작용하는 것을 이미지로 그린다. 정상세포는 판별력이 있고 강력하기 때문에 쉽사리 독약을 받아먹지 않는다. 그러나 암세포는 약체이기 때문에 소량의 독약을 흡수해도 죽어버린다. 암세포는 독약을 흡수하여 죽어버리며 죽은 세포는 몸 밖으로 배출된다.

⑫ 자기 체내의 백혈구가 암세포의 소굴이 되어 있는 곳으로 들어와 이상세포를 발견하고는 파괴하고 있는 모습을 그린다. 체내에는 백혈구라는 방대한 군단이 있다. 그들은 강력하며 공격적이다. 그들은 또 빠르고 빈틈없다. 그 백혈구의 군단과 암세포와는 비교가 되지

않는다. 백혈구가 언제나 이긴다.

⑬ 암의 증상이 약해져 가는 모습을 머릿속으로 그린다. 죽은 암세포가 백혈구에 실려서 간장과 신장을 통해 몸 밖으로 배출되고, 똥오줌이 되어 배출되는 모습을 그린다.

- 이미지요법은 자기가 그렇게 되었으면 하고 기대하는 것을 그리는 것이다.
- 암이 약화되어 모두 소멸될 때까지 이미지를 그린다.
- 암이 약화되고 마침내 소멸됨에 따라 몸에 에너지가 흘러넘치고 식욕이 솟아나며 좋은 기분을 느끼는 것이 가능하게 되고 가족들로부터 사랑 받는 모습을 그린다.

---

⑭ 만약 어딘가에 통증이 있으면 그 부분으로 백혈구의 군단이 흘러 들어가 통증을 완화시키는 상황을 그린다. 문제가 무엇이든 그것을 고치라고 신체에 명령하는 것이다. 신체가 차츰 회복되어 가는 모습을 그린다.

⑮ 아무런 병도 없는 건강한 몸으로 회복되고 에너지가 흘러넘치게 되는 상황을 그린다.

⑯ 다음에는 자기 인생의 목표에 다가가는 상황을 그린다. 생애의 목표가 달성되고 가족들이 모두 잘 지내고 있으며, 주위 사람들과 자기의 관계가 한층 더 의미 있는 것이 되는 모습을 그린다. 건강을 회복해야 할 이유가 강력하면 강력할수록 그만큼 건강을 회복하기가 쉽다는 것을 기억하라. 그렇기 때문에 이 기회를 이용해 자기가 만사를 제쳐놓고라도 꼭 완수해야 할 일에 자기의식을 집중시킨다.

⑰ 건강회복에 자기가 관여하고 있는 것을 마음속으로 자화자찬

해 본다. 이미지요법을 하루에 3회씩 시행하고 있는 모습을 그려본다. 이 훈련을 의식이 뚜렷한 상태에서 하고 있는 상황을 그려본다.

⑱ 눈꺼풀을 가볍게 하고, 눈을 뜰 준비를 하며 자기가 있는 방을 의식한다.

⑲ 이제 눈을 뜨고 평상시 활동으로 돌아간다.

아직도 이 이미지요법을 시행하고 있지 않은 사람은 지금이라도 시간을 들여서 처음부터 끝까지 다 해보기 바란다. 이 훈련 전체를 다 끝냈으면 자기가 그린 이미지를 그림으로 그리고 그 이미지를 더욱 상세하게 분석하는 일도 해볼 것을 권한다.

훈련을 할 때에 설령 이미지를 생생하게 '보는 일'이 잘 되지 않았을지라도 '느끼거나' '상상하거나' '생각하거나' 할 수가 있었으면 걱정할 필요가 없다. 이미지가 생생하거나 흐릿하다는 것이 중요한 것이 아니라 이미지요법을 하고 있다는 사실이 더욱 중요하다. 만약 이 훈련을 하고 있을 때에 자기 마음이 이리저리로 표류했다면 다음번에는 마음을 부드럽게 이미지 쪽으로 되돌리면 된다. 그 일을 가지고 자기를 책망하는 것은 옳지 않다. 또 훈련 지침을 부분적으로 불신하거나 받아들이지 못할 곳이 있어 훈련 과정에서 특정 훈련을 마칠 수가 없다고 느껴졌다면, 그 자체가 여러분이 이미 암이나 건강 회복에 대한 자기 태도와 대결하기 시작했다는 것을 의미하는 것이다.

(2) 암 이외 병을 위한 이미지요법

암은 아니지만 통증과 기타의 병에 대처하는 데 이미지요법을 활용했으면 하는 사람들을 위해서 다음에 간단한 이미지요법을 소개한다. 이 방법은 앞 절에서 소개한 암의 이미지요법 중 10번에서 19번까지의 훈련 단계 대체용으로 사용하면 된다.

① 어떤 병이나 통증이라도 무방하므로 현재 자기가 앓고 있는 것을 이미지로 그린다. 자기가 쉽게 이해할 수 있는 모습으로 그린다.

② 어떤 치료든 현재 받고 있는 치료를 마음속으로 그리고 그 치료에 따라 병이나 통증의 원인이 제거되고 자기 자신의 치유능력이 강화되는 모습을 그린다.

③ 병이나 통증의 원인을 제거하고 있는 자신의 자연방어력과 자연적 과정을 그린다.

④ 건강하여 병이나 통증이 없는 자신의 모습을 그린다.

⑤ 인생의 목표를 향해 착실하게 전진하고 있는 자신의 모습을 그린다.

⑥ 병의 회복에 참여하고 있는 자기를 다독거려준다. 이 긴장이완, 이미지요법을 의식이 확실한 상태에서 하루 3회씩 시행하고 있는 모습을 그린다,

⑦ 눈꺼풀을 가볍게 하고 눈을 뜰 준비를 하며 자기가 있는 방으로 의식을 돌이킨다.

⑧ 이제는 눈을 뜨고 평상시 행동으로 돌아간다.

암 이외의 병에 대처하는 데 어떤 이미지요법을 사용할 수 있는지 예를 하나 들어보자. 만약 앓고 있는 병이 궤양이라면 위나 장의 내측에 분화구 모양의 상처가 있고 울퉁불퉁하게 겉이 벗겨져 있는 이미지를 그려도 좋을 것이다. 치료의 이미지를 그릴 때에는 제산제(制酸劑)가 그 부위를 덮고 과다한 위산을 중화시켜 궤양 자체를 달래고 있는 이미지를 그린다. 정상세포가 돋아나 벌겋게 상처 난 부위에 겹쳐지고 끼어 들어가 그 부위가 정상세포로 덮여버리는 상황을 그린다. 체내의 백혈구가 궤양의 잔해를 전부 운반해 가고 그 언저리를 깨끗하게 하면 위장 내측이 핑크색의 건강한 점막으로 바뀌는 상황의 이미지를 그린다. 다음 단계는 통증이 없고 건강을 되찾아 궤양 증상을 만들어내는 일 없이도 생활 속의 스트레스에 대처할 수 있게 된 자기 이미지를 그린다.

다음으로 고혈압증이 있는 경우에는 이미지요법을 이용해 혈관벽 속에 있는 조그마한 근육이 꽉 조여 있기 때문에 혈액을 보내는 데 보통보다 훨씬 강한 압력이 필요하다는 상태를 그려도 좋을 것이다. 자, 이제 약이 혈관벽 속에 있는 이와 같은 조그마한 근육의 긴장을 풀어 주었고, 심장은 규칙적으로 뛰며, 저항이 적어져 혈액이 혈관을 원활하게 흐르는 상황을 그린다. 그리하여 긴장이라는 증상을 만들어내지 않고도 스스로 생활상의 스트레스에 대처할 수 있게 된 자기의 이미지를 그리는 것이다.

관절염이라면 우선 관절이 얼얼하면서 관절 표면에 조그마한 알갱이가 있는 이미지를 그린다. 다음에는 백혈구가 몰려와서 그 파편들을 깨끗하게 청소하고 조그만 알갱이들을 쓸어가 관절 표면을 매끌매끌하게 하는 모양을 그린다. 그러고는 자기가 활동적이 되어 하고 싶은 일을 하며 관절통이 소멸된 이미지를 그린다.

이상 이미지요법의 어느 것이나 처음 할 경우에는 자기가 그린 이미지를 그림으로 그려 볼 것을 권한다. 이 그림은 자기의 건강회복에 자기가 어떻게 관여하고 있는가를 분간해보는 데 도움이 된다.

(3) 이미지요법의 가치

이미지요법의 훈련에서 기대할 수 있는 것을 잘 이해할 수 있도록 이미지요법의 이점을 소개하면 다음과 같다.

① 이 훈련은 공포심을 감소시킬 수 있다. 대개의 공포심은 자기를 지배할 수 없다는 기분 - 암인 경우에는 자신의 신체가 암으로 악화되어 가는데도 자기로서는 속수무책이라는 감정 - 에서 유발된다. 이미지요법을 통해 건강을 회복하는 데 자기가 할 수 있는 역할을 알게 되기 때문에 자신을 제어할 수 있다.

② 이 훈련을 하면 사물을 보는 법과 사고방식이 바뀌어 '살려는 의지'가 강해진다.

③ 생리적으로 변화를 일으킬 수 있는데, 우선 면역 활동을 촉진해 종양이나 다른 병의 진행상태를 변화시킨다. 정신과정은 신체의 면역계와 호르몬의 균형에 직접적으로 영향을 주기 때문에 생리적 변화는 사고방식의 변화에서 직접 영향을 받는다.

④ 원한다면 이 훈련을 현재의 사고방식을 바꾸고 평가하는 수단으로 이용할 수도 있다. 이 훈련에서 그리는 상징과 이미지에 변화가 일어나면 자기의 사고방식에도 큰 변화가 일어나 사고방식이 더욱 건강과 조화되는 쪽으로 바뀐다.

⑤ 이 훈련은 자기의 무의식과 대화하는 수단이 될 수도 있다. 무의식에는 사고방식 대다수가 적어도 부분적으로 매몰되어 있다.

⑥ 이 훈련은 긴장과 스트레스를 감소시키는 일반적인 수단이 될 수도 있다. 매일 규칙적으로 훈련을 하면, 그 자체만으로도 긴장과 스트레스가 감소되기 때문에 신체의 기본적인 기능이 크게 좋아진다.

⑦ 이 훈련은 절망감과 무력감에 빠져 있는 자기 자세와 대결하고 바꾸는 데 이용할 수도 있다. 자기의 신체가 건강을 회복하는 이미지와, 종양이 발생하기 전에 갖고 있던 문제를 해결할 힘이 자기에게 있다는 이미지를 그리게 되면 절망감과 무력감이 약화된다. 실제로 환자가 건강하려고 마음먹으면 자신감을 얻고 낙관적이 된다.

10. 간이정신요법(brief psychotherapy)

간이정신요법이란 전통적인 정신분석요법에 비해 간단하고 널리 응용되는 정신요법이라고 할 수 있다. 이 요법은 수용(受容)·지지(支持)·보증(保證)을 원칙으로 한다.

수용은 귀기울여 환자의 말을 듣는 것으로서, 환자와 상담을 시작할 때 의사는 자기 태도에 주의하여 환자에게 친절하고 객관적이며 공정하게 대해줘야 한다. 의사의 태도와 말투는 환자에게 불필요한 긴장을 조성해주지 않는 것도 중요하지만 지나치게 동정을 한다거나 불쌍히 여기는 것도 좋지 않다. 아울러 환자가 의사를 전적으로 신뢰할 수 있도록 만들어줘야 한다. 환자가 의사에 대해 생소해하거나 불신임하게 되면 자기의 솔직한 마음을 감춰버리므로 의사로서는 환자의 진실된 정서반응을 이해할 수가 없기 때문이다. 이밖에도 상담과정에서는 환자에게 불량한 정서를 일으키게 하는 각종 요인과 그들 간의 상호관계를 최대한 이해해야 한다.

지지는 환자의 정신장애를 이해하고 그 원인을 찾아낸 다음 환자가 자신의 질병을 잘 이해할 수 있도록 해석을 해줌으로써 질병과 맞서 싸워 이길 수 있다는 자신감을 부추켜주는 것이다. 다만 환자의 인식수준을 높여줄 때는 의사의 개인적인 견해를 주입하지 말고, 의사가 제시한 정확한 의견이 환자 자신의 의견이 될 수 있도록 해야 한다. 환자에게 그 병의 경과를 잘 설명해주면 상태를 개선시키거나 낫게 할 수 있다.

정신치료를 위한 상담시간은 일반적으로 30~60분간이 적당하며, 이 시간을 넘겨서 환자를 피로하게 하면 안 된다. 상담은 오전이나 오후를 골라서 하며 저녁시간은 피해야 한다. 그렇지 않으면 환자의 수면에 나쁜 영향을 미치게 된다. 상담횟수는 원칙상 매주 한 차례로 하되, 우울해하거나 심한 초조감을 나타내는 환자에게는 매주 2~3차례로 늘려서 하기도 한다. 치료하기 전에 의사는 전체 상담에 대한 복안을 세워두고 그에 따라 치료를 하되, 상담 도중에 환자가 자신의 불행했던 때를 기억해내어 정서의 격동을 나타낼 경우에는 동정하는 태도로 인내심을 갖고 그의 말을 들어주며 필요한 권면과 위로를 해주어 마음속에 있는 모든 것을 발설할 수 있도록 해야 한다. 정신치료 중에 접수·지지·보증의 순서는 그대로 지켜야 하며 그렇지 않으면 치료에 실패할 수도 있다.

(1) 정신치료의 정의와 종류

정신치료란 신체의 병이든 정신의 병이든 정신적인 수단으로 질병을 치료하는 방법을 일컫는다. 약물이나 기계를 사용할 경우라도 그것이 물리·화학적인 작용으로 치료 효과를 본 것이 아니라 심리적인 효과로 치료가 이루어졌을 때는 정신치료라고 할 수 있다. 그러나 이것은 치료자가 의식하고 사용했을 경우에만 정신치료라고 볼 수 있다.

고대나 원시사회에서의 치료는 거의 모두 정신치료라고 볼 수 있고 모든 종교적 치료도 정신치료라고 볼 수 있으며 미신도 정신치료의 범주에 넣을 수 있다. 이러한 모든 치료가 비과학적이며 비합리적이고 주술적인 면을 지니고 있지만 정신 치료도 그러한 요소는 지니고 있다. 그러나 좁은 의미의 정신치료란 이러한 주술적이고 비과학적인 요소를 배제한 과학적 치료를 말한다.

세상 사람이 모두 꼭 같은 환경에서 같은 영향을 받아가며 살고, 따라서 그들의 정신상태의 장애도 비슷하다면, 일정한 원인론과 정신병 이론에 입각한 같은 정신 치료를 할 수 있을 것이다.

그러나 정신은 문화마다 다르고, 같은 가족 안에서도 서로 다르며, 한 개인의 마음도 그 환경과 시간에 따라 달라진다. 이렇게 사람마다 다른 차이나 복잡성 때문에 누구에게나 통할 수 있는 보편적인 치료법이 있을 수 없다. 그러나 그런 중에도, 인간이 다른 동물과 다른 정신 기능의 특유성, 즉 인간 공통의 언행의 특성들은 그들의 기능장애가 있을 때 이를 교정하는 기술을 쓸 수 있게 한다. 이런 기술은 정신분석학에서 제일 인상 깊게 그리고 가장 과학적으로 제시하였으며, 그 후 전통적인 분석학의 단점을 시정하고 더욱 발전시킨 것들로 신프로이드 학설들이 있다.

동양에서는 2500년 전부터 유교·불교·도교 등을 통하여 합리적인 정신치료기 행해져 왔다. 특히 불교에서는 심리현상의 이해가 매우 심화되어 있었고 동양의학에서의 오지상승위치(五志相勝爲治) 이론은 현대 서양의 정신역동설에 합치되는 것이 있다. 그러나 서양에서의 과학적인 정신치료는 18세기 최면술로부터 비롯된다. 최면술이란 동서고금, 원시·문명사회를 막론하고 존재하지만 이에 대한 과학적인 이해가 시작된 것은 19세기부터이고, 서양의 정신치료 중에 가장 발달되고 깊은 치료인 정신분석도 이 최면술로부터 비롯된 것이다.

제2차 세계 대전 후에는 동서간 또는 서양 자체 안에서의 교류가 매우 많아져 선불교, 실존주의의 사상들이 정신치료에 도입되었으며, 파블로프의 학설도 행동치료(behavior therapy)라 하여 일부에서 실험하게 되었다. 또 메이어(Meyer)의 정신생물학설에서는 그들의 치료법을 '분배적 분석과 합성(distribute analysis and synthesis)'이라 부르면서, 정신분석학에서 무의식과 과거를 지나치게 강조하는 폐단을 시정하며, 모든 생물적·정신적·사회적 요인을 하나하나 분석하고, 결국에는 이 모두를 종합적이고도 전체적으로 합성한다고 주장하고 있다. 이렇게 여러 학파와 또 각기 다르게 주장하는 요법들이 많은데도, 실제로 의사와 환자의 관계나 임상적인 면에서의 차이는 별로 없으며, 모든 요법들은 정신치료란 한마디로 요약될 수 있는 성질의 것이다. 그러므로 여기서는 정신치료를 단기간의 지지요법(supportive therapy)과 장기간에 걸쳐 하는 철저한 요법(intensive therapy)으로 크게 나누어 볼 수 있다. 이 중 간이정신요법에 해당되는 것은 지지요법이다.

정신치료의 유효성에 대해서는 많이 연구된 바가 없다. 그럼에도 불구하고, 정신치료를 하는 의사들이나 환자들은 대개 그 유효성을 믿고 있다. 특히 미국에서는 정신 치료는 의사를 비롯한 심리학자, 사회사업가, 간호사들에게 대단한 가치를 갖는 말이며, 사회과학과 인문과학 전반에서도 귀중히 여겨지고 있으며, 일반대중에게 정신치료란 큰 위신을 주는 말이 되고 있다. 우리나라 문화에서 정신치료의 위치는 물론 서양에서의 그것과는 다르며, 서양인과 다른 우리나라 사람 특유한 성격에 알맞은 정신치료법도 생각해 봐야 할 문제이다.

　(2) 간이정신요법의 방법

　지지요법은 어떤 형태의 치료적 관계에서든지 필요 불가결한 요소이며, 그 근본을 이루는 것은 환자와 의사 간의 관계(rapport)이다. 환자는, 의사를 자기의 병과는 상관없이 하나의 인간으로서 관심을 갖고 있는, 자기 삶의 기쁨과 희망, 보람에 마음을 쓰는 사람으로 신뢰한다. 그리고 그런 의사-환자의 관계가 성숙되면, 의사도 환자에 대해서 마찬가지로 느껴야 할 것이다.

　즉, 의사는 환자를 좋아해야 되고, 그 환자를 도울 수 있다고 생각해야 한다. 이런 상호 간 믿음과 감정은 고민하고 있는 환자에게 큰 도움이 된다. 그러므로 환자는 마음 놓고 자기의 고생스러운 일, 불행한 사태, 불안한 감정을 털어놓을 수 있게 된다.

　지지요법은 간단히 말해서 약해진 자아를 지지함으로써 좀더 생활의 문제에 부딪쳐서 견뎌 나갈 수 있게 해주는 것이다. 약을 주어 마음을 가라앉게 하며, 성에 대하여 그릇되고 결여된 지식을 가진 사람에게는 교육하고, 사정에 따라 학교나 직장 또는 교회의 상담에 응하게 하거나 또는 입원시키고, 가족과의 상의를 통해서 환경을 조정한다. 이러한 일들이 환자에게 더 효과적으로 일하고 침착하게 살아갈 수 있게 해줌을 목표로 하여 치료한다. 오랜 시일을 두고 이러한 지지가 필요한 사람들도 있으나, 대부분 지지요법의 해당자는 단기간의 정신 치료를 요하는 사람들이다.

　환자의 약한 자아를 지지하고 보조해주는 데는 여러 가지 방법이 있겠으나, 그 중 가장 빈번히 사용되는 방법 가운데 하나는 '안심시키는 일(reassurance)'이다. 슬프고 불안해서 떨고 있는 환자의 마음을 권위 있는 의사의 말로 위로하여 마음 든든하게 해주는 것이다. 의사는 어른이 어린이를 달래듯, 환자가 겁내듯이 그렇게 문제가 심각한 것이 아니라는 것을 말해준다. 가령 불안 때문에 가슴이 뛰는 환자는 자기가 심장병이 있다고 겁내게 된다. 이런 공포는 그의 불안을 악화시키고, 따라서 가슴은 더 뛰게 된다. 이런 때에 권위 있는 말, 즉 심장에는 아무런 이상이 없고 가슴이 뛰는 것은 순전히 감정 때문이라고 의사가 한마디 해주면 그 악순환이 그칠 수가 있다. 물론 이런 방법으로 불안의 뿌리를 뽑을 수는 없지만, 경한 증세의 경우에는 대단히 효과적일 수 있다. 갈피를 못 잡고 방황하거나 또는 자신 없이 머뭇거리는 환자에게 그의 능력을 보장해주고 그의 병식(病識)을 확인해주는 의사의 말은 환자에게 큰 힘을 북돋아 주는 계기가 되는 수가 많다. 가령 "당신이 그것을 해 나갈 능력이 있다고 나는 봅니다"라든지, "그것도 감당할 수 있다고 나는 믿습니다" 하는 의사의 말은 환자가 대인 관계·가정·직장 등에서 그가 얻은 병식을 쓸 수 있는 용의와 새로운 인생 문제를 대결해 나갈 용기가 있다고 거듭 보증해주는 말과도 같은 것이 되며, 그런 말은 지지요법의 근간을 이룬다.

마음의 알력이 많이 생기는 문제들로 손꼽을 수 있는 것들은 남부끄러운 일, 죄책감을 느끼게 하는 일, 불안, 두려움 등이다. 이들을 속시원하게 말함으로써 후련해지는 것을 흔히 경험한다. 걱정이 가득 차 있어 막힐 듯한 굴뚝을 깨끗이 씻어 내어 통기(通氣)시키는 과정과 흡사한 것으로 이를 '환기(ventilation)'라 하며 예부터 종교에서 고해의 형식으로 많이 사용해 오던 것이다. 죄악감을 느끼는 사람이 권위 있는 사람에게 자기 잘못을 뉘우치고 책임을 더는 것과 마찬가지이다. 그가 벌 받으면 어느 정도 죄악감이 완화될 것이며, 또 벌을 안 받으면 자기가 생각했던 것처럼 죄가 크지 않았음을 알게 될 것이다. 지지요법에서의 이 씻어내는 과정은 그 즉시 상당한 효과를 보이지만, 무의식적인 더 깊숙한 문제에는 저촉되지 않는다.

지지요법에서 자주 사용하는 방법의 또 하나는 '암시(suggestion)'이다. 이는 환자의 피 암시성이 강하고, 의사의 권위가 성립된 의사-환자의 관계에서 이루어진다. 대개의 관계가 그렇지만, 이런 때 특히 환자는 의사를 만능으로 보고, 논리보다는 감정적으로 그의 말을 그대로 받아들인다. 정신과뿐 아니라 다른 모든 과의 의술의 효과는 크게 암시성에 의존하고 있다. 의사가 "이 약이면 당신의 병은 나을 수 있소"라든지, "당신 병에는 이것을 이렇게 해야 겠소"라고 했을 때, 피 암시성이 강한 환자가 그것을 받아들여 그 결과로 병세가 좋아지는 것이 모든 질병의 치유과정에서 대단히 큰 몫을 차지한다. 피 암시성이 강하기로 유명한 히스테리 환자에게 암시요법이 적합할 것은 물론이다. 가령 환자가 이해하지 못하는 어떤 기구를 의사가 사용할 때 환자는 거기에 감정적인 가치를 부여하게 되므로 그 효과가 더해질 수 있다. 그래서 히스테리성 무성증(無聲症) 환자에게 기관지 경(鏡)을 삽입한 후 증세가 없어지는 것을 보게 된다. 삽입 전에 이 과정이 소리를 낼 수 있게 한다고 말해두면 효과는 더욱 좋게 나타난다. 그러나 이 역시 최면술과 마찬가지로 그 효과는 일시적인 것에 불과하며, 근본 문제를 해결하지는 못한다.

의사가 권위를 이용하여 환자를 자기 계획대로 조종하여 증상을 극복하려는 방법으로 '설득(persuation)'을 쓰는 수가 있다. 어른이 어린이를 타이르듯 환자의 이성에 호소하고, 도덕적인 토론을 하고, 교육적인 설명으로 환자의 약한 자아를 돕자는 시도이다.

일반 사회에서의 설교나 훈시에 해당한다. 그 성격이 아주 소아적이거나, 만성 신경증의 환자에게는 이런 강경한 권위적 태도와 방법이 유용하고 효과적일 수도 있다. 그 외 대부분의 신경증이나 성격 문제에는 이런 설득 방법이 효과가 없겠으나, 그 방법의 원칙은 진퇴 양난의 곤경에 빠진 경우의 타개책으로 이용되는 수도 있다.

11. 정신분석요법(精神分析療法, psychoanalytic therapy)

정신분석은 정신치료의 특수한 형태 중 하나로, 정신의 역동적 힘 은 무의식에 그 근원을 두고 있다는 성격(정상 및 병적)의 구조와 발 달에 관한 이론을 토대로 하고 있다.

프로이드가 시작한 정신분석치료는 정신의학뿐 아니라 인문사회 과학에 큰 영향을 주었다. 프로이드는 주로 암시를 이용하여 최면술 로써 히스테리를 치료하고 있던 프랑스의 신경과의사와 일하다 1866년 빈의 브로이어(Breuer)에게로 갔다. 브로이어도 역시 최면술 을 사용하였지만 암시 한 가지만 이용하는 것이 아니라, 환자가 자신 에 관한 이야기를 하도록 시켜[카타르시스] 치료하려고 하였다. 프 로이드가 성적 갈등(sexual conflicts)이 히스테리의 주요 원인이라 고 느끼기 시작할 때쯤 프로이드는 브로이어와 헤어졌다.

프로이드는 최면술의 치료효과는 환자가 의사와 관계를 맺고 있 을 때만 일시적으로 존재한다는 점을 발견하고 1896년 이후에는 사 용하지 않았다. 그는 환자가 자신의 이야기를 추리거나 숨기지 않고 마음에 떠오르는 것은 무엇이나 말하게 하는 자유연상(free association)과 꿈의 해석을 치료법으로 사용하였다.

(1) 정신분석학에서의 치료원칙

프로이드는, 환자가 한 경험을 감정적 차원에서 이해할 수 있고, 병식(insight)을 보유할 수 있는 능력이 있느냐 없느냐 하는 것에 치 료의 성공여부가 달려 있다고 주장하였다. 정신분석은 억압된 내용 을 의식화시켜 자신의 진정한 욕구와 동기가 무엇인가를 이해하도 록 하며 갈등에 대한 현실적인 해결을 하게 하는 것으로, 증상의 호전뿐 아니라 피분석자의 기본성격과 방어양식을 개조하거나 크게 수정하는 것이다. 이와 같은 목적을 달성하기 위하여 초기 정신분석학자들은 성욕과 공격성에 대한 어린 시절의 경험, 억압된 기억 등을 주로 다루었으나, 최근의 정신분석학자들은 자아심리학(ego psychology), 다시 말하면, 불안을 처리하는 데 가장 흔히 사용하는 성격구조와 방어기제에 대한 이해에 더 중요성을 두고 있다. 그러나, 접근방법 모두가 환자의 현재 정서생활에 영향을 미친 과거의 사건들에 큰 비중을 두고 있는 것은 틀림없다.

(2) 치료기법

정신분석치료기법 중 가장 기본적인 것은 자유연상이다. 그러나 치료 도중 지금까지 자유연상으로 얻은 자료를 합리적으로 정리 검토하기 위해서 가끔 중단되기도 한다. 이 때 행해지는 지적 토의는 필수적인 것이긴 하나 궁극적 치료효과를 가져오는 데는 2차적인 것에 지나지 않는다.

분석이란 전이가 이루어졌다, 저항이 생겼다 하는 갈등이 반복되는 것이라 말할 수 있다. 이와 같은 갈등은 신경증을 일으켰던 성욕과 죄책감 사이의 갈등의 반복인 것이다.

저항의 분석은 분석가의 가장 중요한 기능 중 하나로, 어떤 상황이나 사건들이 서로 어떤 관련이 있는가를 환자가 인식하게 하는 해석(interpretation)은 분석가의 주 도구이다. 특히 분석가는 알맞은 시기에 정확한 해석을 해야 한다.

일반적으로 분석가가 해석을 하였다고 해서 즉각적으로 증상이 호전되는 것은 아니다. 오히려 환자는 더 불안해하고 치료과정에 더 저항을 하게 된다. 즉, 분석가가 환자의 문제에 대한 역동을 알았다고 하여 치료가 진전하는 것은 아니다. 적절한 시기에 정신 역동적 해석을 가하며 무의식적으로 움직이는 저항, 즉 자신에 관해 깨우치는 것에 대한 저항을 감소시킴으로써 환자 스스로 병식을 갖도록 해야 환자에게 도움이 될 것이다.

분석 도중 환자는 옛날 것을 기억해 내는 과정과 다시 체험하는 2가지 과정을 거치게 되는데 이것이 치료의 역동(dynamics)이다.

기억한다는 것은 신경증적 장애의 기본적 요소가 형성된 시기인 어린 시절로 의식이 점진적으로 확장하는 것을 말하며, 다시 체험한다는 것은 환자가 분석가와의 관계 속에서 어린 시절에 일어났던 일들을 다시 체험하는 것을 일컫는다. 어린 시절에 있었던 일과 관계된 사람에게 향한 감정이 분석가에게로 옮겨지는 전이의 과정은 분석 과정상 피할 수 없는 것이다. 왜냐하면, 해결되지 않은 어린 시절의 태도들이 이 때 나타나고 이를 통하여 환자는 자기 자신에 대해 알기 시작하기 때문이다. 꿈도 무의식을 들여다볼 수 있는 중요한 길이므로 이 또한 분석에 사용되는 기법 중 중요한 위치를 차지한다. 꿈을 꾼 사람이 기억되는 꿈의 내용을 '나타난 내용(manifest dream)'이라 하고, 이를 나타나게 하는 무의식적 과정을 '잠복한 내용(latent dream)'이라고 하는데, 무의식, 즉 잠복한 내용이 출현한 내용으로 변하기까지에는 압축(condensation), 전위, 상징화와 같은 과정을 거치기 때문에, 출현한 내용에 대한 환자의 연상을 통해야 잠복한 내용이 무엇인가를 알 수 있다. 그 밖에, 백일몽(daydream)과 실언의 해석도 정신분석에 도움을 준다.

(3) 정신분석의 결과

어떤 분석가도 환자의 모든 성격결핍과 신경증적 요소를 제거할 수는 없다. 초자아의 경직성을 완화시키는 것이 치료의 기준이다. 정신분석가들은 증상의 경감이 가장 의의 있을 것으로 보지 않는다. 병의 재발이 없거나 정신치료에 대한 필요를 더 이상 느끼지 않는 것이 가장 중요한 치료 기준이다. 치료평가에 가장 기초가 되는 것은 생활에 대한 일반적 적응, 즉 적절한 행복을 얻고, 다른 사람의 행복에 기여하며, 정상적으로 있을 수 있는 생활의 변화를 적절히 처리할 수 있는 능력이다.

(4) 적응증과 금기

정신분석이 모든 정신질환에 가장 알맞은 치료는 아니다. 환자가 정신과적인 도움을 받으려고 하는 신경증적 장애, 예를 들면 전환신경증, 강박장애 및 신경증적 우울 등에는 효과가 입증되었으나, 성도착증환자는 힘든 경우가 많다.

주정중독증·약물중독증·정신병질적 성격 및 범죄자와 같은 심한 심리적 장애를 가진 사람은, 영아기적 욕구가 믿기 어려울 정도로 강하기 때문에 치료 효과는 한계가 있다. 정신병의 경우 정통정신분석학자들은 금기로 삼지만, 능숙한 장시간의 정신분석으로 도움을 받을 수 있는 경우도 있다.

정신분석에 적합한 사람인지를 판단하는 데는 아래 몇 가지 점을 염두에 두어야 한다. 우선, 합리적 사고를 할 수 있어야 하고, 자아가 어느 정도 강해야 하며, 성격의 활력이 필요불가결하다.

그리고 분석중 환자는 어려운 경험을 하게 되는데 이것을 참고 견디어 나갈 수 있어야 한다. 그밖에는 어느 정도 유연성을 가진 젊은 마음을 지녀야 한다. 따라서 일반적으로 환자 나이가 20~30대가 가장 좋은 것으로 생각하고 있다. 끝으로 솔직한 회의를 느끼는 것이 좋은 징후이다. 처음부터 너무 터무니없는 순진한 확신을 갖는 것은 나중에 치료가 난관에 부딪칠 전조가 된다.

12. 작업요법

작업요법이란 미술이나 수공업 등 작업 활동을 통하여 행하는 치료법이다. 이는 일반적으로 만성병 재활의 일환으로, 병의 회복기에 사회 복귀할 수 있는 교량적 역할을 한다. 그러나 심신의학에서는 작업요법을, 심리적 의미도 포함하여 심신증의 치료에 널리 활용하고 있다.

먼저 작업요법으로 잘 행해지고 있는 것은 지회(指繪), 점토세공, 목각, 금공 등이 있는데, 여성은 조화(造花), 수예, 재봉 등도 좋고 기타 서예, 원예, 독서 등도 좋으며 여기에 음악요법이나 회화요법 등 예술요법으로 발전하는 것까지 있다.

종이에 직접 물감을 칠하여 마음대로 그림을 그리는 지회를 하면 감정의 응어리를 발산시킬 수 있다.

상사에 대한 공격심을 참고 있는 사람은, 실제로 상사의 머리를 '탁' 때리는 대신, 쇠망치로 함석판을 마음껏 두들기는 금공, 세공에 열중한다. 여기서 더 발전하면 비상한 작품을 만듦으로써 정동을 예술적으로 승화시킬 수도 있다. 지회나 점토세공 등의 작업은 자기표현이다. 언어로는 표현하기 어려운 일이라도 작품에는 그렇게 저항 없이 표현된다. 심신증은 마음의 문제를 언어나 행동으로 표현하는 것이 억눌려 있어서, 증상이라는 형태로, 신체에 표현되어 있는 것이다. 더구나 환자는 그 마음의 문제가 무엇인가를 알지 못하는 일이 많다.

이와 같은 사람에게는 작업요법을 행하면 심적인 내용이 작품에 착실하게 표현되어서, 작품에 대하여 치료자와 대화하는 중에, 자기 마음의 문제를 조금씩 알 수가 있다. 그리하여 정동을 신체의 증상으로 나타내는 대신에 작업에 따라 표현될 수 있게 되고, 더욱이 언어로 나타낼 수 있게 하면 신체의 증상은 소멸되어 간다. 정말로 작업은 자연이 준 최대의 의사(醫師)이다.

무엇인가를 창조한다는 자기의 가치를 재발견하여 열등감을 극복하고, 자신을 갖게 하는 계기가 된다. 작품을 완성하였다는 성취감을 맛보는 것도 훌륭한 일이다. 더욱이 모리다요법이나 행동요법의 일부로서 작업요법이 행하여져 증례에 따라서는 실제로 사회복귀 후에 직업과 관련 있는 현실적 훈련을 할 수도 있다.

이러한 작업요법은 전문 작업요법사의 지도를 받으면 더욱 효과가 나타난다. 작업요법사를 중심으로 하여, 집단으로 작업요법이 잘 행하여지는데, 이것은 여러 가지를 즐겁게 만들면서 서로 대화하거나 교제하기 때문에, 대인관계나 사회적응의 훈련도 된다.

13. 환경조성

환자의 환경조작, 즉 가정이나 학교, 직장 등에서 문제가 있어, 혼자만의 힘으로는 극복하지 못할 때, 그 문제의 처리를 도우면, 증상이 좋아지는 일이 있다.

예를 들면 환자의 가정이나 학교선생, 또는 직장에서 상사나 동료와 치료자가 면접하여, 그 사람들의 협력을 얻어서, 환경조정에 대하여 이야기한다. 이것은 의사가 하는 일도 있으나, 본래는 환경조정의 역할이다. 단지 환자의 생활환경상의 문제를 표면적으로 처리하는 것뿐 아니라, 언제나 환자와 좋은 관계를 유지하여 병의 상태와 함께 환자의 성격이나 장점을 이해하여 환자에게 잠재되어 있는 능력이 살아날 수 있는 방향으로, 사회복귀가 될 수 있도록 원조하는 것이 바람직하다.

심신증일 때 환자만이 병든 것이 아니고, 가정 그 자체가 병든 때가 많으므로, 가족의 심리요법이 필요한 때가 있다. 환자가 어린아이일 때에는 그 양친, 결혼하였을 때에는 그 배우자나 동거인의 심리적 문제가 중요하다.

그러나 현재 환자 부적응의 원인은 환경 때문이라고 말하지만, 주위 사람들을 만나 알아보면 환경은 그렇게 나쁘지 않아도, 실은 환자의 받아들이는 마음이나 보는 마음이 왜곡되어 있는 것이 문제이다.

또 결혼이나 이혼, 사직 등 인생에서 중요한 결정은 환자 자신이 주체성을 가지고, 그 책임 하에 정하는 것이 좋을 것이다.

그런데 사회가, 병태가 나타나는 것을 자체 내에서 처리하지 않고, 의학에 의존하는 경향이 있다.

따라서 심신의학은 단지 이것을 짊어지기만 하면, 그 본래의 역할을 다하지 못하게 된다. 심신의학에서는 사회가 스스로 책임을 지고, 사회제도나 환경을 정리할 수 있도록, 의학적인 입장에서의 원조를 목표로 하고 있다.

14. 독서요법

독서는 의학적인 지식을 얻을 뿐 아니라, 마음의 양식으로 인격 형성에도 도움이 된다. 치료자의 지시가 있다고 할지라도 독서하는 것은 환자이며, 환자 자신이 병을 치료하고자 하는 의지로써 시작이 된다. 이것도 자율요법이라고 할 수 있다.

독서에 따라 마음에 뭉쳐 있는 감정이 발산되어, 자기 문제의 본태에 대하여 통찰할 수 있는 가능성이 있다. 독서 후에 감상문을 쓰거나 그 책에 대하여 치료자와 대화함으로써, 자기를 새로운 각도에서 돌아본다거나, 더 나은 적응법을 선택할 수가 있다.

또 책 속에는 여러 인간상의 실례가 그려져 있다. 예컨대 젊은 여성이 불행하게 모친에서 받지 못한 이상적인 여성상을, 서적을 통해 자기에게 적응시켜, 성숙한 여성으로 성장해 가는 일도 있다. 독서요법은 독서회나 서클 같은 집단요법으로도 행해진다. 또 모리다요법이나 환경조정을 병용하면 더욱 좋은 효과를 거둘 것이다. 독서요법을 위하여 적서(適書)목록이 작성되어 있으므로, 그 나름의 목적에 따라 적절한 작품을 선택하는 것이 좋다. 예를 들면 사춘기의 여성으로 정서적으로 갈등이 있어 개인적인 적응을 꾀하는 데는 ≪알프스의 소녀 하이디≫ 등을 읽고, 핸디캡이나 열등감을 없애기 위해서는 ≪안네의 일기≫ 등이 좋으며, 가족과의 인간관계 등 사회적 재적응을 잘 하기 위해서는, 이에 해당하는 책을 선택하여 읽으면 좋다. 또 비행화(非行化)의 경향이 보이면 성적인 서적을 피하는 것이 좋다고 지시하는 때도 있다.

심신증 환자에게는 심신상관에 대한 이해를 높이고, 마음의 건강법을 배우는 목적으로, '마음과 병' 등을 주제로 하여 알기 쉽게 해설한 환자 교육용 서적이 적절하다.

15. 집단치료

심신증의 환자는 원래 사회에 적응하려고 희망하여 그 나름대로 노력하고 있지만, 성격상의 문제와 환경의 조건 때문에 부적응 상태가 되어 있는 것이다. 그리고 대인관계가 부드럽게 되질 않아 자신감을 잃어버리고 만다. 그런데 분위기가 포근하고 수용적인 치료집단 속에서 자기 문제를 함께 걱정해주는 사람들이 있다고 하는 데서 비로소 자기를 주장하고 자유를 표현할 수가 있는 것이다. 즉, 잘 들어주고 있다는 것만으로도 얘기하고 있는 동안에 자기 멋대로의 감정이 발산되어 기분이 좋아진다. 또 자기의 문제점도 더 분명하게 알 수 있게 된다.

타인의 말을 듣고 있으면 자기의 성격 경향과 증상이 자기만의 특유한 것이 아니고 다른 사람들도 비슷한 감정과 문제를 갖고 있는 것을 알게 됨으로써 자신의 불안과 열등감이 덜해진다.

또 자기와 비슷한 경향을 갖고 있는 다른 사람들의 문제에 대응할 수 있는 방법을 듣고 있노라면 마치 거울에 비친 자기를 보고 있는 것 같아 반성하고, 자기 자신에 대하여 더 올바른 것을 알 수 있게 된다.

집단 속에서는 다른 환자가 치료자와 같은 역할을 다하고 있는 것이다. 마치 학교 학생들이 선생님의 의견보다 친구들의 의견을 받아들이기 쉬운 것처럼 오히려 자기와 비슷한 증상과 고민을 갖고 있던 환자의 치험담은 치료자의 권위 있는 말보다 강력하다.

이러한 과정을 거쳐서 여러 가지 사태에 대한 행동방식을 배우게 되지만 다음엔 이를 스스로 확인해 볼 필요가 있다. 치료집단은 현실 사회와 같이 엄격하지도 않고 말하자면 보호된 실습장이기 때문에 새로운 행동양식을 시험하고 있는 동안에 다른 환자가 이를 지지해 주기 때문에 차츰 자신감이 붙게 된다. 물론 협력자로서 다른 사람들의 의견을 받아들이고 더 적절하고 현실적인 적응양식이 되는 게 바람직스러운 일이다.

결론적으로 먼저 감정의 발산으로 자신의 문제점의 본질을 통찰하고 다음으로는 적응방법을 배우며 이를 시험삼아 더 바람직한 심리요법의 과정이 집단의 장소보다 부드럽게 행해진다. 이리하여 주위와의 조화를 유지하면서 자기실현을 할 수 있다는 심리요법의 이상적인 목적에 접근할 수 있게 된다.

16. 참선법(參禪法)

(1) 선이란 무엇인가

선이란 '생각을 가진다'라는 뜻을 지닌 댜나(dhya- ha), 또는 자나(jhaua)에서 유래된 말이다. 그러므로 심사(深思), 정려(靜慮)의 뜻이 있다. 그러나 이 뜻만으로는 더 깊은 의미를 완전히 드러낼 수 없기 때문에 그대로 원어의 음을 빌려 '선나(禪那)'라고 했고, 줄여서 '선'이라 부르게 된 것이다.

선이라는 말을 자세히 설명하기는 매우 어렵다. 전문적인 용어로써 아무리 설명하려고 해도 설명할 수 없는 내용을 가지고 있다. 그러므로 흔히 선을 불립문자(不立文字)라고도 하고 학문적인 궁리나 생각을 떠난 것이므로 어찌 말로 나타낼 수 있느냐고 한다.

선의 학문적인 연구는 선의 역사적 고찰과 내용에 대한 연구가 주를 이루겠으나, 선은 이러한 단순한 지식이 아니고, 우주 생명이나 참된 자기의 체득이기 때문에, 이러한 학문의 영역을 떠나기도 한다. 그렇다고 하더라도 선은 깊이 사유하여, 그 사유를 넘어선 곳에서 얻어지는 어떤 세계에 도달하려는 수행이다. 그러므로 이런 뜻에서 댜나를 사유수(思惟修)라고 번역하고 있고, 기악(棄惡), 공덕총림(功德叢林)이라고도 번역한다. 사유수란 마음을 한 대상에 집중하여 깊이 사유하여 닦는 수행법이라는 뜻이며, 기악, 공덕총림은 닦은 결과로 악이 없어지고 공덕이 많이 쌓인다는 뜻이다.

흔히 선은 정(定, samadhi)과 같이 합해서 선정(禪定)이라고 부른다. 엄밀한 뜻에서는 서로 다른 것이나, 선은 고요히 사유하는 것이요, 정은 삼매(三昧)로서, 선에 도달된 경지이다. 삼매란 범어로는 사마디(samadhi)인데, sam이 正, 等의 뜻이요, adhi는 가지다[執]의 뜻이므로 곧 "사물을 바르게 포착하여 가진다"고 하는 뜻으로 등지(等持)라고도 번역되고 있다. 이뿐 아니라 定, 正受, 正定, 調直定, 正心行處, 正思라고도 번역된다.

이런 것으로 보아서 선은 "마음을 고요히 하고, 생각을 깊게 하여 진리에 도달하는 길이다"라고 할 수 있다.

선을 수행함에, 가장 중요시됨은 몸가짐과 마음가짐이다. 그 중에서 몸가짐[調身]은 선수행의 기본이 된다. 몸가짐은 곧 坐法이라고 불린다. 그래서 선의 수행을 참선이라고 하고, 참선의 대표적인 것은 앉아서 선을 닦는 좌선이다. 그러면 좌선이란 어떤 것인가? 좌는 앉는다는 말이다. 앉는다는 것은 침착하여 움직이지 않음을 뜻한다. 또는 정지한다, 정착한다는 뜻이 있다. 요는 움직이지 않도록 안정케 한다는 말이다. 몸을 움직이지 않게 안정시켜 마음을 한 곳에 집중시긴다. 몸과 마음을 통일하여 심신을 하나로 안정케 하는 것이 호흡이다. 그래서 身·息·心의 통일 조화를 꾀하는 것이 좌, 즉 자세이다. 좌선을 한다 함은 호흡을 조절하여 몸과 마음을 단정히 하여, 자기 마음을 해방시킴으로써 자신의 마음을 자유로이 하는 것이다. 바쁜 현대생활에 쫓기다 보면 여러 가지 번거로움 속에 자기 마음이 지배되어 자기를 망각하고 있음을 좌선을 통하여 망각한 자신을 돌이키는 것이다. 자기의 참된 본성을 찾아 진정한 자기 자신이 되는 안락한 가르침이며 방법이다.

여기서 자기 자신이란 불교에서의 佛性, 法身, 眞如나 다를 바 없다고 칼 융은 말한다.

(2) 현대인의 선

선은 본래 무공덕(無功德), 무소득(無所得)이라는 점을 주장한다. "참선을 한다 하여 특별한 공덕이 있고 어떤 효과가 있는 것이 아니라, 본래 없다"는 뜻이다. 일본의 유명한 선사인 도원(道元)의 ≪학도용심집(學徒用心集)≫에도 "소득을 바라는 마음으로 佛法을 수련해서는 안 된다"고 말하고 있다. 건강하게 되고 싶다. 출세하고 싶다. 노이로제를 치료하고 싶다는 등, 무엇인가 이익을 얻으려고 참선을 하여서는 안 된다는 이야기다. 선에서는 깨침조차 구하여서는 안 된다고 가르치고 있다. 깨침이야말로 선의 생명일진대 그것마저 기대해서는 안 된다고 한다.

그런데 여기서 우리는 한번쯤 생각하지 않을 수가 없다. 과연 선이 무공덕 무소득이라면, 현대와 같은 공리주의·합리주의·실용주의를 앞세우는 젊은 세대가 이해할 수 있는가 하는 문제이다.

이와 같은 현대인들의 주장은 두말할 것도 없이 모든 지식은 생활 때문에 실제로 필요한 것이어야 하며 무엇이든지 객관적 결과로서 평가되어야 한다는 의식의 발로이다. 그들은 "무엇 때문에 참선이 필요한가?” 하는 현실적인 실용성을 중요시한다. 따라서 참선이 만일 현실생활에 아무런 도움이 안 된다면 참선의 존재 가치는 없다고 하여도 과언이 아닐 것이다.

지금 유럽이나 미국에서는 서구적인 사고, 즉 합리주의와 물질주의, 과학만능주의가 벽에 부딪치고 있다. 서구 사람들이 자기들의 문명에 회의적인 것이 되고, 그 타개를 위하여 동양적인 참선에 대단한 열을 올리고 있는 실정이다. 특히 정신의학·정신위생 면에 현저하게 나타나고 있다. 정신위생이나 정신의학적인 면으로 볼 때 구미의 물질주의와 과학주의로서는 어쩔 수 없는 문제에 직면해 있음을 의미한다.

이것은 서양 물질문명의 숙명이라고 말할 수 있으며, 그와 같은 문명을 마구 무비판적으로 도입하고 있는 우리나라에서 벌써 그들과 같은 징후가 나타나기 시작한 것도 어쩔 수 없는 현실이다. 따라서 서양의 심리학자와 정신과의사들이 정신의학이나 정신위생으로 인류의 위기를 의식하고, 정신적인 구제를 요청하는 위기의 돌파구로써 서양에서 참선의 붐이 일어나고 있는 것이다.

문명이 발달하면 발달할수록 인류는 건강하고 행복해야 할 터인데, 거꾸로 정신적인 장애를 받고 괴로워하고 있다. 과학이 자연을 정복하였다고 생각하고 있는 현대 문명인들이 도리어 자연으로부터 호되게 당하고 있는 것이 바로 스트레스와 노이로제 등의 정신 장애일 것이다. 정말 현대는 스트레스 시대, 노이로제 시대, 불안의 시대라고 불리고 있으나, 이것은 과학주의, 물질주의로는 어찌할 수 없는 현실이다.

참선이 노이로제와 스트레스 해소나 건강증진을 위한 것이 아니라고 할지라도, 우리들은 서민으로서, 사회인으로서 현실적인 생활을 하고 있는 이상 이와 같은 실용주의를 일방적으로 배척할 필요는 없다. 오히려 이와 같은 참선 수련이 정신적인 건강이나 육체적인 건강에 도움이 된다면, 적극적으로 이것을 활용히는 것도 생활의 지혜라고 할 수 있다.

이제까지 서양의학의 중심은 육체에 중점을 두고 마음의 작용은 경시하여 왔다. 이것은 유물적(唯物的) 의학이라고 불려왔다. 그런데 이와 같은 서양적인 생각도 널리 알려져 있는 캐나다의 한스 셀리에 박사에게서 무너졌다. 마음의 작용을 중요시하고, 마음과 육체를 분리하지 않는 의학이 새로 탄생한 것이다. 이것을 정신신체의학 또는 심신상관의학이라고 부른다.

셀리에 교수는 그의 유명한 스트레스 학설에서, 스트레스로 정신적 긴장이나 자극이 오래 계속되면, 이것이 대뇌피질로부터 간뇌에 전달되고, 그 결과 간뇌에 이상이 생기고, 따라서 부신 호르몬의 분비가 균형을 잃어 만성병 등이 발생한다는 것이다. 그러나 그와 반대로, '하루하루가 좋은 날(日日是好日)'이라는 기분으로 마음에 아무런 부담 없이 유쾌하게 생활한다면, 간뇌는 원만하게 작용하고 호르몬의 균형은 언제나 정상적이고 항상 건강을 유지할 수 있다.

선에서는 옛날부터 "심신일여(心身一如)"라고 말하고 있다. 마음과 육체는 분리되지 않고 일체이다. 이거야말로 정신신체의학과 일치하는 사고방식이라고 할 수 있다.

건강과 장수! 이것은 개인 문제임과 동시에, 사회 기구와 도덕률의 변경을 추구하는 인류 전체의 큰 문제라고 할 수 있다. 그렇기 때문에 참선이 정신신체의학에 도움을 줄 수 있다면, 이것을 정신건강과 육체건강에 응용하는 것도 참선에 위배되는 일은 아닐 것이다. 불교에서의 참선도 결국은 괴로움으로부터 구제할 수 있는 능력을 배양하기 위한 수행의 한 방법이라 할 수 있다.

그러므로 생활에 도움이 되는 선, 즉 有所得의 참선을 편의상 '현대인의 선'이라고 부르기도 한다.

(3) 참선 전의 주의사항

첫째로 참선방은 조용하여야 한다. 선방은 산 속이나 숲 속에 있으며 햇빛도 그다지 많이 들지 않는 곳이 가장 적합하다. 왜냐하면 빛을 약하게 할 필요가 있기 때문이다. 사람에 따라서는 산 속이나 숲 속의 경우 수목을 스치는 바람소리, 골짜기의 물 흐르는 소리, 혹은 새들의 지저귐과 같은 자연의 소리가 방해가 되지 않을까 우려하는 사람도 있을 것이다. 그러나 그런 것들은 오히려 마음을 가라앉히고 좌선에 도움이 된다.

이러한 여건이 주어지지 아니한 경우라도 실망할 필요는 없다. 시끄러운 도심 한복판에서라도 주위의 소음이 잠든 아침 일찍 아니면 밤늦게 주위가 조용해졌을 때 좌선에 들면 된다.

둘째, 식사를 조절하여야 한다. 식사 직후엔 삼가는 것이 좋다. 적어도 30분 이상 지난 다음부터 시작한다. 또 복통, 설사, 변비 등이 있을 때도 하면 안 된다. 선방에 들어가기 전에 꼭 소변을 보는 것이 좋다. 강한 자극물도 먹거나 마셔서는 안 된다. 또 너무 많이 먹어도, 배가 고파도 만족할 만한 참선을 할 수 없다.

셋째로, 수면을 조절하여야 한다. 식사와 마찬가지로 너무 많이 자도 안 되고 너무 적게 자도 안 된다. 특히 앉아서 자면 안 된다.

넷째는, 복장이다. 되도록 간편한 의복을 입는 것이 좋다. 혁대는 느슨하게 한다. 안경을 벗고 시계도 풀어놓는다. 가급적 양말 같은 것은 벗는 것이 좋다.

선방 내에서는 항상 몸가짐을 바르게 하고 조용히 걸어야 한다. 또 참선 전에 간단한 준비체조를 하는 것이 좋다. 가만히 앉아 있는데 무슨 준비체조가 필요한가 하겠지만, 그것은 모르는 소리다. 앉아 보면 알지만 참선이야말로 수영이나 스키 못지 않은 육체 훈련이다. 그 때문에 참선 전의 충분한 준비체조를 권장한다.

(4) 조신법(調身法)

참선에 따른 심신단련법의 제일 첫째는 자세를 바로 잡는 일, 즉 조신법이다. 따라서 참선이라고 하면 먼저 결가부좌 또는 반가부좌를 연상하는 것처럼 자세를 바로잡는 일은 참선이 심신에 영향을 주는 주요한 요점으로 되어 있다.

자세를 바로잡는 일이 심신에 좋은 영향을 준다는 것은, 이미 일상생활에서도 많이 경험하는 일이다. 우리는 무언가 중대한 말을 들으려 할 때는 앉는 자세를 바꾼다. 또 등을 구부리고 밑만 보고 걷는 사람보다 가슴을 내밀고 등을 쭉 펴고 걷는 사람 중에 건강하고 쾌활한 사람이 많은 것도 그 예이다. 그러나 이 자세를 바로 잡는 것을 가장 철저하게 적극적으로 정신단련법, 또는 건강증진법에 사용하고 발전시켜 온 것은 역시 참선의 조신법이다.

쉽게 말하자면, 마음과 몸은 일체라는 점이다. 마음을 바로잡기 위하여, 육체적 조건으로 자세나 호흡을 바로잡자는 이야기다. 앞에서 설명한 심신일여이다. 이는 현대의학으로도 증명된다. 심신일여라 함은 대뇌피질과 자율신경과의 조화를 의미한다.

대뇌생리학적으로 볼 때, 대뇌의 표면을 덮고 의식을 담당하는 대뇌피질의 작용과, 뇌 중심부에서 생명의 유지를 담당하는 자율신경중추와의 작용은 서로 대항하고 있다. 대뇌피질의 작용이 강하면 자율신경중추의 작용이 억제되고, 반대로 대뇌피질에 따른 브레이크가 느슨하면 자율신경계의 기능이 해방된다. 이 사실을 증명하려면, 대뇌피질의 작용에 대해선 뇌파를 측정하고, 자율신경중추의 작용에 대해선 호흡이나 맥박을 조사하면 알 수 있다.

스트레스가 쌓이고, 정신의 긴장이 풀리지 않고 매일 우울한 생활을 계속하면 자율신경의 작용이 둔해진다. 결과적으로 위의 활동이 활발치 못하고 소화불량이나 위궤양 등을 유발하는 것은 많은 사람들이 경험하는 것이다. 그러나 참선을 한동안 열심히 하면 이 같은 사실은 감쪽같이 사라진다. 다시 말하면, 참선은 자율신경의 작용을 바로잡고, 대뇌피질의 긴장을 느슨하게 만든다. 그 결과, 마음이 안정되고, 더 건전한 신체로 만드는 데 효과적이다.
이것이 참선에 따른 심신일여의 과학적인 근거이다.

현대인은 하루의 대부분을 의자에 앉든지 서 있든지[지하철 버스 등] 걷고 있든지 누워 있다. 이중 가장 많은 시간이 의자에 앉는 시간일 텐데 이것도 다를 것이 없다. 이 때에도 역학적으로나 생리학적으로 판단하여 가장 안정된 자세를 취하면 된다.

참선은 원칙적으로 결가부좌를 한다. 부득이한 경우에는 반가부좌를 하여도 좋다. 또 부녀자는 보통식 정좌를 하여도 좋다. 이중 결가부좌는 가장 심신이 안정되는 방법이나 초심자들은 발목이 아파서 오랜 시간 앉아 있기 힘들다. 따라서 처음 시작하는 사람은 반가부좌가 적합하다. 물론 수련이 진행되면 의자에서도, 서서도[立禪], 누워서도[臥禪], 또는 걸어가면서도[行禪] 선을 행할 수 있다.

먼저 결가부좌의 좌법부터 알아보자. 가부좌라 함은 발의 접는 법을 말한다. 먼저 방석을 둘로 접어 앉기 편한 자세를 취한다. 그 위에 엉덩이를 얹고 책상다리를 하고 앉은 다음 오른손과 왼손으로 오른다리를 들어 왼쪽 허벅지 위에 올려놓는다. 다음, 오른손으로 왼쪽 다리를 들어 오른쪽 허벅지 위에 얹는다. 그리고 두 무릎을 땅바닥에 닿게 한다. 그리고 나서 몸의 중심이 양쪽 무릎과 청량골[등뼈의 끝부분]을 연결하는 삼각형의 중심에 떨어지도록 자세를 조정한다. 이 때 각자 다리의 길이와 굵기 등은 일정하지 않으니, 방석 높이를 적당히 조정하여 가장 편한 자세를 택한다.

다음, 반가부좌는 결가부좌 중 좌우 어느 쪽이나 한 쪽 다리만을 상대 쪽 무릎 위에 얹는다. 이 때 주의할 점은 양쪽 무릎이 정확하게 땅바닥에 같은 무게로 닿아야 하며, 몸의 중심 역시 삼각형의 중심에 놓어야 한다.

참선 자세는 이상 두 가지 밖에 없다. 이러한 참선 자세에서의 주의 사항은 다음과 같다.

첫째로 양 무릎과 엉덩이는 같은 힘을 받도록 앉아야 한다. 그 때문에 엉덩이를 충분히 뒤로 빼고, 배꼽은 충분히 앞으로 밀어야 한다. 머리는 천장을 뚫는 기분으로 쭉 뺀다. 그렇게 되면 코와 배꼽은 일직선상에 놓이게 된다. 이 코와 배꼽은 선의 가장 중요한 요소이다. 코와 배꼽이 일직선에 놓이지 않는 한 진정한 의미에서의 선은 이루어지지 않는다.

둘째로 손놓는 법[印相]도 중요하다. 먼저, 오른손을 왼쪽 다리 위에 놓는다. 그 다음 왼쪽 손바닥을 오른쪽 손바닥 위에 놓는다. 양쪽 엄지손가락 끝을 서로 가볍게 맞대고 아랫배 쪽으로 끌어당기고, 엄지손가락 연결부가 배꼽과 일직선상에 있고 배꼽 바로 밑에 있게 한다. 양쪽 엄지손가락의 손톱과 손톱이 서로 맞대게 한다. 이것을 법계정인(法界定印)이라고 부른다.

귀와 어깨는 일직선상에 있게 한다. 양 팔꿈치는 몸에서 떨어지게 한다. 양손은 보주(寶珠)와 같은 형이 좋다. 가슴에 힘을 넣지 않고 양어깨를 낮춘다. 허리를 쭉 펴고 턱을 끌어당긴다. 입은 꽉 다물고 상·하 이빨을 가볍게 맞대고 혓바닥은 위턱에 가볍게 붙인다. 입안에 공기를 품어서는 안 된다.

눈은 항상 뜨고 있어야 한다. 눈은 반쯤 뜨는 것이 좋다. 그리고 시선은 앞쪽으로 보낸다. 그러면 눈동자의 절반은 눈꺼풀에 가린다. 즉, 눈꺼풀 내면을 보게 하고, 눈동자 절반은 전방을 보게 된다. 그러니 자연히 시선은 전방 1~2m 가까이에 떨어진다. 정신통일 등 명상법에서는 눈을 감는 사람들이 있으나 참선에서는 절대로 눈을 감아서는 안 된다. 여기서 가장 중요한 것은 정좌법에서도 말하였듯이 항상 명치끝을 부드럽게 하고 또 오므려야 한다는 점이다.

다음, 균형을 잡기 위하여 결가부좌를 한 채로 상체를 먼저 전후·좌우로 움직이고 또 돌린다. 그 다음 좌우로 시계의 추처럼 흔들고 점점 진폭을 작게 하여 자연스럽게 정지한다.

(5) 조식법(調息法)

조식법은 마음의 긴장을 풀어 줄뿐 아니라 건강 증진에도 도움이 되고, 또 어디서든지 간단하게 할 수 있다는 이점이 있다. 조식은 문자 그대로 호흡을 바로잡는 것으로, 참선에서는 대단히 중요시하고 있다. 올바른 호흡을 함으로써 참선의 자세도 바로잡히고, 깨침의 경지에 도달할 수 있다. 이것이 선의 사고방식이며, 그 때문에 초심자는 먼저 호흡조절법부터 시작한다. 또 수련을 쌓은 참선에 숙달한 선승들도, 참선 도중 잡념이 솟아올라 명상이 방해될 때에는 호흡법으로 자세를 바로잡고 마음의 안정을 도모한다고 한다. 마음이 흔들리면 자세도 흔들린다.

조식에 따른 마음의 안정법은 참선에서는 체험적으로 전하여 온 것이나, 최근 정신의학적으로도 인정받게 되었다. 신경증의 환자에게 이 수법을 응용하여 효과를 보고 있다는 보고도 있다. 이처럼 호흡을 바로잡는 것은, 마음에도 영향을 미칠 뿐 아니라 호흡이 생명현상을 담당하고 있는 만큼 몸에도 영향을 끼친다는 점으로도 대단히 중요하다.

그러면 어떠한 조식법이 가장 효과적이고 또 과학적인가? 결론부터 말한다면 호흡수를 감소시키는, 즉 가늘고 길게 하는 호흡법이다.

우리는 보통 1분에 17~18회의 호흡을 한다. 운동을 하면 1분간 20회 이상도 된다. 참선중의 선승들의 호흡수는 대개 1분간 1~2회이다. 참선에서는 호흡수를 줄이라는 말은 안 한다. 다만 "내뿜는 숨을 천천히 하라"고 말한다. 그리고 "코끝에 새털을 갖다대도 그것이 움직이지 않을 정도로 조용히 조금씩 내뿜도록 하라"고 말한다. 그러면 들이키는 숨은 내뿜는 숨이 끝난 즉시 자연히 폐에 들어오게 된다고 한다. 내뿜는 숨이 길게 됨으로써 자연히 들이키는 숨은 다소 빨리 코로부터 들어온다.

이 호흡법은 비단 참선할 때뿐 아니라 어디서든지 응용할 수 있다. 의자에 앉아서도, 서서도, 걸어가면서도, 만원 전철이나 버스 안에서도, 어떠한 자세로도 가능하다. 전철이나 버스 등에서는 눈을 감고 하는 것이 좋다. 눈을 감으라는 것은 주위로부터의 유혹을 물리치기 위함이다. 옆에 있는 아가씨의 미니스커트를 보는 순간 호흡이 흔들리기 때문이다.

이 호흡운동은 심장이나 내장 운동과는 달리 어느 정도는 자기 의사에 따라 할 수 있다. 그러나 호흡운동은 생명을 유지하기 위하여 결코 중지할 수는 없으므로, 대개의 경우 무의식중에 반사적으로 행해진다. 그 때문에 수면 중, 의식이 잠잘 때에도 호흡운동은 쉬지 않고 하고 있다. 이처럼 의식과는 관계없이 자율적으로 호흡운동을 함으로써, 신체가 산소를 많이 필요할 때에는 자동적으로 호흡운동도 그것에 따라 변한다. 줄넘기나 마라톤 경기 등을 한 뒤에 호흡이 자연히 빨라지는 것은 누구나 다 아는 사실이다. 이것은 체내에서 에너지가 급격하게 소모됨으로써 그 에너지를 재생시키기 위하여 필요한 산소를 가급적 빨리 공급하기 위해서이다.

정신적으로 긴장이 심할 때에도 호흡이 빠르다. 화가 나서 말하려 할 때 말할 수 없는 것은 호흡이 빨라진 결과이다. 또 노이로제 환자는 일반적으로 호흡이 보통 사람보다 대단히 빠르다. 이같이 숨이 찬 상태에서 냉정한 판단을 한다든지 일을 정확하게 한다든지 하는 것은 불가능하다.

호흡을 천천히 한다는 것은 이것으로 심장의 부담이 대단히 덜어진다는 것이다. 우리가 운동을 하면 호흡이 빨라짐과 동시에 심장에 고동치는 횟수도 많아진다. 폐에서 산소를 받은 혈액을 체내 조직에 빨리 공급하기 위해 취해지는 생리적 현상이다. 다시 말하면 호흡이 빨라진다는 것은, 그만큼 심장의 부담을 크게 한다는 사실이다.

참선을 하면 배포가 커진다는 말들을 하는데, 이것은 조식에서 호흡수 감소법을 수련하였기 때문에 자유로이 호흡을 조절할 수 있는 능력을 갖고 있기 때문이다. 평소에 상당히 실력 있는 사람이, 직접 일을 당하면 그 실력을 충분히 발휘하지 못하는 예를 종종 본다. 이것은 정신적인 수양이 부족한 사람에게서 흔히 나타나는 약점으로 특히 우리나라 운동선수를 외국 선수들과 비교하면 그런 경향이 많다.

이 호흡 감소법은 참선을 하면서 수련하는 것이 가장 효과적이라는 점을 많은 경험자들이 입증하고 있다. 지금이 가장 중요하다고 생각하면 할수록 마음이 긴장하고 신체의 근육도 긴장한다. 그 때문에 평소에 잘하던 말도 잘 안 나오고 평소에 잘하던 기술 또는 기능도 잘 발휘하지 못한다. 우리나라 사람들은 잘 모르겠지만 일본 사람들은 씨름선수·야구선수를 비롯하여 바둑 프로들까지 평소 참선으로 이 같은 배포를 기르는 사람이 많다. 때문에 중요한 일을 할 때는 긴장을 푼 다음 일에 착수함이 바람직하다.

▣ 호흡을 고르게 하는 비결 ●———

호흡에는 다음 네 가지가 있다.

① 風 : 코로 숨이 들어오고 나갈 때 소리가 나는 것. 비록 미미하더라도 마음이 산란하다는 증거이다.

② 喘 : 들락날락하는 숨소리는 없으나 고르지 못하다.

③ 氣 : 소리도 없고 숨도 고르나 호흡에 대한 의식이 아직도 남아 있을 때를 말한다.

④ 息 : 소리도 없고, 고르고, 자기 자신의 호흡에 대한 의식이 없

고, 숨을 쉬고 있는지 안 쉬고 있는지 알 수 없는 상태이다.

선의 호흡은 이 식이 아니면 안 된다. 우리가 흔히 심호흡이라고 부르는데 엄격한 의미에서는 옳지 않다. 즉 심흡호(深吸呼)라야 옳다. 심흡호에서는 먼저 내뿜는 것이 아니라 먼저 들이마시는 것이 보통이기 때문이다. 그러나 선에서의 호흡은 진실한 심흡호이다. 선에서는 항상 먼저 숨을 내뿜기 때문이다.

참선을 할 때면 시작할 때와 끝마칠 때에는 반드시 심호흡을 한다. 그러나 참선할 때는 숨쉬는지 안 쉬는지 모르는 상태로 한다. 이것은 말하기는 쉽지만 실제로 해보면 정말로 어렵다. 그 비결을 말하면 다음과 같다.

먼저 정신을 되도록 아랫배에 집중시킨다. 배꼽 아래 3촌의 위치, 즉 기해단전(氣海丹田)에 마음을 모으라. 다음, 전신에서 힘을 뺀다. 그리고 전신에서 피부호흡을 한다.

이 또한 쉬운 일이 아니다. 숨을 코로 들이쉬고 코로 내쉬는데 마음을 쓰면 아무래도 코가 또 걱정이 된다. 코에서 소리 안 나게 기를 쓰면 더욱 소리가 난다. 이렇게 돼서는 도저히 息의 상태에 들어갈 수 없다. 그 때문에 우선 의식을 배꼽 근방에 집중하는 것이 좋다. 배꼽은 원래 호흡기관이었다. 사람은 배 안에 있을 때에는 배꼽을 통하여 호흡한다. 우리의 몸이 지금 있는 것도 실은 배꼽 덕택이다. 그렇게 생각한다면 배꼽으로 호흡한다는 것은 조금도 이상할 것이 없다.

다음 전신에 힘을 빼라는 것은 어깨에도 배에도 힘을 빼라는 말이다. 그 때문에 전신의 무게를 몸의 최하부에 놓을수록 좋다. 이것도 어려운 이야기다. 사람은 이 때에 가장 강하게 되고, 또 잠재능력이 가장 능률적으로 발휘될 때이다. 배꼽 밑 단전에서 힘을 빼고, 내 몸의 존재를 잊어버리도록 천천히 호흡을 하면 자연히 기력이 온몸에 충만하여지는 법이다.

전신으로 호흡하라는 것은 그렇게 생각하면 편하다는 말이다. 인체에는 수십만의 털구멍·땀구멍이 있다. 이와 같이 털구멍이나 땀구멍으로 실제 다소의 호흡을 하고 있다. 처음에는 신체의 모든 구멍으로부터 호흡한다고 관념적으로 생각한다. 그러나 그러는 중에 몸 전체로 호흡하는 것처럼 느껴진다. 그렇게 되면 얼마 안 가서 피부라는 감각은 없어진다.

몸 안에 있는 모든 더러워진 기를 몸 밖으로 뿜어내고, 몸밖에 있는 깨끗한 대우주의 기를 몸 안으로 빨아들이는 것이다. 그러는 중에 자기 몸이라는 하나의 물체는 대우주 속에 녹아서 없어져 버린다. 이렇게 되면 안개를 먹고 구름을 타고 다니고, 투명인간이 되기도 하는 신선의 경지와 일치한다는 이야기가 된다.

모든 잡념을 버리고 마음을 광활한 천지 우주의 가운데에 두고 자기를 바라보는 일, 이것을 가능하게 하는 방법이 참선이다. 그리고 참선함으로써 그러한 세계를 자기 것으로 만들 수 있다.

수식관(數息觀) ●───

참선할 때 마음이 안정되지 못하고 망상이 떠오를 때, 또는 참선 초보자일 때는 수식관이라는 호흡법부터 행하는 것이 관례로 되어 있다. 자세를 바로하고 호흡을 시작하면 즉시 자기 호흡을 세기 시작하는 것이다. 이것을 수식관이라고 하며, 다음과 같은 방법이 있다.

숨을 세는 것은 물론 마음속으로 센다. 숨을 내쉴 때에 (하-나) 숨을 들이쉴 때에 (두-울), 또 내쉴 때 (세-엣), 들이쉴 때 (네-엣)과 같이 열까지 세면 다시 하나로 돌아온다. 이것을 출입관이라고 부른다. 또 세기는 쉬우나 깊은 定에 들어가기가 어렵다. 제2의 방법은 출입을 하나로 하여 나가는 숨만을 (하-나) (두-울)식으로 세어 나간다. 더 자세하게 말하면 내쉬는 숨을 (하-)로 세고 계속하여 들어

오는 숨을 (나-)로 세는 것이다. 이것을 출식관이라고 부른다. 이것은 참선 도중 졸립다든가, 흐리멍덩하여진다든가 할 때에 적합한 방법이다. 셋째로 입식관, 즉 들어오는 숨만 세는 방법이다. 이것은 세기가 힘드나 깊은 정에 들어갈 수 있으므로 마음이 불안정하다든가 망상이 심하게 떠오를 때 가장 적합한 방법이다.

이 세 가지 수식관은 각각 특징을 갖고 있으므로 참선 때의 심경에 응하여 적당히 사용하면 좋을 터이나 일반적으로는 제2의 출식관을 많이 사용한다. 경산노사(耕山老師)도 이 법을 "마음을 수에 전념하여 산란시키지 않는 법"이라고 가르쳤다. 숨을 세는 것이나 마음은 일심불란하게 수만 셈으로써 수 그 자체에 흡수되는 것, 다시 말하면 숨을 (하-나)라고 세는 것이지만 마음을 숨 쪽이 아니고 (하-나) 쪽에 기울이고, 이 (하-나)에 숨이 끌려가도록 되지 않으면 안 된다는 것이다.

수식관 때에도 눈을 뜨고 있으므로 여러 가지 물건이 보인다. 귀도 틀어막고 있지 않기 때문에 여러 가지 생각이 떠오르는 것은 살아 있는 사람인 이상 도리가 없다. 그러나 전심전력으로 숨만 세고 있으면 보인다든가, 들린다든가, 생각한다든가 하는 일들을 전혀 의식하지 않을 때도 있고, 자연히 의식할 때도 있다. 그러나 그런 것은 아무렇지도 않다. 이것은 결코 나쁜 것은 아니므로 방해하여 제거하려고 할 필요도 없고, 또 그리 좋은 일도 아니니 상대할 필요도 없다. 보여도 안 보여도, 들려도 안 들려도, 생각나도 생각 안 나도 그것을 상대하는 것은 결코 좋은 일이 못된다.

아무런 관심도 갖지 말고 오로지 전심전력으로 수를 세고만 있으면 된다. 이것은 간단한 것 같지만 좀처럼 잘 되지 않는다.

우리는 참선 중 하나부터 열까지 세는 동안 어느 사이엔가 딴생각을 하고 있는 자기를 발견한다. 그러면 다시 정신을 가다듬어 하나부터 열까지 세기 시작한다. 겨우 열 가까이까지 갔다고 생각하면 또

잡념에 사로잡혀 버린다. 또 이번에는 잘 세고 있다고 의식하고 보면 어느 사이에 20 또는 30까지 세고 있는 자기를 발견한다. 그러나 실패하였다 하여 별로 실망할 것도 없다. 오히려 이것저것 생각하지 않는 것이 더욱 중요하다.

수식관이 잘되게 되면 다음에는 수식관(隨息觀)으로 바꾼다. 수를 세는 노력을 아예 하지 말고, 수에 대한 의식을 버리고 다만 숨의 출입에만 전심전력하는 의미이다. 다시 말하면 호흡하는 숨 가운데 몸과 마음을 맡겨버리는 것이다. 이것은 앞에서의 數息觀에 비하여 일보 전진한 상태이다. 보통 때 숨을 쉬고 있다고 특별히 의식하는 사람은 거의 없다. 따라서 이와 같은 상태가 어느 면으로 보면 자연스럽다. 이것을 의식적으로 잊어버리려고 하면 도리어 하기 어려운 것이 사람의 본능이다.

어떤 경우든지 참선할 때의 호흡은, 나가는 숨은 그대로 천지 우주의 구석구석까지 퍼져 나간다고 생각하고, 들이쉬는 숨은 천지 우주가 그대로 내 몸 안으로 들어온다고 생각하는 것이 요령이다. 실로 배꼽이야말로 우주 전체를 몽땅 삼켜버리는 저 우주의 함정, 블랙홀이라고 생각하면 된다.

(6) 조심법(調心法)

이제까지 말한 조신법·조식법은 말하자면 몸 외측으로부터, 심신의 컨디션을 조정하고 활력을 증가시키기 위한 방법이었다. 특히 정신이라든가 마음의 문제는 사람의 극히 깊은 부분에 속하기 때문에 직접적으로 쉽게 대응할 수 없다. 그러나 마음이라고 하여도 육체를 떠나서는 존재할 수 없으므로 먼저 들어가기 쉬운 조신·조식으로부터 시작하였을 따름이다.

그 때문에 먼저 앉는 자세며 호흡을 조절하면서 앉는 일, 즉 지관타좌(只管打坐)가 필요하다('지관타자'라는 말은 오직 아무 생각 없이 앉은 그대로 선정에 든다는 뜻. 여기서는 어떤 방편이 필요치 않다. 오직 결가부좌나 반가부좌로 편안히 앉아서 몸과 마음을 움직이지 않고, 무념무상으로 깊은 명상에 드는 것이다).

이와 같이 외측으로부터 자세를 바로잡고 호흡을 조절하기만 하여도 뇌파에 변화가 나타난다. 이 효과를 더욱 유효하게 만들기 위해서는 그 효과를 받아들이는 내부, 즉 마음의 자세가 중요한 문제가 된다. 즉, 아무리 외부로부터의 조건이 구비되어도 마음 자체의 자세가 성실하지 않고서는 모처럼의 참선도 그 효과가 반감된다.

이와 같은 내측으로부터의 노력은 조심법이라고 말하고 있다. 참선에서는 물론 조심법이라는 독립된 방법만이 존재할 수는 없고, 조신·조식·조심이 삼위일체가 되어야 비로소 올바른 참선이 된다. 따라서 조신·조식을 착실히 행하면서 조심에 들어가면 효과가 배로 증가할 것이다. 이 조심법의 이상적인 상태는 솟아오르는 잡념, 망상을 어떻게 조절하는가 하는 데 있다.

참선에서는 비사량(非思量)이란 말을 많이 쓴다. 이것이 곧 조심법의 핵심이기 때문이다. 그러면 이것은 무슨 말인가? 물론 아무리 큰 사전을 찾아보아도 이 같은 말에 대한 올바른 해석은 없을 것이다.

또 선이라면 무조건 무념무상이라고 하는 깨침이라고 하면 '공'이라고 말하여 간단하게 생각해버리는 경우가 많다. 만일 이와 같은 것이 선이고 깨침이라면, 피곤하여 죽은 것처럼 잔다든가, 술에 만취한다든가, 또는 어떤 찰나에 머리를 세게 부딪쳐서 기절한 것도 무념무상이 아닌가? 그러면 이 상태와 대오(大悟)한 상태가 어떻게 다르단 말인가? 무엇 때문에 석가께서 6년간 참선하였다든가, 달마께서 9년간 면벽하였는지 알 수 없게 된다.

그럼에도 불구하고 참선하는 많은 사람들이 무념무상이라든가 공이라든가 무라는 문자나 어구에 집착되어 아무 것도 생각하지 않으려고 애를 쓰며 괴로워하고 있다. 이렇게 하여 조급하면 할수록 그만큼 더욱 마음은 혼란하게 된다. 이것은 마치 의복에 묻은 흙을 흙탕물로 씻어버리려고 하는 것과 다를 바 없다. 정말 가엾은 일이다. 그때문에 경산노사도 다음과 같이 주의를 주고 있다.

참선 중에는 여러 가지 일이 보이고 들리고 생각나나, 이것들은 결코 나쁜 것이 아니므로 방해해서는 안 된다. 또 좋은 것도 아니므로 상대하여서도 안 된다. 자연은 자연에 맡겨두면 좋다. 다만 전심전력을 다하여 태연하게 참선만 하고 있으면 된다. 지구를 방석으로 하여 우주를 배 안에 품은 것 같은 커다랗고 웅대한 기분, 천지에 자기 몸이 가득 찬 기분으로 앉아 있으면 된다. 이것을 "독좌대웅봉(獨座大雄峯)"이라든가, "청산은 본래 부동이요, 백운은 스스로 오고 간다"라고 글로도 표현하고 있다. 이와 같은 상태를 비사량이라고 한다.

이상에서 말한 것처럼 비사량이야말로 조심의 목표이고, 동시에 참선의 종착역이다. 비사량을 쉽게 풀이하면, 현재의 시점에서 하나의 일에 마음이 전부 향하고 있어 다른 일에 마음이 향하지 않는 상태이다. 다시 말하면, 제일 중요한 일에 마음이 쏠리고 필요하지 않은 지엽적인 일에는 마음이 쏠려서는 안 된다는 말이다. 그리고 무리한다든가 노력한다든가 하는 의식이 없고, 자연히 취해지는 정신집중이 되어야 한다.

여기에 대하여 불사량(不思量)이란 생각하지 않는 일이다. 그러나 인간인 이상 아무 것도 생각하지 않는다는 것은 이치에 닿지 않는다. 전혀 생각하지 않는다면 아무 일도 해결해 나갈 수가 없다.

따라서 사량에 대하는 불사량, 즉 '생각하는 일'에 대한 '생각하지 않는 일'은 대립하는 두 개의 개념으로서는 상호 간에 마이너스의 면을 갖고 있다. 여기에 대하여 비사량이란 그 어느 쪽도 아닌

'생각한다' '생각하지 않는다'라는 대립이 없는, 따라서 마이너스가 없는, 사량·불사량의 양쪽 모두를 포함한 하나의 커다란 사고 방법을 말하는 것이다.

선의 극치라고 하는 '무념무상' '무심' '삼매' 등도 다소 뉘앙스는 다르지만 모두 비사량을 지향하는 말임은 틀림없다. 생각하는 것도 아니고, 생각하지 않는 것도 아닌, 그렇다고 절반만 생각하고 절반만 생각하지 않는 것도 아닌, 이 어려운 '비사량'의 경지에 도달하는 것을 의미한다.

(7) 참선을 끝낼 때의 주의

집단으로 좌선하는 곳에서는 끝나는 신호에 따르기만 하면 되지만, 자기 혼자서 좌선하고 있을 때는 다음의 주의가 필요하다.

① 우선 마음을 개방하고 기분을 평안히 한다. 가령 數息觀을 하고 있던 사람은 숨을 세는 것을 중지하고 마음의 긴장을 푼다.

② 다음 입술을 조그맣게 둥글게 하고 고요히 마음껏 숨을 내뿜는다. 내뿜는 숨 가운데 이때까지의 마음의 긴장, 몸의 긴장이 얼음 녹듯이 풀려버리는 듯한 심리작용을 가하면서 두서너 번 마음껏 숨을 내뿜는다.

③ 다음 미미하게 서서히 몸을 움직인다. 어깨, 목에 긴장감, 그리고 뿌듯한 감이 있을 때에는, 부드럽게 만져주고 고요히 움직이면서, 이 역시 내뿜는 숨과 함께 뱉어버리는 기분을 가진다.

④ 들었던 발을 푼다. 결가부좌했을 경우에는 손으로 풀도록 한다. 아프거나 저릴 때에는 손으로 마찰한다.

⑤ 다음 양손을 마찰하여 온기를 내어 양손에 덮는다. 손을 덮은 채 눈을 뜬다.

⑥ 손가락 사이로 들어오는 외광에 눈을 익힌 다음 손을 뗀다. 그리고 전신의 땀이 식는 것을 봐서 일어선다.

⑦ 다시 좌선을 계속하려면 먼저처럼 하고 평안한 기분으로 잠시 휴식을 취한 뒤에 다음 좌선에 든다.

(8) 참선입정 중의 주의

좌선의 요점은 "신, 식, 심의 3가지 조화"라고 정의되어 있다. 자세와 호흡과 정신의 조화를 이루며 그 3자를 통일한다.

또 좌선을 시작할 때에는 우선 자세, 다음 호흡, 그리고 정신[마음]의 순서로 '신, 식, 심의 조화'와 안정을 도모한다. 좌선을 끝낼 때는 그 반대로 한다. 곧 '심, 식, 신'의 순서로 마친다.

▣ 좌의 길이 ●───

한 번 入定의 시간은 형편에 따라 정하게 된다. 30분 또는 1시간 정도가 보통이다. 그런데 초보자로서는 30분도 지루하기 짝이 없다. 잡담이나 하며 몇 사람이 모이면 30분이란 시간은 아주 짧은 시간이지만, 막상 다리를 틀고 좌선하려면 30분이란 시간이 길고 길어서 끝나는 신호소리를 기다리기에 모든 정신을 기울인다. 물론 초보일 경우이다. 이렇게 하는 가운데 좌선이 단련되어 수확을 거둘 때가 멀지 않게 된다. 대개 30분간 앉고 5분간 쉬는 것이 일반 좌선법회의 통례로 되어 있다.

▣ 좌선하기 좋은 시간 ●───

예로부터 밤에서 낮으로 옮기는 때에 1시간, 낮에서 밤으로 옮길 때의 1시간이 제일 좋은 때라고 여겨 왔다. 결국 아침 5시부터 6시까지, 저녁은 6시부터 7시까지가 매우 좋은 시간일 것이다.

그러나 좀 익숙해지면 바쁜 생활 가운데서도 얼마든지 할 수 있다. 서거나 앉거나 가릴 것 없다.

그리고 택시라면 으레 앉으니 더욱 좋은 기회가 아닐 수 없다. 신문을 볼 때나 라디오를 듣는 때에도 몸의 자세와 호흡의 훈련은 얼마든지 가능하다.

하복부에 힘을 주고 호흡을 고르게 하면, 그 일에 능률이 오르는 것은 물론, 밥맛도 있고 따라서 소화도 잘 된다.

17. 모리다 요법

모리다(森田) 요법은 삼전정마(森田正馬)박사가 60년 전에 창시한 것으로, 일본 특유의 치료법이다. 그것은 神經質者를 위한 치료용으로 고안된 것인데, 心身症의 치료에도 적용된다. 모리다가 말하는 신경질자는 신경질이 많은 생에 대한 욕망이 강한 사람으로서, 사소한 일에까지 신경을 쓰며, 완전욕이 강하기 때문에, 자기 몸에 대한 조그마한 변조에도 민감하게 반응하는 히포콘드리아(hypochondria) 기조를 가지고 있다. 이와 같은 사람은 누구에게나 있는 생리현상, 예를 들면 너무 자서 머리가 무겁다든가, 운동 후에 동계가 있다든가 등에 대해 당연히 있는 것을 자기 멋대로 병으로 알고 이것에 사로잡혀 버린다.

더욱이 주의가 생리현상에 기울면, 그 감각은 민감하게 되어, 점점 주의가 거기에 고착화되어, 정신교호작용[악순환]이 일어난다. 이 때 마음에 집착하지 않는다고 생각하는 것은, 뒤집어 말하면 머리가 집착하고 있는 것이다. 예를 들면 심장신경증의 사람이 동계에 대한 감각이 더욱 민감하게 된다는 것이다.

그러니까 누구에게나 있는 동계 등의 생리현상은 자기 의지로 조절하려고 하지 않는 것이 차라리 낫다. 그것은 불가능을 가능으로 하려는 생각부터가 무리한 일이기 때문이다. 이와 같이 불안하면 불안한 그대로, 자연적으로 일어나는 마음의 흐름에 따라 거슬리지 않는 상태를 '있는 그대로'라고 한다. 이 '있는 그대로'가 되면, 정신교호작용도 성립되지 않는다. 사로잡힘에서 해방되는 것이다.

‘있는 그대로’라고 하는 것은 증상을 그대로 받아들이는 것인데, 결코 포기하는 것이 아니고 본래 가지고 있는 욕망에 대해서 건설적으로 노력하는 것도 된다. 고량(高良) 박사의 해설에 따르면, 예를 들어 풀장의 다이빙대에서 처음 뛰어들어 갈 때에는 누구나 무섭다. 무서워서 뛰어들지 않는 것은 포기인데, 무서운 것은 그대로 받아들이고, 무서운 상태에서 불안한 그대로, 향상심에 따라서 뛰어내리는 것이 정말로 ‘있는 그대로’이다. 처음부터 무서운 기분을 제거하려는 것은 말할 것도 없이 무리한 것으로, 그렇게 하게 되면 노이로제가 된다. 불안한 그대로, 몇 회인가 뛰어들면, 무서움이 사라지고, 자신이 생김과 동시에 불안도 없어진다.

이 ‘있는 그대로’를 체득하도록 인도하는 것이 모리다요법이다. 이는 입원하여 다음의 4기에 걸쳐 행하여진다.

제1기는 와욕기(臥褥期, 4~7일)로 환자는 격리되고 면회, 담화, 독서, 끽연, 라디오, 그 외 일체 모든 것이 금지된다. 이와 같이 하여 불안증상과 직면하는 것이다. 절체절명의 한계상황에 다다를 때에 마음의 전회(轉回)가 일어나, 치료될 가능성이 많다.

제2기는 輕작업기(3~7일)로 기상하여 신변의 일과 문 밖의 가벼운 일은 자발적으로 한다. 그리하여 매일의 감상을 일기에 쓰고, 이것을 통하여 지도한다.

제3기는 重작업기(1~2주간)로 밭일, 청소, 목공일, 부엌 및 설거지, 작업실에서 회화, 조각, 탁구 등을 한다. 작업에는 건설적인 의미가 있어, 향상심에 따라 즐거움을 느끼게 된다. 증상은 있어도 하면 한다는 체험을 하게 되면, 증상에 대한 무서움이 적어지고 자신을 얻게 된다. 또 일에 따라 마음을 다른 데로 향하고, 사실에 입각한 사고방식과 생활태도를 체득한다. 더욱이 일기나 잡담을 통하여 증상의 본태를 알게 되고, 있는 그대로 할 수 있게 생활지도가 된다. 더욱이 모리다 요법에서는 치료자의 가정 또는 거기에

준한 분위기가 있는 장소에서, 치료사가 될 수 있는 대로 많은 시간, 환자의 모든 생활에 접하여, 가정적 훈련을 행하는 것이 많다.

제4기는 생활준비기(1~수주 간)로 사회인과 거의 같은 생활을 하고, 일상생활에 돌아갈 준비를 한다. 이상과 같이 1개월 반에서 약 4개월에 걸치는 입원기간 중에 집중적으로 생활지도가 행하여져, 이것을 기초로 퇴원 후에는 환자 스스로 생활태도를 바르게 하여 단련하는데, 이 기간에는 외래에서 지도가 행해지기도 한다.

모리다 요법은 머리로 알기만 하여서는 뜻이 없고 체득해야만 한다. 외래 치료만 해서는 생활태도를 수정하기가 곤란한데, 다음과 같은 방법으로 효과를 거둘 수 있다. 일기지도와 독서요법을 병용하여 주 1~2회 면접지도가 있고, 환자 자신의 긍정적인 감정과 현실 생활에의 노력이 치료의 목표이다. 그렇게 될 것이라는 생활태도를 버리고, 자기 감정을 있는 그대로 받아들여서 사실에 맞게, 현실생활에 따라감에 따라 그 속에서 입원치료와 똑같은 깨달음을 얻도록 가르치는 것이다.

모리다 요법에서는 증상의 내용을 해석하지 않고, 과거를 문제화하지 않아, 무의식을 분석하지 않기 때문에, 정신분석요법과는 다른데, 불안으로부터 도피하지 않고 현실에 직면하는 것으로 새로운 적응양식을 몸에 익혀 가는 것이어서 행동요법과 흡사한 점이 있다.

모리다 요법은 대인공포증이나 강박신경증 등 노이로제의 치료에 적용되는데, 심장신경증, 위장신경증뿐 아니라 서경, 두통, 신경성 해수, 발기불능, 이명, 홀음, 기타 심신증에도 모리다가 말하는 기제로부터 일어나는 증례가 적용된다.

그래서 모리다 요법으로 신경질이 치료되었다고 함은 어떠한 상태일까? 그것은 신경질적인 성격을 바꾸는 것이 아니라, 그것을 있는 그대로 두고서 원만한 마음이 이루어져, 생의 욕망에 뿌리박은 향상 발전하고자 하는 에너지를 가장 좋게 활용할 수 있게 되는 것이다.

증상에서도 그것이 경쾌하다든가 소실하는 것이 문제가 아니고, 증상의 유무에 관계없이 가정이나 사회에서의 생활을 적응할 수 있게 되면, 성공적인 치료가 된다.

제25장 강박증의 치료후기

1. 여러분 한방치료 받으세요(8년동안 정신과질환을 앓다 완치된 경험담입니다).

같은 글이 네이버 지식인의 여러 군데에도 올려져 있습니다.

안녕하세요. 저는 오랫동안 불안증, 심한우울증, 강박증, 공포증 등에 걸려 1년가량의 정신과 입원치료 2년 정도의 통원치료 총 3년 정도 정신과 치료를 받았고

세상에 저보다 힘든 사람은 없을 것이다! 라는 생각과 죽고 싶다라는 생각이 365일 들 정도로 너무너무 힘든 나날을 보낸 지방에 사는 학생입니다.

그렇게 아파오다 주변 지인의 권유로 한방치료를 접하게 되었습니다.

처음에는 한약방에 갔었습니다.

한약방은 한의원과 다른 곳입니다. 한약방은 침술이나 뜸같은 의료행위는 하지 못하고 오로지 한약(탕약)만을 지어줄 수 있는 곳이지요. 한의대를 나오지 않으신분들입니다. 한약방에 가시면 안되고 한의원에 가셔야합니다.

한약방에서 탕약을 몇제 지어먹었는데 아.이거다. 싶은 느낌이랄까요. 한방치료로 나을 수있겠다라는 생각이 들엇습니다. 보통 한의원이라하면 보약을 지어먹는. 다리가 삐거나 어깨가 뭉친 곳을 풀어주는. 양의학보다 비과학적인. 아무래도 믿음이 덜가는 의학이라는 생각이 지배적이실 겁니다.

실지로는 그렇지가 않습니다. 저는 한의대 다니는 학생도 아니

고 물질적인 이득을 취하려는 사람도 아닙니다. 제가 경험해본 결과 정신과 질환이 다른 어떤 질환보다 환자스스로 느끼는 고통이 너무 크다는 것을 누구보다 잘 알기에 안타까운 마음에 여러분들께 알려드리고 싶어 이러한 글을 적게 되었습니다.

제 경험으로 알게된 것들 몇 가지 알려드리겠습니다.

3개월~ 길게 1년 정도의 치료로 저렴하기 때문에 누구나 처음에는 양방병원을 찾게 됩니다. 장기간의 꾸준한 양방치료로도 완치가 안 된다면 꼭 제 글을 한번 읽어보시길 바랍니다.

양방의 약들은 병의 근본을 치료하지 못하여서 중증의 환자들은 약을 평생 드셔야하는 경우가 많습니다. 일시적으로 힘든 증상만을 완화시켜줘서 계속 먹어야합니다.

양약을 오래먹으면 먹을수록 나중에 완치되는데 더 힘이 듭니다.

한약, 한의학으로 정신병을 완치할 수 있습니다. 글이 조금 길더라도 차분히 읽어보시기를 당부 드립니다.

약을 직접 짓는 한의사는 실력의 차이가 많이 납니다. 한의학은 경험의학입니다. 경험이 풍부한 한의사에게 가셔야합니다. 과목이 세분화된 양방과는 달리 한의학은 특성상 한곳에서 거의 모든 과목을 봅니다.

요즘은 과목을 특성화시킨 전문한의원이 많이 늘어나고 있는 추세입니다만 아무래도 한 가지 전문과에 대해서만 오랜기간 연구하고 거기에 따른 임상경험을 얻은 한의사와 그렇지못한 한의사는 차이가 많이 날 수밖에 없습니다.

그리고 양방병원은 한곳에서 못나으면 다른 곳에 가도 거의 같습니다. 하지만 한의원은 다릅니다. 한곳에서 못낫는다고 다른 곳에서도 못낫는 것이 아닙니다. 미국이나 한국 또는 서울이나 지방. 일률적으로 거의 같은 치료를 하는 양방과 크게 차이가 나는점입니다.

수술과 같은 외과적인 치료는 양방도 이와같은 개념이 존재하지만 (이를테면 분명히 성형수술 같은 진료는 잘하는 병원이 있습니다.) 하지만 내과나 수술을 하지않는 과들은 거의 전국 어느병원에나 거의 같은 신약(쓸수있는 약들이 전세계적으로 비슷하거나 같습니다)들을 쓰기 때문에 거의 천편일률적입니다.

한의원은 이와같은 이유로 용하고 그렇지 않고의 차이가 있습니다. 특히 정신과 질환은 다년간 이쪽 분야만 봐온 한의사가 아니면 제대로된 진료를 할 수 없기 때문에 한의원 선택이 중요합니다. 정신과질환을 완전히 완치 시킬 수 있는 한의사가 전국에 열분이 안된다고 알고 있습니다.

정신과질환을 제대로 완치 시킬 수 있는 한의사가 전국에 열분이 안되며 대충 산술적으로 계산을 해봐도 신경정신과병을 가진 환자가 1000명이라면 이중 한의원을 찾는 환자는 양방을 찾는 환자의 10분의1인 100명이 안될 것이고, 이 100명중에서도 제대로 치료하는 한의사를 만날 확률은 또 줄어 10명정도 밖에 안될 것입니다. 이 환자중 저처럼 끝까지 치료해 또 완치하시는 분은 또 5명. 완치해서 완치수기를 올린다거나 경험담을 알려주고 싶어하는 환자를 생각해보면 거의 없다고 보시면 왜 국민들이 정신과질환 한의학치료에 대해 모르고 있는지 이해가 되실 겁니다.

그리고 병이 오래될수록 치료도 더디고 오래 걸립니다! 한방치료는 치료시간이 상당히 더딥니다.

특히 정신과질환이 특히 그렇습니다. 먹으면 바로 효과가 나타나는 양방과는 많이 다르지만 오래 걸리는 만큼 나중에는 병이 확실히 낫고 재발도 되지 않습니다.

모든 병이 그렇지는 않지만 정신과질환은 보통 몇년씩 앓아오기 때문에 스스로도 많이 지친상태의 분들이 많아 제 글을 읽더라도 분명 믿지 못하는 분들이 많으실겁니다.

저 또한 치료받는 도중에도 이렇게 해서 과연 낫는 것인지 끊임없이 의심이 갔었습니다.

다른걸 해볼까. 어떻게 한약으로 낫나 말도 안된다. 양방정신과 의사들과 외국의 수많은 약품 연구 개발하는 사람들은 할 일이 없어 그러고 있는가. 과학적인 양방의학이 분명히 좋을 것이다. 온갖 생각이 많았습니다.

또한 자신이 무슨 병에 걸린 것인지 알지 못하는 환자분들도 많습니다.

꾸준히 지속적으로 끊기를 가지고 좀 오래 걸리더라도 믿고 치료받는 것이 가장 중요합니다.

저는 2년정도 치료를 받았습니다. 탕약 박스 하나가 한제인것은 거의 다 아실겁니다.(한제가 보통 11~12일분입니다.) 1년을 먹으면 탕약을 서른재를 넘게 먹게됩니다.

저는 증상이 상당히 다양했습니다.

몸이 항상 피곤하고 두통, 불안, 우울, 초조, 떨림, 밖에 나가지 못했고, 사람들 만나기 무서움, 강박관념, 강박행동 등등

오랫동안 아파오면서 수많은 병원을 오가며 저와 비슷한 환자도 많이 봐왔습니다. 글 하단부에 제가 겪은 구체적인 증상을 언급했습니다.

소박한 지식이지만 한의학에서 정신과 질환은 크게 둘로 나누는데 신경증과 정신병(정신분열증)입니다. 우울 공황 불안 대인공포 강박증 사회공포증 등은 모두 신경증입니다. 이런 증상들은 소위 정신병이 아닙니다.

한의학이 양의학보다 국민적 인식이 안좋은 이유도 궁금해서

알아보았는데 여러 가지로 많녀군요.위로 거슬러 일본 식민지 시절부터 되짚어 봐야됩니다. 이것이 분명 전부는 아닐 것입니다.

중국 모택동시절 문화혁명기 일본 식민지를 거치며 중요한 한의학적유산들의 소실. 일본의 문화말살정책.

한의학은 양의학처럼 체계화된 임상실험자료나 논문들이 전무한 상태입니다. 옛 의서에도 정신과질환에 대한 한의학적 언급은 이미 수백년전부터 있었지만 최근에 들어서 이러한 병을 현실정에 맞고 현대인들이 이해하기 쉽게 체계적으로 정리한 책을 낸 한의사들이 생겨났습니다. 물론 치료법은 전통방식의 한의학적치료법 그대로입니다.

또한 급속한 산업화를 겪으며 들어온 양의학은 과학적이고 눈에 보이는 임상결과와 신약 등을 내세우며 한의학보다 국민적 인식에서의 우위를 점하여 왔습니다. 이와같은 결과로 한의학의 우수성을 모르는 사람들이 너무나도 많습니다. 몰라서 치료를 못받는 경우가 많다는 이야기입니다.

또한 양의사들이 한방치료에 대해 너무 모른다는 것입니다. 한의대 학생은 기본적으로 양방의학에 대한 소양을 갖추지만 양방의학생들은 한의학에 대한 지식이 전혀 없습니다. 분명히 양방이 더 뛰어난 분야가 있을 것이고 한방이 더 뛰어난 분야가 있을 것인데 우리나라 의료계는 공존을 하지 못하고 서로 자기네 학문이 더 뛰어나다고 상대학문은 인정자체를 하려하지 않습니다.

보통의 양방의사들은 한방치료에 대해 많이 부정적입니다.

거꾸로 한의학하는 사람들도 양방의를 부정적으로 생각하지만 제가 말씀드리고 싶은 것은 더 나은 부분은 서로가 인정하자는 것입니다.

원하시는 분들 못 믿으시는 분들에게는 제가 치료받은 증빙서

류도 보여드릴 수도 있습니다. 제 신상도 공개도 다 해드릴 수 있구요.

그리고 분명히 이건 병입니다. 병을 직접 겪어 보지못한 주변분들은 보통 "니 정신상태가 약해서 마음이 약해서 이런 병에 걸린거라"고 말씀하시는데 병이 걸린 원인중에 어느 정도의 영향은 미칠지 모르겠으나 전부는 아닙니다.

이런 증상들은 병이고 치료를 하면 나을 수 있습니다.

양방에서는 주로 우울증을 뇌에서 오는 일종의 뇌질환으로 보는데 한의학에선 눈에 보이진 않지만 장기의 허실 즉 간과 비장의 허약, 심장의 울화, 담음 등과 같은 여러 가지 원인으로 생기는 병으로 봅니다. 마음이 병을 일으킨 원인의 하나는 될지도 모르나 그것이 다가 아닙니다.

분명히 일반인이 느끼는 우울과 환자가 느끼는 그것의 차이는 많이 납니다.

한두 제 두세 제 복용하시고 안 낫는다 하시는 분들도 많으신 걸로 알고 있습니다.

한약을 오래 먹으면 안좋지 않느냐 라는 생각을 저도 햇습니다.

환자 몸에 맞는 정확한 진단과 처방으로 내려진 한약은 장기간 1년 이상 3년 이상을 복용해도 괜찮다는 말씀을 감히 드립니다. 한약은 거의 식물성 약초입니다.

오랫동안 장기간 써도 되는 약제와 단기간 써야하는 독성이 있는약제들이 명확히 구분되어 있어 한의학을 정식으로 공부한 한의사들은 이러한 규율에 맞춰 처방을 구성하기 때문에 안전합니다. 이른바 상약 중약 하약이라고 하는 것이라 알고 있습니다.

한약을 오래 못 먹는다는 것은 음식을 오래 먹지 못하는 것과 같은 맥락입니다. 보통 한약을 장기 복용하면 간이 안좋아진다, 장기 복용하면 안된다는 말들이 있는데 양방의료계에서 한의학을 공격하기 위해 생겨난 말 같습니다. 양방과 한방은 사이가 좋지못합니다.

나아가는 과정중 좋아졌다 나빠졌다를 수없이 반복합니다. 그것이 한약의 부작용이라고 잘못 아시는 분도 계실 것이고 당연히 한약제중에서도 잘못쓰면 부작용이 생기는 한약제들이 있습니다. 치료사례중 처방을 적절하게 하지 못한 경우의 사건들이나 부작용이 있는 사건만 일부 부각시키는 그러한 점들 때문에 국민적 인식이 안좋아졌거나 이러한 말들이 나온 것같습니다.

제 경험상 한의학은 양의학보다 부작용이 훨씬 덜합니다. 있어도 정신과 신약만큼의 심각한 부작용에 비하면 부작용이 없다고 해도 될만큼 안전합니다. 경험이 풍부한 한의사의 정확한 처방이라면 더 믿을 수 있겠지요.

그리고 한의학은 양방의학에 비해 홍보가 많이 덜된 것 같다는 생각이 듭니다.

그리고 한약이 사실 많이 비쌉니다. 하지만 부작용이 많은 신약을 오래 먹는 것과 견줄 것은 못된다고 생각됩니다. 왜 신약은 10년이고 잘 드시면서 한약은 1년을 드시려고 안하는지 잘 모르겠습니다.

보통 한약은 값이 비싸서 조금만 먹어도 효과가 많이 나타날 것이다라는 생각을 가지고 계신데 한약도 신약처럼 장기간 투여했을 때 진짜 효능이 나타납니다. 건선이나 아토피 같은 난치성 피부과질환은 심하신 분은 한약을 4년동안 복용하기도 합니다.

마지막으로 제가 느낀 점은 신약은 먹을 때 그때그때 힘든 것을 완화시켜줄 뿐 시간이 지나도 전체적으로 낫고 있다는 느낌이 없었습니다.

한방은 양방치료와는 많이 다릅니다. 조금씩 조금씩 계속 좋아지는 것이 느껴지고 치료 속도가 더디셔도 기다리셔야 합니다.

우울 불안 공황 대인공포 등으로 신경정신과에서 치료를 받을 정도의 환자분이시라면 병이 왔다는 것이구요. 이런 경우 한의원에서의 치료기간은 최소 6개월 정도는 잡아야 합니다. 느긋하게 1~2년은 치료받아야 낫는다는 생각을 하십시요!

잠깐 치료받고 안낫는다고 하시는 분들 없었으면 합니다. 한의사선생님께 들은 바로는 짧게는 4개월에서 길게는 3년까지 걸릴 수 있다고 합니다.

한의원은 본인이 성의를 가지고 찾아보면 괜찮은 한의사를 만날 수 있을 것입니다.

제가 다닌 한의원을 알려 드릴 수는 있지만 오해의 소지가 있기 때문에 그렇게 하지 않겠습니다. 물어 오시는 분마다 같은 한의원을 알려 드리면 그쪽 한의원 홍보하는 꼴밖에 되지 않을 것 같아 한의원을 알려 달라는 메일은 받지 않겠습니다.

다들 저처럼 빨리 아서서 저처럼 고생하시는 분이 안생기셨으면 좋겠습니다. 나아가 나으신 분들이 한의학홍보도 해주셨으면 하는게 둘째 바람이구요.

정신과병은 짧은 역사와 병을 바라보는 관점이 한의학과 많이 틀린 양의학에서는 아직 금단의 영역과 같은 것 같습니다. 인간의 질병은 자연이 준 산물로 낫게 할 수 있습니다.

저희 병은 주변 사람들도 병에 대한 지식이 없어 본인에게 도움을 잘 줄 수없는 그런 병입니다.

가족들은 도와주고 싶지만 실질적인 도움은 줄 수 없거나 또는 오랜 병앓이로 가족 모두 힘들어 하는 집들이 대부분일 것입니다.

더군다나 한국사회에선 더 더욱 힘든 병일거구요. 위에 언급해

드린데로 한의학으로 치료가 가능한데도 한약을 오래 먹어야 된다는 사실을 모르거나 믿지못해 치료를 안받거나 기타 여러가지 이유로 장기간 고통받는 환자분들이 많습니다.

그리고 설사 생리통 변비 스트레스성인 과민성대장증후군, 신경성위염 등 여러 가지 내과적 질환들도 한방치료가 탁월하며 두통이나 만성피로 같은 것들은 오장육부를 다스리면 자연히 낫습니다. 저같은 경우 덧셈 뺄셈도 하지 못하였습니다. 대학생이지만 학교도 장기간 가지 못하였구요.

귀에서 말이나 소리가 들리는 증상을 <환청>이라 합니다. 이 증상도 나을 수 있습니다.

보통 이증상은 몸이 허할 때 나타납니다.

심장이 두근거리거나 몸이 심하게 떨린다거나 손떨림, 저같은 경우 병이 오래되니까 건망증 이해력, 집중력저하도 상당히 심했습니다. 이러한 증상도 나아가면서 점차 없어집니다.

고통을 받고있는 여러분들은 일상생활에 지장을 적지않게 받습니다. 일상생활에 지장을 받지 않을 정도만 치료가 되어도 큰 짐을 덜어 낼 수 있지요.

어느 정도 치료해 보면 호전이 되어간다는 느낌을 조금이나마 받으실 겁니다. 그게 쌓이면 완치도 바라보게 됩니다.

여러 한의원에서 침과 탕약치료 외에 병행해서 시키는 치료법이 최근 많아졌는데 호흡법, 최면요법, 명상법 등등 많습니다. 저는 이런 치료는 받아보지는 못햇는데 치료하는데 도움을 줄 것은 같습니다만 아무래도 병의 특성상 자기노력으로 되지 않는 부분이 많기 때문에 탕약이 가장 중요하고 우선시 여겨집니다.

환자 본인이 약을 오래 먹어야 한다는 인식도 없거니와 오래 먹으려 들지를 않기 때문에 자연히 대체요법도 많이 늘어나고 성행되어지고 있는 것같습니다.

그리고 병의 경중별로 나열하면 익히 잘 알려진 신경정신과적인 병 중에서 자폐>정신분열>간질>조울증>강박증, 공황장애>우울증>불안신경증>대인공포, 사회공포>화병 및 불면증 정도의 순이 되겠습니다. 앞으로 갈수록 중증이며 치료가 힘이 들겠지요.

정확히는 모르겠지만 한의학으로 태어날 때부터 가진 선천적 정신질환말고는 치료가 되리라 생각됩니다. 불면증은 신경증을 앓는 분에게는 대부분 있으며 단순 불면증도 한의학으로 비교적 쉽게 나을 수 있습니다.

우울증과 강박증 및 공황장애는 장기간 치료받아야 합니다. 비용이나 시간이나 힘이 많이 드시겠지만 꼭 치료받기를 바랍니다. 또한 위에 언급해 드린 정신과적인 병말고도 집착이 심하다던가 계속 같은 생각이나 행동을 하는 강박증, 외모컴플렉스, 건강염려증, 폐쇄공포, 사회공포, 광장공포, 대인공포, 화병, 불면증 등등 아주 많습니다. 설마 이런 증상까지 치료가 될까 하는 세세한 증상까지도 나을 수 있습니다.

조울증이다 우울증이다 하는 것은 양방에서 병을 구분시켜 놓은 것이지 사람마다 수십 수백 가지의 다른 그리고 다양한 증상이 있을 수 있습니다.

그리고 제가 실제로 겪은 신경증 증상들을 간략하게 적어보겠습니다. 이러한 내용은 직접 겪지 않았다면 알 수가 없었던 내용들입니다. 여러분도 이러한 증상들이 있으면 치료를 꼭 받으셨으면 합니다.

A. 먼저 강박증의 증상 = 강박증은 크게 강박행동과 강박관념의 증상이 있습니다.

강박행동은 문을 분명히 잠궜는데 집밖을 나서서 문이 잠겼는지 혹시 잠기지 않았는지 의심이 들어 확인을 꼭해야 한다거나 가스레인지에 불을 껐는데 켜놓았을거같은 생각이 들어 꼭 확인을 해야하는 확인행동 또한 몸에 세균이 묻어 있을까봐 샤워나 씻기를 계속적으로 오래하는 반복행동 이외에 수집행동 결벽행동 등이 있고 저같은 경우는 강박행동 증상은 없었고 강박관념 증상만 있었습니다.

강박관념은 예전의 좋지 않은 일이나 사건이 계속적으로 떠오름, 제3자가 생각하기에는 터무니없는 생각이나 환자 본인에게는 큰사건으로 느껴져 그 일이 계속적으로 떠오르거나 생각이 나서 다른 일에 집중이 잘 안되는 증상 (보통 강박관념이 심하신분 들은 집중력, 기억력도 상당히 떨어집니다.)

강박관념은 외모컴플렉스(여드름이나 외모 신체의 일부가 본인의 마음에 들지않아 계속 신경이 쓰이는 증상)나 누구나 잘 알고 있는 의처증, 의부증의 형태로도 나타납니다. 이외에 언급한 내용 말고도 성적인 강박관념(도착증,관음증 등)도 강박증의 증상이고 폭력성을 띄는 강박증도 있습니다. 인격장애(경계성인격장애 등 등)도 강박증에 속한다고 알고 있습니다. 인격장애 환자들은 주로 자신의 병에 대해 인정을 하지않는 것이 특징적입니다. 병원을 가려하지 않기 때문에 치료가 힘이들겠지요.

신경증중 가장 다양한 증상으로 나타날 수 있는게 강박증입니다. 그리고 강박증은 기본적으로 불안증을 동반합니다.

B. 두번째는 사회공포증인데요. = 저는 사회공포증 증상도 상당히 심했습니다.

사회공포증은 대인공포, 광장공포, 폐쇄공포, 무대공포 등을 전부 포함하는 포괄적인 내용의 병입니다. 이 병도 한의학적으로 심장의 허약, 울화 등으로 나타납니다. 제가 직접 겪은 구체적인 증상을 언급해 드리겠습니다.

자신감이 병적으로 없는 증상, 사람들을 만나기가 두렵고, 상대방과 눈을 마주치기 힘듭니다, 다른 사람이 나의 말투나 행동이나 외모나 표정 때문에 나를 싫어할 것이다라는 생각, 학교에서 선생님이 발표를 시키거나 교실 앞에 나가서 발표할 때 긴장이 되고 손에 땀이 나고 심장이 두근거리며 손이나 몸이 떨리는 증상. 저는 지금 전부 다 나았기 때문에 전에 일을 기억해서 쓰려니까 기억이 잘 나지 않는 부분도 있습니다. 대충 이러한 증상이 사회공포증 증상입니다. 늘 자신감이 없고 사람 대하는게 어렵지요. 사회공포증도 불안감을 동반합니다.

C. 세번째가 우울증입니다. = 우울감은 누구나 쉽게 접하는 증상인데요. 병이 심한 환자는 보통사람보다 우울감의 강도가 심하면 몇십배 심하다고 말씀드릴 수 있습니다. 위 두증상도 못겪어 보시면 당연히 모르시겠지만 아주 심한 우울증 환자분은 죽음에 대한 공포가 없어질 정도로 자아자존감마저 상실되는 경우도 있습니다. 일반적으로 무기력, 기분저하, 의욕상실, 대인관계기피 등의 증상이 있구요.

저같은 경우에는 거의 만성적으로 많이 우울하였다가 조금 덜하였다를 반복했습니다. 좀 견디기 힘든 우울감이 몇 개월 지속이 된다면 병으로 의심해보셔도 무방합니다. 우울감은 보통 심비(심장과 비장)계통이라 들었습니다.

D. 마지막으로 불안증입니다. = 불안감도 우울감과 설명이 비슷하겠으나 보통 우울증이나 사회공포증 강박증 환자들은 불안증을 거의 동반합니다. 한의학적으로 위 셋의 증상이 나타나려면 불안감을 주관하는 장기도 동시에 허약해지기 때문입니다. 임상적으로 다른 증상이 없는 단순 불안장애, 단순 우울장애, 단순 강박장애가 동시에 여러 가지 증상이 복합적으로 나타나는 환자 케이스보다

치료가 어렵다고 들었습니다. 저는 강박, 우울, 불안, 공포중을 모두 동반한 신경증케이스였고 단순신경증케이스도 있습니다.

E. 이건 제가 경험하지는 못하였고 지금까지 병을 가진 환자분을 봐오면서 알게된 증상들로서 공황장애에 대해서만 간략하게 적어보겠습니다.

공황장애는 우울증과 마찬가지로 비교적 잘 알려져 있지요. 일부 연예인들도 여러 명이 겪은 것으로도 알고 있습니다. 공황장애의 증상은 주로 다른 증상들보다 급격합니다. 다른 병들의 기분상태의 기복을 <-------> 정도로 본다면 공황장애 환자분들은 <----------------------->정도로 급격한 양상을 띕니다.

갑자기 죽을 것 같다거나 자신이 어떻게 되어버릴 것 같은 공포와 불안감이 급격하게 다가옵니다. 하루 종일 울다가 잠도 자지 못하는 경우도 있고 약 몇주 몇달동안 이런 증상이 계속 되는 경우도 있으며 하루에 이러한 상황이 일어났다 잠잠해졌다 할 수도 있습니다.

자연현상으로 설명하자면 소나기와 비슷하겠네요. 갑자기 퍼붓다가 좀 잠잠해지다가 하지요. 호흡곤란같은 증상도 생길 수 있구요. 공황증은 제가 직접 겪어보질 못하여서 구체적으로는 설명을 못드리겠네요. 그리고 조울증, 정신분열정도의 병이면 굳이 제 설명을 들을 필요가 없을 정도로 양방에서의 진단이 확실히 내려집니다.

그리고 조울증 정신분열증 등은 신경증과 달리 병식(병에 대한 본인의 자각)이 없는 것이 특징입니다. 예를 들어 조울증 환자는 자신이 아프지 않다고 정상이라고 말합니다. 덧붙여 화병 증상중에는 가슴이 답답한 증상이나 목에 뭔가 걸려있는 것같은 증상 또는 명치끝에 뭔가 걸려있는 것같은 증상이 나타날 수도 있습니다.

제가 겪은 병은 물론이거니와 겪지 않은 조울증 정신분열증도 양방 쪽보다 한의원치료를 권합니다. 양방보다 훨씬 오래전부터 이러한 병들을 다스려왔습니다.

그리고 보통 오랜 투병생활로 학교나 취직같은 대외활동을 제때 하지 못한 초조하고 불안한 마음이 드시는 분들이 많으실 겁니다.

나으면 초조한 마음도 없어집니다. 나이가 40이 되어도 다시 학교가면 되겠다는 생각이 들정도로 편해집니다.

계속 옛날 안좋았던 기억이 안사라지고 하시나요? 사람은 망각의 동물이라 안좋았던 일은 잊어버려야 살 수가 있습니다. 옛날 기억도 잘 나지않고 가물가물 해지고 나도 걱정이 잘 안됩니다.

좀 장기간치료가 필요한 힘든 병을 치료를 많이 해본 경험이 많은 선생님. 돈보다는 환자를 먼저 생각해주는 선생님. 신경정신과를 주로 보는 정신과 전문한의원이 제 경험상 좋습니다! 강박증 전문한의원, 공황장애 전문한의원, 우울증 전문한의원, 전문한의원이 아니면 낫기가 힘이 듭니다.

그리고 한의학이란 훌륭한 학문이 있음에도 불구하고 양방으로 환자들이 일방적으로 몰리고 있는 현실이 안타깝습니다. 운좋게 저처럼 한의학으로 발길을 돌려 완치하는 환자는 다행인거고 발길을 돌렸다가도 이와같은 사실을 몰라 조금 치료해보다 포기하고 다시 양약을 먹는 환자분 다양합니다. 여러분이 만일 양의학 정신과의사 라면 과연 한의학으로 환자를 넘기고 싶겠습니까? 한의학의 우수성을 어떻게든 덮고싶을 것이고 한의학이 성장하는 것을 시기할 것입니다.

환자 스스로 느끼는 고통은 이루 말할 수도 없습니다.

병의 원인은 환자마다 다르겠지만 보통 병이 발생하기전 심한 정신적인 충격이나 오랜 스트레스의 가중 등이 원인이 되어 과도

한 칠정의 변화를 일으켜 이것이 오장에 좋지 않은 영향을 끼치게 되는 것입니다.

기본적으로 오장중 놀람은 신장을, 화남은 간장을, 기쁨은 심장을 손상시킬 수 있다고 합니다. 갑자기 심하게 놀라거나 장기간 화가나고 하면 특정장기를 손상시키겠지요. 보통 병이 생길 당시의 원기부족과 환경적요인 유전적요인 같은것이 합쳐져 정신과질환이 생기는 걸로 알고 있습니다. 그리고 양방에는 없는개념인 화(울화)가 장기에 쌓였을때 이러한 증상이 온다고 합니다. 이런 울화는 한약으로 밖에 제거가 안됩니다.

또한 한의사도 인간이고 한의학의 특성상 인체의 장기와 몸의 전체적인 밸런스를 정상으로 잡아주는 그러한 개념의 치료이기 때문에 그때그때 한약이 정확하게 환자의 증상을 완화시켜주지 못할 수도 있습니다. 그렇기 때문에 여러 처방의 탕약을 다양하게 오래 써가면서 서서히 몸을 정상으로 회복시켜줍니다. 덧붙이자면 처방도 사람에따라 같은 처방을 계속 쭉 쓰는 경우가 있고 몇번 바꾸는 경우가 있습니다.

그리고 한의사가 얼마정도면 치료가 될 것이다라고 말해도 그게 정확하지 않을 수가 있습니다. 정말 효과가 느리게 나타난다하고 느끼실때도 있고 효과가 아예 안나타난다고 느끼실 때도 있으실겁니다. 그렇게 느껴져도 오랜기간 치료하면 반드시 효과가 나타나니 참고 기다리시기를 당부드립니다.

화장실 들어갈 때와 나올 때의 마음이 다르다고 하지요. 정신병을 한의학으로 완치한 분이 분명히 많이 계실 것입니다. 많이 변하였다고 하지만 아직 편견이 심한 우리나라에서 계신다 해도 굳이 알리고 싶지 않다고 느끼시거나 자랑할 일도 아니라고 생각을 하시는 분이 대부분일 겁니다. 치료전에는 한방치료로 낫기만 하면 다른 사람들에게도 알려야지 하는 마음을 갖고 있다가도 정작 다

나은 뒤에는 그런 마음이 사라집니다. 저도 마찬가지구요.

그리고 한약으로 오장육부를 치료하면 왜 정신적인 것도 낫는지 의구심이 드시는 분도 계실 것인데요. 이유는 각각의 장기는 제각기 정신과적인 기능을 가지고 있습니다. 이를테면 심장의 기능은 양방에서는 피를 순환시키는 펌프역할의 기능이 전부이나 한의학적으로 봤을 때는 그것이 전부가 아닙니다. 심장은 신(神) 즉 정신적인 기능을 담당하는 임금과 같은 중요한 장기입니다.

한약으로 정신병이 나앗다는 소리를 처음 듣는다고 하시는 분이 많은 큰 이유가 이같은 이유이겠구요. 쉬쉬하며 그냥 넘기고 넘기는 식의 결과가 되풀이 되어서 그럴 것이고 제가 모르는 다른 이유도 분명히 작용할 것입니다. 하지만 분명히 한의학으로 나을 수 있는 병입니다. 제가 보장하겠습니다! 누군가는 꼭 해야 할 일이기에 글을 올리려 생각하였습니다.

중국은 이미 자국의학인 중의학과 서양의학을 통합한 큰병원들이 국가적인 뒷받침하에 추진 시행되고 있다고 하는데, 우리나라는 도대체 무엇을 하고 있는지 모르겠습니다. 도대체 의사들을 원망해야 하는지. 아니면 의료계 사람들을, 이 나라 국가를 원망해야 하는지 감을 잡을 수가 없습니다.

정말 마지막으로 아무것도 모르셔도 이것만은 말씀드릴 수 있겠습니다만 양방은 환자가 어떻게 아픈지 알아도 약이 없습니다. 한방에는 약이 있습니다. 진짜 치료(병이 없어지는, 낫는)약 말씀입니다. 왜 한방치료를 받아야 하는지 아시겠습니까?

만약 제 글을 보시고 1년 이상(꾸준한)의 치료에도 효과를 못보신 분이나 제 의견에 반문하시고 싶은 분이 계시면 언제든지 문의주십시오. 완치라는 기준은 환자가 느끼기에 고통과 힘듦이 없는 건강한 사람들 같이 모든 사회적 활동을 아무 불편없이 수행해 나아갈 수 있을 정도가 되어야 한다고 생각이 듭니다.

설령 저보다 병이 심하여서 완치가 힘든 상황이라도 양방보다는 한방 쪽을 권합니다.

한의원에 다니시면서 적절한 운동과 취미활동을 하시는 것이 치료하는데 도움이 됩니다. 운동은 특히 좋습니다. 그리고 강박증 환자는 집에서 쉬시는 것이 아주 안좋습니다. 힘드시더라도 바쁘게 활동하시는 것이 좋습니다. 강박증도 당연히 한의학으로 완치할 수 있습니다.

병이 생기고 여지껏 안해본 대체의학이 없을 정도입니다. 정신병을 완치할 수 있는 의학은 아마 한의학이 유일무이할 것입니다.

제 경험상 정신병 완치하는 방법은 한약 오래 드시는 것 외에 다른 방법이 없습니다.

이 방법이 가장 확실한 방법이구요. 의지나 노력으로 완치가 되는 정도의 병이면 심하다고 할 수 없겠지요.

절대로 의지나 노력으로는 한계가 있음을 알려드리고 싶습니다. 그리고 어느 정도 호전되시면 힘드셔도 집에 있지 마시고 바깥활동을 많이 하십시오. 사람들을 많이 만나시구요. 바쁘게 바깥활동을 많이 할수록 병은 저 멀리 달아납니다. 많이 중요합니다.

초기에 양방 약을 한약과 같이 병행하시는 분도 계십니다. 한약 드시면서 서서히 줄여나가다 끊으시면 됩니다. 한약의 단점이라면 단점이라 할 수 있는데, 증상중 좀 급한 상황이 생기면 양방 약으로 일시적으로라도 호전을 시킬 수 있기 때문에 초기에는 양방 약과 한약을 같이 병행해도 괜찮습니다.

한약을 오래 먹어도 큰 진전이 없으시면 어느 환자분이나 다 막연한 생각이 들게 마련입니다. 한약으로도 안 되는가보다, 하는 생각입니다. 저도 끊임없이 들었는데 정말될 때까지 꾸준히 복용하니까 낫게 되더라구요.

나을 때까지 계속 드시면 됩니다. 그리고 정신질환 한약치료는 주된 치료가 탕약입니다. 침은 한약효과보다 더뎌 잘 안듣습니다. 몇 개월 드시고 그만 두실꺼면 시작 안하시는게 좋습니다. 정말 차도가 늦게 나타납니다. 하지만 낫게 되면 보통사람과 100프로 같게 될 수 있습니다.

(출처: 옛날한의원 *www.hwabyung.com*)

2. 치료중인 환자분들께 도움이 될만한 글

"여러분 한방치료 받으세요" 란 글을 올린 학생입니다.

특히 옛날한의원의 치료와 제 글에 대해 의심을 하시고 반문을 하시는분들께 이것저것 설명을 해드리고 싶고 환자입장에서 치료 받으시는 분들에게 도움될 만한 말씀을 드리고싶어 글을 몇자 더 적어봅니다.

일단 정신과 한방치료 완치수기가 없는 것은 병을 고치고 나면 아팠던 예전의 자기자신에 대해 인정하기 싫을 정도로 예전 병과 모든 치료에 관한 기억을 떠올리기 꺼려지고 자연히 잊게되어 본래 자기생활로 완전히 돌아가게 됩니다.

치료 전에는 한방치료로 낫기만 하면 다른 사람들에게도 알려야지 하는 마음을 갖고 있다가도 정작 완전히 다 나은 뒤에는 그런 마음이 사라집니다. 치료가 잘 됐는데 내가 소개한 사람도 나처럼 치료가 잘 될까하는 일말의 의구심 때문에 소개하는 것이나 치료후기를 쓰는 것도 다 망설여지는 것이라고 생각이 듭니다.

한방치료에 수기가 없는 것은 그만큼 한방치료로 정신과질환을 완벽히 치료하고 있다는 것을 반증하는 애기도 됩니다. 이와같이 완벽히 치료가 될수록 인간이면 누구나 가지는 마음속의 이기심 때문에 말씀들을 잘 안하십니다.

책이나 매스컴 인터넷이나 신문 등 모든 정보매체를 다 뒤져보아도 정신과 한방치료에 대한 정보는 극히 드뭅니다. 전부 양방이론들이나 정보뿐인 현 상황에 말을 해봤자 본인에게 득 되는 점도 없을 것이고 좋은 소리 듣지 못할 것이기 때문에 굳이 내가 뭐하러 얘기를 하나. 이런저런 생각조차 아예 안하시고 그냥 지내시는 분들이 대부분일겁니다.

자진해서 경험담을 얘기해주지 않는 환자에게 의사가 부탁하는 것도 실례가 되는 일입니다.

'네이버'나 '다음'같은 널리 알려진 포털사이트의 우울증, 강박증, 공황장애 카페에 들어가 봐도 전부 양방 쪽 얘기나 인지치료 상담치료에 관한 얘기들 밖에 없고 또 그런 얘기들밖에 안하십니다.

한방치료로 완벽히 완치하신 분은 이런 카페에 가입조차 안하십니다. 기억하기 싫으시기 때문입니다. 그런 카페에 가입을 하고 활동을 한다는 것 자체가 본인이 현재 아픈 상태고 치료가 되지 않았다는 것을 또한 반증하는 것이기도 합니다. 저도 한창 아플 때는 카페에 가입을 많이 했었습니다.

두번째 화두로는 치료효과에 관한 것인데요. 저는 제가 사는 지방의 한의원 두 곳에서 1년4개월 정도 약을 먹다가 안 되서 옛날한의원에 마지막으로 방문해서 1년6개월 정도만에 완치를 했습니다. 총 3년이 걸린셈인데 이 치료기간은 모든 사람에게 적용시킬 수 없습니다.

그리고 "여러분 한방치료 받으세요" 의 글은 옛날한의원에 다니기 전에 작성을 했습니다. 옛날한의원에 다니기 전의 한의원에서도 어느 정도 효과를 봤기 때문에 확신이 들어 글을 작성한 것이구요. 처음에 옛날한의원 홈페이지 자유게시판에 글을 올릴 때에도 첫 화두에 '저는 이곳에서 치료받은 환자가 아닙니다'라고 올렸었는데 옛날한의원에서 치료를 시작한 후로는 그 멘트를 삭제 했습니다.

다시말해 다른 한의원에 다닐 때 이 글을 작성하고 옛날한의원 자유게시판에 올린 것입니다. 다른 한의원에 다니고 있을 때 옛날한의원 홈페이지를 보고 안 되면 이곳에 가겠다고 다짐하고 글을 올린 것입니다. 옛날한의원 원장님정도의 치료를 하시는 한의원이 또 있으면 그쪽에도 글을 올릴 것입니다.

그리고 치료기간은 아예 포기를 하십시오. 나을 때까지 먹는다고 생각하시는 편이 편하실 겁니다. 저보다 훨씬 적게 걸리는 사람도 있고 저보다 길게 더 드시는 분도 계십니다. 아플 때는 정말 한 시간, 하루하루가 힘들고 더디게 지나가는데요. 이 하루하루를 생각하시고 이렇다 저렇다 하시면 안됩니다. 이 힘든 기간은 병을 가지신분들에게 공통적으로 모두 적용되는 것입니다.

선생님께 아프다 어떻다 호소하셔도 선생님도 방법이 없습니다. 시간이 흘러야 낫습니다. 다른 방법이 없습니다.

하루하루가 힘들기 때문에 좀 말씀하고 상담하시고 나면 홀가분하고 도움은 되지만 근본적인 치료는 앞서 말씀 드렸듯이 탕약을 장기복용하고 시간을 기다리셔야 합니다.

조급하게 생각하지 마시고 큰병을 앓고 있으니 요양한다고 생각하시고 치료기간에 너무 연연하지 마시고 차라리 포기를 하셔 버리셨으면 좋겠습니다. 시간이 오래 걸립니다. 시간이 지나야 하구요. 또한 치료기간은 신이 아닌 이상 선생님도 정확하게 모르십니다. 플러스 마이너스 알파정도의 기간은 당연히 생각하셔야 됩니다. 최소 선생님께서 언급하시는 기간정도는 정확하게 꾸준히 지키시고, 그런 후 이렇다 저렇다 하셨으면 좋겠습니다.

상담은 아무래도 양방 쪽이 더 체계적이고 시간도 길게 더 잘해 줍니다. 이것 저것 검사같은 것도 있구요. 그렇지만 상담 잘해주면 뭘합니까 병이 안낫는데. 상담이 양방보다 좀 떨어져도 근본치료가 되는 한방치료가 낫습니다.

그리고 저는 처음부터 한약의 효과가 꾸준히 있어서 더 믿을수 있었는데 환자분들을 보니 치료를 좀 오래해도 아예 효과가 안나타나시거나 더 안좋아지신다는 분도 계셨습니다.

말씀을 좀 나눠보니 특징적인게 신체적인 증상보다 정신적인 증상이 주가 되는 분들이 이런 경향이 있는 것 같았습니다.

신체적인 증상이 많으신 분은 효과가 빨리 나타나는데에 비해 정신적인 증상이 많으신 분들은 치료효과가 잘 안나타나는 것 같았습니다. 병이 오래 될수록 더 그렇구요. 병이 너무 오래 굳어져 있어서 몸도 변화하는데 시간이 걸리기 때문에 그런 것 같습니다.

저도 치료 3년차 후반기에 약효에 가속도가 붙어 많이 나았습니다. 사람마다 전부 다를 것이기 때문에 다 그렇지는 않겠지만, 한방치료에 대해 믿음을 가지시고 꾸준히 치료 받으셨으면 좋겠습니다.

다시 한번 말씀드리지만 제 글은 절대 광고가 아닙니다.

단순 홍보성 글을 한의원 홈페이지의 가장 두드러지는 공지란에 올리실만한 의사는 아마 한분도 안 계실 것입니다. 이곳 원장님이 그 정도로 인품이 낮으신 분도 아니시구요. 지금껏 한의계에서 불모지와 같았던 강박증, 공황장애 등의 병을 연구하여 주신 것만으로 너무 감사하게 생각하고 있습니다.

(출처: 옛날한의원 www.hwabyung.com)

3. 꼭 필요한 한방치료

급변하는 사회생활의 적응과 힘든 현대인의 삶이 만만치 않은 요즘 과도한 스트레스로 인하여 신경성 질환에 시달리며 고통을 안고 살아가는 많은 사람들을 위하여 함께 공유하고 싶어 글을 올립니다.

저는 40대 주부로서 밖으로는 활발한 성격으로 모든 사람들이 성격 좋고 스트레스와는 전혀 상관없는 사람으로 인식되어 살아왔습니다. 하지만 내면적으로는 욕심도 많고 남을 배려하다 보니 많이 참고 살았습니다. 신랑은 착한 사람이지만 성격이 급하고 화가 나면 앞뒤 안 가리고 상대방한테 말을 하는 스타일이라 이해를 하면서도 가슴속에는 뭔가 쌓이고 있었나 봅니다. 신랑은 화내고 금방 풀리는 성격이지만 저는 그렇지 못하였고 전 어릴 때부터 부모한테 싫은 소리 한번 안 듣고 자라서 인지 쉽게 지울 수가 없었던 것 같았습니다.

그리고 저는 완벽주의자에 좀 가까운 성격이거든요~

40대 후반을 지나면서 정신적으로 버티지 못하였는지 신체적으로 증상이 나타났습니다. 그전까지는 너무나 건강했는데, 지금부터 3년전 일입니다. 자고 일어나도 피곤하고 어깨가 무겁고 젤로 힘든 것은 머리가 멍하면서 무겁고 어질어질한 느낌이 들면서 쓰러질 것 같아 밖을 다니기가 두려웠습니다. 그러면서 한순간에 몸에서 힘이 쫙 빠지는 느낌으로 공중에 떠있는 기분이 들면서 말로는 표현하기 힘든 증세가 나타났습니다.

우선 머리 MRI 찍어도 보고 종합병원에서 정밀 건강검진도 해보고 심장초음파 등 검사로는 다해봤지만 별 다른 증상이 없다고 했습니다. 체질적으로 하는 한의원도 3개월씩 두 군데나 다녔었고 급기야는 신경정신과 상담을 받았는데 자율신경계 이상이 생겨 신체적으로 나타나는 증상이라면서 본인도 모르는 사이 만성 스트레스가 쌓여서 생기는 현상이라고 6개월가량 약을 먹었습니다.

약을 먹는 사이는 많이 좋아졌는데 안 먹으면 또 그렇고 계속 반복이 되었습니다. 양약은 한번 먹으면 계속 먹어야 한다는 생각에 인터넷으로 신경정신 전문 한의원을 찾게 되었습니다.

눈에 번쩍 띄는 화병전문 클리닉 옛날한의원을 만나게 되어 원장선생님께 상담을 하게 되었고, 선생님의 도움으로 3개월가량 한약을 복용하다 보니 증상이 많이 완화가 되면서 예전 나의 모습으로 돌아오는 것 같아 자신감도 생기고 그때 왜 그랬지 하는 맘이 들었습니다. 그 이후로 3개월 이상 계속 복용을 하는 중에는 신경을 많이 쓸 일이 있거나 화가 날 때면 증상이 한번씩 나타났습니다. 선생님께서 6개월 이상 계속 먹으면 완치가 가능하다는 말씀에 힘을 얻었고 8개월이 지난 지금 거의 끝이 보이는 것 같습니다.

제가 느낀 것은 한의원도 전문 클리닉에 따라서 많은 차이가 있다는 것을 알게 되었고요. 그 분야에 유명하신분이 한약 처방도 훨씬 뛰어나실 거라 믿었습니다. 흔히 몸에 이상이 오면 종합병원을 찾을 수밖에 없지만 그곳에서 치료할 수 없는 부분이 여러 가지로 많다는 것을 알면서 정말 한의학의 위력에 다시 한번 관심을 가졌으면 합니다.

저는 선생님의 도움으로 새로운 건강한 한해를 맞이하게 되어 기쁘고요. 정말 감사하다는 인사 꼭 올리고 싶습니다.

흔히 말하는 신경성이라 처방을 받지만 평생 약을 복용하는 사람도 있고 그냥 참을 수밖에 없어 그 고통을 힘들게 안고 사시는 분들이 많은데 꼭 한번 화병 클리닉 전문 한의원을 방문 하셔서 도움을 한번 받아 보시면 희망이 분명히 있을 거라 전하고 싶습니다. (출처: 옛날한의원 www.hwabyung.com)

참 고 문 헌

█ 단 행 본

金相孝 : 東醫神經精神科學, 杏林出版社, 1980

이용승, 이한주 : 강박장애, 학지사, 2000

권준수 : 나는 왜 나를 피곤하게 하는가, 올림, 2000

박형배 역 : 강박증 이제 안녕, 하나의학사, 2000

조홍건 : 조박사의 강박증과 스트레스 한방으로 고친다, 두레미디어, 2003

조홍건 : 실용한방정신의학, 유진문화사, 2002

조홍건: 공황장애 한방으로 고친다, 청연, 2006

이근후 譯 : 정신치료 어떻게 하는 것인가, 삼일당, 1979

이근후 外 共譯 : 정신장애의 진단 및 통계편람 제4판, 하나의학사, 1997

한국심리학회 : 현대심리학의 이해, 학문사, 2003

이광준 : 카운슬링과 심리치료, 학문사, 1998

원호택 : 이상심리학, 법문사, 1998

이광준 : 한방심리학, 학문사, 2002

이호영 : 공황장애, 진수출판사, 1992

박현순 : 공황장애, 학지사, 2000

대한신경정신의학회 : 신경정신과학, 하나의학사, 1997

이정균 : 정신의학, 일조각, 1989

이정균·김용식 : 정신의학, 일조각, 2000

이병윤·서광윤 : 현대정신의학 (각론 I), 일조각, 1994

이병윤·서광윤 外 : 현대정신의학 (각론 II), 일조각, 1995

이형영 : 정신의학(각론), 전남대학교, 1991

이형영 : 정신의학(총론), 전남대학교, 1992

민성길 : 최신정신의학(제3개정판), 일조각, 1998

민성길 : 최신정신의학(제4개정판), 일조각, 2001

李東植 : 노이로제의 理解와 治療, 一志社, 1986

李東植 : 韓國人의 主體性과 道, 一志社, 1983

李東植 : 現代人과 노이로제, 東西文化院, 1976

배병철 : 기초 한의학, 성보사, 1997

신재용 : 방약합편해설, 성보사, 1988
이병윤 : 정신의학사전, 일조각, 1997
이부영 : 이부영 박사의 정신건강 이야기, 정우사, 1998
이부영 譯 : ICD-10 정신 및 행태장애, 일조각, 1998
전통의학연구소 : 동양의학대사전, 성보사, 2000
조홍건 : 스트레스병과 火病의 한방치료, 열린책들, 1991
조홍건 : 노이로제와 火病의 한방치료, 아티전, 1999
김인지 역: 화내지 않고 때리지 않고 우리 아이에게 다가서기, 원앤원북스, 2006

▌논문 및 사이트

조홍건 : 강박증에 대한 고찰, 友草 안덕균 교수 古稀記念文集, 2011: 221-262.
유영수 : 동의신경정신과학회지, 2001;12(1):8-9.
강형원 : 동의신경정신과학회지, 2001;12(1):24-26.
강박증 클리닉 http://www.ochelp.co.kr
서울대학교병원 강박증클리닉 http://plaza.snu.ac.kr/~ocd/
연세필 강박증클리닉 http://www.joyocd.co.kr/
옛날한의원 강박증클리닉 www.hwabyung.com
정신건강 클리닉 http://www.dr-mind.com/clinic-ocd.htm
미소의원 http://anxiety-stress.co.kr/